고치고 더한
첨삭으로 익히는 글쓰기

저자 조구호

경남 진주에서 출생했다. 경상대학교 국어국문학과를 졸업했고, 같은 대학의 대학원에서 박사학위를 받았다. 진주교육대학교·진주산업대학교 등에서 강의를 했고, 현재 경상대학교 등에서 '문학'과 '글쓰기' 강의를 하고 있다. 경남도민일보 논설위원을 역임했다.

그동안 쓴 논문은 「일제강점기 이향소설연구」를 비롯해 40여 편이고, 쓴 책은 『한국근대소설연구』(국학자료원, 2000), 『작문의 길잡이(공저)』(경상대학교출판부, 2001), 『소설의 분석과 이해』(정림사, 2004), 『작문(공저)』(경상대학교출판부, 2006), 『단편소설 깊이 읽기(공저)』(나라말, 2009), 『첨삭으로 익히는 글쓰기』(정림사, 2011), 『남명학과 현대사회(공저)』(도서출판 역락, 2015), 『분단소설연구』(도서출판 역락, 2016) 등 10여 권이 있다.

고치고 더한

첨삭으로 익히는 글쓰기

초판1쇄 발행 2011년 2월 25일
수정증보판 1쇄 발행 2015년 8월 24일
수정증보판 2쇄 발행 2016년 10월 26일

지은이 조구호
펴낸이 이대현
편 집 최용환
디자인 이홍주
펴낸곳 도서출판 역락
　　　　주소 서울 서초구 동광로 46길 6-6 문창빌딩 2층
　　　　전화 02-3409-2058(영업부), 2060(편집부)
　　　　FAX 02-3409-2059
　　　　이메일 youkrack@hanmail.net
　　　　역락블로그 http://blog.naver.com/youkrack3888
　　　　등록 1999년 4월 19일 제303-2002-000014호

ISBN 979-11-5686-221-5 03800
정 가 16,000원

* 파본은 구입처에서 교환해 드립니다.

이 도서의 국립중앙도서관 출판예정도서목록(CIP)은 서지정보유통지원시스템 홈페이지(http://seoji.nl.go.kr)와 국가자료공동목록시스템(http://www.nl.go.kr/kolisnet)에서 이용하실 수 있습니다.(CIP제어번호 : CIP2015022655)

고치고 더한

첨삭으로 익히는 글쓰기

조 구 호

역락

수정판을 내면서

2011년 『첨삭으로 익히는 글쓰기』를 내고, 2012년 재판을 찍었다. 초판이 1년 만에 거의 판매되어 재판을 찍어야 한다는 출판사의 요청에서였다. 이제 다시 책을 찍으려고 살펴보니 미흡한 부분이 많았다. 오탈자도 있고, 인용문이나 예문들도 오래되어 바꾸어야 할 것이 많았으며, 글쓰기를 위한 설명도 보완이 필요했다. 특히 '글의 구성'과 '단락 쓰기' 부분이 그러했다.

이런 점들을 이번 수정판에서는 가능한 보완하려고 노력했다. 오탈자를 없애기 위해 여러 번의 교정과 검토 과정을 거쳤고, 글쓰기를 위한 '글의 구성'과 '단락 쓰기' 부분도 더 쉽게 이해할 수 있도록 설명했다. 그렇지만 얼마나 미흡함을 메웠는지는 의문이다.

글의 구성과 단락 쓰기는 글쓰기의 핵심이라고 할 수 있다. 한 편의 글을 어떻게 구성하여, 말하고자 하는 바를 잘 드러낼 것인가는 글쓰기에서 중요한 문제이다. 그렇지만 이것은 생각만큼 쉽지 않다. 글쓰기는 수학 공식처럼 정해진 틀이 있는 것이 아니라, 주제와 글감에 따라 글의 구성과 전개 방식이 달라지기 때문이다. 단락 쓰기도 마찬가지이다. 한 편의 글이 되기 위해서는 각각의 단락이 유기적으로 결합되어야 한다. 그런데 각각의 단락을 어떻게 배열하고 서술할 것인가는 글에 따라 달라지고, 글 쓰는 사람의 능력과 취향에 따라서도 달라진다. 이런 점들을 감안하여 여기서는 글의 구성 방식과 단락 쓰기에 대해 글쓰기 강좌 수강생들의 사례를 들어 쉽게 설명하고자 했다. 그렇지만 만족스럽게 되었다고 여기지는 않는다. 다만 글쓰기에 대한 고민을 앞의 책보다 더 많이 했고, 가능한 '보기 글'을 통하여 쉽게 설명하려고 노력했다.

이 책은 필자가 강의한 '글쓰기 강좌' 수강생들과 함께 고민하고 토론한 것을 토대로 보완하고 다듬어 만든 것이다. 그래서 글쓰기에 익숙하지 않는 사람도 꼼꼼하게 읽어보면 글쓰기의 절차나 요령에 대해 쉽게 이해할 수 있고, 글쓰기에 익숙한 사람들에게는 이론적인 바탕을 마련해 줄 수 있을 것이다. 이 책을 만드는 데 많은 도움을 준 '글쓰기 강좌' 수강생들에게 감사드린다.

이 책에 인용문으로 활용한 자료에 대해서는 필자 분들께 일일이 양해를 구하지 못한 것이 많다. 글쓰기에 대해 고민하는 사람들에게 조금이나마 도움이 되었으면 하는 바람에서 활용한 것이니 필자 분들의 양해를 바랄 뿐이다. 그리고 많은 선학들의 저작에 도움 받은 바가 크다. 더 좋은 책을 만들기 위해 계속 노력하겠다는 다짐으로 선학들의 저작에 고개를 숙인다.

2015년 7월

조 구 호

초판 서문

'어떻게 하면 한 편의 좋은 글을 쓸 수 있을까?' 하는 고민은 글쓰기를 배우기 시작할 무렵인 초등학생시절부터 지금까지 이어지고 있다. 그럼에도 학생들에게 '글쓰기' 지도를 십 년 넘게 해 오고 있으니, 스스로 생각해 봐도 앞뒤가 맞지 않아 민망할 뿐이다. '글쓰기에 자신 있는 사람은 없어요'라고 하시던 한 선생님의 말씀이 다소 위안이 되기는 하지만, 그래도 자신 없는 일을 학생들에게 하고 있다는 생각은 지울 수 없다.

이 책은 그런 고민에서 시작되었다. 대학에서 학생들에게 글쓰기 지도를 하면서 가능한 한 첨삭지도를 해주려고 했다. 학생들의 글을 꼼꼼하게 읽고, 더 나은 글이 될 수 있게 문맥을 바로잡고, 문장을 다듬고, 낱말을 바꾸는 일을 반복했다. 한 번으로 만족할 수 없으면 두 번 세 번 반복해서 수정하도록 했다. 남의 글을 꼼꼼하게 읽고 고치는 일이 힘든 일인 줄을 모르는 학생들은 싫은 표정을 짓기도 했지만, 못 본 체하고 등을 떠밀며 수정하는 일을 반복하게 했더니 학생들의 표정이 달라졌다. 이런 과정에서 학생들의 글이 조금씩 향상되는 것을 보았고, 첨삭지도의 중요성을 깨닫게 되었다. 나아가 글쓰기의 방법과 글쓰기 지도에 대해 고민도 다시 하게 되었다.

그럴 즈음에 접한 이오덕 선생님의 『글쓰기 어떻게 가르칠까』・『우리글 바로쓰기』, 서정수 교수님의 『문장력 향상의 길잡이』 등은 글쓰기에 대한 안목을 키우는 데 도움을 주었다. 특히 이오덕 선생님의 저서는 글쓰기에 대한 생각을 바꾸게 했다. '자신의 삶이 담긴 글을 써야 한다'는 선생님의 말씀은 글쓰기 공부와 글쓰기 지도에 지침이 되었다.

그렇지만 좋은 글을 쓸 수 있는 방법에 대해서는 여전히 명쾌한 답을 얻을 수 없었고, 글쓰기는 늘 부담스러운 일이었다. 글쓰기 방법에 대한 안내서나 글쓰기와 관련된 서적들을 부지런히 구해서 읽으면서 얻은 나름대로의 결론은 글쓰기의 방법에 대한 특별한 비법은 없고, 완성된 글을 반복해서 읽고 다듬는 일을 많이 해야 좋은 글이 된다는 것이다. 그리고 글쓰기 지도는 학생들이 쓴 글을 꼼꼼하게 읽고 첨삭지도를 해주는 것이 가장 효과적이라는 나름대로의 결론도 얻게 되었다. 첨삭지도에는 시간과 노력이 많이 소요되어 부담이 적지 않지만, 학생들의 글이 조금씩 나아지는 것을 보면 첨삭지도에 쏟은 시간이 아깝지 않았다. 이런 과정에서 느끼고 얻은 바를 모아서 한 권의 책으로 묶게 되었다. 고민한 흔적을 남겨두어야 다음에 참고가 될 것이고, 또 글쓰기에 대해 고민하는 누군가에게도 도움이 되었으면 하는 바람에서다.

책을 묶으려고 하니 아쉬운 점이 한두 가지가 아니지만, 올해 대학에 입학하는 큰 아이부터 읽혀야겠다는 생각에서 서둘러 출판을 하게 되었다. 글쓰기의 중요성을 기회가 있을 때마다 이야기를 해도 귀담아 듣지 않던 아이가 대학생이 되어 글쓰기 공부의 중요성을 깨닫게 될 때, 이 책이 조금은 참고가 되지 않을까 해서다.

이 책을 묶어내는 데는 많은 분들에게 빚을 졌다. 이 책에 인용된 많은 글은 필자가 담당한 글쓰기 강좌에서 학생들이 직접 쓴 글이거나 과제물로 제출한 것으로, 필자가 경상대학교 사범대학 국어교육과 조규태 교수님과 함께 작업한 『작문의 길잡이』(경상대학교출판부, 2001), 『작문』(경상대학교출판부, 2006)에서도 활용했던 것이다. 앞의 책들을 만드는 과정에서 글쓰기와 글쓰기 지도에 대해 조규태 교수님께 많은 것을 배웠다. 이 책을 낼 수 있게 된 것도 그 일 덕분이다.

학생들 글뿐만 아니라, 이 책에 인용문으로 활용한 자료에 대해서는 필자들에게 일일이 양해를 구하지 못한 것이 많다. 상업적 목적이 아니고, 글쓰기 지도에 조금이라도 도움이 되었으면 하는 바람에서 활용한 것이니 필자들의 양해를 바랄 뿐이다. 그리고 많은 선학들의 저작들에 도움을 받은 바가 크다. 사람살이의 모든 일이 앞서 간 분들이 이루어 놓은 성과에 의지하기 마련이지만, 이를 밝힘으로써 필자의 부족함에 대한 면구스러움을 조금이나마 덜고자 한다.

2011년 2월

조 구 호

차례

I
말하기와 글쓰기

1. 말하기와 다른 글쓰기

글쓰기를 어려워하는 학생들에게 글쓰기를 지도하는 사람들은 흔히 '말하듯이 쓰라'고 한다. 하지만 그런 말이 글쓰기에 그다지 도움이 되지 않는다는 것은 원고지 한두 장 분량의 짧은 글이라도 써 보면 알게 된다. 글쓰기는 말하기와 달라서 쓰고자 하는 것이 그대로 잘 표현되지 않는다. 쓰고자 하는 내용이 머릿속에서는 맴돌지만, 의도한 바와 같이 잘 표현되지 않는 것이다. 그리고 일상생활에서 주고받는 이야기를 그대로 글로 옮기면 이상한 내용의 글이 된다.

다음 보기 글을 보자.

> 아람아, 어디 갔다 오니? / 미술요. / 그래, 미술학원에 갔다 오는구나? / 예. / 오늘 학원에서 뭐 했니? / 놀이동산에 간 거요. / 그래, 잘 그렸니? / 아니요. /

위 글은 이웃집에 사는 아람이라는 초등학생을 길에서 만나 나눈 대화를 그대로 옮겨 본 것이다. 아람이는 미술학원에 다녀오는 길이었는데, "어디 갔다오느냐"는 물음에 "미술"이라고 했다. 그리고 미술학원에서 무엇을 했는지를 물으니, '놀이동산 간 것을 그렸다'는 의미로 "놀이동산 간 거요"라고 했다. 우리는 대화에서 아람이가 말한 "미술"이 미술학원으로 이해되고, "오늘 학원에서 뭐했느냐"는 물음에 '놀이동산 간 것을 그렸다는 것'이 이해되지만, 대화의 내용을 글로 그대로 적어보면 잘못된 표현이 된다.

그리고, 다음의 보기 글도 보자.

> 아람아, 할 말이 있는데, 뭐냐면, 너도 알 거야. 나 오래 전부터 너를 좋아하고 있었어. 너도 알지. 내가 너 좋아하는 거. 가만히 있지 말고 뭐라고 좀 해봐, 생각해 보겠다고 아이, 뭐 그래, 너도 그냥 좋아한다고 하면 안 되니.

위의 보기 글은 아람이를 좋아하는 남자 친구가 아람이에게 좋아하는 사랑의 마음을 고백하는 장면을 옮겨 본 것이다. 글이 안 되는 것은 아니지만, 좋아하는 마음을 고백하는 감정이 잘 전달된 것은 아니다. 말에는 단지 전달하고자 하는 내용뿐만 아니라, 얼굴 표정이나 목소리, 눈빛 등이 포함되어 있다. 그래서 어눌한 말이 잘 전달되기도 하고, 정확하고 절도 있는 말이 상대방의 기분을 상하게도 하는 것이다.

그런데도 글쓰기를 지도하는 많은 선생님이 말하듯이 글을 쓰라고 하는 것은, 글쓰기에 대한 특별한 묘책이 없기 때문이 아닌가 싶다. 글쓰기에 관한 수백 종의 지도서나 참고서가 있지만, 특별한 비법을 알려주는 것은 없다. 단지, 글쓰기에 도움 되는 참고사항 정도만 기술하고 있을 뿐이다. 여기에 글쓰기의 어려움이 있다고 하겠다. 글쓰기에 대한 특별한 비법이 없기 때문이다. 그렇다면 글쓰기는 어떻게 해야 할 것인가.

다음 글을 보자.

| 보기 글 |

노인 공경

　우리나라는 예로부터 예의를 중시해왔다. 그래서 '동방예의지국'으로 불렸다. 노인 공경 또한 당연히 지켜야하는 관습으로 내려왔다. 노인을 공경하는 것을 사람으로서의 당연한 도리라 생각한 것이다.

　노인을 공경하는 자세를 가지려면 우선 자기 고집을 줄이고 양보와 배려의 자세를 키워야 한다. 노인들과 얘기를 하다보면 의사소통이 안 되는 경우가 종종 있다. 그럴 땐 이해를 하고 받아들일 줄 알아야 한다. 그렇지 않고 자기 고집만 내세우면 서로의 감정만 상하게 된다.

　그리고 젊은이들이 노인을 공경하는 것도 중요한 것이지만, 노인들 또한 젊은이들을 이해하고 감싸줄 수 있는 자세를 가지는 것이 중요하다. 노인과 젊은이들 사이에 유대감이 생길 때에 비로소 공경과 이해가 가능하기 때문이다.

　위의 글은 '노인을 공경하자'는 주제로 학생들에게 말하듯이 쉽게 써보라고 했더니, 어느 학생이 쓴 것이다. 분량은 200자 원고지 2장 정도이다. 얼핏 보면, 별 문제가 없는 글로 보인다. 첫 번째 단락에서는 노인을 공경하는 것이 사람으로서 지켜야 할 당연한 도리라고 말하고 있고, 두 번째 단락에서는 노인을 공경하는 자세를 가지려면 먼저 자기 고집을 내세우지 말고 양보와 배려의 자세를 지녀야 한다고 말한다. 그리고 세 번째 단락에서는 젊은이들이 노인을 공경하는 것도 중요하지만 노인도 젊은이를 감싸 줄 수 있는 아량이 필요하다고 말하고, 노인과 젊은이 사이에 유대감이 생길 때 공경과 이해가 가능하다고 한다.

　그런데, 꼼꼼하게 따져보면 전체가 잘 짜인 글이라고 할 수 없다. 그 이유는 첫째, 둘째, 셋째 단락이 상호관련성이 약하기 때문이다. 한 편의 글이 논리적인 글이 되기 위해서는 각 단락이 긴밀하게 연결되어야 한다. 각각의 단락이 상호 유기적으로 결합되어 한 단락도 생략할 수 없는 긴밀한 관계로 연결되어야 좋은 글이 된다.

그런데 위 글은 각각의 단락이 개별적인 내용을 담고 있어 상호 긴밀하게 결합되어 있지 않다. 이렇게 각각의 단락이 독립적인 글이 되면 히나의 주제를 드러내는 한 편의 글이 되지 않고, 각각의 주제를 말하는 세 개의 글이 된다. 그래서 제대로 된 한 편의 글이 되기 위해서는 말하듯이 쓰는 것보다는 주제가 선명하게 드러나는 논리적인 글이 되어야 한다.

2. 한 편의 글이 되는 기준

1) 논리적인 글이 되어야 한다

앞에서 한 편의 글이 되기 위해서는 하나의 주제를 분명하게 드러내는 논리적인 서술이 되어야 한다고 했다. 그럼 한 편의 글이 되기 위한 논리란 무엇일까? 논리를 설명할 때, 흔히 다음과 같은 예를 많이 든다.

---

① 왕비가 죽고, 왕이 죽었다.

① -1 왕이 사랑하는 왕비가 갑자기 죽었다. 그러자 왕이 슬퍼하다가 병이 들어
　　　앓다가 죽었다.

위의 ①은 왕비와 왕이 죽은 것만 말하고 있는데, ①-1은 왕이 죽은 이유를 설명하고 있다. 이렇게 어떤 일이나 말하고자 하는 내용의 원인과 결과를 서술하는 것을 논리라고 말한다. 글쓰기도 이와 같이 전달하고자 하는 내용의 원인과 결과에 따라 논리적으로 서술해야 한다. 논리적으로 서술하지 않으면 전달하고자 하는 내용이 불분명해진다.

위의 예문과 같이 짧은 내용은 논리를 세우기가 쉽지만, 원고지 2매 이상의 글에서는 논리를 세우기가 쉽지 않다.

앞의 글 '노인 공경'을 '노인을 공경하자'는 하나의 주제를 나타내는 논리적인 글이 되도록 수정해 보자.

논리적인 글쓰기의 가장 효과적인 방법은 '기승전결(起承轉結)'의 서술방식이

다. 기(起)는 글이 시작되는 부분으로 말하고자 하는 내용을 제기하여 독자의 관심을 끌 수 있도록 하고, 승(承)은 '기(起)'를 이어받아서 전개하는 것이고, 전(轉)은 '승(承)'의 내용을 부연하거나 전환하는 것이고, 결(結)은 글 전체를 마무리하는 것이다. 이와 같은 방식으로 앞의 글 '노인 공경'을 수정해 보자.

'기'에서는 말하고지 하는 바, 곧 중심주제와 관련한 문제를 제기한다. 앞의 글 '노인 공경'에서도 '우리나라에서는 옛날부터 노인을 공경하는 것을 사람이 지켜야 할 도리로 생각해 왔다'는 내용을 제시하고 있다. 이것을 조금 다듬어 보면 아래 (가)와 같은 내용이 될 수 있다.

> (1) 우리나라는 옛날부터 노인을 공경하는 것이 미풍양속으로 내려왔다. '장유유서'나 '경로효친'과 같은 유교적 관습의 영향으로 노인을 공경하는 것을 사람의 도리라고 생각하고, 노인들에게 말과 행동을 삼가며 예의를 갖추었다. 그래서 노인들 앞에서는 몸가짐을 반듯하고 예의 바르게 했고, 이야기도 낮은 소리로 조용조용하게 했다.

다음으로 도입부의 내용을 이어서 전개하는 부분이다. 이 부분은 기승전결의 구성에서 승(承)에 해당된다. 여기서는 '기'에서 제기한 문제를 이어서 설명하면 된다. '기'에서 '노인을 공경하는 것이 우리나라의 미풍양속으로 전해왔다'고 했으므로, 노인을 공경하는 구체적인 내용이 이어지면 된다.

> (나) 우리는 어릴 때부터 이러한 미풍양속을 지키도록 교육받았다. 식사할 때는 노인이 먼저 수저를 들고 나면 식사를 하였고, 외출할 때는 반드시 집안의 노인들에게 어디에 다녀오겠다는 말씀을 드렸다. 버스나 지하철에서도 노인들에게 자리를 양보하였고, 노인이 무거운 짐을 들고 가면 도와드리는 것을 당연하게 여겼다.

(가)에서 노인을 공경하자는 문제를 제기했고, (나)에서는 노인을 공경하는 구체적인 내용을 서술했다. 이어지는 내용은 앞의 내용과는 다른 양상을 서술한다. 그래서 전(轉)이라고 한다. '전'은 '구르다', '돌리다'는 뜻이다. 앞에서 서술한 내용과 다른 내용을 서술한다고 생각하면 된다. 아래 (다)와 같이 수정할 수 있다.

(다) 그런데 요즘은 노인 공경하는 모습을 보기 어렵다. 버스나 지하철에서 노인에게 자리를 양보하는 것을 보기 어렵고, 요양원에 있는 노인을 조롱하는 동영상을 포털사이트에 올리기도 하고, 심지어 노인에게 욕설과 폭행을 가하는 젊은이들도 있다. 노인을 공경하는 것이 아니라, 무시하고 학대하는 것이다.

마지막으로 결(結)은 글을 마무리하는 부분이다. 마무리 부분은 대개 글의 내용을 요약 정리하거나, 새로운 방안 또는 생각해야 할 과제를 제시하면 된다. 여기에서는 노인을 공경하는 일을 현재의 젊은이들이 생각해야 할 과제로 제시해본다. 아래 (라)와 같이 수정할 수 있다.

(라) 노인 문제가 더 심각한 사회문제로 부각되기 전에 대책을 강구해야 한다. 젊은이들이 노인을 공경하게 하기 위해서는 가정교육이 중요하다. 아이들은 부모의 행동을 보고 배우기 때문에 부모가 노인 공경하는 모습을 보여야 한다. 그리고 노인에 대한 인식의 변화도 필요하다. 노인은 '경제활동을 할 수 없는 나이 든 사람'이라는 생각을 버리고, '미래의 나'라고 생각한다면 노인에 대한 태도가 달라질 것이다.

이렇게 한 편의 글이 되기 위해서는 하나의 주제를 분명하게 드러내는 논리적인 글이 되어야 한다. 논리적인 글을 쓰기 위해서는 좋은 글을 많이 읽고, 자기 생각을 논리적으로 쓰는 연습을 반복해야 한다. 끊임없는 글쓰기 연습을 통하여 한 편의 완성된 글을 쓸 수 있게 되는 것이다. 다음은 수정하여 완성한 글이다.

앞의 글과 비교하며 읽어보자.

| 수정한 것 |

노인 공경

우리나라는 옛날부터 노인을 공경하는 것이 미풍양속으로 내려왔다. '장유유서'나 '경로효친'과 같은 유교적 관습의 영향으로 노인을 공경하는 것을 사람의 도리라고 생각하고, 노인들에게 말과 행동을 삼가며 예의를 갖추었다. 그래서 노인들 앞에서는 몸가짐을 반듯하고 예의 바르게 했고, 이야기도 낮은 소리로 조용조용하게 했다.

우리는 어릴 때부터 이러한 미풍양속을 지키도록 교육받았다. 식사할 때도 노인이 먼저 수저를 들고 나면 식사하였고, 외출할 때는 반드시 집안의 노인들에게 어디에 다녀오겠다는 말씀을 드렸다. 버스나 지하철에서도 노인들에게 자리를 양보하였고, 노인이 무거운 짐을 들고 가면 도와드리는 것을 당연하게 여겼다.

그런데 요즘은 노인 공경하는 모습을 보기 어렵다. 버스나 지하철에서 노인에게 자리를 양보하는 것을 보기 어렵고, 요양원에 있는 노인을 조롱하는 동영상을 포털사이트에 올리기도 하고, 심지어 노인에게 욕설과 폭행을 가하는 젊은이들도 있다. 노인을 공경하는 것이 아니라, 무시하고 학대하는 것이다.

노인 문제가 더 심각한 사회문제로 부각되기 전에 대책을 강구해야 한다. 젊은이들이 노인을 공경하게 하기 위해서는 가정교육이 중요하다. 아이들은 부모의 행동을 보고 배우기 때문에 부모가 노인을 공경하는 모습을 보여야 한다. 그리고 노인에 대한 인식의 변화도 필요하다. 노인은 '경제활동을 할 수 없는 나이 든 사람'이라는 생각을 버리고, '미래의 나'라고 생각한다면 노인에 대한 태도가 달라질 것이다.

다음 글도 논리적인 글쓰기를 위해 첨삭지도를 한 것이다. 글의 논리적인 전개를 익히도록 꼼꼼하게 읽어보자.

목표를 향한 실천

(학생 글)

<1> 수능 성적표에 적힌 숫자 5가 모두 3개였다. 5등급을 받은 3과목은 한국지리, 사회문화, 윤리였다. 흔히들 말하는 중요하지 않은 과목들이었다. 노력했다면 대략 만점에 가까운 점수들이 나왔을 것이었는데, 나는 노력하지 않고 인문계열에는 원서를 넣어보지도 못한 채, 자연과학대학의 미생물학과에 입학하게 되었다. 예비번호 1번의 '추가합격'이었다. 나의 목표는 이것이 아니었기에 고통스러웠다. 목표를 향한 실천의 중요성을 느낀 것은 이 무렵이었다.

<2> 초등학생 때부터 나는 '학생회장'을 해보고 싶었다. 어린 마음에 단상에 올라가 아침 조례를 하는 '학생회장'들이 멋있어 보였고 부러웠다. 중학생 시절에는 사춘기라 회장선거에 나서기가 부끄러웠지만, 고등학생 땐 용기를 내어 출마를 하게 되었다. 상대 후보는 단 1명으로, 학교에서 인기도 많았고 발도 넓은 '마당발'이었다. 모두들 나의 낙선을 점쳤지만, 나는 꼭 한번 학생회장을 해보고자 했기 때문에 열심히 선거운동을 했다. 결과적으로는 낙선이었지만 1학년들도 나를 더 많이 뽑았고, 내가 속한 2학년들은 11개 반 모두 내가 우세했다. 개표가 시작되기 전 환호성 속에 들리던 인기 좋은 '마당발'의 이름은 온데간데없었다. 하지만 3학년에서 인맥이 없어 몰표를 내주고 나는 낙선하고 말았다. 당시에는 너무나도 분해서 울면서 집으로 돌아갔지만, 되돌아보면 실천은 실패할 일도 성공하게 해주는 소중한 것임을 확신하게 해주는 경험이었다.

<3> 겨울이 지나고 나는 대학교에 입학했지만 도무지 공부에 흥미가 생기질 않았다. 생전 처음 들어보는 '생물학 이론'과 '일반화학', 그리고 지루하게 느껴지는 실험까지 모든 게 나를 힘들게 만들었다. 그래서 강의를 듣는 둥 마는 둥하며 1학기를 허송세월로 보냈다. 학기말 성적은 미생물학1이라는 과목에서 F를 받게 되었고 나머지 과목들도 비슷했다. 강의시간에는 참석하지 않고 도서관에 들러 책을 보고 집으로 오는 날들이 많았고, 내 인생에 대한 생각으로 하루 종일 틀어박혀서 고민을 하며 시간을 보냈다. 생각 끝에 나는 만족할 만한 학부로 옮기기 위해서 편입을 준비하기로 마

음먹었다. 편입에는 평점이 중요한데 나는 평점이 좋지 않았다. 고등학교 시절 문과였던 나는 자연계의 고등학교 과정을 하나도 모른 상태로 동기들과의 경쟁에서 좋은 평점을 받아야만 하는 상황이었다. 더군다나 2학기에 들을 과목은 미생물학2로 1학기 때의 내용을 심화시킨 것이었다. 희망이 없어 보였지만, 나는 앞선 경험들로 실천의 힘을 알고 있었다. 말없이 무조건 열심히 했다. 하루 일과가 강의를 듣는 것과 도서관에서 공부하는 것이 전부였다. 그렇게 2학기가 끝나니 모든 전공과목에서 A+를 받게 되었다. 동기들은 나의 성적 향상에 놀랐고, 나는 실천의 힘에 놀랐다.

<4> 그래서 나는 실천을 가장 소중한 것이라고 생각한다. 실천을 하지 않았더라면 내가 '마당발'과 대등하게 겨룰 수 있는 능력이 있는 사람이란 사실도 깨닫지 못했을 것이고 또한 토익에서도 성적 향상을 이뤄 낼 수 없었을 것이다. 실천을 하지 않는다면 할 수 있는 일도 못하게 되어서, 내가 그랬던 것과 같이 입시에서도 실패하고 다른 일도 할 수 없을 것이다.

<5> 내가 토익시험에서 높은 점수를 받은 것도 실천 덕분이다. 처음에는 '어떻게 남들만큼 저렇게 높은 점수를 받나'라고 걱정도 했지만, '실천을 한다면 안 될 것도 결국 된다' 라는 믿음이 있었기 때문에 열심히 노력했다. 모르는 것은 외우고, 시간 날 때마다 듣기도 반복했다. 첫 시험에서는 낮은 점수에 실망도 했지만, 하면 된다는 생각으로 열심히 하여 1년 만에 내가 부러워했던 높은 점수를 받을 수 있었다. 하면 된다는 생각으로 실천한 결과이다. 나는 목표가 있는 사람은 실천을 가장 소중히 여겨야 한다고 생각한다.

〈검토하고 수정하기〉

서두인 <1>에서 실천의 중요성을 대입수능성적 결과를 보고 이야기했다.

본문 첫 단락 <2>에서 실천의 중요성을 초등학교 시절, 중학교 시절, 고등학교 시절에 경험한 학생회장선거를 바탕으로 이야기하고 있다.

본문 두 번째 단락 <3>에서 편입을 위하여 노력하여 좋은 성적을 얻은 것을 바탕으로 실천의 중요성을 이야기하고 있다.

본문 세 번째 단락 <4>에서 실천의 중요성을 강조하고 있다.

마무리 부분인 <5>에서 토익시험에서 높은 점수를 받은 것을 바탕으로 실천하지 않으면 목표를 이룰 수 없다는 것을 이야기하고 있다.

이렇게 놓고 볼 때 <1>, <2>, <3>, <4>, <5>의 연결이 자연스럽지 않다. 글의 내용으로 볼 때, <3>, <4>, <5>의 연결은 자연스럽지 않고 어색하다. <5>는 <3> 다음에 이어지는 것이 자연스럽다. <1>과 <2>도 좋은 연결은 아니다. <2>를 먼저 서술하고, <1>을 설명하는 것이 자연스럽다. 그러면 <2>, <1>, <3>, <5>가 시간상으로 자연스럽게 이어지고, 마무리에 <4>를 놓으면 된다.

한 편의 글이 되기 위해서는 '실천이 중요하다'는 것이 논리적으로 자연스럽게 연결되어야 한다. 그래서 이 글을 논리적으로 자연스러운 글이 되게 수정해 보면 다음과 같다.

먼저, 서두에서 전체 내용을 적절하게 이끄는 말(도입부)을 만들면 좋다. 예를 들면, '구슬이 서 말이라도 꿰어야 보배다.'라는 속담 같은 것을 인용해서 시작할 수 있다.

> 〈서두〉'구슬이 서 말이라도 꿰어야 보배다'는 말이 있다. 아무리 좋은 생각이나 뜻이 있다고 해도 그것을 실천하지 않으면 쓸모가 없다는 것이다. 나는 그것을 어린 시절부터 생각은 했지만, 고등학생 시절 회장선거를 통해 실감을 했다.

다음 본문을 수정해 본다. 본문 첫째 단락인 <2>를 적절하게 수정해 본다. 어색한 문장과 문맥만 다듬기로 한다.

〈2〉-1 나는 초등학생 때부터 '학생회장'을 해보고 싶었다. 어린 마음에 단상에 올라가 아침 조례를 하는 '학생회장'들이 멋있어 보였고, 부러웠다. 중학생 시절에는 회장선거에 나서기가 부끄러워 출마하지 못했지만, 고등학생 시절에는 용기를 내어 출마했다. 상대 후보는 교내에서 인기도 많았고 발도 넓은 '마당발'이었다. 모두들 나의 낙선을 점쳤지만, 나는 꼭 한번 학생회장을 해보고 싶었기 때문에 열심히 선거운동을 했다. 결과적으로는 낙선이었지만, 1학년들도 나를 더 많이 지지했고, 내가 속한 2학년 11개 반 모두 내가 우세했다. 개표가 시작되기 전 환호성 속에 들리던 인기 좋은 '마당발'의 이름은 온데간데없었다. 하지만 3학년들에게는 인맥이 없어 낙선을 하고 말았다. 당시에는 너무나도 분해서 울면서 집으로 돌아갔지만, 되돌아보면 실패도 소중한 것임을 깨닫게 해준 실천의 경험이었다.

다음으로 본문의 두 번째 단락에 놓일 〈1〉도 적절하게 수정해 본다.

〈1〉-1. 시간은 흘러 나는 수능시험을 보게 되었다. 수능 성적표에 적힌 결과는 5등급이 모두 3개였다. 5등급을 받은 3과목은 '한국지리', '사회문화', '윤리'였다. 흔히들 말하는 비중이 낮은 과목들이었다. 노력했다면 거의 만점에 가까운 점수가 나왔을 것인데, 나는 자만심에 노력하지 않아 낮은 점수를 받았다. 그래서 내가 지원하고자 했던 인문계열에는 원서를 넣어보지도 못하고, 자연과학대학의 미생물학과에 입학하게 되었다. 예비번호 1번의 '추가합격'이었다. 나의 목표는 그것이 아니었기에 고통스러웠다. 나는 깨달음을 얻고도 늘 그렇듯이 실천을 하지 않았던 것이다. 능력이 있어도 실천하지 않으면 아무것도 얻을 수 없다는 사실을 더욱 확신하게 된 경험이었고 점차 실천의 중요성을 실감하기 시작했다.

본문의 세 번째 단락에 놓일 〈3〉도 적절하게 수정해 본다.

〈3〉-1. 겨울이 지나고 나는 대학교에 입학했지만, 도무지 공부에 흥미가 생기지 않았다. 생전 처음 들어보는 '생물학 이론'과 '일반화학', 그리고 지루하게 느껴지는 실험까지 모든 것이 나를 힘들게 만들었다. 학과 공부에 흥미를 잃고 지루한 시간을 보내니, 학기말 성적은 두 과목이 F였다. 예상은 했지만 충격이 컸다. 고민 끝에 원하는 학과로 옮기기 위해 편입을 준비하기로 했다. 나는 고등학생 시절 문과공부를 하여서 자연계 과목들은 모르는 것이 많아 좋은 학점을 받기가 쉽지 않은 상황이었다. 그렇지만 중고등학생 시절의 경험을 떠올리며 열심히 노력했다. 공부에 거의 모든 시간을 쏟았다. 그 결과 2학기 성적은 전과목에서 A+를 받았다. 동기들은 나의 성적 향상에 놀랐고, 나는 실천의 힘에 놀랐다.

본문의 네 번째 단락에 놓일 〈5〉도 적절하게 수정해 본다.

〈5〉-1. 내가 토익시험에서 높은 점수를 받은 것도 실천 덕분이다. 처음에는 '어떻게 하면 남들처럼 높은 점수를 받을까'하고 걱정도 했지만, '실천을 한다면 안 될 것도 결국 된다'라는 믿음이 있었기 때문에 열심히 노력했다. 모르는 것은 외우고, 시간 날 때마다 듣기를 반복했다. 첫 시험에서는 낮은 점수에 실망도 했지만, 하면 된다는 생각으로 열심히 하여 1년 만에 내가 부러워했던 높은 점수를 받을 수 있었다. 하면 된다는 생각으로 실천한 결과였다.

마지막으로 마무리 부분이다. 마무리는 실천의 중요성을 강조한 〈4〉로 하고 단락이 자연스럽게 이어지게 한다.

〈4〉-1. 그래서 나는 실천을 가장 소중한 것이라고 생각한다. 실천하지 않았더라면 내가 '마당발'과 대등하게 겨룰 수 있는 능력이 있는 사람이란 사실도 깨닫지 못했을 것이고, 또한 토익에서도 성적 향상을 이뤄 낼 수 없었을 것이다. 실천하지 않는다면 할 수 있는 일도 못하게 되어서, 내가 그랬던 것과 같이 입시에서도 실패하고 다른 일도 할 수 없었을 것이다.

앞에서 수정한 것을 다시 정리해보면 <서두>, <2>-1, <1>-1, <3>-1, <5>-1, <4>-1로 된다. 이렇게 수정된 것을 정리해보면 다음과 같다.

| 수정해서 정리한 것 |

목표를 향한 실천

'구슬이 서 말이라도 꿰어야 보배다.'라는 말이 있다. 아무리 좋은 생각이나 뜻이 있다고 해도 그것을 실천하지 않으면 쓸모가 없다는 것이다. 나는 그것을 어린 시절부터 생각은 했지만, 고등학생 시절 회장선거를 통해 실감을 했다.

나는 초등학생 때부터 '학생회장'을 해보고 싶었다. 어린 마음에 단상에 올라가 아침 조례를 하는 '학생회장'들이 멋있어 보였고, 부러웠다. 중학생 시절에는 회장선거에 나서기가 부끄러웠지만, 고등학생 시절에는 용기를 내어 출마했다. 상대 후보는 교내에서 인기도 많았고 발도 넓은 '마당발'이었다. 모두들 나의 낙선을 점쳤지만, 나는 꼭 한번 학생회장을 해보고 싶었기 때문에 열심히 선거운동을 했다. 결과적으로는 낙선이었지만 1학년들도 나를 더 많이 지지했고, 내가 속한 2학년 11개 반 모두에서 내가 우세했다. 개표가 시작되기 전 환호성 속에 들리던, 인기 좋은 '마당발'의 이름은 들리지 않았다. 하지만 나는 3학년들에게 그다지 알려지지 않았고 표를 많이 얻지 못하여 낙선하고 말았다. 당시에는 너무나도 분해서 울면서 집으로 돌아갔지만, 되돌아보면 실패도 소중한 것임을 깨닫게 해준 실천의 경험이었다.

시간은 흘러 나는 수능시험을 보게 되었다. 수능 성적표에 적힌 결과는 5등급이 모두 3개였다. 5등급을 받은 3과목은 '한국지리', '사회문화', '윤리'였다. 흔히들 말하는 비중이 낮은 과목들이었다. 노력했다면 거의 만점에 가까운 점수가 나왔을 것인데, 나는 자만심에 노력하지 않아 낮은 점수를 받았고, 내가 지원하고자 했던 인문계열에는 원서를 넣어보지도 못하고, 자연과학대학의 미생물학과에 입학하게 되었다. 예비번호

1번의 '추가합격'이었다. 나의 목표는 그것이 아니었기에 고통스러웠다. 나는 깨달음을 얻고도 늘 그렇듯이 실천하지 않았던 것이다. 능력이 있어도 실천하지 않으면 아무것도 얻을 수 없다는 사실을 더욱 확신하게 된 경험이었고, 점차 실천의 중요성을 실감하기 시작했다.

겨울이 지나고 나는 대학교에 입학했지만, 도무지 공부에 흥미가 나지 않았다. 생전 처음 들어보는 '생물학 이론'과 '일반화학', 그리고 지루하게 느껴지는 실험까지 모든 것이 나를 힘들게 만들었다. 학과 공부에 흥미를 잃고 지루한 시간을 보내니, 학기말 성적은 두 과목이 F였다. 예상은 했지만 충격이 컸다. 고민 끝에 원하는 학과로 옮기기 위해 편입을 준비하기로 했다. 나는 고등학생 시절 문과공부를 하여서 자연계 과목들은 모르는 것이 많아 좋은 학점을 받기가 쉽지 않은 상황이었다. 그렇지만 중고등학생 시절의 경험을 떠올리며 열심히 노력했다. 공부에 거의 모든 시간을 쏟았다. 그 결과 2학기 성적은 전과목에서 A+를 받았다. 동기들은 나의 성적 향상에 놀랐고, 나는 실천의 힘에 놀랐다.

내가 토익시험에서 높은 점수를 받은 것도 실천 덕분이다. 처음에는 '어떻게 하면 남들처럼 높은 점수를 받을까'하고 걱정도 했지만, '실천을 한다면 안 될 것도 결국 된다'라는 믿음이 있었기 때문에 열심히 노력했다. 모르는 것은 외우고, 시간 날 때마다 듣기를 반복했다. 첫 시험에서는 낮은 점수에 실망도 했지만, 하면 된다는 생각으로 열심히 하여 1년 만에 내가 부러워했던 높은 점수를 받을 수 있었다. 하면 된다는 생각으로 실천한 결과였다.

이와 같은 경험에서 나는 실천을 가장 소중한 것이라고 생각한다. 실천을 하지 않았더라면 내가 '마당발'과 대등하게 겨룰 수 있는 능력이 있는 사람이란 사실도 깨닫지 못했을 것이고, 또한 전공과목의 성적향상도 불가능했을 것이고, 토익시험에서도 높은 성적을 받지 못했을 것이다. 그래서 나는 목표가 있는 사람은 실천을 가장 소중히 여겨야 한다고 생각한다.

2) 구체적으로 써야 한다

한 편의 글이 되기 위해서는 주제를 드러내기 위한 논리성과 함께 말하고자 하는 내용을 구체적으로 서술하는 것이 중요하다.

예컨대, 사랑하는 사람에게 좋아한다고 고백할 때, '내가 너를 사랑한다'는 말만 한다면 그 말을 들은 상대방은 어리둥절하게 될 것이다. 앞뒤 실명도 없이 '너를 사랑한다'는 말은 상대방으로 하여금 거부반응을 보이게 할 수도 있고, 역효과를 낼 수도 있을 것이다. 그런데 사랑하는 사람에게 다음과 같이 말한다면 전달 효과는 앞의 경우보다 훨씬 클 것이다.

> 아람아, 너를 처음 본 순간부터 가슴이 설레었고, 혼자 있으면 생각이 나고, 네가 보이지 않는 날이면 궁금해서 혼자 애를 태웠단다. 이제 더 이상 너를 사랑한다는 말을 하지 않고는 견기기 어려워. 그래서 오늘 이렇게 사랑한다는 고백을 하게 되었어.

이렇게 무엇을 말하고자 할 경우에는 그것에 대한 구체적인 설명이 필요하다. 다음 글을 보자.

| 보기 글 |

현장실습(1)

(학생 글)

고등학교 3학년 생활이 끝이 날 때 즈음 현장실습을 나갔다.

친구 어머니의 소개로 같은 반 친구 두 명과 INP중공업이라는 곳에서 실습을 하게 되었다. 힘든 일이었던만큼 기억에 남는 두 달이었다.

일하는 첫날! 아무것도 모르는 상태에서 적응도 안 되고 요령도 없어 힘도 들고 피곤했는데 일하고 있던 아저씨를 보조해주다 졸아서 아저씨에게 엄청 혼이 났다. 일을 하면서 졸면 사고가 날 수 있다며 다음부턴 졸지 말라고 충고를 들으면서 그렇게

하루하루가 지나갔다.

하루는 배의 앞부분에 용접기계를 옮기는 작업이 있었는데 아저씨들은 우리가 한창때라며 우리보고 옮기라고 하셨다. 그 무거운 용접기를 옮기면서 우리는 맘속으로 아저씨들을 원망하며 용접기계를 옮겨 놓았다.

그렇게 한 달이 지나고 일하는 것이 점점 익숙해져서 요령도 생기고 아저씨들과도 친해져 처음보다는 일이 쉬워졌다. 그렇게 나와 친구들은 아저씨들과 두 달을 같이 일을 하였고, 현장실습 기간이 끝이 나 일을 그만두게 되었을 땐, 아저씨들과 정이 들어서인지 아쉬움이 남았다.

처음에는 아저씨에게 꾸중도 듣고 힘든 일이었지만 고등학교 시절의 잊을 수 없는 경험을 한 것 같아 뿌듯했다.

위의 글은 실업계 고등학교를 졸업한 학생이 현장실습을 하고 느낀 점을 쓴 것이다. 그런데 글쓰기에 대한 공부가 제대로 되어 있지 않아 문법에 맞지 않는 부분이 있고, 문장도 어색하며, 문맥도 논리적이지 않다. 그리고 현장실습을 어디에서 무엇을 했는지가 구체적으로 설명되어 있지 않다. 어디에 있는, 어떤 회사에서, 무슨 일을 했는지를 설명해야 글을 읽는 사람이 현장실습을 하고 느낀 점을 알 수 있을 것이다. 글쓴이는 잘 알고 있는 것이지만 독자들은 구체적으로 설명하지 않으면 제대로 알 수 없다.

또한 이 글은 서두·본문·마무리가 구분되어 있지 않다. 글을 반드시 서두/ 본문/ 마무리로 구분해서 써야 하는 것은 아니지만, 서두/ 본문/ 마무리로 구분되어 있으면 읽기도 쉽고 내용도 이해하기 쉽다.

위의 글이 제대로 된 한 편의 글이 되게 수정해 보기로 한다. 위의 글을 '서두 / 본문 / 마무리'가 구분되게 정리해 보면 다음과 같이 된다.

현장실습(2)

　고등학교 3학년 생활이 끝이 날 때 즈음 현장실습을 나갔다. 친구 어머니의 소개로 같은 반 친구 두 명과 INP중공업이라는 곳에서 실습을 하게 되었다. 힘든 일이었던 만큼 기억에 남는 두 달이었다. (서두)

　일하는 첫날! 아무것도 모르는 상태에서 적응도 안 되고 요령도 없어 힘도 들고 피곤했는데 일하고 있던 아저씨를 보조해주다 졸아서 아저씨에게 엄청 혼이 났다. 일을 하면서 졸면 사고가 날 수 있다며 다음부턴 졸지 말라고 충고를 들으면서 그렇게 하루하루가 지나갔다. 하루는 배의 앞부분에 용접기계를 옮기는 작업이 있었는데 아저씨들은 우리가 한창때라며 우리보고 옮기라고 하셨다. 그 무거운 용접기를 옮기면서 우리는 맘속으로 아저씨들을 원망하며 용접기계를 옮겨 놓았다. 그렇게 한 달이 지나고 일하는 것이 점점 익숙해져서 요령도 생기고 아저씨들과도 친해져 처음보다는 일이 쉬워졌다. (본문)

　그렇게 나와 친구들은 아저씨들과 두 달을 같이 일을 하였고, 현장실습 기간이 끝이나 일을 그만두게 되었을 땐, 아저씨들과 정이 들어서인지 아쉬움이 남았다. 처음에는 아저씨에게 꾸중도 듣고 힘든 일이었지만 고등학교 시절의 잊을 수 없는 경험을 한 것 같아 뿌듯했다. (마무리)

　이렇게 정리를 해놓고 보아도, 한 편의 글이 되기에는 부족하다. 그것은 앞에서 말한 바와 같이 글쓴이가 경험하고 느낀 점이 구체적이고 논리적으로 설명되어 있지 않기 때문이다. 서두부터 수정해 보기로 하자.

　서두에서 현장실습을 통해 '느낀 점'을 먼저 말해 놓고 있는데, 서두에서 느낀 점을 먼저 말하고, 이어서 그것에 대한 설명을 뒷받침하는 것도 글쓰기의 한 방법이다. 그렇지만 현장실습을 하게 된 계기나 배경을 구체적으로 서술하고, 이어서 어디에서 무슨 일을 하게 되었는지를 서술하는 것이 글쓰기에 익숙하지 않는 사람에게는 쉬운 방법이다.

(가) 고등학교 3학년 생활이 거의 끝날 때 즈음 현장실습을 하였다. 우리 학교는 울산에 있는 실업계 고등학교이기 때문에, 3학년 2학기 11월 초에 3학년 학생들은 학교에서 배운 것을 현장에서 적용해 보기 위해 현장실습을 한다. 나는 친구 어머니의 소개로 같은 반 친구 두 명과 INP중공업이라는 곳에서 실습을 하게 되었다. INP 중공업은 울산의 방어진에 위치해 있는데, 중대형 선박을 만드는 회사다. 울산에는 대기업인 현대중공업이 있어서 INP중공업이 있는지도 몰랐는데, INP중공업도 규모가 큰 회사였다. 주로 건물을 해외로 옮기는 배를 만든다고 했다.

위의 (가)와 같이 현장실습을 하게 된 배경과 현장실습을 한 회사에 대한 설명을 해놓으니, 현장실습을 왜, 어디에서 했는지를 더 자세하게 알 수 있다.

다음으로 현장실습을 하면서 겪은 일들을 서술한 본문이다. 본문은 INP중공업의 협력업체인 '세진기술'이라는 회사에서 일을 하면서 겪은 내용인데, 논리적으로 설명되지 않아 산만하고 문장도 어법에 맞지 않은 것이 많다. 그것을 수정해 보면 아래의 (나) (다)와 같이 될 수 있다.

(나) 11월 2일 처음으로 공장에서 일을 하게 되었다. 나와 친구들은 INP중공업 내의 협력 업체인 세진기술이라는 곳에서 일을 하게 되었다. 세진기술은 선실의 실내장식을 하는 곳이었다. 나는 실내장식을 하는 곳이라 일이 쉽겠지 생각했는데, 일에 대하여 아무것도 모르는 상태이고 적응도 되지 않아 힘들고 피곤했다. 선박 실내장식은 내가 생각했던 선실을 예쁘고 보기 좋게 꾸미는 일이 아니었다. 30~40kg정도 되는 문을 달고 드릴로 벽에 구멍도 뚫는 힘든 일이었다. 내가 생각했던 장식과는 거리가 먼 일들이었다.

(다) 일을 시작한 지 얼마 되지 않아 힘들었다. 그래서 여러 번 실수를 하기도 했다. 한번은 근로자 아저씨와 함께 문을 달기 위해 문틀에다 나사를 박는 일을 하다가 깜박 졸기도 했다. 아저씨가 나사를 박는 동안 문을 잡고 있으라고 하여 문을 잡고 있다가 나도 모르게 졸았던 것이다. 그 일 때문에 아저씨에게 심한 꾸중을 들었

다. 드릴과 같은 위험한 공작기계를 가지고 작업을 하다가 졸게 되면 큰 사고가 날수 있다고 했다. 그 일이 있은 후로는 작업 중에 졸지 않으려고 정신을 차리고 일을했다. 문을 다는 작업이 끝나자 기계를 청소하거나 옮기는 일 등을 했다. 하루는 용접기를 배의 끝에서 맨 앞쪽으로 옮기는 작업을 했는데, 배의 끝에서 끝까지의 거리는 50미터가 넘었다. 평지에서의 50미터이면 아무 일도 아니겠지만 배의 앞쪽으로용접기를 들고 가는 길은 매우 힘들었다. 계단을 오르고 내리기를 반복했는데, 배 바닥에는 큰 파이프들이 깔려있어서 걷기가 쉽지 않았다. 용접기는 대략 네 사람이면충분히 들 정도의 무게인데, 아저씨들은 우리가 한창때라며 우리에게 옮기라고 하셨다. 나와 친구들은 속으로 아저씨들을 원망하며 용접기를 힘들게 옮겼다. 그렇게 한달이 지나고 일하는 것도 많이 익숙해졌고, 아저씨들과도 웃으면서 이야기를 할 수있는 친한 사이가 되었다. 아저씨들과 친하게 되니, 일하기도 한결 쉬웠다.

위의 (나)에서 나와 친구들이 INP중공업 내의 협력 업체인 세진기술이라는 곳에서 일을 하게 되었다는 것과, 그곳에서 하는 일이 무엇인지를 설명하고 있다.이어서 (다)에서 내가 경험한 일인, 문틀에 나사를 박는 일을 도와준 것과 무거운 용접기를 옮긴 일 등을 설명하고 있다. 이렇게 자기가 경험한 일을 구체적으로 서술해야 어디서 무슨 일을 했는가를 알 수 있다.

마지막으로 마무리 부분이다. 글을 마무리하는 가장 간단한 방법은 전체의 내용을 요약 정리하는 것이다. 아래의 (라)와 같이 마무리할 수 있다.

(라) 그렇게 나와 친구들은 아저씨들과 두 달 동안 같이 일하였다. 현장실습 기간이 끝나 일을 그만두게 되었을 땐 아저씨들과 정이 들어서 아쉬움이 많았다. 아저씨들도 아쉬운 듯 시간 날 때 와서 용돈이라도 벌어보라고 하시며 인사를 해주셨다.처음에는 꾸중도 듣고 일도 힘들었지만, INP중공업에서 두 달 동안의 현장실습은 고등학교 시절의 잊을 수 없는 경험이 된 것 같아 기분이 좋았다.

앞에서 수정한 것을 다시 정리해 보면 다음과 같다.

| 수정해서 정리한 것 |

현장실습(3)

(가) 고등학교 3학년 생활이 거의 끝날 때 즈음 현장실습을 나갔다. 우리 학교는 울산에 있는 실업계 고등학교이기 때문에, 3학년 2학기 11월 초에 3학년 학생들은 학교에서 배운 공부를 직접 공장에서 적용해 보기 위해 현장실습을 나가게 된다. 나는 친구 어머니의 소개로 같은 반 친구 두 명과 INP중공업이라는 곳에서 실습을 하게 되었다. INP중공업은 울산의 방어진에 위치해 있는데, 중대형 선박을 만드는 곳이다. 울산에는 대기업인 현대중공업이 있어서 INP중공업이 있는지도 몰랐는데, INP중공업도 규모가 큰 회사였다. 주로 건물을 해외로 옮기는 배를 만든다고 하였다.

(나) 11월 2일 처음으로 공장에서 일을 하게 되었다. 나와 친구들은 INP중공업 내의 협력 업체인 세진기술이라는 곳에서 일을 하게 되었다. 세진기술은 선실의 실내장식을 하는 곳이었다. 나는 실내장식을 하는 곳이라 일이 쉽겠지 생각했는데, 일에 대하여 아무것도 모르는 상태이고 적응도 되지 않아 힘들고 피곤했다. 선박 실내장식은 내가 생각했던 선실을 예쁘고 보기 좋게 꾸미는 일이 아니었다. 30~40kg 정도 되는 문을 달고 드릴로 벽에 구멍도 뚫는 힘든 일이었다. 내가 생각했던 장식과는 거리가 먼 일들이었다.

(다) 일을 시작한 지 얼마 되지 않아 힘들었다. 그래서 여러 번 실수를 하기도 했다. 한번은 근로자 아저씨와 함께 문을 달기 위해 문틀에다 나사를 박는 일을 하다가 깜박 졸기도 했다. 아저씨가 나사를 박는 동안 문을 잡고 있으라고 하여 문을 잡고 있다가 나도 모르게 졸았던 것이다. 그 일 때문에 아저씨에게 심한 꾸중을 들었다. 드릴과 같은 위험한 공작기계를 가지고 작업을 하다가 졸게 되면 큰 사고가 날 수 있다고 했다. 그 일이 있은 후로는 작업 중에 졸지 않으려고 정신을 차리고 일을 했다. 문을 다는 작업이 끝나자 기계를 청소하거나 옮기는 일 등을 했다. 하루는 용접기를 배의 끝에서 맨 앞쪽으로 옮기는 작업을 했는데, 배의 끝에서 끝까지의 거리는 50미터가 넘었다. 평지에서의 50미터이면 아무 일도 아니겠지만 배의 앞쪽으로 용접기를 들고 가

는 길은 매우 힘들었다. 계단을 오르고 내리기를 반복했는데, 배 바닥에는 큰 파이프 들이 깔려있어서 걷기가 쉽지 않았다. 용접기는 대략 네 사람 정도면 충분히 들 정도 의 무게인데, 아저씨들은 우리가 한창때라며 우리에게 옮기라고 하셨다. 나와 친구들 은 속으로 아저씨들을 원망하며 용접기를 힘들게 옮겼다. 그렇게 한 달이 지나고 일 하는 것도 많이 익숙해졌고, 아저씨들과도 웃으면서 이야기를 할 수 있는 친한 사이 가 되었다. 아저씨들과 친하게 되니, 일하기도 한결 쉬웠다.

(라) 현장실습 기간이 끝이나 일을 그만두게 되었을 땐 아저씨들과 정이 들어서 아 쉬움이 많았다. 아저씨들도 아쉬운 듯 시간 날 때 와서 용돈이라도 벌어보라고 하시 며 인사를 해주셨다. 처음에는 꾸중도 듣고 일도 힘들었지만, INP중공업에서 두 달 동 안의 현장실습은 고등학교 시절의 잊을 수 없는 경험이 된 것 같아 기분이 좋았다.

3) 가치 있는 글이 되어야 한다

앞에서 한 편의 글이 되기 위해서는 주제를 드러내기 위한 논리성과 함께 말 하고자 하는 내용에 대한 구체적인 서술이 중요하다고 했다. 여기에 덧붙여져야 할 것이 '다른 사람이 읽을 가치가 있는 내용을 담아야 한다'는 것이다. 아무리 좋은 경험이나 생각을 아름다운 문장으로 표현했다고 해도, 그것이 다른 사람이 읽을 가치가 없는 것이라면 한 편의 글이 되지 않는다.

앞의 <현장실습 3>은 현장실습을 한 구체적인 이야기를 자세하게 적어 글쓴 이가 무엇을 했는지를 알 수 있다. 그렇지만 어떤 경험이나 생각을 구체적으로 적었다고 하여 한 편의 글이 되지 않는다. 한 편의 글이 되기 위해서는 의미 있 는 무엇인가를 말할 수 있어야 한다. 보기 글과 같이 '현장실습'을 한 경험을 쓰 려고 한다면, 아저씨들과 함께 일을 하면서 보고 느낀 그 분들의 성실한 삶의 모습이나, 또는 그 분들과 같이 가족들을 위해 고생하시는 부모님을 생각하는 마 음 등이 담겨 있어야 한다. 그래서 아래와 같은 내용이 덧붙여져야 하는 것이다.

세진기업에서 일하는 근로자는 모두 네 분이었는데 대부분 우리 아버지 세대이셨다. 나와 같이 일을 한 아저씨는 아저씨들 중에서 가장 젊었다. 그래서 아저씨와 나는 그 중에서 제일 힘든 일을 도맡아 했다. 힘든 일을 함께 하다 보니, 다른 아저씨들보다 더 정이 들었다. 아저씨는 부산에서 일을 하시다 울산으로 발령이 나 가족과 떨어져 기숙사에서 생활하신다고 하였다. 가족을 위해서 혼자 기숙사에서 지내면서 일하시는 아저씨가 존경스러웠다. 가족을 위해 고생하며 일하시는 아저씨들을 보며 우리 아버지도 이 분들처럼 공장에서 일을 하고 계실 것이라 생각하니 가슴이 저리기도 했다.

위의 내용이 덧붙여져야 하는데, 덧붙일 곳은 (다) 다음이 적당하다. (다) 다음에 위의 내용을 정리해보자.

현장실습(4)

(가) 고등학교 3학년 생활이 거의 끝날 때 즈음 현장실습을 나갔다. 우리 학교는 울산에 있는 실업계 고등학교이기 때문에, 3학년 2학기 11월 초에 3학년 학생들은 학교에서 배운 공부를 직접 공장에서 적용해 보기 위해 현장실습을 나가게 된다. 나는 친구 어머니의 소개로 같은 반 친구 두 명과 INP중공업이라는 곳에서 실습을 하게 되었다. INP중공업은 울산의 방어진에 위치해 있는데, 중·대형 선박을 만드는 곳이다. 울산에는 대기업인 현대중공업이 있어서 INP중공업이 있는지도 몰랐는데, INP중공업도 규모가 큰 회사였다. 주로 건물을 해외로 옮기는 배를 만든다고 하였다.

(나) 11월 2일 처음으로 공장에서 일을 하게 되었다. 나와 친구들은 INP중공업 내의 협력 업체인 세진기술이라는 곳에서 일을 하게 되었다. 세진기술은 선실의 실내장식을 하는 곳이었다. 나는 실내장식을 하는 곳이라 일이 쉽겠지 하고 생각했는데, 일에 대하여 아무것도 모르는 상태이고 적응도 되지 않아 힘도 들고 피곤했다. 선박 실내장식이 내가 생각했던 선실을 예쁘고, 보기 좋게 꾸미는 일이 아니었다. 30~40kg 정도 되는 문을 달고 드릴로 벽에 구멍도 뚫는 힘든 일이었다. 내가 생각했던 장식과는

거리가 먼 일들이었다.

(다) 일을 시작한 지도 얼마 되지 않아 힘들었다. 그래서 여러 번 실수를 하기도 했다. 한번은 근로자 아저씨와 함께 문을 달기 위해 문틀에다 나사를 박는 일을 하다가 깜박 졸기도 했다. 아저씨가 나사를 박는 동안 문을 잡고 있으라고 하여 문을 잡고 있다가 나도 모르게 졸았던 것이다. 그 일 때문에 아저씨에게 심한 꾸중을 들었다. 드릴과 같은 위험한 공작기계를 가지고 작업을 하다가 졸게 되면 큰 사고가 날 수 있다고 했다. 그 일이 있은 후로는 작업 중에 졸지 않으려고 정신을 차리고 일을 했다. 문을 다는 작업이 끝나자 기계를 청소하거나 옮기는 일 등을 했다. 하루는 용접기를 배의 끝에서 맨 앞쪽으로 옮기는 작업을 했는데, 배의 끝에서 끝까지의 거리는 50미터가 넘었다. 평지에서의 50미터이면 아무 일도 아니겠지만 배의 앞쪽으로 용접기를 들고 가는 길은 매우 힘들었다. 계단을 오르고 내리기를 반복했고, 배 바닥에는 큰 파이프들이 깔려있어서 걷기가 쉽지 않았다. 용접기는 대략 네 사람 정도면 충분히 들 정도의 무게인데, 아저씨들은 우리가 한창때라며 우리에게 옮기라고 하셨다. 나와 친구들은 속으로 아저씨들을 원망하며 용접기를 힘들게 옮겼다. 그렇게 한 달이 지나고 일하는 것도 많이 익숙해졌고, 아저씨들과도 웃으면서 이야기를 할 수 있는 친한 사이가 되었다. 아저씨들과 친하게 되니, 일하기도 한결 쉬웠다.

(라) 세진기업에서 일하는 근로자는 모두 네 분이었는데 대부분 우리 아버지 세대이셨다. 나와 같이 일을 한 아저씨는 아저씨들 중에서 가장 젊었다. 그래서 아저씨와 나는 그 중에서 제일 힘든 일을 도맡아 했다. 힘든 일을 함께 하다 보니, 다른 아저씨들보다 더 정이 들었다. 아저씨는 부산에서 일을 하시다 울산으로 발령이 나 가족과 떨어져 기숙사에서 생활하신다고 하였다. 가족을 위해서 혼자 기숙사에서 지내면서 일하시는 아저씨가 존경스러웠다. 가족을 위해 고생하며 일하시는 아저씨들을 보며 우리 아버지도 이 분들처럼 공장에서 일을 하고 계실 것이라 생각하니 가슴이 저리기도 했다.

(마) 현장실습 기간이 끝나 일을 그만두게 되었을 땐 아저씨들과 정이 들어서 아쉬움이 많았다. 아저씨들도 아쉬운 듯 시간 날 때 와서 용돈이라도 벌어보라고 하시며 인사를 해주셨다. 처음에는 꾸중도 듣고 일도 힘들었지만, INP중공업에서 두 달 동안의 현장실습은 고등학교 시절의 잊을 수 없는 경험이 된 것 같아 기분이 좋았다.

이렇게 한 편의 글이 되기 위해서는 다른 사람이 읽을 가치가 있는 내용이 담겨 있어야 한다.

다음 두 개의 '보기 글'을 읽어보고 비교해 보자.

| 보기 글 1 |

통계청에서 한 아르바이트

(학생 글)

대입수능시험을 마치고 할 게 없어 방 안에서 노트북만 만지고 있다가 동네에서 친하게 지내던 친구들이 아르바이트를 하자고 하여 여기저기 아르바이트 자리를 찾아보게 되었다. 그러던 중에 어머니가 자주 이용하시는 미용실의 아주머니께서 통계청에서 아르바이트생을 모집한다고 하여, 그곳으로 찾아갔더니 담당자가 서류를 주며 주소와 성명, 학력 등을 작성하게 하고는 일거리를 주었다. 주어진 일은 컴퓨터로 주소와 인적사항을 정리하는 단순한 작업이었다.

다음날부터 일을 하기 시작했는데 매우 따분하고 지루했다. 잘못된 이름과 나이, 생년월일 등을 정리하는 반복된 작업을 계속하니 너무 지루해서 졸음이 쏟아져 졸기도 하여 감독하는 사람의 시선을 피해 옆 사람과 30분씩 교대로 잠을 자기도 했다. 5일 정도 지나니 너무 지루하여 그만둘까 생각하고 있는데, 통계청 안에서 다른 일을 할 사람들을 모집하고 있어서 나와 친구 한 명은 그곳에 지원했다. 그곳에서는 상자를 옮기고 파일 등을 정리하고 종이를 복사해서 주는 일 등을 했다. 매우 바쁘고, 또 사무실 밖에서도 일을 해야 했기 때문에 춥기도 했지만 컴퓨터만 두드리면서 지루하게 앉아 있는 것보다는 괜찮아 나름대로 만족하였다. 그런데 이 일도 5일 정도 지나니까 피곤하고 힘들었다. 그리고 난방시설도 없는 사무실 밖에서 일을 하니 춥고 손발이 시려 힘들었다. 그래서 요령을 피우기 시작했다. 화장실에서 용변을 보는 것처럼 박혀 있기도 하고, 괜히 전화를 받는 척하며 시간을 보내기도 했다. 20~30분을 이렇게 시간을 보내게 되면 덜 힘들게 일을 끝마치고 집으로 갈 수 있었다. 그렇게 하여 한 달 동안 아르바이트를 끝마칠 수 있었다.

통계청 아르바이트를 통해 돈 벌기가 쉽지 않다는 것을 깨달았다. 일이 쉬우면 지루하고 졸리고 무의미해서 힘들고, 일이 어려우면 또 육체적으로 힘들고 고단했다. 그렇지만 쉬운 일이든 어려운 일이든 노하우를 깨닫고 적절히 요령도 피워가면서 하면 덜 지루하게 일을 할 수도 있다는 것을 알게 되었다. 통계청에서 한 달 동안 아르바이트를 하면서 느낀 것은 어떤 일이든지 일을 할 때에는 빨리 적응하고, 요령도 피워가며 즐겁게 일을 해야 한다는 것이다.

위 글은 대입수능시험을 치르고 나서 통계청에서 아르바이트를 한 일을 적은 것이다. 그런데, 글의 내용이 아르바이트를 하면서 특별한 경험이나 느낀 점 등은 적지 않고, 요령피운 이야기만 늘어놓고 있다. 이런 글은 아무리 열심히 썼다고 해도, 읽는 사람에게 감동을 주기 어렵다. 글쓴이의 성실하고 진솔한 마음이 담겨 있지 않은 글은 독자들이 읽지 않는다. 한 편의 글이 되기 위해서는 독자들이 읽을 가치가 있는 글이 되어야 한다.

| 보기 글 2 |

아르바이트

(학생 글)

대학 수시고사에 합격하고 시간적으로 여유가 있어 아르바이트를 하기로 했다. 적당한 일거리를 구하려고 몇 군데를 알아보다가 화장품 가게에서 판매 도우미로 일을 하게 되었다. 손님들에게 상품을 설명하고 손님이 원하는 물건을 보여주고 계산을 도와주는 일이었다. 근무시간은 오후 1시부터 밤 10시까지이고, 보수는 시간당 4천 원을 받기로 했다. 화장품 판매를 도와주는 단순노동이라 어려움은 없었지만, 손님이 많을 적에는 오랫동안 서 있어야 했기 때문에 다리가 아프고 발이 부어오르기도 하여 쉬운 일이 없다는 생각이 들기도 했다. 처음 며칠 동안은 발이 퉁퉁 부어올라 밤에 따뜻한 물에 담그기도 했는데, 그런 나를 보고는 어머니께서 힘들면 그만두라고 말씀하기도 했다. 하지만, 대학 등록금과 1학기 기숙사비를 내 손으로 마련하겠다는 생각에서 힘든 것을 참고 견디었다.

그렇게 하여 한 달이 지나고 100만 원에 가까운 첫 월급을 받게 되었다. 받은 월급을 어머니에게 드렸더니, 어머니는 내가 받은 급료를 다 저축하지는 않고 7만 원 정도를 용돈으로 주셨다. 내가 번 돈이라 뿌듯하고 기분이 좋았다. 나는 무엇을 할까 생각하다가 첫 월급은 부모님 속옷을 사 드리는 것이라는 어른들의 이야기가 떠올라 어머니께 선물을 사 드리고 싶었다. 생각 끝에 내가 일하고 있는 화장품 가게의 상품 중에서 어머니 피부에 제일 잘 맞고 좋은 것으로 사드리기로 마음을 먹었다. 첫 월급을 받은 며칠 후 미백, 주름개선, 주근깨, 기미, 트러블 흉터, 모공관리에 좋은 달팽이 영양크림을 구입하여서 어머니에게 드렸더니 매우 좋아하셨다.

어머니는 화장품 사는 돈이 제일 아깝다며 기초라인을 직접 사서 쓰시지 않고, 색조 화장품을 구입하시고 샘플을 많이 받아 쓰시는 알뜰한 분이다. 그런데 내가 선물로 주면서 좋은 것이라고 며칠만이라도 써보라고 하니, 어머니는 선뜻 쓰시지 않고 조금 챙겨간 샘플을 먼저 쓰시기 시작했다. 화장품을 사용한 지 2주 정도가 지나서, 어머니가 친구들과 찜질방에 다녀오시더니 친구들이 피부가 좋아졌다고 하더라며 좋아하셨다. 화장도 잘 먹고 피부가 좋아졌다는 친구들의 말에 좋아하시는 어머니의 모습을 보니, 내가 선물을 잘 했다는 생각이 들어 뿌듯했다.

아르바이트를 한 지 4개월 정도 지나 대학에 입학할 시기가 다가오자 어머니는 내가 번 돈으로 등록금을 내고도 남는다며 아르바이트를 그만두라고 하셨다. 어머니의 말씀에 따라 아르바이트를 그만 두고 대학생활을 위한 준비를 했다. 그리고 기숙사에서도 합격되었다는 통지가 와서 짐을 하나씩 챙겼다. 기숙사에 입소하기 전날 마지막으로 짐을 꾸리는데 어머니가 내가 사 준 달팽이 크림을 건네주며 기숙사에 가져가서 쓰라고 하셨다. 어머니는 나에게 주기 위해서 샘플만 쓰시고 선물로 준 것은 쓰시지 않으셨던 것이었다. 어머니에게 선물로 준 것인데 어떻게 내가 쓰냐며 우리 모녀는 한동안 실랑이를 벌이다가 겨우 어머니에게 당신이 사용하겠다는 약속을 받아냈다. 사소한 것이긴 하지만, 좋은 것은 어머니 자신보다는 딸에게 주려고 하시는 어머니의 깊은 사랑을 느낄 수 있어 가슴이 뭉클하였다.

4개월 동안의 아르바이트는 좋은 경험도 되었고 등록금을 마련했다는 보람도 느꼈다. 그보다 더 소중한 것은 내가 어머니에게 드린 선물을 통하여 자식을 위하는 어머니의 깊은 사랑을 알게 된 것이다.

위 글은 대입 수시고사에 합격한 이후, 여가시간을 활용하여 화장품 가게에서 아르바이트한 것을 적었다. 아르바이트를 해서 등록금을 직접 마련한 것이나, 어머니에게 화장품을 선물한 것 등에서 글쓴이의 성실하고 착한 마음이 잘 드러난다. 그리고 어머니에게 드린 선물을 어머니가 쓰지 않고 아껴 두었다가 딸에게 다시 주려고 하는 것에서는 자식에 대한 어머니의 사랑이 잘 나타나 있다. 또 글쓴이는 자식을 위하는 어머니의 사랑을 깨닫고 가슴이 뭉클했던 것을 적어 읽는 이에게 잔잔한 감동을 주고 있다. 이렇게 글은 읽는 사람이 무엇인가를 생각하고 느낄 수 있는 내용이 있어야 한다.

고치고 더한 첨삭으로 익히는 글쓰기

II

글쓰기의 예비 작업 및 글 다듬기

1. 주제와 글감

한 편의 글을 쓰려고 하면 먼저 '무엇을 쓸 것인가'하는 주제가 분명해야 한다. 쓰고자 하는 바(주제)가 분명하지 않으면, 글을 쓰기 쉽지 않다. 주제가 분명하지 않은 데 글을 쓰는 것은 마치 어디를 가야 할 것인가를 정하지도 않고 집을 나선 것과 다르지 않다. 그래서 글을 쓰기 전에 주제를 정해야 한다. 주제를 정할 때는 자기가 잘 아는 것이나, 쉽게 쓸 수 있는 것이어야 한다. 예컨대, '남북 통일의 방안'이나 '종교 간 화합' 등을 주제로 잡으면 쉽게 쓸 수 없을 것이다. 그래서 자기가 쉽게 쓸 수 있는 직접 경험한 일이나, 학교에서 배운 지식을 통해 잘 알고 있는 내용을 주제로 선정하는 것이 좋다. 자기가 충분히 잘 쓸 수 있는 내용을 주제로 정해야 한 편의 글로 완성하기가 쉽다.

그러면 어떻게 주제를 정할 것인가? 일반적으로 글을 쓰게 되는 것은 크게 두 가지이다. 글감이나 주제가 주어진 상황에서 글을 쓰는 경우와, 글감과 주제를 마련하여 글을 쓰는 경우이다. 글감과 주제가 주어진 경우는 백일장이나, 시험, 과제물 등의 글쓰기이다. 이 경우는 주제를 정하기 위해 고민할 것이 없다.

1) 글감이나 주제가 주어진 경우

예컨대 '우정'을 주제로 한 편의 글을 쓴다고 해보자. 그러면 주제인 '우정'을 잘 설명할 수 있는 글감을 마련해야 한다. 글감이란 주제를 잘 설명할 수 있는 이야깃거리로 일반적으로 소재라고 한다. 우정을 설명할 수 있는 이야깃거리는 많이 있을 것이다. 살아오면서 많은 친구들을 만나 우정을 쌓고, 현재까지 친밀한 관계를 유지하고 있는 경우가 많을 것이기 때문이다. 그렇지만 모든 친구들과의 우정을 다 쓸 수는 없다. 친구들과의 우정 중에서도 '우정의 소중함'이나 '우정의 의미'를 잘 설명할 수 있는 것을 한두 개 택하여 쓰고자 하는 주제를 보다 구체화해야 한다.

① 주제문 작성

주제가 정해지면 그것을 보다 구체적으로 하나의 문장으로 만드는 것이 효과적이다. 예컨대 '우정의 의미'나 '우정의 소중함'보다는, '서로에게 도움이 되는 친구가 좋은 친구이다' 또는 '어려울 때 친구가 진정한 친구이다' 등이 효과적이라는 것이다. 그것은 하나의 문장이 되면 쓰고자 하는 바가 보다 분명해지기 때문이다. '서로에게 도움이 되는 친구가 좋은 친구이다.'를 주제로 정했다고 해보자.

주제가 정해졌으면 그것을 어떻게 글로 표현할 것인가를 고민해야 한다. 주제를 효과적으로 드러내기 위해서는 주제를 드러낼 수 있는 자료를 적절하게 취합하여 배열할 필요가 있다. 곧, 글감을 수집하여 적절하게 배열해야 한다. 여기서는 '서로에게 도움이 되는 친구가 좋은 친구이다.'를 설명할 수 있는 개인적인 경험이나 예를 들어 설명할 수 있는 것을 적절하게 나열해야 한다. 예컨대 우정과 관련된 고사성어나 옛이야기, 돈독한 우정을 나누었던 인물들의 이야기 등을 적절하게 수집하여 쓰고자 하는 주제를 효과적으로 드러내어야 한다.

② 글감의 수집과 배열

글감의 수집과 배열은 다른 말로 '구상하기' 또는 '개요 작성'이라고 한다. 본격적인 글쓰기를 위한 수집된 글감을 어떻게 배열하여 한 편의 글을 만들 것인가를 생각하는 것으로, 글의 얼개를 짜는 것이다. 마치 집을 지을 때 설계를 한 후에 집을 짓듯이, 글을 쓸 때도 전체 글을 위한 얼개를 짜야 한다.

앞에서 정한 '서로에게 도움이 되는 친구가 좋은 친구이다'라는 주제로 한 편의 글을 쓰기 위한 글감으로 다음과 같은 것을 수집했다고 해보자. '그 사람을 모르거든 그 벗을 보라.'는 속담, '마중지봉'이라는 고사성어, '중학교 1학년 때 만난 적극적인 성격의 친구', '고등학교 시절 불량학생들과 어울려 잠시 방황하던 친구' 등.

이렇게 수집한 글감을 가지고 한 편의 글을 쓰기 위해서는 주제를 효과적으로 드러내기 위한 단락의 구성과 글감의 배열을 생각해야 한다. 몇 개의 단락을 만드는 것이 효과적인지, 그리고 주제를 드러내기 위한 단락의 전개와 글감의 배치, 단락의 분량은 어느 정도가 적당할지 등을 수집한 글감을 가지고 생각해야 한다.

앞에서 정한 주제를 드러내기 위한 단락의 구성과 글감의 배치를 다음과 같이 할 수 있을 것이다.

글의 서두는 글을 쓰게 된 이유나 배경 등을 적거나, 글의 주제와 관련된 내용을 제시하는 것이 효과적이다. 그래서 서두는 '그 사람을 모르거든 그 벗을 보라.'는 속담을 인용하여 친구는 성품이 서로 비슷하게 닮아간다는 것을 설명하면서 친구의 중요성을 제시한다.

본문은 글의 중심된 내용을 서술하는 것으로, 주제를 적절하게 설명하기 위해 수집한 글감을 활용하여 3-4개 정도의 단락으로 서술하는 것이 효과적이다. 2개 이하는 내용이 단조롭고, 5개 이상 되면 내용이 산만해 진다. 그래서 단락은 3-4

개 정도가 적당하다.

본문 첫 번째 단락에서는 '마중지봉'이라는 고사성어를 인용하여 친구의 중요성을 설명하면서, '중학교 1학년 때 만난 적극적인 성격의 친구' 덕분에 소극적인 성격이 적극적으로 바뀐 것을 서술한다.

본문 두 번째 단락에서는 '고등학교 시절 불량학생들과 어울려 잠시 방황하던 친구'를 설득하여 학업에 다시 열중할 수 있게 한 것을 서술한다.

마무리는 글의 내용을 요약 정리하는 것이 간명하다. 서두에서 제시한 내용을 다시 강조하거나, 본문에서 제시한 문제점을 해결할 새로운 방안을 제시하기도 하는데, 글의 내용에 따라 효과적인 방법으로 하면 된다. 따라서 이 글의 마무리는 사람은 환경의 영향을 많이 받는다는 것을 말하면서 친구의 중요성을 다시 강조하는 내용으로 정리한다.

위에서 짠 글의 얼개와 글감의 배열을 간단하게 정리해 보면 다음이 될 것이다.

〈개요 작성의 예〉

제목 : 나의 마중지봉

① 중심 글감 – 우정
② 주제문 작성 – 서로에게 도움이 되는 친구가 좋은 친구이다

서두 – '그 사람을 모르거든 그 벗을 보라'는 속담을 인용하여 친구의 중요성을 제시한다.
본문 – ㉮ 마중지봉이라는 고사를 인용하여 중학교 1학년 때 만난 친구의 영향으로 소극적인 성격이 적극적인 성격으로 바뀌었다는 것을 설명한다.
㉯ 고등학생 시절 불량학생들과 어울려 공부에 소홀했던 친구를 설득하여 다시 학업에 충실할 수 있게 한 일을 설명한다.

마무리-서로에게 좋은 영향을 주고 같이 성장할 수 있는 친구가 진정한 친구라고 설명한다.

글쓰기를 위한 개요를 작성했으면, 이젠 그것에 따라 글을 써 나가면 된다. 그런데, 이때도 생각해야 할 점이 있다. 글의 분량을 적절하게 조정하여 전체의 균형을 맞추는 것이다. 글의 균형을 위한 분량은 서두가 전체의 10-20%, 본문이 60-80%, 마무리가 10-20% 정도면 적절하다.

〈개요에 따른 글쓰기〉

나의 마중지봉

(학생 글 수정)

'그 사람을 모르거든 그 벗을 보라.'라는 말이 있다. 사람은 늘 접하는 사람의 성품을 닮는다. 부부가 서로의 성품을 닮아가고, 자식이 부모의 성품을 닮아가는 것이 당연한 것처럼 같이 지내는 친구는 서로의 성품을 닮아가기 마련이다. 이렇듯 사람은 항상 주변 상황에 따라 변하는데, 그 변화에 가장 많은 영향을 주는 것이 친구이다. 친구는 '제 2의 자신'이라는 말이 있을 정도로 서로와 닮아 있는 경우가 많다. 또한 누군가가 변하기 시작하면 그에게 새로운 친구가 생겼다고 먼저 생각이 들 정도로 서로에게 많은 영향을 준다. 그렇게 친구로 인해 서로에게 많은 변화가 나타나는데, 그 변화가 둘 모두에게 좋은 영향을 주는 경우도 있고 반대로 나쁜 영향을 주는 경우도 있다.

'마중지봉'이란 고사성어가 있다. 삼밭에 나는 쑥이라는 뜻으로 좋은 벗과 사귀면 자연히 좋은 사람이 된다는 의미이다. 나에게도 이런 좋은 영향을 준 친구가 있다. 나와 중학교 때부터 고등학교를 졸업할 때까지 학창시절을 같이 보낸 친구인데, 나는 이 친구의 영향을 아주 많이 받았다. 중학교에 입학하기 전까지 나는 성격이 아주 소극적이었다. 발표 시간에 반 친구들 앞에 나가 얘기하는 것을 두려워해 울었던 적이 있을 정도로 내성적이었다. 그랬던 내가 중학교 1학년 때 ○○와 같은 반이 되면서 성격이 바뀌기 시작했다. ○○는 나와는 정반대의 성격으로 모든 일에 적극적이고 반 친구들과 두루두루 잘 지냈으며 선생님들도 ○○를 매우 좋아하셨다. 나는 나와 다른 모습을 가진 ○○가 정말 부러웠고 친해지고 싶었지만, 소심하여 말조차 걸어보지 못했다. 그런데 ○○가 나에게 먼저 다가와서 말을 건네주었고, 그 이후 ○○와 이야기를 나누며 친해졌고 내 성격도 변하기 시작했다. 소극적이었던 성격은 적극적으로 변했고 많은 사람들 앞에서 발표하는 것을 무서워하던 내가 점점 대중 앞에 서는 것을 무서워하지 않게 되었다. 지금의 내 성격을 보면 조용하고 내성적인 예전의 모습은 거의 남아있지 않다. 나는 지금의 내 자신이 매우 좋고 학창시절 동안 나와 같이 다니면서 나를 이렇게 자신감 넘치게 만들어 준 내 친구 ○○가 정말 고맙다.

이런 나의 경험처럼 친구로 인해 좋게 변해 가는 사람들이 있는 반면에 그렇지 않은 사람도 있다. '붉은 인주를 가까이 하는 사람은 붉어지고 검은 먹을 가까이 하는 사람은 검어진다.'라는 뜻을 가진 '근주자적 근묵자흑'인 경우이다. 나의 고등학교 동창 중 △△는 학업 성적이 우수한 모범 학생이었는데, 불량한 친구들과 어울리며 공부에 소홀히 하여 상위권이던 성적은 계속 내려갔고 담배를 피우며 나쁜 행동도 하였다. 그러던 어느 날 △△를 비롯한 불량 학생들이 담배를 피우다가 학생부 선생님에게 발각되어 심한 벌을 받았다. 나는 그 이야기를 듣고 △△를 만나서 그런 행동을 하지 말 것과 예전처럼 공부에 집중하여 좋은 성적을 유지하도록 충고했다. △△는 그 이후 불량한 친구들과는 조금씩 거리를 두며 점점 원래의 모습으로 돌아왔다. 내 친구 △△는 본래의 좋은 모습으로 다시 돌아왔지만 그렇지 않은 경우도 많을 것이라고 생각한다.

사람들은 주변 환경에 많은 영향을 받는다. 친구도 그렇다. 좋은 친구와 사귀면 친구의 좋은 모습을 닮고, 나쁜 친구를 만나면 그 친구의 나쁜 점을 닮는다. '마중지봉'이란 말처럼 서로에게 좋은 영향을 주고 같이 성장할 수 있는 친구가 진정한 친구일 것이다.

2) 글감이나 주제가 주어지지 않은 경우

① 주제문 작성

앞에서 본 '우정'을 주제로 한 글쓰기에서와 같이, 주제가 정해진 경우에는 주제를 정하기 위해 고민할 것이 없지만 주제가 정해져 있지 않은 경우에는 주제를 정하여 관련된 글감을 모아야 한다.

예컨대 겨울 방학 동안에 음식점에서 아르바이트 한 일을 글로 써 보고자 한다면 다음과 같은 작업이 필요하다. 먼저 음식점에서 한 아르바이트를 통해 느낀 점이나 생각한 것 중에서 '자기 자신'이나 '다른 사람'에게 꼭 이야기하고 싶은 내용을 주제로 정해야 한다. '돈 버는 일이 쉽지 않았다'나 '용돈을 아껴 써야겠다', '음식점에서 식사예절을 잘 지켜야겠다' 등등 음식점에서 아르바이트를 하면서 경험한 일 중에서 '자기 자신'이나 '다른 사람'에게 꼭 이야기하고 싶은 것을 주제로 정할 수 있을 것이다.

예컨대 '돈 벌기가 쉽지 않다는 것을 경험했다'를 주제로 정했다고 해보자. 그러면 앞에서 본 '우정'을 주제로 한 글쓰기에서와 같이, '음식점에서 한 아르바이트'를 통해서 '돈 벌기가 쉽지 않다는 경험'을 설명할 수 있는 글감을 수집하고, 그것을 적절하게 배치하여 주제를 효과적으로 드러내도록 해야 한다.

② 글감의 수집과 배열

앞에서 정한 '돈 벌기가 쉽지 않다는 것을 경험했다'는 주제를 드러내기 위한 글감으로는 음식점에서 아르바이트를 하면서 경험한 일들 중에 '주인이 잔소리가 많았다', '손님들의 무례한 행동이 불쾌했다', '마치는 시간이 일정하지 않아 힘들었다', '주인의 잔심부름이 불쾌했다' 등등이 있을 것이다. 이 중에서 '주인이 잔소리가 많았다', '손님들의 무례한 행동이 불쾌했다', '마치는 시간이 일정하지 않아 힘들었다'를 글감으로 선택하여 한 편의 글을 쓰기로 했다고 해보자.

그러면 다음과 같은 모습이 될 것이다.

서두에서는 '용돈을 벌기 위해 음식점에서 아르바이트를 하게 되었다'와 같이, 음식점에서 아르바이트를 하게 된 이유나 배경을 적는다.

본문 첫 번째 단락에서는 '주인의 잔소리가 심하여 불쾌하고 힘들었다'는 글감을 적절하게 서술한다.

본문 두 번째 단락에서는 '손님들의 무례한 행동이 불쾌했다'는 글감을 적절하게 서술한다.

본문 세 번째 단락에서는 '마치는 시간이 일정하지 않아 힘들었다'는 글감을 적절하게 서술한다.

마무리에서는 음식점에서 한 아르바이트를 통하여 좋은 경험을 했다는 내용으로 정리한다.

위에서 짠 글의 얼개와 글감의 배열을 간단하게 정리해 보면 다음이 될 것이다.

〈개요 작성〉

제목 : 음식점에서 한 아르바이트

① 중심 글감-겨울 방학 동안 음식점에서 한 아르바이트
② 주제문 작성-아르바이트를 통해 돈 버는 일이 힘들다는 것을 알았다.

서두-용돈을 벌기 위해 음식점에서 아르바이트를 하게 되었다.

본문-㉮ 주인이 잔소리가 많았다.
　　　㉯ 손님들의 무례한 행동이 불쾌했다.

⓪ 마치는 시간이 일정하지 않아 힘들었다.

마무리 – 아르바이트를 통하여 좋은 경험을 하였다.

〈개요에 따른 글쓰기〉

음식점에서 한 아르바이트

(학생 글 수정)

친구의 소개로 음식점에서 아르바이트를 하게 되었다. 방학 동안 아르바이트를 하고 싶다고 친구에게 이야기했더니, 친구가 지난 방학 동안에 아르바이트한 곳이라며 소개해 주었다. 숯불을 피워 소고기나 돼지고기를 구워먹는 숯불갈비집이었는데, 소고기와 돼지고기를 팔기도 하는 식육점을 겸하고 있었다.

내가 하는 일은 주로 손님들에게 음식을 주문받고, 식탁에 음식을 차리고, 숯불을 피워주고, 손님들이 고기를 먹은 후에는 숯불을 끄집어내고 식탁을 정리하는 일이었다. 간단하고 단순한 일인 것 같았는데, 비가 오거나 많은 손님이 한꺼번에 몰려올 때는 바쁘기도 하지만 복잡하고 소란스러워 정신을 차리지 못할 정도였다. 그런 경우에는 주인아주머니의 잔소리도 심했다. 여기저기서 "고기를 더 가져와라", "상추 더 달라", "술 가져와라" 등의 주문과 요구가 빗발치듯 하여 무엇을 먼저 해야 할지 몰라 허둥대고 있으면 주인아주머니가 "술부터 갖다주어라"며 나무라곤 했다. 평소에는 잔소리를 잘 하지 않는데, 비오는 날이나 손님이 한꺼번에 몰려오는 날이면 주인아주머니도 일하기가 힘드는지 잔소리가 많았다.

식당의 규모에 비하여 찾아오는 손님은 많은 편이었다. 작업복을 입은 근로자들이 자주 찾아왔는데, 주인아저씨가 다니던 회사의 동료들이라고 했다. 근로자 아저씨들은 술도 많이 먹고 큰소리로 이야기하여 시끄러웠다. 고기를 주문할 때도 큰소리로 말했고, 주문한 음식이나 술을 조금만 늦게 갖다주어도 빨리 가져오라고 큰소리를 질렀다. 그리고 학생이라며 반말을 하기도 하며, 잔소리를 하기도 했다. 한번은 상추를 더 달라고 했는데, 그때 마침 상추가 다 떨어지고 없었다. 그래서 상추가 없다고 했더니, "임마, 주인에게 말해서 사오라고 해"라고 하는 것이었다. 그 아저씨가 술이 약간 취한 것 같았지만 매우 불쾌했다. 그렇지만 좋은 손님들도 많았다. "학생이 수고한다.", "이런 데서 일도 해보아야 한다."며 격려해주시는 분도 있었다.

자주 오는 손님들이 주인아저씨와 동료들이어서 가끔씩 늦게까지 술을 마시기도 하여 마치는 시간을 넘기기도 했다. 10시에 마치기로 했는데, 10시를 넘기는 경우가 많았다. 그럴 땐 주인아저씨는 먼저 가라고 하지만, 아주머니는 청소를 하고 가야한다며 약속한 시간을 지키지 않았다. 그럴 땐 기분이 상하기도 했지만, 음식을 만드는 주방 아주머니와 함께 청소를 하고 설거지도 했다. 고기를 굽는 불판을 씻는 일은 생각보다 힘들었다. 불판에 고기가 붙어서 잘 씻기지 않았는데, 주방 아주머니께서 뜨거운 물에 담가두었다가 씻으라고 하여 그렇게 했더니 한결 쉬웠다. 주방 아주머니도 10시가 되면 마치고 가야 하는데, 10시가 지나도 식당에 손님이 있으면 피곤해 하였다. 주방 아주머니는 혼자서 고등학생인 아들과 중학생인 딸을 키우신다고 하는데, 힘들어하는 내색도 없이 일을 하셨다.

약속한 한 달이 지나 수당을 받게 되었다. 주인아저씨가 고생했다면서 약속한 금액보다 5만 원을 더 주었다. 늦게 마칠 때는 원망스럽기도 했는데, 5만 원을 더 주시니 기분이 좋았다. 많은 돈은 아니지만 내가 노력해서 돈을 벌었다는 것이 기뻤고, 또 한 달 동안 좋은 경험을 한 것 같아 뿌듯했다.

2. 낱말의 선택과 문장 쓰기

1) 낱말의 선택과 쓰기

글은 낱말이 모여서 이루어진다. 낱말이 모여 문장을 만들고, 문장이 모여서 문단을 이루고, 문단이 모여서 한 편의 글이 완성된다. 따라서 글은 낱말에서 시작하여 낱말로 끝난다고 할 수 있다. 곧, 낱말의 적절한 사용에 따라 좋은 문장이 되기도 하고 그렇지 않기도 하다는 것이다. 낱말의 적절한 사용능력은 글을 쓰는 사람의 생각이나 지식과 긴밀한 관련이 있는데, 생각과 지식이 깊고 풍부하면 그만큼 낱말의 구사력이 풍부하게 된다. 그러므로 낱말을 구사하는 힘을 기르는 것은 글쓰기를 위한 기초훈련이라 하겠다.

낱말은 그 자체만 놓고 볼 때에는 잘되었다거나 잘못되었다고 할 수가 없다. 낱말은 문맥 속에서 글을 쓰는 이가 사용하는 방식에 의해 잘잘못이 구별되는 것이다. 좋은 글을 쓰기 위해서는 정확하고 적절하며 참신한 낱말을 선택하여야 한다.

다음은 낱말 쓰기에 유의할 점들이다.

(1) 낱말을 정확하게 써야 한다

① 환경오염의 중요성이 심각하다.

→ _____

② 정의에 대한 자각을 심어주었다.

→ _____

③ 불조심의 생활화로 안전을 보호해야 한다.

→ _____

④ 나의 특기는 색소폰이다.

→ _____

⑤ 손님들의 저녁 식사가 한참이다.

→ _____

⑥ 퇴근시간이 되자 인파가 나타나기 시작했다.

→ _____

⑦ 소방관은 생명을 무릅쓰고 불로 뛰어들어 학생을 구출했다.

→ _____

⑧ 시험 준비에 시달린 탓인지 신체가 많이 줄었다.

→ _____

⑨ 복잡한 기능은 빠지고 필요한 기능만 살렸습니다.

→ _____

⑩ 독일 대표팀은 이번 경기에서 우승팀다운 면모를 발휘하였다.

→ _____

(2) **입말 투의 말은 쓰지 않는다**

① 이게 무슨 소리냐?

→ _____

② 그게 뭔 소린지를 몰랐다.

→ _____

③ 이왕 이렇게 된 거 우짜겠나.

→ _____

④ 책 속에는 머 좀 존 게 있나 보자.

→ _____

⑤ 암튼 약속을 지켜라.

→ _____

⑥ 요새 니가 왜 그래.

→ _____

⑦ 오랜만에 친구를 만나 무지 반가웠다.

→ _____

⑧ 근데 우리는 상황이 나쁘다고 일찍 포기한다.

→ _____

(3) 쉬운 우리말을 쓴다

① 청소년의 정체성 부재가 심각하다.

→ _____

② 그런 일이 다반사로 일어난다.

→ _____

③ 그 소식을 듣고 경악을 금치 못했다.

→ _____

④ 부재시 무단 출입을 엄금합니다.

→ _____

⑤ 주지하다시피 한일관계에는 현안이 산재해 있다.

→ _____

⑥ 공사다망하심에도 불구하고 왕림해주시어 감사드립니다.

→ _____

⑦ 만장하신 내외 귀빈 여러분께 심심한 사의를 표합니다.

→ _____

⑧ 음용할 식수가 부족하니 협조를 당부드립니다.

→ _____

⑨ 착오를 미연에 방지하기 위해 편람을 잘 숙지하시기 바랍니다.

→ _____

⑩ 강호제현의 지도편달을 바랍니다.

→ _____

(4) 참신한 말을 쓴다

상투적인 말이나 불필요한 미사여구를 나열하게 되면 글이 자연스럽지 못하고 생동감을 잃게 된다. 좋은 글을 쓰기 위해서는 무엇보다도 주제와 소재가 새로워야하지만, 낱말도 참신해야 한다.

① 아무리 강조해도 지나치지 않다.

→ _____

② 하지 않을 수 없다.

→ _____

③ 가능성을 배제할 수 없다.

→ _____

④ 믿어 의심치 않는다.

→ _____

⑤ 인생에 정답이 없다.

→ _____

⑥ 전무후무한 일이다.

→ _____

⑦ 매우 뜻깊고 보람 있는 유익한 활동이었다.

→ _____

⑧ 그녀의 모습은 이슬을 머금은 영롱한 한 떨기 꽃과 같았다.

→ _____

(5) 외래어를 제대로 쓴다

* 외래어를 표기할 때 파열음(ㄱ, ㄲ, ㅋ, ㄷ, ㄸ, ㅌ, ㅂ, ㅃ, ㅍ)을 된소리로 표기하지 않는다. (예 : 뻐스, 떠블 베드, 께임 → 버스, 더블 베드, 게임)
* 외래어를 한글로 표기할 때 'ㄱ, ㄴ, ㄹ, ㅁ, ㅂ, ㅅ, ㅇ' 일곱 자만 받침으로 쓴다. (예 : 초코렡, 커피숖, 케잌, 카셑 테잎 → 초콜릿, 커피숍, 케익, 카세트 테이프)

① 훼미리 쥬스를 마시고 화이팅을 외쳤다.

→ _____

② 초코렡과 케잌을 생일 선물로 받았다.

→ _____

③ 후라이판에 기름을 붓고 도나쓰를 만들었다.

→ _____

2) 문장 쓰기

(1) 기본문장과 문장의 확장

문장은 문장이 되기 위한 기본 틀(문법)을 가지고 있다. 일반적으로 우리글의 문장에는 세 가지 기본 구조가 있다.

① 무엇이 무엇이다.
② 무엇이 어떠하다.
③ 무엇이 어찌한다.

여기서 '무엇이'는 주어고, '무엇이다', '어떠하다', '어찌한다'는 서술어이다. 그래서 우리 글의 기본은 주어+서술어이다. 주어와 서술어가 서로 잘 결합하여야 좋은 문장이 된다.

①은 주어(무엇) + 주격조사 + 서술어(---이다)의 구조다.
　예) 아람이는 학생이다.

②는 주어(무엇) + 주격조사 + 서술어(---하다)의 구조다.
　예) 진달래가 예쁘다.

③은 주어(무엇) + 주격조사 + 서술어(--한다)의 구조다.
　예) 철수는 학교에 간다.

그렇지만 문장은 기본구조로만 이루어지는 것이 아니다. 기본문장에 적절한 수식어를 사용하여 문장을 확장하기도 하고, 전달하고자 하는 바를 강조하기도 한다.

①-1. 아람이는 키가 크고 성격이 쾌활한 학생이다.

위 예문에서 기본 문장은 '아람이(주어)는 학생(체언) + 이다(서술격조사).'이다. 이 기본 문장에 '키가 크고 성격이 쾌활한'이라는 형용사절이 '학생을'을 수식하여 문장이 늘어났다. 이렇게 문장은 수식어가 붙으면 늘어난다.

②-1. 활짝 핀 진달래가 새색시처럼 예쁘다.

위 예문에서 기본 문장은 '진달래(주어)가 예쁘다(서술어).'이다. 이 기본 문장에 '활짝 핀'이라는 형용사구가 '진달래'를 수식하고, '새색시처럼'이라는 부사구가 '예쁘다'는 술어를 수식하여 문장이 늘어났다.

③-1. 철수는 친구들과 사이 좋게 손잡고 학교에 간다.

위 예문에서 기본 문장은 '철수(주어)는 학교(목적어)에 간다(서술어).'이다. 이 기본 문장에 '친구들과 사이좋게 손잡고'라는 형용사절이 '학교에 간다'는 서술절을 수식하여 문장이 늘어났다.

문장의 확장은 수식어 사용만이 아니라, 다양한 방식으로 확장되기도 한다. 두 개 이상의 형용사절이나 부사절이 수식어로 덧붙여지기도 하고, 접속사로 두 문장을 연결하여 문장이 확장되기도 한다.

앞에서 보았듯이 문장은 수식어를 사용하여 확장된다. 수식어와 수식을 받는 낱말의 위치는 일반적으로 수식어가 피수식어의 앞에 오는 것이 원칙이다. 그러나 수식어가 여러 개 있을 경우 문장의 뜻이 잘 드러날 수 있도록 자리를 잡아 주어야 한다.

(2) 수식어의 사용

① 수식어는 수식하는 말 가까운 곳에 둔다.

　예) 십년 만에 우연히 고등학교 동창을 극장 앞에서 만났다.
　　　→ 십년 만에 고등학교 동창을 극장 앞에서 우연히 만났다.

② 두 개의 수식어를 병렬하여 뜻이 모호해 질 때는 쉼표(,)를 찍는다.

　예) 사랑하는 명희의 언니가 사고로 다쳤다.

이 문장에서 사랑하는 대상이 명희인지, 명희의 언니인지 불분명하다. 이때 쉼표를 찍으면 된다. '사랑하는, 명희의 언니가 사고로 다쳤다.'와 같이 되면, 사랑하는 대상은 명희의 '언니'가 된다. 그리고 '사랑하는 명희의, 언니가 사고로 다쳤다.'와 같이 되면, 사랑하는 대상은 '명희'가 된다.

　예) 아름다운, 산과 바다

이 문장에서는 '아름다운'은 '산'과 '바다' 모두를 수식한다.

　예) 아름다운 산과, 바다

이 문장에서는 '아름다운'은 '산'만 수식한다.

③ 문장 전체를 수식하는 부사어는 일반적으로 문장의 앞에 둔다.

　예) 어느새 봄이 우리 곁에 다가왔다.

(3) 좋은 문장의 조건

좋은 문장을 쓰는 것은, 곧 좋은 글을 쓰는 것이다. 문장은 글쓴이의 생각을 표현하고 전달하는 글의 기본 단위이기 때문이다. 좋은 문장이란 무엇보다도 문법에 맞는 문장이다. 따라서 좋은 문장을 쓰려고 하기보다는 문법에 맞는 올바른 문장을 쓸 수 있도록 해야 한다.

다음은 올바른 문장을 쓰기 위해 유의할 점들이다. 바르지 못한 문장들을 분석하여 직접 고쳐 써 보도록 하고, 아울러 좋은 문장이 지니고 있는 조건도 함께 살펴보기로 하자.

① 문장을 짧게 쓴다

긴 문장은 논리적인 흐름에서 벗어나기 쉽고, 말하고자 하는 내용도 불분명하게 만든다. 말하고자 하는 내용을 한 마디로 정리한다는 생각으로 문장을 짧게 써야 한다.

(가) 현대인은 이웃에 관심이 없다는 것보다는 이기적이라고 볼 수밖에 없는 것이 옆집에 큰일이라도 나면 제일 먼저 구경하러 온다는 사실로도 충분히 입증된다.

→ _____

_____

_____

(나) 정보화 사회의 부작용은 만만찮아서, 사람들이 사람들을 직접 만나 처리하는 경우가 줄게 되면 인간적인 정이나 대화가 오고 가기 힘들어지며, 결국에는 자기와 함께 생활하는 기계보다 더 차갑고 메말라 갈 텐데, 이것은 인간이 궁극적으로 꿈꾸어 온 이상 사회와는 거리가 멀다는 것은 두말할

나위가 없다.

→ _____

_____

_____

_____

(다) 어느 개인의 인생관의 옳고 그름을 판별하고 또 표준으로 삼을 만한 인생
관을 규정하는 것은 옳지 않다 하더라도, 오늘날과 같은 경쟁 사회 속에서
개인이 많은 시간과 노력의 투자로 획득된 기득권자의 위치에서 만인을
부리면서 그들의 권력을 행사하려 함은 분명하다.

→ _____

_____

_____

_____

② 문장 끝을 분명하게 한다

말끝을 흐리지 말고 구체적이면서도 단호하게 진술해야 한다. 특히 이중부정
의 문장은 뜻을 곧바로 전달하지 못하므로 피해야 한다.

(가) 폭탄 선언에 다름 아니었다.

→ _____

(나) 한자 교육을 하자는 주장은 여러 가지 이유로 옳지 않다고 본다.

→ _____

(다) 더 지혜롭고 밝은 판단이 있기를 바라 마지않는다.

→ _____

(라) 결국 부담을 지게 되는 자는 국민들이 되었음을 지적하지 않을 수 없다.

→ _____

③ 주어와 서술어를 호응시킨다

* 우리말은 주어+목적어(보어)+서술어 순이다. 주어는 표현할 주체를 뜻하며, 서술어는 이 주체의 속성이나 행위를 드러낸다.

(가) 도서관은 학생들에게 많은 자료를 열람한다.

→ _____

(나) 이 제도는 기업의 자기 자본을 유지하자는 취지이다.

→ _____

(다) 학교는 문화에서 정치, 경제에 이르기까지 지식을 폭넓게 익힐 수 있다.

→ _____

(라) 묘소로 제공할 토지는 턱없이 부족한데도 아직도 시신을 매장하려고만 한다.

→ _____

(마) 여기서 말하고자 하는 것은 정보 사회가 인간성을 파괴하기 쉽다.

→ _____

(바) 돈 빌리기가 어려웠던 은행들이 대출상품을 경쟁적으로 내놓고 있다.

→ _____

(사) 몸이 아파 어머니와 침을 맞으러 다녔는데 아주 잘 낫는다고 소문이 난 어머니 교회의 집사님이셨다.

→ _____

_____

(아) 소음공해로부터 벗어나는 일은 대기오염에 못지않게 우리들 인간의 영원하고도 본질적인 과제가 아닐 수 없다.

→ _____

_____

(자) 생활 철학이란 위대한 철학자가 말하는 그런 철학이 아니라, 자연물 하나에서도 의미를 찾는다고 하는 것이 더 나을 것이다.

→ _____

_____

(차) 우리가 주목할 것은 문학사에서 뒤에 현대문학으로 자리를 바꾸면서 그 사상성 같은 것이 중요시 되고 있다.

→ _____

_____

④ 영어식 표현을 우리말답게 쓴다

(가) 그 사람이 나로 하여금 화나게 하였다.

→ _____

(나) 그 소년은 선생님들 사이에서 천재라고 말해지고 있다.

→ _____

(다) 우리 회사는 서울에 위치하고 있습니다.

→ _____

⑤ 뜻을 분명하게 표현한다

(가) 별로 잘 살지 못하는 나라가 많다.

→ _____

(나) 학생들이 잘 해야 나라도 잘 한다.

→ _____

(다) 어머니는 외할머니 밑에서 자라셔서 그런지, 외할머니에 비해서는 턱도 없지만 외할머니처럼 하려고 하신다.

→ _____

_____

3. 단락 쓰기

단락은 여러 개의 문장이 모여서 하나의 소주제를 만든 문장의 덩어리를 말한다. 시각적인 면에서 볼 때, 단락은 줄이 바뀌어 시작한 곳에서 다시 줄이 바뀌기 전까지의 한 덩어리로 된 단위이다. 각 단락은 첫 줄을 한 글자 또는 두 글자 정도 들여쓰기를 하여, 단락이 시작된다는 표시를 한다. 그것은 글을 쓰는 사람에게는 글의 내용을 효과적으로 전개하기 위해서이고, 글을 읽는 사람에게는 글의 내용을 쉽게 파악하고 이해할 수 있게 하기 위해서이다. 그리고 각 단락은 전체 주제를 위해 서로 긴밀하게 연결되어야 한다. 하나의 단락이 빠지면 전체의 주제가 훼손되는 유기적이고 긴밀한 관계로 이루어져야 한다. 따라서 글쓰기를 잘 하려면 단락의 개념을 잘 이해하고, 단락을 구분하여 글을 써야 한다.

단락 쓰기는 앞에서 설명한 '한 편의 글이 되는 기준'의 두 번째 내용인 '논리적인 글이 되어야 한다'에서 설명한 바와 같이, 각각의 단락이 긴밀하게 이루어져야 한다. 말하고자 하는 내용이 긴밀하게 연결되기 위해서는 앞뒤의 단락이 시간의 흐름이나, 사건이 일어난 순서에 따라 차례로 서술되거나, 인과관계에 의하여 논리적으로 이어져야 한다.

다음 '보기 글' 두 개를 비교해 보자.

| 보기 글 1 |

노인 공경

<가> 우리나라는 옛날부터 노인을 공경하는 것이 미풍양속으로 내려왔다. '장유유서'나 '경로효친'과 같은 유교적 관습의 영향으로 노인을 공경하는 것을 사람의 도리라고 생각하고, 노인들에게 말과 행동을 삼가며 예의를 갖추었다. 그래서 노인들 앞에서는 몸가짐을 반듯하고 예의 바르게 했고, 이야기도 낮은 소리로 조용조용하게 했다.

<나> 우리는 어릴 때부터 이러한 미풍양속을 지키도록 교육받았다. 식사할 때도 노인이 먼저 수저를 들고 나면 식사를 하였고, 외출할 때도 집안의 노인들에게 어디에 다녀오겠다고 말씀드렸다. 버스나 지하철에서도 노인들에게 자리를 양보하였고, 노인이 무거운 짐을 들고 가면 도와드리는 것을 당연하게 여겼다.

<다> 그런데 요즘은 노인을 공경하는 모습을 보기 어렵다. 버스나 지하철에서 노인에게 자리를 양보하는 것은 보기 어렵고, 요양원에 있는 노인을 조롱하는 동영상을 포털사이트에 올리기도 하고, 심지어 노인에게 욕설과 폭행을 가하는 젊은이도 있다. 노인을 공경하는 것이 아니라, 무시하고 학대하는 것이다.

<라> 노인 문제가 더 심각한 사회문제로 부각되기 전에 대책을 강구해야 한다. 젊은이들이 노인을 공경하게 하기 위해서는 가정교육이 중요하다. 아이들은 부모의 행동을 보고 배우기 때문에 부모가 노인을 공경하는 모습을 보여야 한다. 그리고 노인에 대한 인식의 변화도 필요하다. 노인은 '경제활동을 할 수 없는 나이 든 사람'이라는 생각을 버리고, '미래의 나'라고 생각한다면 노인에 대한 태도가 달라질 것이다.

| 보기 글 2 |

노인 공경-1

우리나라는 옛날부터 예의를 중시하여 '동방예의지국'이라고 했다. 노인을 공경하는 것 또한 예의를 중시하는 우리나라의 미풍양속으로 내려왔다. 그래서 노인들 앞에서는 몸가짐을 반듯하고 예의 바르게 했고, 이야기도 낮은 소리로 조용조용하게 했다.

그런데 이런 미풍양속이 언제부터인가 잘 지켜지지 않고 있다. 시내버스나 전철에서 노인들에게 자리 양보하는 것을 보기 어렵고, 경로석이라는 표시가 되어 있는데도 버젓이 앉아 있는 젊은이가 많다. 노인을 공경하는 마음이 점점 약화되고 있는 것이다.

노인을 공경하는 것은 단지 나이 많으신 분들을 배려하는 것이 아니라, 미래의 자기를 위하는 일이기도 하다. 사람은 누구나 나이가 들어 노인이 된다. 사회 활동을 할 수 없는 고령자가 되었을 때, 젊은이들의 보살핌이 없다면 노인은 생활하기 어려울 것이다. 그리고 노인은 젊은이로부터 대접 받을 권리가 있다. 젊은이들이 누리고 있는 각종 사회적 기반과 장치는 노인들이 젊은 시절에 피땀으로 이루어놓은 것이기 때문이다.

> 노인 인구는 점점 증가하고 있다. 의료기술의 발달로 인간 수명이 점점 연장되고 있기 때문이다. 이러한 현실에서 노인을 어떻게 대접해야 할 것인가는 중요한 문제이다. 그것은 단지 현재의 노인만의 문제가 아니라, 미래의 노인이 될 젊은이의 문제이기도 하기 때문이다.

위에서 보듯이, '노인 공경'이라는 같은 내용의 글인데도 글의 전개방식과 구성이 다르다. 앞의 <보기 글 1>은 기승전결의 구성방식으로 서두에서 문제를 제기하고, 이어서 그것을 부연설명하고, 다음에는 앞에서 설명한 것과 다른 내용으로 서두에서 말한 내용을 부각시키고, 마지막으로 전체의 내용을 정리하는 방식으로 되어 있다.

<보기 글 2>는 <보기 글 1>과는 달리 서두에서 문제를 제기하고, 이어서 서두에서 제기한 내용과 상반된 내용을 서술하고 있다. 그리고 세 번째 단락에서는 중심 내용인 '노인 공경'의 필요성을 설명하고 있고, 마지막 단락에서도 세 번째 단락에서 설명한 내용을 부연하여 설명하고 있다. 그렇지만 글의 중심 내용은 크게 다르지 않다. '노인 공경'이라는 중심 내용을 담고 있기 때문이다.

이렇게 같은 내용의 글을 다른 방식으로 서술할 수가 있다. 글의 단락은 앞의 내용을 이어서 전체의 내용을 잘 드러낼 수 있게 만드는 것이 중요하다.

다음 예문을 보기로 하자.

| 보기 글 |

글쓰기 교육이 경쟁력

이재경(이화여대 교수) / 세계일보 2010년 9월

(가) 미국 대학 경쟁력의 뿌리는 글쓰기다. 안식년으로 하와이 대학에 온 지 1주일도 안 돼 새삼 깨우치게 된 사실이다. 이러한 생각을 하게 된 계기는 소니아 소토마요

르 판사의 강연회였다. 그녀는 오바마 대통령이 처음 자기 손으로 임명한 대법원 판사다. 중남미계 소수민족 출신으로 뉴욕의 저소득층 지역에서 성장했다. 성공의 길은 명문 프린스턴 대학에 진학하며 열리기 시작했다. 그녀는 최우수 학생으로 프린스턴 대를 졸업하고, 예일대 로스쿨에 장학금을 받고 진학한다. 그 뒤 2009년 대법원 판사가 되기까지 엘리트 법조인의 길을 걸어왔다.

(다) 한 학생이 강연 끝 무렵에 미국 대학생들에게 해주고 싶은 얘기를 물었다. 소토마요르 판사의 답변은 간결했다. 글쓰기 공부에 더 많이 노력하라고 했다. "나는 고등학교 때 학교 토론팀 대표였습니다. 변호사를 하면서 법정 변론도 잘했습니다. 그러나 정말 중요한 것은 글입니다. 판사의 마지막 판결은 변호사가 써낸 변론문이 결정하는 경우가 많습니다." 소토마요르 판사의 말이다. 그녀는 법정 변론을 잘해도 최종 변론문이 나쁘면, 결과가 나쁠 수 있다는 설명을 덧붙였다. 프린스턴 대학시절 경험도 얘기했다. 1학년을 지내며 다른 학생들보다 글쓰기 능력이 뒤진다는 사실을 느꼈다. 그녀가 스스로 내린 처방은 기초부터 다시 공부하기였다. 2학년으로 올라가기 전 여름방학을 몽땅 글쓰기 공부에 바쳤다. 철자법과 문법의 허점을 다진 뒤, 자신감이 커졌다는 게 그녀의 설명이었다.

(라) 이곳에서 고등학교에 다니는 둘째아이를 보면서도 미국 학교가 글쓰기를 강조하는 사실을 절감한다. 둘째아이는 오후 4시쯤에 집에 오면 잠시 숨을 돌리고는 12시 이후까지 여러 과목 숙제를 해야 한다. 그런데, 수학, 음악을 뺀 거의 모든 숙제가 글쓰기 과제다. 이번 주 영어 과제는 밀란 쿤데라의 작품에 관한 내용이었다. '참을 수 없는 존재의 가벼움'에 포함된 '영원한 회귀' 개념에 대한 학생의 생각을 정리한 짧은 에세이를 써야 했다. 역사 과목은 미국 독립혁명에서 강조된 '공화주의'를 설명하는 한 쪽짜리 글이었다. 심지어 생물 과목도 진화론과 창조론을 대비시켜 토론하는 글쓰기 과제를 부과했다. 각 과목 교사들의 강의 계획서를 보면, 표절에 대한 경고가 모두 포함돼 있다. 매주 제출된 보고서들은 주말이면 평가 결과를 인터넷으로 통보해준다.

(마) 둘째아이는 매일 저녁 글쓰기 스트레스에 시달린다. 이제 개학한 지 3주가 지났으니, 갈 길이 멀다. 그러나 그 과정을 곁에서 지켜보며 미국 교육이 글쓰기를 얼마나 중요시하는지를 분명히 느낀다. 지난 주말 뉴스 가운데, 미국 교육장관이 미국 수능에 선택형 객관식 문제를 출제하지 않도록 연구시키기 위해 거액의 예산을 배정했

다는 기사가 있었다. 스스로 생각하고 판단하는 능력을 검증하겠다는 취지로 역시 글쓰기 식 접근이 강화된다는 뜻이다. 이런 상황을 보면, 우리 현실이 걱정스럽다. 우리의 학교 교육은 논술을 빼면 글쓰기 요소를 찾기 어렵다. 논술도 시험용으로 지나치게 정형화돼 있고, 그나마 학교가 아니라 학원이 주도한다. 우리도 소토마요르 판사 같은 다양한 분야 지도자들이 글쓰기를 강조하는 문화가 자리 잡았으면 좋겠다. 그래야 교육이 바뀔 수 있다.

위 글은 다섯 단락으로 이루어져 있다. 다섯 단락은 전체의 주제를 위해서, 각 단락마다 소주제를 지니고 있다. (가) 단락은 '미국 교육의 경쟁력의 뿌리는 글쓰기'라는 것을, (나)는 '글쓰기로 성공한 소니아 소토마요르 판사의 강연을 C-SPAN 채널을 통해 들은 것'을, (다)는 '글쓰기 공부의 중요성을 구체적으로 설명한 내용'을, (라)는 '미국의 교육은 글쓰기를 중요시한다는 것'을, (마)는 '우리나라 학교 교육도 글쓰기가 강조되기를 바라는 것'으로 되어 있다. 이렇게 각 단락은 각각의 소주제를 지니면서, 그것이 전체의 주제에 뒷받침하고 있어야 한다.

단락을 전개하는 데에는 몇 가지 유의할 점이 있다. 우선 단락은 소주제에 따라 여러 문장이 긴밀히 연계된 것이므로, 각각의 문장은 내용상 통일성을 지녀야 한다. 또한 단락과 단락 사이에는 앞뒤 내용이 글의 전체 주제에서 벗어나지 않도록 긴밀성을 유지해야 한다. 그리고 각각의 단락이 적절한 균형을 유지해야 한다.

1) 단락의 통일성

단락은 하나의 소주제로 이루어져야 한다. 아무리 좋은 내용일지라도 소주제와 관련 없는 문장은 글의 초점을 흐릴 뿐이다. 따라서 소주제와 무관한 내용을 뒷받침 문장으로 삼아서는 안 된다. 다음 글을 읽어보자.

생명 가치의 회복과 존중

<가> 지난 2014년 봄, 300여 명의 어린 생명이 희생된 세월호 참사는 압축적인 고도성장의 현대화를 거친 한국 사회에서 정신적으로 타락한 모든 문제점들이 녹아 있는 상징적인 사건이었다. 물질적 이익을 효율적으로 극대화시키기 위해 안전 규정을 무시하고 폐선될 배를 증축함은 물론 엄청난 과적을 하고 승객의 안전을 책임질 선장과 선원들이 어린 생명에게는 가만히 있으라고 기만하면서 자기만 살아남기 위해 가장 먼저 탈출하였다.

<나> 한편 이들을 구조해야 될 국가는 침몰하고 있는 배를 먼발치에서 바라보며 무력함을 드러냈을 뿐이고, 정부 고위층들은 희생자 가족들의 아픔에 공감하지 못하는 어처구니없는 발언과 행동을 반복하고, 언론은 책임감을 망각하고 자사 이기주의에 취해 오락프로그램처럼 선정적으로 보도할 뿐이었다.

<다> 이를 통해 우리는 이제 인간다움이 무엇인지, 올바름이 무엇인지조차 인식할 능력이 없는 한국 사회의 부조리를 총체적으로 볼 수 있었다. 이는 물질적 이익을 효율적으로 극대화하기 위해서 무분별한 개발과 성장을 추진하면서 빚어진, 자연과 생명의 가치를 경시한 현대사회의 탓일 것이다. 즉 현재 우리는 자신과 함께 살아가야 할 자연과 생명을 완벽하게 소외시키는 사회구조 속에 살아가고 있다.

<라> 동양고전에서는 천인합일의 경지를 사회에서 가장 이상적인 상태라고 인식한다. 여기에서 말하는 하늘은 요즘 말로 풀이하자면 자연이나 우주라고 할 수 있다. 인간과 하늘, 인간과 자연이 하나가 되는 경지를 최상으로 바라보았던 것이다. 따라서 『중용』에서는 "성 그 자체는 하늘의 도이고, 성에 이르도록 노력하는 것은 사람의 도이다."라고 강조하였다. 여기에서 도는 사람이 마땅히 가야만 하는 길로, 하늘의 도인 성과는 조금도 차이가 나지 않는다. 사람이 하늘, 즉 자연을 본받아 하나가 되고자 노력하는 것이 사람들이 할 의무라는 것이다. 그런 노력이 이루어지면, 인간이 바로 하늘이고 하늘이 바로 인간이 된다. 이런 것이 천인합일의 경지이다.

<마> 이제 사람으로서 행복한 삶에 대한 근원적인 질문과 가치판단을 진정으로 해보아야 할 때이다. 정신적 불행이 일상화된 행복하지 않은 사회일 때, 행복한 삶에 대한 진정한 고민과 사색이 이루어질 수 있다. 현대사회처럼 약육강식의 승자 독존이

이루어지던 춘추전국시대에 제자백가는 행복한 삶과 이상적인 사회공동체에 대해서 치열한 사색과 상호간의 논쟁을 벌였다. 이런 동양 고전의 사상은 사람으로서의 정체성, 즉 자아를 찾는 과정 그 자체였다.

<바> 공자는 이상적 사회공동체를 '대동'이라 인식하였다. 대동사회란 이 세상의 모든 재화를 개인의 소유가 아닌 공공의 것으로 여기는 사회이다. 노동 능력이 있는 자에게 노동에 종사할 수 있는 일자리를 주고, 노동 능력이 없는 노인이나 어린이는 사회보장제도에 의해 잘 부양하며, 정치 지도자는 모든 사람들의 존경을 받는 어질거나 능력이 있는 사람을 선택하여 구성원들 사이에 신의와 화목을 구현하는 것이다.

<사> 이런 세상에서는 전쟁이 없고 사람들은 자기 부모나 자식뿐만 아니라 주변 사람들까지 널리 사랑하며, 자신의 이익을 위해 악의적인 음모나 술수를 쓰지 않으므로 도둑질이나 강도 등 범죄도 발생하지 않는다. 다시 말해 대동사회에서는 누구나 자신의 능력을 창조적으로 발휘하면서도 자신의 이익을 추구하지 않고, 만인의 신분적 평등과 재화의 공평한 분배가 이루어지고 인간의 윤리가 제대로 구현되는, 참으로 행복한 사회인 것이다

<아> 천인합일은 인간이 자기 삶의 주인으로서 자연의 진리를 배우고 함께 하겠다는 인간 의지의 표현이다. 과학기술의 현대 사회에서 인간 이성의 오만함을 자랑하지 않고 자연과 인간의 도리인 천인합일을 실천할 수 있으면, 사람이 뛰어나든 뛰어나지 않든 모두들 성인과 군자가 되는 것이다. 다시 말해 천인합일의 사상은 사회 속에서 살아가는 인간들의 마음 자세인 윤리학에 다름 아닌 것이다. 인간과 자연, 자연과 인간이 하나 되는 기획, 즉 천인합일이나 혹은 인간의 도는 자연을 닮아 간다는 도법자연의 사상을 실천하는 현대인이 많아질 때 생태계가 파괴되고 생명 가치가 상실되는 시대는 종식을 고할 것이다.

<필자가 '보기 글'로 쓴 것이다.>

위의 글은 '생명의 가치'를 회복하고 존중해야 한다는 것을 내용으로 하고 있다. 그런데, 단락 <마>, <바>, <사>는 전체의 내용과 맞지 않다. <마>는 행복한 삶은 자아 정체성을 찾는 과정이라는 내용이고, <바>와 <사>는 공자가 말

한 이상적인 사회인 대동세상에 대한 내용이다. <마>, <바>, <사>의 단락이 각각 의미를 지니고 있지만, '생명 가치의 회복과 존중'이라는 중심 내용과는 다소 거리가 있다. 이렇게 전체의 내용과 어긋나게 하는 것을 통일성을 해치는 글이라고 한다.

2) 단락의 긴밀성

한 편의 글을 쓸 때, 단락과 단락 사이나 단락 내부에 있는 문장들을 논리적으로 긴밀히 연결해야 한다. 단락이 서로 긴밀하게 연결되지 않으면 좋은 글이 되지 않는다. 다음 글을 보자.

| 보기 글 |

원칙 지키는 교육이 우리 아이 살린다

(유형근, 서울신문, 2010년 10월 5일)

(가) 요즘 미국대학능력시험(SAT) 문제지 유출 사건의 파문이 일파만파로 확산되고 있다. 서울 강남의 유명 어학원 강사가 태국에서 시험지를 빼돌려 시차를 이용해 미국에 있는 학생들에게 유포하는가 하면, 또 다른 강남 어학원 강사는 국내에서 문제지를 유출하다 적발됐다.

(나) 왜 이런 사건들이 끊이지 않을까. 원인은 '나만 잘되면 된다.'는 생각, 목적 달성을 위해 수단과 방법을 가리지 않으며, 그 과정에서 원칙과 규칙을 경시하는 풍토에 있다. 이런 사례는 우리 주변에 널렸다. 자녀에게 도움이 된다면 다른 아이들이야 어떻게 되든 상관없이 교사에게 촌지를 건네고, 학교가 좋은 평가를 받을 수만 있다면 점수를 허위 조작하거나 부풀려 보고하기도 한다.

(다) 이러한 행태들이 가정·학교·사회에 만연하면 심각한 결과를 초래할 수밖에 없다. 규칙과 원칙을 지키는 사람은 점차 줄어들고 반칙을 하는 사람들은 점점 늘어날 것은 자명하다. 또 이런 환경에서는 규칙과 원칙을 어기고 다른 사람들에게 피해를 주었음에도 자신의 행동에 대한 죄책감이나 도덕적인 감각은 무뎌지게 된다. 이쯤

되면 규칙이 무시된 권투경기에서 두 선수가 모두 반칙패를 당하게 되는 경우와 같이 어느 누구도 패자가 될 수밖에 없다. 사회적으로 공멸의 상황이 초래될 수 있는 것이다. 결국 개인적으로 갈망하던 목표 달성에 실패하거나, 성공하더라도 효율성이 떨어지게 되며, 종국에는 국가적인 망신을 초래해 국격을 훼손하는 결과를 낳을 수밖에 없다.

(라) 그렇다면 이런 현상들을 어떻게 개선해 나갈 수 있을까. 미국 뉴욕 시에서 있었던 한 사건을 통해 이 물음에 대한 대답의 단서를 찾을 수 있다. 1994년 미국 뉴욕 시장으로 선출된 루돌프 줄리아니는 '범죄와의 전쟁'을 선포하였다. 대부분의 사람들은 범죄와의 전쟁이라고 하면 대개 살인과 같은 강력범죄와의 전쟁을 기대했으나 그는 의외로 낙서·교통질서 위반 등의 경범죄 근절부터 나섰다. 줄리아니가 범죄와의 전쟁을 선포하면서 강력범죄가 아닌 경범죄부터 근절하는 정책을 펴는 데 토대가 된 이론이 바로 '깨진 유리창 이론'이다. 이 이론은 깨진 유리창처럼 사소한 문제들이 발생했을 때 그것을 가볍게 보고 방치해 두면, 나중에는 더 큰 범죄나 사회문제들이 발생할 가능성이 높아진다는 것이다. 이에 근거한 줄리아니 시장의 정책효과는 아주 놀라웠다. 낙서와 교통질서 등의 경범죄를 단속하여 기초질서와 원칙을 지키는 환경을 만들자 직접적인 전쟁의 대상이 아니었던 살인범죄 등의 강력범죄가 절반으로 줄어든 것이다.

위의 글을 단락의 긴밀성과 관련하여 보면, (가)와 (나)는 떨어질 수 없는 관계에 있다. (가)와 같은 일이 일어난 이유를 (나)에서 설명하고 있기 때문이다. (다)는 앞의 (가)와 (나)의 내용을 부연 설명하는 것으로 반드시 있어야 하는 것은 아니다. (다)가 없어도 전체의 내용은 크게 어긋나지 않는다. (라)는 앞의 (가)와 같은 일이 더 이상 일어나지 않게 하기 위해서 취해야 할 대책을 제시하고 있는 것으로, 생략하면 글 전체의 내용이 어긋나고 만다. 이렇게 어떤 단락이 빠지면 전체의 내용이 어긋나게 되어, 빠질 수 없는 관계로 맺어진 것을 긴밀성이라고 한다.

3) 단락의 균형

다음으로 각각의 단락이 적절한 분량으로 균형을 갖추도록 해야 한다. 각각의 단락이 서로 긴밀하게 잘 짜였다고 해도, 각 단락의 분량이 균형을 이루지 못하면 이상한 모습이 된다. 다음 글은 일반인들을 대상으로 한 글쓰기 강좌의 수강생 글이다. 단락의 구분이 잘 되어 있지 않고, 문맥도 잘 이어지지 않는 부분이 있다. 글쓰기 익숙하지 않는 일반인들과 학생들을 위해 첨삭지도를 해 본다.

〈첨삭지도〉

나의 하루(1)

(글쓰기강좌 수강생 글)

(가) 나의 하루를 기록한다는 것은 나의 사생활의 일부를 노출시킬 뿐만 아니라 본의 아니게 나의 어두운 면보다 밝은 편을 더 강조할 것 같아서 주저되기도 한다. 한편 나의 하루의 일상생활을 음미하며 기록으로 정리해 보는 것은 일상에 쫓기는 나의 삶을 좀 더 보람 있게 살아가도록 하는 촉매제가 될 것이라고 생각되기도 한다.

(나) 나의 하루는 시간대별 분야별로 분류를 할 수 있을 것이다. 새벽 4시가 되면 하루가 시작된다. 간단하게 준비를 하고 명상에 들어간다. 지난 일들에 대한 반성과 해야 할 일들에 대한 다짐을 하는 시간이다. 이런 과정 속에 나쁜 타성도 고쳐지고 소박한 꿈도 꾼다. 다음에는 뒤틀린 체위 개선이나 건강을 위해 걷기 등 유연성을 향상시키기 위한 활동이다. 내가 운영하는 공용버스 정류장에 가서 첫차로 출발하는 버스 기사에게 오늘도 무사히 운행해 달라는 인사도 빼놓지 않는다. 이렇게 아침 시간을 보내면 중요한 나의 하루 생활의 반 이상을 보내게 되는 셈이다.

(다) 6시 30분에 아침을 먹는 중에 책을 읽으면서 밑줄 쳐 놓은 글귀를 한 번 더 읽는다. 나에게 양식이 될 수 있는 소중한 글들을 한 번 더 새겨보는 시간이다.

(라) 아침을 먹고는 나의 생업인 염소사육장에서 일을 하게 된다. 한 마리 한 마리 건강상태를 보면서 먹이를 준다. 설사를 하는 등 귀찮게 하는 놈도 있지만 재미있게 뛰노는 모습을 보면 시간 가는 줄도 모른다. 작업이 끝나고 집에 돌아와 신문 보고 독

서하는 시간이 나에게는 휴식시간이다.

(마) 오후에는 자유 시간으로 산과 들, 농장 현장에서 자연이 갖는 소중한 가치를 관찰하면서 조물주가 만든 자연의 조화에 감사한다. 지인들과 사귀는 시간으로 나를 찾는 사람도 있지만 내가 찾아가는 때가 많다. 나의 계획에 의해 찾아가는 삶은 쫓기는 삶이 아니고 도전하는 삶이 되기도 한다. 오늘의 나를 있게끔 해 준 이웃사람들에게 감사하는 시간도 많이 갖는다. 지역사회 활동에 적극적인 참여를 통해 작은 보답이라도 하려고 한다.

(바) 하루의 생활을 분야별로 보면 생업을 위한 시간, 깨어 있는 삶을 위한 독서와 명상의 시간, 취미생활, 친교와 식사 등으로 대별할 수 있을 것이다. 생업을 위한 활동은 최우선 과제다. 사고나 활동에 큰 장애가 없는 한 계속 할 것이다. 생업이 없는 삶은 의존하는 삶이요, 의존하는 삶은 스스로를 파멸로 이끌어 간다고 생각한다. 꿈도 없어지고 건강도 악화되고 사회에서도 소외당할 것이다.

(사) 독서나 명상의 시간을 갖는 것은 흐려지는 기억이나 삶의 의미를 새롭게 일깨워준다. 소박한 꿈도 꿀 수 있고 잘못된 타성도 고쳐질 수도 있다. 나를 더 폭넓고 깊이 있는 삶을 살도록 만들어 주는 가장 행복한 시간이다.

(아) 다양한 정보를 얻고 더불어 살기 위해서는 TV앞에 앉는 것도 필요하겠지만 그마저도 빼앗기는 시간이 아까워서 멀리하고 산다.

(자) 하루의 생활을 기록으로 정리해보니 나는 분명 얽매이는 삶을 살고 있다. 얽매인다는 것은 나를 구속하는 것 같은 삶이라 피하고 싶지만 시간과 생활에 얽매이는 삶이 사는 것 같은 사람 사는 일이 아닌가 여겨진다.

위의 글은 9개의 단락으로 되어 있다. 단락은 앞에서 말한 바와 같이, 소주제에 따라 구분되고 각각의 단락은 서로 어느 정도 균형을 유지해야 한다. 그런데 이 글은 단락의 구분이 일관성이 없고, 각각의 단락도 불균형이 심하다.

단락의 구성을 보면 (가)는 글의 서두이고, (나)에서 (아)까지는 본문이고, (자)는 마무리이다. 그런데 (나)에서 (아)까지 본문의 7개 단락이 우선 분량에서 불균형이 심하다. 단락의 분량이 반드시 균형을 이루어야 하는 것은 아니지만, 가능하면 비슷한 분량으로 균형을 이루는 것이 좋다. 그래서 본문의 7개 단락을 내용이 크게 어긋나지 않게 정리를 해보면, (다)와 (라)를 하나의 단락으로 정리할 수 있고, (사)와 (아)도 하나의 단락으로 정리할 수 있다. 그러면 각각의 단락이 분량은 어느 정도 균형을 유지하게 된다. 그런데 단락이 균형을 이룬다고 해서 좋은 글이 되는 것은 아니다. 각 단락의 내용이 서로 유기적으로 잘 조화를 이루어 하나의 주제를 효과적으로 드러내어야 한다. 이 글에서는 단락 (라)를 수정해서 정리해야 한다. (라)의 문장들이 서로 잘 이어지지 않는다. 그리고 (다)·(바)·(사)도 문맥이 자연스럽게 이어지도록 수정을 하는 것이 좋다.

　　이상의 내용으로 다시 정리하면 다음과 같이 된다. 밑줄 친 부분은 문장과 문맥이 자연스럽게 되도록 수정한 것이다.

나의 하루(2)

　　(가) 나의 하루를 기록한다는 것은 나의 사생활의 일부를 노출시킬 뿐만 아니라 본의 아니게 나의 어두운 면보다 밝은 편을 더 강조할 것 같아서 주저되기도 한다. 한편 나의 하루의 일상생활을 음미하며 기록으로 정리해 보는 것은 일상에 쫓기는 나의 삶을 좀 더 보람 있게 살아가도록 하는 촉매제가 될 것이라고 생각되기도 한다.

　　(나) 나의 하루는 시간대별 분야별로 분류를 할 수 있을 것이다. 새벽 4시가 되면 하루가 시작된다. 간단하게 준비를 하고 명상에 들어간다. 지난 일들에 대한 반성과 해야 할 일들에 대한 다짐을 하는 시간이다. 이런 과정 속에 나쁜 타성도 고쳐지고 소박한 꿈도 꾼다. 다음에는 뒤틀린 체위 개선이나 건강을 위해 걷기 등 유연성을 향상시키기 위한 활동이다. 내가 운영하는 공용버스 정류장에 가서 첫차로 출발하는 버스 기사에게 오늘도 무사히 운행해 달라는 인사도 빼놓지 않는다. 이렇게 아침 시간을 보내면 중요한 나의 하루 생활의 반 이상을 보내게 되는 셈이다.

　　(다) <u>6시 30분에 아침식사를 한다.</u> 식사 중에 책을 읽으면서 밑줄 쳐 놓은 글귀를 한 번 더 읽는다. 나에게 양식이 될 수 있는 소중한 글들을 한 번 더 새겨보는 시간이

다. 아침을 먹고는 나의 생업인 염소사육장에서 일을 하게 된다. 한 마리 한 마리 건강상태를 보면서 먹이를 준다. 설사를 하는 등 귀찮게 하는 놈도 있지만 재미있게 뛰노는 모습을 보면 시간 가는 줄도 모른다. 작업이 끝나고 집에 돌아와 신문 보고 독서하는 시간이 나에게는 휴식시간이다.

(라) 오후에는 여유롭고 자유롭게 보낸다. 산과 들을 산책하기도 하고, 농장 현장을 둘러보며 자연이 갖는 소중한 가치를 관찰하면서 조물주가 만든 자연의 조화에 감사하며 평화롭고 여유로운 시간을 보낸다. 이 시간은 또 지인들을 만나 한담을 나누는 시간이기도 하다. 나를 찾는 사람도 있지만 내가 찾아가는 때가 많다. 지인들을 만나 근황을 묻고 세상사나 가족사 등 한담을 나눈다. 지인들을 만나 이야기를 나누다보면, 오늘의 나를 있게 해 준 이웃사람들에게 감사한 마음이 든다. 크고 작은 일들을 함께 하며 보낸 시간들이 새삼 소중하게 느껴진다. 그래서 지역사회 활동에 적극적인 참여를 통해 작은 보답이라도 하려고 한다.

(마) 하루의 생활을 분야별로 보면 생업을 위한 시간, 깨어 있는 삶을 위한 독서와 명상의 시간, 취미생활, 친교와 식사 등으로 대별할 수 있을 것이다. 생업을 위한 활동은 최우선 과제다. 사고나 활동에 큰 장애가 없는 한 계속할 것이다. 생업이 없는 삶은 의존하는 삶이요, 의존하는 삶은 스스로를 파멸로 이끌어 간다고 생각한다. 꿈도 없어지고 건강도 악화되고 사회에서도 소외당할 것이기 때문이다.

(바) 독서나 명상의 시간을 갖는 것은 흐려지는 기억이나 삶의 의미를 새롭게 일깨워준다. 소박한 꿈도 꿀 수 있고 잘못된 타성도 고쳐질 수도 있다. 나를 더 폭넓고 깊이 있는 삶을 살도록 만들어 주는 가장 행복한 시간이다. 다양한 정보를 얻고 더불어 살기 위해서는 TV앞에 앉는 것도 필요하겠지만, 시간을 빼앗기는 것 같아 TV는 멀리하고 산다.

(사) 하루의 생활을 기록으로 정리해 보니 나는 분명 시간에 얽매이는 삶을 살고 있다. 무엇에 얽매인다는 것은 나를 구속하는 것 같은 삶이라 피하고 싶지만, 시간과 생활에 얽매이는 삶이 활력이 있는 사람 사는 일이 아닌가 여겨진다.

4. 서두와 마무리 쓰기

1) 서두 쓰기

글의 서두는 사람의 첫인상과 같다. 어떤 사람을 만날 경우, 그 사람에 대한 정보가 전혀 없는 상황이라면 첫인상에서 풍기는 느낌으로 판단하게 된다. 마찬가지로 글의 서두도 독자와 가장 먼저 대하는 부분으로 첫인상에 해당된다. 서두의 첫 문장이 독자의 관심을 끌면 다음 문장도 읽히게 된다. 그래서 글을 쓰는 사람들은 첫 문장을 중요하게 생각한다. 그렇다고 해서 독자의 시선을 끌기 위해 지나치게 기교를 부린다거나 자극적인 표현을 쓸 필요는 없다.

글의 서두는 다음과 같이 적는다.

① 글을 쓰게 된 계기나 배경을 간략하게 적는다

(가) 유럽 배낭여행을 위해 방학 동안 아르바이트를 하기로 했다. 친구의 소개로 고등학생 2명에게 영어와 수학과목을 지도하기로 했다. (학생 글)

(나) 고등학교 3학년 생활이 거의 끝날 때 즈음 현장실습을 나갔다. 우리 학교는 울산에 있는 실업계 고등학교이기 때문에, 3학년 2학기 11월 초에 3학년 학생들은 학교에서 배운 공부를 직접 공장에서 적용해 보기 위해 현장실습을 나가게 된다. 나는 친구 어머니의 소개로 같은 반 친구 두 명과 INP중공업이라는 곳에서 실습을 하게 되었다. (학생 글)

(다) '삶을 깨우는 글쓰기' 1기 수강생들의 문집을 내기 위해 그동안 쓴 글들을 모아 정리해 보니 67편이었다. 수강생들은 40-50대가 대부분이었고, 60-70대도 세 분이나 있었는데 모두들 진지하고 열성적이었다. 쓴 글은 작게는 한 편에서 많게는 10편까지 차이가 많이 났고, 글의 완성도도 굴곡이 있지만, 모두 한 학기 동안 노력한 모습이고 결과물이라 생각하니 소중하여 버릴 것이 없었다. 그래서 각자 노력한 흔적과 달라진 모습을 볼 수 있도록 책으로

엮었다. (조구호, 「책을 엮으며」)

② 글의 주제나 소재와 관련된 예화(例話−고사성어, 어귀 등)를 적절하게 활용

속담, 경구, 우화, 명언이나 일화, 역사적 사실 등을 활용하여 글의 첫머리를
시작하는 방법이다.

> (가) '펜은 칼보다 강하다.'는 말이 있다. 글의 중요성을 이보다 더 잘 나타낸 말
> 은 없을 것이다.

> (나) '그 사람을 모르거든 그 벗을 보라.'라는 말이 있다. 사람은 늘 접하는 사람
> 의 성품을 닮는다. 부부가 서로의 성품을 닮아가고, 자식이 부모의 성품을
> 닮아가는 것이 당연한 것처럼 같이 지내는 친구는 서로의 성품을 닮아가기
> 마련이다. 이렇듯 사람은 항상 주변 상황에 따라 변하는데, 그 변화에 가장
> 많은 영향을 주는 것이 친구이다. (학생 글)

> (다) "죽음이 당신의 문을 두드릴 당신은 그에게 무엇을 드리겠습니까. 나는 나
> 의 생명이 충만한 그릇을 그 손님 앞에 내어 놓겠습니다. 나는 결코 그를
> 빈손으로 돌려보낼 수는 없습니다."
> 타고르의 『키탄잘리』에 나오는 한 구절이다. 인생은 왔다 가는 것이다. 우
> 리는 무엇인가를 세상에 남기고 가야 한다. (법정(法頂), 「오해(誤解)」)

> (라) 인도를 여행하고 온 사람들로부터 종종 듣는 이야기가 있다. '세상에는 타
> 지마할을 본 사람과 보지 않은 사람이 있다'는 것이다. 타지마할의 웅장하
> 고 화려한 경관과 장식품들에 대한 찬탄에서 나온 말일 것이다. 최근 우리
> 사회에서도 그와 비슷한 모습이 있다. 영화 '변호인'에 대한 사람들의 반응
> 이 그렇다. (조구호, 「영화 '변호인'을 보는 두 개의 시선」)

③ 글의 주제와 관련된 문제를 제기한다

> (가) 우리 주위에서 가장 흔하게 접할 수 있는 세대 갈등에는 무엇이 있을까? 바

로 가족끼리의 텔레비전 프로그램의 시청권이 아닐까 싶다.

(나) 전체 학생에게 급식을 무상으로 할 것인가에 대한 논란은 진작부터 야기되어 왔다. 서울시장이 시장직을 걸고 보편적 복지인 무상급식 반대를 주장하다가 결국 시장직을 사임한 일도 있었다. 올해는 경남도청에서 학교급식비 지원이 중단되고 그 돈으로 저소득층 학생들을 지원해준다는 방침이 나와 학부모의 반발이 심하고 교육감은 골머리를 앓고 있다. (백분이, 「무상급식 반대」)

(다) 우리 사회의 양극화 현상이 심각하다. 지난주 삼성전자 주주총회에서 사내 이사의 평균 연봉이 118억 원으로 결정되었다고 한다. 시간당 최저 임금 5,200원을 받는 서민들로서는 상상도 안 되는 엄청난 돈이다. 상상도 안 되는 많은 임금을 받는 사람들이 늘어나는 것은 하루하루를 살아가는 서민들의 마음을 더욱 착잡하게 만들고, 사회적 갈등만 부추기게 된다. (조구호, 「우리 사회의 양극화」)

2) 마무리 쓰기

글을 마무리하는 것도, 글의 첫머리를 쓰는 것만큼 중요하다. 서두와 본문은 잘 썼는데, 마무리를 소홀히 하면 좋은 글이 되기 어렵다. 화룡점정이라는 말이 있듯이 글의 마무리는 중요하다. 마무리 쓰기도 서두 쓰기와 마찬가지로 글의 종류와 내용에 따라 여러 가지 방법이 있을 수 있다. 가장 일반적으로 본문의 내용을 요약 정리하는 방식을 많이 택하는데, 새로운 의견을 제시하거나 앞으로 전개될 상황을 미리 전망하기도 한다. 그리고 독자의 예상을 깨뜨리는 내용으로 깊은 인상을 남기거나 여운을 남기기도 한다.

① 내용을 요약 정리하기

이 방법은 논의된 내용을 요약함으로써 결론을 내리는 것으로, 학술 논문이나 논설문 등에 흔히 사용한다. 이 방법은 입증, 주장한 사실을 다시 강조함은 물론, 독자에게는 내용이 잘 정리되는 장점이 있다.

> (가) 지금까지 말한 바를 요약하면 다음과 같다. 글을 잘 쓰는 비법은 없다. 글쓰기에 관심을 가지고 꾸준하게 글을 쓰는 것이다. 그리고 완성된 글을 반복해서 읽고 고치고 다듬어야 한다. 그 이상의 좋은 방법은 없다. (조구호, 「글쓰기 강의」)

> (나) 나의 긴 하루는 그렇게 막을 내렸다. 어른들 옆에서 자야하는 긴장 탓인지 제수 장만에 지쳐서인지 아침 제사상에 올릴 음식을 태운 꿈에 놀라 잠이 깼고 그래서 어둠이 채 가시기도 전에 또 다른 하루가 이어졌다. (이명환, 「긴 하루」)

> (다) 결국은 상식이다. 나의 인권은 반드시 남의 인권과 동행해야 한다. 길에서 남을 밀치고도 사과할 줄 모르는 학생들, 자기가 연 문에 뒷사람이 부딪쳐도 아랑곳하지 않는 어른들을 보면 국가인권위 옆에 '국가매너위'라도 세워야겠다는 생각이 든다. '인권을 침해하는 인권'은 횡포일 뿐이다. 나만 앞세우면 우리는 '인권의 정글'에서 끝없이 피투성이 싸움을 벌일 수밖에 없다.

② 제언(생각이나 의견을 냄)이나 전망(앞으로 전개될 상황)을 제시하기

논설과 설명문 또는 연구 논문과 같은 긴 글에 많이 쓰인다. "~해야 한다, ~해 보자, ~될 것이다, ~할 것이다." 따위의 서술어가 주로 붙고 본문 내용에 대한 다짐을 주고, 독자에게 행동을 촉구하거나 경고하는 효과를 준다.

> (가) 그러면 이러한 한탕주의를 근절할 수 있는 방안은 없는 것일까? 상식적이긴 하지만 돈이면 다 된다는 배금주의에서 벗어나야 한다. 인간의 삶에서 돈으로 상징되는 물질은 삶의 기반이기는 하지만, 돈이 삶의 전부일 수는 없는 것이다. 돈이 삶의 전부가 아닐 수 있게 만드는 것은 우리 모두의 몫이다.

우리 사회의 구성원 모두가 자기 자신이 대접받고 싶은 만큼 다른 사람을 존중하는 마음을 가져야만 돈이면 다 된다는 한탕주의에서 벗어날 수 있을 것이다. (조구호,「우리 사회의 한탕주의」)

(나) 사람마다 태어난 연월월시는 다르다. 명리학자나 역술인들이 말하는 운명은 다를 수 있다. 어떤 사람은 좋은 환경에서 태어나기도 하고, 어떤 사람은 그렇지 못하기도 한다. 그렇지만 자기의 노력 없이 이루어지는 일은 없다. 밥을 식탁에 차려 줄 수는 있어도 대신 먹어 줄 수는 없다. 자기의 삶은 자기의 노력으로 만들어 가는 것이다. (조구호,「운명은 정해져 있는 것인가」)

③ 여운을 남기기

문학(특히, 수필)에서 쓰이는 방식이다. 본문 내용과 직접적인 관련이 없는 내용 또는 가벼운 영탄이나 의문으로 마무리하는 방식이다.

(가) 영화는 현재를 바탕으로 발생할 수 있는 미래를 그려낼 수 있다는 것이 큰 매력이다. 그래서 이런 공상과학영화에 사람들이 열광하는 것인데 영화 <아바타>는 인간에게 희망을 주지 못하는 아쉬움을 남겼다.

(나) 아직도 태국을 생각하면 하고 싶은 말이 많이 남았고, 겪은 일들이 많지만 이만 끝내려고 한다. 그리고 새로운 변화가 필요한 지금 이 순간 나는 또다시 태국행 비행기를 예매하며 즐거운 상상에 잠긴다. (학생 글)

④ 인용으로 마무리하기

유명한 시구나 남의 말을 인용하여 자신의 의견을 대신하여 결론짓는 방식이다.

(가) 백범의 말을 다시 한번 빌려 쓰자. "산에 한 가지 나무만 나지 않고 들판에 한 가지 꽃만 피지 않는다. 여러 가지 나무가 어울려서 위대한 삼림의 아름다움을 이루고 백 가지 꽃이 섞여 피어서 봄 들판의 풍성한 경치를 이룬

다.” 대립과 갈등의 시대를 사는 우리가 꼭 한번 새겼으면 하는 말이다.

(나) 2차대전의 영웅 아이젠하워는 퇴역 후 콜럼비아대학 총장일 때 학생들이 본관 앞 잔디밭으로 다니지 못하게 울타리를 치겠다는 직원에게 “거기에 길을 내주라.”고 했다. 학교의 금지에도 불구하고 학생들이 다니는 데는 그만한 이유와 필요가 있기 때문이니 요구를 들어 주어야 한다는 것이었다. 젊은 세대에게 길을 내 주려는 생각을 해야 한다. (임철순, 「그들에게 길을 내어 주라」, 한국일보 2015년 1월 9일)

⑤ 독자의 각성을 촉구하며 마무리하기

독자의 각성을 촉구하며 문제를 해결하도록 제시하는 방법이다.

(가) 전쟁은 예고가 없다. 전쟁이 없는 시대는 우리 세대만을 위한 일이 아니다. 우리 후손을 위한 일이기도 하다. 전쟁이 없는 시대에 사는 것을 감사하게 생각하고, 무고한 백성들이 왜적의 총칼에 참혹하게 죽어가는 ‘명량’의 이면을 기억하자. (조구호, 「명량의 이면을 보자」)

(나) 젊은이들은 미래가 불투명하고 불확실한 만큼 자아를 성장시킬 수 있는 여지도 크다. 미지의 세계이니만큼 불안이 뒤따르지만 이러한 경험이 얼마나 소중하고 가치 있는 것인가! 때로는 두렵고 떨리지만 수많은 선택지를 하나 하나 제 손으로 택해 나가는 것이 바로 인생의 참 묘미다. 점이나 운세에 기대려 하지 말고 자신의 생각과 느낌을 믿어라. (성영성, 고려대 교수, 「점에 기대지 말고 자신을 믿어라」, 중앙일보, 2010. 2. 20)

(다) 더불어 사는 공동체를 위해서 우리 사회의 부에 대한 인식이 달라져야 한다. 부유층에 대한 일방적인 반목과 질시도 문제이지만, 부를 개인적 안락과 욕망 추구의 수단으로 여겨 이웃의 눈살을 찌푸리게 해서는 안 되고, 부의 대물림으로 서민들이 더 나은 삶에 대한 희망을 잃게 해서도 안 된다. 우리 모두가 개개인이면서 사회 구성원의 일원이듯이, 재산도 개인의 몫이

지만 사회적 몫도 있다는 공공의식이 필요하다. 그리고 기부를 통한 사회 환원이 잘 되고 있는 유럽과 같이 기부문화가 활성화될 수 있도록 제도적 장치를 마련하는 것도 시급하다. (조구호, 「우리 사회의 양극화」)

5. 글 다듬기

주제에 맞는 한 편의 글이 완성되었다고 해서 글쓰기 작업이 끝나는 것은 아니다. 글쓰기는 쓴 글을 다시 검토하여 잘못된 부분이나 만족스럽지 못한 부분을 바로잡는, 올바르게 다듬고 고치는 글 다듬기가 끝나야 비로소 완성되는 것이다. 아무리 글을 잘 쓰는 사람이라도 쓴 글을 다시 읽어 보면, 틀리게 쓴 부분이나 만족스럽지 못한 부분이 있게 마련이다. 글쓰기 작업은 다듬기를 한 이후 완성된다는 점을 명심해야 한다.

글 다듬기의 중요성에 대한 일화는 무수히 많다. 잘 알려진 바와 같이, 당나라 때의 시인 가도(賈島)는 나귀를 타고 가다가 "새는 연못가 나무에 자고, 중은 달 아래 문을 민다(鳥宿池邊樹僧推月下門)"는 시 한 수를 떠올리고, '문을 밀다'[推]와 '두드린다[敲]'는 글자를 두고 어떤 것을 할까 고민을 하다가 그 지방의 수령이었던 한유(韓愈)와 마주쳤다. 한유 앞에 불려간 가도가 사실대로 이야기하자, 한유는 '퇴(推)보다 고(敲)가 좋겠다'고 하여 퇴고가 되었다는 것은 글다듬기의 중요성을 말해주는 유명한 이야기이다. 소동파가 <적벽부>를 짓기 위해 고쳐 쓰며 버린 종이가 한 수레가 넘었다고도 한다.

글을 다듬는 과정은 글 전체의 검토에서 시작하여 단락, 문장, 어휘와 표기법 등의 작은 단위로 고쳐 쓰는 것이 일반적이다. 자칫 너무 세세한 부분에 신경 쓰다 보면 정작 글을 쓰는 목적인 주제나 단락의 구성 등에는 소홀해지기 쉽다. 따라서 글 다듬기는 대체로 다음과 같은 방식이 좋다.

1) 글의 주제가 잘 드러나 있는가
2) 글의 짜임새가 잘 되어 있는가
   ㉮ 글의 짜임새가 주제를 효율적으로 나타내고 있는가
   ㉯ 소주제가 글의 주제를 잘 뒷받침하고 있는가

ⓒ 소주제들이 서로 긴밀히 연결되어 있는가

3) 문맥의 연결은 자연스럽게 되었는가

4) 어색하거나 잘못된 문장은 없는가

5) 잘못 사용한 낱말은 없는가

6) 글의 주제와 제목이 일치하는가

다음 글을 읽고 다듬어 보기로 하자.

| 보기 글 |

사라져 가는 한글

(학생 글)

(가) 요즘 인기 있는 가수들을 아이돌 가수라고 부른다. 아이돌은 무슨 뜻일까? 아이돌 가수라는 말을 쓰는 대부분의 사람들은 아이돌이 나이가 어리다는 뜻인 줄 알고 있다. 그래서 어른돌, 이모돌이라는 파생어까지 생겨났다. 하지만 아이돌은 idol로 우상이라는 뜻이다. 이렇게 정확한 뜻도 모르면서 사용하는 외국어가 많다. 그것은 외국어를 사용하면 더 유식하다고 생각하는 잘못된 인식 때문인 것 같다.

(나) ① 상표이름 중에 한글로 된 상표는 극히 드물다. 한글을 사용하는 상표는 외국인들에게 익숙하지 않아 세계화되기 어렵다는 단점이 있다. 그래서 삼성 같은 세계적인 기업에서는 상표를 영어로 표기한다. 하지만 한국에서만 유통되는 식료품, 의류, 의학용품, ② 심지어 생필품의 상표에서도 한글 상표를 찾아볼 수가 없다. 또 길거리 안내 표지판과 정책이름, 광고문구나 대중매체에서 나오는 노래 가사까지 한글이 아닌 영어로 얼룩져 있다.

(다) 이렇게 장소를 가리지 않고 영어의 뜻도 정확하게 모르면서 사용되는 것은 무엇 때문일까? 그것은 영어를 사용하면 더 유식해보이고 멋있게 보인다는 사대주의에서 비롯된 열등감 때문일 것이다. ③ 하지만 영어를 쓴다고 해서 유식해보이고 멋있어 보이지는 않는다. 잘못된 영어의 사용으로 더 무식해 보이고 뜻도 모르고 사용하는 영어에 한심스러워 보인다. 얼마 전 영어권 사람들이 한국에 오면 한국말을 안 배

워도 의사소통에 불편함이 없어 한국어를 배우려고 애를 쓰지 않는다는 내용의 기사가 있었다. ④그 기사 속 외국인이 말하길 영어로 한국인에게 물었을 때 영어로 유창하게 대답해 주지 못해 부끄러워하고 또 영어로 유창하게 대답해 주어서 뿌듯해 하는 한국인이 이해가 안 된다고 말했다. ⑤ 프랑스에서 프랑스인에게 영어로 물으면 대답조차 안 한다는데 정말 부끄럽지 않을 수가 없다.

　(라) 유네스코에서 문맹퇴치에 힘을 쓴 국가나 단체에게 주는 상이 있다. 세종대왕상이다. ⑥ 이렇게 한글을 만든 세종대왕과 한글의 위대함을 세계가 알고 있는데 정작 우리나라 국민들이 모른다는 사실이 안타깝고 한글에 대한 자부심도 없다는 것이 슬프다.

　(마) ⑦ 수십 년 뒤에 한글의 존폐가 우리의 입에 달려 있다. ⑧ 한글은 우리의 얼이자 혼이다. ⑨ 우리의 정신인 한글을 더럽혀서는 안 된다. ⑩ 거친 세계화의 바람에서도 한글이 그 자리를 지켜야 할 것이고, 국민들도 자신들의 정체성을 인지하여 한글을 더욱 아껴야 할 것이다.

1) 글의 주제가 잘 드러나 있는가

　위 예문은 '한글을 아끼고 사랑하자'는 내용을 주제로 하고 있는데, 우리의 문자인 한글과 우리말을 같은 것으로 이해하고 있다. 글은 말을 표기하는 수단이지만, 말과 글을 같은 것으로 인식하는 것은 잘못이다. 그리고 우리의 글자인 '한글을 소중하게 여겨야 한다'는 것을 말하려고 하면, 한글의 사용 실태를 예를 들어서 설명해야 주제가 분명하게 드러난다.

2) 글의 구성은 잘 되어 있는가

　위 글은 (가)에서 (마)까지 다섯 개의 단락으로 구성되어 있는데, 단락 (다)를 두 개의 단락으로 나누어 설명하는 것이 좋겠다. 단락 (다)는 영어가 많이 사용되는 이유를 영어를 많이 쓰면 유식해 보인다는 잘못된 인식 때문이라고 설명하고 있다. 그것을 효과적으로 설명하기 위해서는 먼저 '영어를 잘하면 유식해 보인다'는 인식이 잘못된 것이라는 것을 말하고, 외국인에게 영어로 말하지 못하는 것을 부끄러워하는 것을 예로 들어 설명하는 것이 효과적이다.

3) 문맥은 어색하지 않는가

문맥은 크게 어색한 부분이 없다.

4) 어색하거나 잘못된 문장은 없는가

수정해야 할 문장이 많다. '① 상표 이름 중에 한글로 된 상표는 극히 드물다.'는 문장은 '①-1 상품의 이름 중에 우리말로 된 것은 극히 드물다.'로 수정하는 것이 좋겠다. 상표는 상품의 이름을 나타내는 것이기 때문이다. 그리고 '② 심지어 생필품의 상표에서도 한글 상표를 찾아볼 수가 없다'와 같은 문장에서 볼 수 있듯이, 단정적인 표현은 가능한 피하는 게 좋다. 필자의 생각을 독자에게 강요하는 인상을 주기 때문이다. 그래서 '②-1 심지어 생필품의 상표에서도 한글 상표를 찾아보기 어렵다.'로 수정하는 것이 좋겠다.

'⑥ 이렇게 한글을 만든 세종대왕과 한글의 위대함을 세계가 알고 있는데 정작 우리나라 국민들이 모른다는 사실이 안타깝고 한글에 대한 자부심도 없다는 것이 슬프다.'는 문장도 다음과 같이 수정하는 것이 좋겠다.

⑥-1 그것은 문맹퇴치를 위해 애쓴 세종대왕의 높은 뜻과 한글의 우수성 때문이다. 한글을 만든 세종대왕의 위대함을 세계가 알고 있는데, 정작 우리나라 국민들은 우리말과 글을 아끼고 사랑하기보다는 외국어를 사용하려 안달을 하고

있으니 서글픈 일이다.

5) 잘못 사용한 낱말은 없는가

'⑧ 한글은 우리의 얼이자 혼이다.'는 문장에서 '한글이 얼이자 혼이다'는 것은 지나친 표현이다. 일반적으로 말과 정신은 상호 생성작용을 한다고 하지만, 우리말을 표기하는 문자인 한글을 얼과 혼으로 표기하는 것은 지나치다. 그리고 '⑨ 우리의 정신인 한글을 더럽혀서는 안 된다.'는 문장에서 '더럽혀서는 안 된다'는 표현은 어색하다. '한글을 더럽혀서는 안 된다'는 '한글을 더 잘 사용하자'는 것으로 하는 것이 좋겠다.

6) 글의 주제와 제목이 일치하는가

글의 제목을 '사라져가는 한글'이라고 했는데, 이것은 주제와 잘 부합한다고 보기 어렵다. 글의 중심 내용이 '우리말과 글을 아끼자'는 것이다. 그래서 글의 제목도 이런 중심 내용이 잘 드러나도록 바꾸는 것이 좋겠다.

다음은 이상에서 지적한 내용을 바탕으로 수정하여 완성한 글이다. 앞의 글과 비교하여 읽어 보도록 하자.

우리말과 글을 소중히 여기자

요즘 인기 있는 가수들을 아이돌 가수라고 부른다. 그런데 아이돌 가수라는 말을 쓰는 많은 사람들은 아이돌이 나이가 어리다는 뜻인 줄 알고 있는 것 같다. 그래서 어른돌, 이모돌이라는 파생어까지 생겨났다. 하지만 아이돌은 우상을 뜻하는 영어 단어 idol의 한글식 표기이다. 이렇게 정확한 뜻도 모르면서 사용하는 외국어가 많다. 그것은 외국어를 사용하면 더 유식하다고 생각한다는 잘못된 인식 때문인 것 같다.

상품의 이름 중에 우리말로 된 것은 극히 드물다. 우리말을 사용하는 상표는 외국인들에게 익숙하지 않아 세계화되기 어렵다는 점이 있다. 그래서 삼성 같은 세계적인 기업에서도 상표를 영어로 표기한다. 하지만 한국에서만 유통되는 식료품, 의류, 의학용품, 심지어 생필품의 상표에서도 한글 상표를 찾아보기가 어렵다. 또 길거리 안내 표지판과 정책이름, 광고문, 대중매체에서 나오는 노래 가사까지 한글이 아닌 영어로 얼룩져 있다.

이렇게 장소를 가리지 않고 영어의 뜻도 정확하게 모르면서 사용되는 것은 무엇 때문일까? 그것은 영어를 사용하면 더 유식해 보이고 멋있게 보인다는 사대주의에서 비롯된 열등감 때문일 것이다. 조선시대의 지식인들에게 중국의 한문이 출세의 수단이었듯이, 오늘날 우리 사회의 여론을 주도하는 지도층들은 대부분 영어에 능통한 사람들이다. 그래서 영어를 잘하면 유식해 보인다는 잘못된 인식이 있는 것 같다. 하지만 그런 인식은 시정되어야 할 오해다. 잘못된 영어나 뜻도 모르는 영어를 무분별하게 사용함으로써 오히려 무식함을 스스로 드러내는 어리석은 짓을 자초하는 경우가 많기 때문이다.

얼마 전 영어권 사람들이 한국에 오면 한국말을 안 배워도 의사소통에 불편함이 없어 한국어를 배우려고 애를 쓰지 않는다는 내용의 기사가 있었다. 그 이유는 한국인은 외국인에게 영어로 유창하게 대답해 주지 못하는 것을 부끄러워하고, 또 영어로 유창하게 대답해 주면 뿌듯해 하기 때문이라고 했다. 그리고는 그런 한국인이 이해가 안 된다는 말을 덧붙였다. 프랑스에서 프랑스인에게 영어로 물으면 대답조차 안 한다는데, 우리나라 사람들은 외국인에게 영어로 말해주지 못하는 것을 부끄러워한다고 하니 잘못되어도 크게 잘못되었다.

유네스코에서 문맹퇴치에 힘 쓴 국가나 단체에게 주는 상이 있다. 세종대왕상이다. 그것은 문맹퇴치를 위해 애쓴 세종대왕의 높은 뜻과 한글의 우수성 때문이다. 한글을 만든 세종대왕과 한글의 위대함을 세계가 알고 있는데, 정작 우리나라 국민들은 우리말과 글을 아끼고 사랑하기보다는 외국어를 사용하려 안달을 하고 있으니 서글픈 일이 아닐 수 없다.

수십 년 뒤 한글의 존폐는 우리의 입에 달려있다. 한글은 우리의 정신을 담는 그릇이다. 우리가 얼마나 한글을 애용하느냐에 따라 한글은 세계적인 문자로 살아나기도 하고, 쇠퇴하기도 할 것이다. 거친 세계화의 바람에서도 한글의 앞날이 걱정스럽지만, 민족의 얼과 혼이 담긴 한글을 애용하여 세계적인 문자로 만들어 가야 할 것이다. 그것은 우리 모두의 노력 여부에 달려 있다.

다음은 앞에서 설명한 글 다듬기의 방법으로 학생의 글을 다듬어 정리한 것이다. 다듬기 전의 글 <아빠의 낡은 지갑(1)>과 다듬기를 한 <아빠의 낡은 지갑(2)>를 비교해서 읽어 보자.

| 보기 글 |

아빠의 낡은 지갑 (1)

(학생 글)

몇 년도였는지 정확히 기억은 안 나지만 내가 고등학생 때 명절에 사촌 동생들에게 지갑에서 돈을 꺼내 용돈을 주는 모습을 나는 아직도 잊지 못한다. 그 이유는 이 글의 제목에서도 알 수 있듯이 아빠의 낡은 지갑 때문이다. 그 시기의 나는 세뱃돈을 받아 브랜드 지갑을 새로 살 생각에 들떠 있었고 아빠의 지갑은 가죽이 다 닳아져 보기가 흉해져있었다. 그에 충격을 받은 나는 내가 아빠의 그 지갑을 언제부터 봐 온 것일까 하고 곰곰이 생각을 해 보니 아빠는 내가 초등학교 저학년 때부터 그 지갑을 사용하고 계셨다. 순간 머리가 멍해지고 내 자신에게 회의감이 들었다. 내 지갑은 1년이면 질린다고 새로 사고팔곤 했는데 아빠의 그 10년이 다 되어가는 3만원 짜리 가죽 지갑을 나는 생각지 못하고 살아온 것이다.

아빠의 낡은 지갑을 보고 그 뒤로 아빠가 계산을 하려고 지갑을 꺼낼 때마다 나는 마음이 불편해졌다. 그리고 달력을 보던 중 몇 달 후가 아빠의 생신인 사실을 알게 되었다. 나는 아빠의 생신 선물로 지갑을 주는 것이 좋을 것 같아 돈을 모으기 시작했는데, 고등학생인 나에게는 돈을 모으는 것이 쉽지는 않았다. 2~3주 정도 돈을 모아도 만 원이 채 안 되던 것을 보고 나는 마음을 다시 다잡기로 했다.

제일 첫 번째로 내가 돈을 모으기 위해 한 행동은 군것질을 자제하는 것이었다. 나는 쉬는 시간에 종종 학교 매점에 가서 과자나 빵을 사먹곤 했는데 아빠의 생신날까지 매점에 가지 않기로 결심했다. 처음에는 친구들이 같이 가자고 할 때 '한번 정도 갔다 온다고 돈이 많이 모자라지는 않을 거야'라는 생각을 하기도 했는데, 차라리 그 돈을 조금 더 모아 아빠에게 더 튼튼하고 더 좋은 지갑을 사드리고 싶다는 마음에 참고 가지 않았다.

두 번째로는 가까운 거리인 경우에는 최대한 걸어가려고 하고, 아침에 학교에 늦었다는 이유로 택시를 타지 않기 위해 등교준비를 더 일찍 하는 것이었다. 원래 나는 걷는 것도 별로 좋아하지 않고 아침에는 늦잠을 자서 택시를 타고 급하게 학교에 가는 경우도 가끔 있었다. 아빠에게 지갑을 사드리기 위해 돈을 모으면서 이것이 가장 큰 장애물이라고 생각하고 아침에 30분 더 일찍 일어나 여유롭게 학교를 가서 돈을 아꼈다. 가끔은 아침에 30분 더 자고 학교에 갈까 싶기도 했지만 자더라도 학교에 일찍 가서 자야지 라는 마음으로 늦장을 부리지 않았고, 가까운 거리는 운동 삼아 걸어 다녀야겠다고 생각하고 버스비를 최대한 아꼈다.

그렇게 몇 달을 돈을 모으다 보니 돈이 꽤나 모였다. 그래서 아빠의 지갑을 사드리려고 혼자 백화점에 갔었는데 곰곰이 생각해보니 아빠의 취향을 잘 모르겠는 것이었다. 그래서 엄마에게 도움을 요청했고, 남동생까지 함께 가서 아빠의 취향에 맞는 지갑을 구매했다. 그동안 군것질도 하지 않고 교통비도 많이 아껴 스스로 돈을 모아 사는 지갑이라 더욱 더 좋고 예쁜 디자인을 사드리고 싶어 백화점을 계속 돌아다니기도 했다.

그렇게 아빠의 생신이 다가오고, 나는 지갑에 남동생과 나의 증명사진을 넣어 아빠에게 새 지갑을 선물해드렸다. 아빠는 새 지갑을 받으시자 정말 기뻐하셨고 선물을 한 나도 아빠가 기뻐하시는 모습에 기분이 좋아졌다. 하지만 아빠가 기뻐하시는 모습을 보며 쉽게 지갑을 바꾸고, 아빠의 지갑에는 관심이 없었던 과거의 내 모습이 부끄러워졌다. 앞으로는 내 주변사람들에게 관심을 많이 가지고 물건을 쉽게 바꾸려는 내 성격을 고쳐야겠다는 생각이 들었다.

아빠의 낡은 지갑 (2)

(수정한 글)

　어느 해인지는 정확히 기억은 안 나지만 내가 고등학생 때 명절에 아빠가 사촌 동생들에게 지갑에서 돈을 꺼내 용돈을 주는 모습을 나는 아직도 잊지 못한다. 그것은 아빠의 낡은 지갑 때문이다. 그 시절 나는 세뱃돈을 받아 브랜드 지갑을 새로 살 생각에 들떠 있었는데, 아빠의 다 닳은 가죽지갑을 보자 정신이 번쩍 드는 것 같았다.

　나는 '아빠가 그 지갑을 언제부터 사용했던 것일까' 생각을 해보았다. 곰곰이 생각해 보니 아빠는 내가 초등학교 저학년 때부터 그 지갑을 사용하셨다. 나는 순간 머리를 한방 맞은 것같이 멍해졌다. 나는 지갑을 산 지 1년만 지나면 싫증이 난다고 새것으로 바꾸곤 했는데, 아빠는 10년이 다 되어가는 3만 원짜리 가죽 지갑을 사용하고 계신 것이다. 아빠의 낡은 지갑을 본 이후, 아빠가 물건을 사거나 식당에서 밥값을 계산하려고 지갑을 꺼낼 때마다 나는 마음이 불편했다.

　그러던 중 달력을 보다가 아빠의 생신이 몇 달 후인 것을 알게 되어, 나는 아빠의 생신 선물로 지갑을 선물하기 위해 돈을 모으기 시작했다. 고등학생인 나에게는 돈을 모으는 것이 쉽지는 않았다. 2~3주 정도 돈을 모아도 만 원이 채 안 되어 나는 마음을 다시 다잡기로 했다. 돈을 모으기 위해 가장 먼저 한 것은 군것질을 줄이는 것이었다. 나는 쉬는 시간에 종종 학교 매점에 가서 과자나 빵을 사먹곤 했는데, 아빠의 생신날까지 매점에 가지 않기로 결심했다. 처음에는 친구들이 같이 가자고 할 때, '한번 정도 갔다 온다고 돈이 많이 모자라지는 않을 거야'라는 생각을 하기도 했지만, 차라리 그 돈을 조금 더 모아 아빠에게 더 튼튼하고 더 좋은 지갑을 사드리고 싶은 마음에 참고 가지 않았다.

　두 번째로는 가까운 거리인 경우에는 최대한 걸어가려고 하였고, 아침에 학교에 늦었다는 이유로 택시를 타지 않기 위해 등교준비를 더 일찍 하는 것이었다. 나는 걷는 것도 그다지 좋아하지 않고 아침에는 늦잠을 자서 택시를 타고 급하게 학교에 가는 경우도 가끔 있었다. 아빠에게 지갑을 사드리기 위해 돈을 모으면서 이것이 가장 큰 장애물이라고 생각하고, 아침에 30분 더 일찍 일어나 여유롭게 학교에 가서 돈을 아꼈다. 가끔은 아침에 30분 더 자고 학교에 갈까 싶기도 했지만, '잠을 자더라도 학교에 일찍 가서 자야지'라는 마음으로 늦장을 부리지 않았고, 가까운 거리는 운동 삼아 걸어 다니겠다고 다짐하고 버스비를 최대한 아꼈다.

　그렇게 몇 달이 지나자 돈이 꽤나 모여 아빠의 지갑을 사드리려고 혼자 백화점에 갔는데, 곰곰이 생각해 보아도 아빠의 취향이 잘 떠오르지 않았다. 그래서 엄마에게 도움을 요청했고, 남동생까지 함께 데리고 가서 아빠의 취향에 맞는 지갑을 구입했다. 그동안 군것질도 하지 않고 교통비도 아낀 돈으로 사는 지갑이라 더 좋은 것으로 사 드리고 싶어 백화점을 계속 돌아다니며 고른 것이었다.

　아빠의 생신날 새로 산 지갑에 남동생과 나의 증명사진을 넣어 아빠에게 선물로 드렸더니, 아빠는 매우 좋아하셨다. 아빠가 흡족해 하는 모습에 선물을 한 나도 기분이 좋았다. 한편 아빠가 기뻐하시는 모습을 보며 쉽게 지갑을 바꾸고, 아빠의 지갑에는 관심이 없었던 내 모습이 부끄럽기도 했다. 그리고 앞으로 내 주변사람들에게 더 많은 관심을 쏟아야겠다는 것과, 물건을 쉽게 바꾸려는 내 성격을 고쳐야겠다는 생각을 했다.

글쓰기의 몇 가지 서술방식

글은 쓰고자 하는 목적과 의도에 따라 적절한 서술방식(표현방법)을 택하게 된다. 서술방식은 일반적으로 설명, 논증, 서사, 묘사 등으로 분류한다. 이렇게 서술방식에 따라 분류된 글을 설명문, 논증문, 서사문, 묘사문이라고도 한다. 그러나 한 편의 글은 하나의 서술방식만으로 되어 있지 않고, 앞의 네 가지 서술방식이 두루 쓰이기도 한다. 이 네 가지 서술방식의 특징에 대하여 알아보자.

1. 설명

설명하기는 글쓰기 방식에서 가장 널리 쓰이는 것으로, 어떤 대상이나 사실을 알기 쉽게 풀이하는 것이다. 설명하는 글은 무엇보다도 독자들을 고려해야 한다. 일반인 모두를 대상으로 하는 백과사전과 같이 설명할 것인가, 특정한 집단을 대상으로 할 것인가를 염두에 두어야 한다. 독자를 고려하지 않고 쓴 글은 누구에게도 읽히지 않는 글이 된다. 따라서 독자의 수준에 맞게 쓰되, 알기 쉽게 써야 한다.

설명하기의 방법에는 자료들을 구체적으로 나열하는 방식, 유사한 내용을 비교하여 설명하는 방식, 또 상반된 것을 대조하는 방식 등등이 있다. 이러한 설명하기를 잘 하기 위해서는 설명하고자 하는 것에 대해 충분한 지식을 갖추고 있어야 한다. 필자가 잘 알지 못하는 것을 독자에게 쉽게 알도록 설명하기가 어렵기 때문이다. 그리고 설명하기는 필자의 주관적인 견해보다는 객관적으로 서술하는 것이 효과적이다.

| 보기 글 |

민속놀이

〈민속박물관 자료실〉

민속놀이는 각 지방의 풍속과 생활 모습이 반영된 민간에 전하여 오는 여러 가지 놀이를 말한다. 민속놀이는 놀이가 전승되고 있는 집단의 성격에 따라 전문인들의 놀이와 일반인들의 놀이, 놀이를 하는 시기에 따라 세시(歲時)놀이와 평상시의 놀이 등으로 분류된다. 그 밖에 놀이를 하는 연령층에 따라 어른놀이와 아이놀이로, 놀이를 하는 성별에 따라 남자놀이와 여자놀이, 놀이를 하는 인원에 따라 집단놀이와 개인놀이 등으로 나눌 수도 있다. 또, 민속놀이는 전국에서 행하는 국중(國中)놀이, 일부 지역에서만 행하는 향토놀이로 나누기도 한다. 그러나 민속놀이의 내용은 거의가 풍작을 기원하는 것이다.

전문인들의 놀이에는 고성 오광대·양주 별산대놀이 등 광대, 사당패, 무당이 벌이는 탈놀이와 영감놀이 등 굿놀이, 그리고 꼭두각시놀음·땅재주·줄타기·장대타기·죽방울받기 등 남사당놀이가 있다. 세시놀이에는 명절이나 특정한 시기에 하는 놀이로, 정초의 연날리기·윷놀이·널뛰기, 정월 첫 쥐날의 쥐불놀이, 대보름의 줄다리기·고싸움·차전놀이·다리밟기·놋다리밟기, 3월의 화전놀이, 4월 초파일의 연등놀이, 5월 단오의 격구·씨름·그네, 8월 추석의 소싸움·거북놀이·강강술래·길쌈놀이 등이 있다.

세시놀이는 대개 풍년을 기원하고, 사악한 악귀를 물리치며, 액을 막고 복을 부르는 토속신앙의 의미를 지니고 있다. 특히 정월의 집단놀이는 그 승부에 따라 그해 농사의 풍흉(豊凶)을 점쳐보는 농경의례의 성격을 지닌다. 평상시 일상생활 속에서 할 수 있는 놀이로는 꼰·장기·바둑 등의 성인들의 놀이와, 대말타기·땅재먹기·비석치기·술래잡기·승경도·자치기·제기차기·실뜨기 등의 아이들 놀이가 있다.

위의 글은 민속놀이의 개념을 설명하고, 이어서 그것의 유형과 분류기준을 설명하고 있다. 그리고 분류된 항목에 대해서도 설명하고 있다. 이렇게 설명하고자 하는 내용에 대하여 개념을 설명하고, 그것의 특징과 성격에 따라 분류하여 설명하면 된다. 분류를 할 경우에는 분류의 기준이 분명해야 한다.

| 보기 글 |

'덕천서원'의 연혁

(남명학연구원)

덕천서원은 조선중기 대표적인 산림처사로 존경받는 남명 조식(1501-1572, 南冥 曺植) 선생의 학덕을 기리기 위하여 문인과 지역의 선비들이 주도하고 경상감사 윤근수(尹根壽)가 지원하여 1576년 건립되었다. 1592년 임진왜란으로 소실된 것을 1601년 진주 목사 윤열(尹說)이 진주 선비들의 요청으로 중수를 계획하여 청주 목사를 지낸 이정(李瀞)을 비롯한 여러 인사들이 협력하여 1602년에 건물을 완공하였다. 1608년 선생에게 영의정이 추증됨으로써 1609년에 사액되었다. 서원의 옛 명칭은 '덕산'이었는데 '덕천'으로 사액하여, 그 이후 덕천서원으로 명명하고 있다.

사액을 계기로 선생의 학문과 인품을 존숭하는 이들이 해를 거듭할수록 증가하여 서원이 크게 확장되었고, 도산서원·옥산서원과 더불어 삼산서원의 하나로 정족(鼎足)을 이루면서 강우 48가의 본산으로 경남 유림의 구심처가 되었다. 선생의 학문과 사상을 직접 훈도 받은 덕계 오건(德溪 吳建), 동강 김우옹(東岡 金宇顒), 한강 정구(寒岡 鄭逑), 수우당 최영경(守愚堂 崔永慶), 내암 정인홍(來庵 鄭仁弘), 망우당 곽재우(忘憂堂 郭再佑)를 비롯한 수많은 인물들이 선생의 학풍을 계승하고 진작시켜 임진왜란을 비롯한 국가적 위기에 능동적으로 대처하는 의병들을 양성하였고, 향촌의 교화에 진력하여 풍속을 개량하여 명실상부한 실천유학의 도장이 되었다.

이러한 유서 깊은 서원이기에 정조 때 명재상 번암 채제공(樊巖 蔡濟恭)이 판서와 영의정 재임시 원장을 지내는 등 성황을 이루었으나, 대원군의 집정시기인 1865년 전령의 잘못으로 훼철되는 비운을 겪기도 하였다. 그렇지만 1918년에는 강당인 경의당을 건립하고, 1925년에는 사우인 숭덕사를 복원하였고, 이듬해에는 영남의 선비 수천 명이 뜻을 모아 동서재를 건립하여 강우학파의 정신적 지주로 삼았다.

지금의 건물은 1926년 복원된 것으로 옛날의 규모에는 미치지 못하나 국학의 붐을 타고 선생의 위민정치사상과 선비정신 및 교육사상이 새로 평가되자, 정부에서 1983년 1월 23일 덕천서원과 산천재 및 선생의 묘소 등을 국가문화재사적 305호로 지정하여 보수와 증축에 각별한 배려를 하고 있다.

위의 글은 덕천서원이 건립된 경위와 어떻게 변천되었는지를 설명하고 있다. 덕천서원의 건립 과정과 임진왜란으로 소실되고 다시 건립하게 된 경위를 설명하고, 그 이후 어떻게 변천되어 왔는지를 서술하여 덕천서원의 역사를 한 눈에 알 수 있게 하였다. 이렇게 설명하고자 하는 대상을 구체적으로 서술함으로써 읽는 사람이 잘 이해하도록 하는 것이 설명문이다.

2. 논증

논증은 어떤 사실에 대하여 자기 나름대로의 견해나 주장을 논리적인 증거를 제시하여 서술하는 방식이다. 설명하기가 어떤 사물이나 현상을 쉽게 설명하여 독자를 이해시키는 것이라면, 논증하기는 필자의 독자적인 견해에 대해 근거를 제시하여 독자를 설득하는 것이다. 논증하는 글에서는 주장하는 바의 근거로 제시하는 논거가 명확해야 한다. 논거가 명확하지 않으면 억지 주장이나 잘못된 주장을 하는 오류를 범하게 된다.

논증의 방법에는 일반화된 사실을 전제로 하여 특수한 사실을 이끌어내는 '연역적 방법'과 특수한 사실을 바탕으로 일반화된 사실을 이끌어내는 '귀납적 방법', 그리고 두 가지 사실에 본질적인 유사성이 있을 경우 하나의 특수 사실에서 얻은 결론을 토대로 다른 특수 사실의 결론을 이끌어내는 '유추의 방법' 등이 있다.

1) 연역적 논증

연역법은 이미 알고 있는 하나 또는 둘 이상의 일반적인 명제를 전제로 하여 새로운 사실을 이끌어 내는 추론 방법이다. 연역법 가운데 가장 널리 알려진 것으로는 삼단 논법(syllogism)이 있다. 이는 두 개의 전제를 바탕으로 결론을 이끌어내는 것으로서, 기본 형식을 들면 다음과 같다.

> ① 동물은 죽는다. ······························ 대전제 : 일반 명제
> ② 인간은 동물이다. ··························· 소전제
> ③ 그러므로 인간은 죽는다. ················ 결 론 : 개별 명제

위의 보기는 '동물은 죽는다.' 라는 일반 명제에서 '인간은 죽는다.' 라는 개별

명제를 이끌어 내고 있다. 여기에서 소주제문은 필자가 추출해 낸 개별 명제(결론)가 된다.

2) 귀납적 논증

귀납법은 연역법과 반대로 특수한 예나 개별적인 사실로부터 일반적인 명제를 이끌어 내는 추론 방법이다. 이 방법에 의한 글의 전개에서 주제문은 일반 명제가 되며, 결론이 타당하게 인정받으려면 가능한 많은 사례를 분석하여 뒷받침하는 것이 좋다. 가령 '소크라테스, 공자, 석가도 모두 죽었다.', '이들은 모두 사람이다.', '그러므로 모든 사람은 죽는다.'와 같은 전개 방식을 취하였다고 하자. 이는 '소크라테스'나 '공자'에 대한 개별적인 사실에서 결론이 되는 '모든 사람'에 대한 일반적인 명제를 이끌어내고 있는 것이다.

다음은 자신의 주장을 말하고 있는 논증문이다. 논증의 방식에 대해 알아보자.

| 보기 글 |

무상의료는 가능한가

〈신영전 / 한겨레신문 2011년 1월 10일〉

지난주 민주당이 '무상의료'를 당론으로 결정했다. 의료정책사의 역사적인 사건이다. 예상했던 대로 여당과 보수신문은 이를 포퓰리즘이라 규정하고 반대의견을 내고 있다. 민주당은 왜 갑자기 무상의료를 들고 나왔을까? 당연히 지난번 지방선거에서 지지를 받은 '무상급식'과 최근 힘을 얻는 '복지국가론'의 연장선이다. 여전히 국민이 보기에 '박근혜식 복지국가와 진보의 복지국가'는 구별이 안 된다. 민주당 등 진보진영은 보수진영이 따라할 수 없는 내용으로 승부해야 한다. 그것이 바로 무상의료다. 진보진영의 연대가 실속 없이 논의만 무성한 상황에서 그나마 기대할 수 있는 것은 함께할 수 있는 구호를 만들어내는 일이다. 무상의료는 그 하나가 될 수 있다. 이 점

에서 이번 민주당의 무상의료 당론 결정은 더 큰 정치적 의미가 있다.〈문제 제기〉

하지만 핵심적인 질문은 "과연 무상의료는 가능한가?"이다. 결론부터 이야기하면 "현재대로는 불가능하다". 전적으로 '사유화된' 의료체계와 의료공급자, 제약산업, 민간보험회사 등 강력한 이해집단, 이미 의료를 상품으로 여기는 국민정서, 더욱이 오히려 의료민영화를 추진하는 정부 등 무상의료가 어려운 이유를 꼽으면 손가락이 열이라도 모자란다.〈반대 입장 제시〉

하지만 한국 사회가 다음의 두 가지를 만들어낼 수 있다면 무상의료는 가능하다. 첫째, 무상의료를 핵심 과제로 선언한 정치세력의 '장기집권'이다. 둘째, 무상의료체계로 가는 데 가장 어려운 장애물인 돈 문제 극복이다. 최근 5년간 국민의료비 증가율은 경제협력개발기구(OECD) 국가의 4배에 달한다. 작년 한해 국민건강보험은 1조3000억 원의 적자를 기록했다. 국민의료비가 이렇게 빨리 오르는 것은 진료비 증가에 대한 위험부담을 전적으로 국민이 지고 있기 때문이다. 그러니 정부도 의료공급자도 대책에 소극적이다. 오히려 대다수 집단은 진료비의 증가를 즐기고 있다. 이 구도를 바꾸지 않으면 안 된다.〈제기한 문제에 대한 근거 제시〉

방법은 의외로 간단하다. 100만 원 진료비 상한제를 약속하는 대통령을 뽑고 그 약속을 지키는지 눈을 부릅뜨고 지켜보면 된다. 진료비 증가의 책임을 국민에서 정부로 전환하는 것이다. 그러면 각 부처들은 매일 밤을 지새우며 각종 대책을 만들어낼 것이다. 이렇게 해야 불필요한 의료비 상승과 낭비를 확실히 잡을 수 있다. 비로소 재원의 추가적 투입도 가능해진다. 북유럽 국가의 국민들이 세계에서 가장 높은 조세율에도 불구하고 조세저항이 가장 작은 것은 이런 투명하고 낭비 없는 예산집행 때문이다. 그 시기가 되면 우리 국민도 기꺼이 주머니를 열 것이다. 더욱이 그때쯤엔 무상의료 덕분에 비싼 민간보험료를 내지 않아도 되니 말이다.〈근거 제시〉

무상의료는 모두에게 좋다. 국민은 병원비로 파산할 걱정을 안 해도 되니 당연히 좋다. 진료비의 낭비가 줄면 기업도 부담이 줄어 좋다. 무상의료는 따뜻한 환자·의사 관계를 꿈꾸는 의사들에게도 좋다. 합리적인 보수라면 적어도 교육과 건강 문제에 관한 한 모든 이의 출발선을 맞추어주는 데 동의할 것이다. 그런 점에서 무상교육·의료는 좌파의 논리가 아니다. 더욱이 의료체계의 전환을 이루어내지 못하면 이는 두고두고 보수진영의 발목을 잡을 것이다. 집권하더라도 고령화의 높은 파도를 넘을 수 없다.〈부연 설명〉

또 한 가지 설득 과제가 있다. 많은 국민이 '무상의료=낮은 질의 서비스'를 연상한다고 한다. 하지만 북유럽의 의료서비스 질과 환자만족도가 한국보다 낮다는 이야기를 들어본 적이 없다. 그래도 무상의료가 여전히 낯선 이들에게는 이것을 실현한 나라들이 많이 있음을 알려야 한다.〈예시와 부연 설명〉

얼마 전 약값이 없어 끝내 동반자살을 선택한 노부부의 신문 기사를 보고 "돈이 없어 치료를 못 받아 죽는 국민이 있는 나라는 나라도 아니다."라고 말했던 고 노무현 대통령이 떠올랐다. 우리가 '나라다운 나라'에 살고 싶다면 무상의료는 선택이 아니라 우리 모두의 목표가 돼야 한다.〈제언〉

위의 글은 자기의 주장에 대한 근거를 적절하게 들어서 말하고 있다. 전체의 구성은 '문제 제기', '예상되는 반론 제시', '주장하는 내용에 대한 근거 제시', '근거 제시', '부연 설명', '예시와 설명', '제언'으로 되어 있다. 먼저 문제를 제기하고, 제기한 문제에 대한 예상되는 반론을 제시하고 있다. 그리고 주장하는 내용에 대한 근거를 통하여 예상되는 반론을 반박하고 있다. 이런 방법도 주장하고자 하는 바를 분명하게 하는 데 효과적이라 하겠다. '부연 설명'에 이어서 '예를 들어서 설명'하는 것도 주장을 더 확실하게 뒷받침하는 좋은 방법이다. 이와 같이 자기의 주장을 펴기 위해 논리적인 근거를 제시하는 것을 논증이라고 한다.

다음은 체벌에 대한 찬성과 반대의 입장에서 쓴 글이다. 참고로 읽어 보자.

|보기 글|

'사랑의 매'는 없다

〈조용식, 전교조 울산지부 정책실장 / 조선일보 2010년 8월 10일〉

최근 일부 시·교육청에서 추진하고 있는 체벌 금지 방침을 두고 교권(敎權)과 학생 인권이 대립하는 것처럼 주장하는 목소리가 나오고 있다. 이들은 마치 법적으로 보장된 학생 체벌을 진보 교육감들이 인기에 영합하기 위해 폐지하고 있는 것처럼 주장하고 있다. 또한 교육 목적의 체벌조차 포기함으로써 학생의 학습권을 포기한다고 주장하고 있다.

그러나 초중등교육법시행령 31조는 명백하게 체벌 금지를 규정하고 있다. 교육 목적상 필요한 경우를 제외한다는 법 조문이 있다고 해서 이를 체벌 허용으로 보는 것은 지극히 자의적인 법 해석이다. 이는 법 조항에 '단'이라는 용어로 붙는 단서 조항과 같은 것으로 특수한 경우에만 허용될 수 있다는 것으로 해석해야 하며, 법 제정 취지는 체벌을 금지한다고 봐야 할 것이다. 이러한 법률에 따라 대부분의 학교에서 사실상 체벌을 금지하는 학생생활규정을 제정해 놓고 있으며, 체벌을 허용하는 경우라도 사유와 방법 그리고 장소 등을 엄격하게 제한하는 것이 대부분이다.

헌법과 초중등교육법 그리고 유엔아동권리협약과 학교 규칙으로 학생의 인권과 사실상의 체벌 금지가 보장되어 있음에도 다시 학생인권조례 제정이 추진되는 것은 그만큼 우리 학교 현장에서 학생들의 인권이 지켜지지 않고 있는 것을 방증하는 것이다.

청소년이 성장하는 과정에서 욕구와 반항심, 교우관계 등으로 고민하고 방황하는 것을 학교 울타리 안에서 교육시키기 위해서 체벌이 불가피하다는 주장은 학생 지도의 어려움을 호소하는 것으로는 이해할 수 있으나 체벌을 합리화하는 논거로 삼기에는 부족하다.

한때 학부모들이 학교에 '사랑의 매'를 전달하며 '덜 폭력적인 매'로 교육해달라는 요구를 전달한 적이 있다. 우리나라는 전통적으로 부모님께 회초리를 맞으며 성장했고 그것이 하나의 미덕으로 여겨지고 있었던 것을 감안하면 학부모들의 이런 요구가 진심 어린 것으로 볼 수도 있었을 것이다.

그러나 살벌한 입시경쟁 속의 우리 교육 현실에서 이른바 '사랑의 매'가 과연 존재할 수 있을까. 경쟁에서 패배하고 동기부여가 약화되어 일탈(逸脫)이 생기고 그런 학생의 행위를 지도하기 위해 체벌이 동원되는 현실을 감안하면 '사랑의 매는 없다'고 단언한다.

가학증이 아니고서야 체벌을 좋아하는 교사는 없다. 한 반에 40명이 넘는 학생들의 수업 지도와 생활지도, 가중되는 업무 부담을 진 교사가 경쟁 심화로 폭증하는 학생들의 부적응 및 일탈 행위를 체벌로 다스리게 되는 것은 구조적 문제다. 어쩌면 이 문제를 해결하지 않는 한 체벌은 없어지지 않을지도 모른다. 그러나 역으로 이런 문제를 해결하기 위해서라도 체벌은 금지되어야 한다.

학생을 '때려서' 질서를 잡는 행위는 교사가 아니라도 가능하다. 체벌을 금지할 때 오히려 교사의 전문성을 보여줄 수 있는 다양한 노력이 시도될 수 있다. 성숙, 미성숙의 차이는 있겠지만 학생이나 교사나 모두 동일한 인격체라는 데 이견이 있을 수 없다. 당장이야 혼란스럽겠지만 체벌이 사라질 때 학생들이 정말로 교사를 존중하는 풍토가 생겨날 것이다. 그것이 교육이고, 가르치는 교사와 배우는 학생이 서로 성장하는 교학상장(教學相長)이다.

| 보기 글 |

'사랑의 매'는 없을 수 없다

〈문승호 / 동아일보, 2010년 9월 1일〉

서울시교육청은 앞으로 학생 체벌 규정을 완전 폐지하도록 하고 이를 어겼을 경우 특별 장학이나 감사를 통해 조사한다는 방침을 내놓았다. 서당교육시대부터 내려온 '사랑의 매'를 폐기한다는 것은 엄청난 교육방법의 변화를 선언한 것이며 역사적 변혁이며 혁명에 가까운 결정이다. 그럼에도 그 대신 문제 학생을 지도하는 선생님들의 손에 무엇을 쥐어주겠다는 방법도 제시하지 않았다. 서울시 교육행정을 움직이는 지도층은 아마도 교육 현장의 경험이 전혀 없거나 실정을 모르는 분들이 아닌지 의심스럽다.

인터넷 영상을 통해 드러난 '오장풍 교사'의 액션은 무지막지해 보여 동정을 받기 힘들었다는 점은 이해한다. 그러나 선생님들이 그렇게 회초리가 아닌 폭력성 체벌을 어린 제자에게 가한다는 것은 상상할 수 없는 일이며 극히 희귀한 사례일 뿐이다. 어떠한 질서 속에서도 용서할 수 없는 일탈의 사례는 발생하기 마련이다. 그 얼마 전에는 반대로 여자 선생님이 어린 제자에게 폭행을 당하는 사건도 일어났다. 교육 현장의 모습이 점점 스승의 미덕과 사제 간의 아름다운 예절까지 무너지고 이념적이고 정치적이며 물질적이고 기계적인 현대 사회의 더러운 면들이 스며든 것 같아 슬픔을 느끼게 한다.

교육행정의 수장인 교육감 자리도 금품과 조직이 치고받는 정치판의 게임장으로 끌려들어가 교육계는 이제 이해관계가 얽힌 지역과 출신 성분에 따라 저마다 다른 교육행정이 춤을 출 것으로 짐작된다.

선생님의 제자에 대한 체벌 문제를 스승의 미덕인 전통적인 사도(師道)의 회초리로 보지 않고 극히 드문 사례의 폭력으로 매도해 '사랑의 매'까지 학교에서 추방한다는 것은 참으로 무지한 결정이며 신중하지 못한 교육행정 지도층의 경망스럽고 즉흥적인 발상으로 볼 수밖에 없다.

동서고금을 통하여 보건대 훌륭한 인물들은 교육을 통해 깨달음과 바른 인품의 인간으로 성장할 수 있었다는 체험담에서 훌륭한 스승을 만난 얘기를 빼놓지 않고 꼽는다. 그 중에 '사랑의 매'에 대한 아름다운 정신을 잊지 못하는 일화도 많다.

이렇듯 자칭 진보세력이라고 보는 교육감들은 학생 인권을 존중하려 들고, 그 반대인 교육감들은 교권을 중시하려 든다. 학생 인권도 존중하면서 교권도 존중하는 윈윈 전략을 펴야만 학교 현장이 살아 움직이고 대한민국 교육도 살아 움직인다.

한때 학부모들이 학교에 교육상의 체벌은 필요하다며 '사랑의 매'를 전달한 사례도 있지 않은가! 우리나라는 전통적으로 부모님께 회초리를 맞으며 성장했고 그것이 하나의 미덕으로 여겼다. 보수 성향의 시민 교원단체들은 "학생인권조례는 아이들에게 집회의 자유를 주겠다는 것"이라며 "그 정치적 의도가 의심스럽다"고 주장했다고 한다.

그러나 '가재는 게 편이요 초록은 한빛'이라고 하는 말도 있듯이, 전교조 울산지부 조용식 정책실장은 이에 덧붙여 사랑의 매는 없다고 모 일간지에 기고를 하였다.

여기에 사랑의 매가 없다는 결론으로 가르치는 교사와 학생이 서로 성장한다는 교학상장(教學相長)을 인용하였는데, 이는 나의 모교 주성중학교 교문에 세운 돌탑 교학상장을 업신여기는 발상이라 하지 않을 수 없다. 이 교학상장이란 가르침과 배움이 서로 진보시켜준다는 뜻으로 사람에게 가르쳐 주거나 스승에게 배우거나 모두 자신의 학업을 증진시키는 내용도 있고, 가르치는 일과 배우는 일이 서로 자신의 공부를 진보시킨다는 뜻도 함축돼 있다. 여기에는 당연히 '사랑의 매'가 존재하는 것이며, 또한 없어서도 안 된다. 교학상장은 '사랑의 매'가 필요 없다는 뜻은 결코 아니다.

이 '사랑의 매'가 필요 없다고 주장하는 사람들은 일선 현장에서 현실을 직시하고 왜 필요한 지를 좀 더 객관적으로 살펴보기 바란다. 한참 자라나는 학생들이 이성적으로 판단하고 행동할 수 있는가. 그러한 학생들은 전체의 일부에 지나지 않을 것이다. 나머지 학생들은 피동적으로 움직일 수밖에 없을 것이다.

이러한 학생들에게 이성적으로 판단하고 행동하라고? 그러한 주장은 연목구어일 수밖에 없을 것이다. 아무리 사상과 이념이 다르다고는 하나 교육의 백년대계를 위해서는 진·보가 따로 있을 수 없다고 본다. 이 '사랑의 매'는 앞으로도 인류가 생존하는 한 영원히 존재할 수밖에 없다.

다음 주어진 글을 참고하여 초등학교 교과서에 한자병기를 하지 않아야 하는 이유가 세 가지 이상 제시된 한 편의 논증문을 쓰시오.

| 보기 글 |

한자 소홀히 해 文解力 OECD 꼴찌

(진태하, (사)전국한자교육추진 총연합회 이사장, 동아일보 2015년 6월 19일)

교육부에서 2018년부터 초등학교 교과서에 한자(漢字)를 병기하기로 결정한 것은 갑자기 즉흥적으로 결정한 일이 결코 아니다. 반세기 이상 한글 전용을 지향해온 결과 많은 문제점을 초래한 것에 대한 근본적인 해결책으로 결정한, 청사에 길이 빛날 문자정책이다.

그동안 한글 전용 정책이 야기한 문제점을 대략만 추려 봐도 7가지에 이른다. 먼저 국어 어휘 70% 이상이 표의성 한자어다. 그러나 그 발음만을 표기하는 언어생활을 이어온 결과 한국이 경제협력개발기구(OECD) 23개국 중 문해력(文解力)이 최하위로 떨어지게 됐다. 또 전국 대학의 장서(藏書) 90% 이상이 국한문 혼용으로 돼 있는데, 대학생들이 읽지 못해 도서관 책들이 거의 사장(死藏)돼 있다.

우리나라는 한자를 엄연히 국자(國字)로 이용해 수천 년 동안 일상 문화생활을 이어왔다. 그런데도 일부 한글 전용자의 주장으로 상당수 국민이 한자는 중국 문자를 빌려다 쓰는 것으로 여기게 돼 무조건 배척하게 됐다. 그뿐만 아니라 우리 국민의 성씨가 100% 한자로 호적에 등재돼 있는데 한자를 남의 나라 문자로 여김으로써 전 국민이 자신의 성씨도 제 나라 말로 갖고 있지 못한 수치스러운 민족이라는 모순에 빠지게 됐다. 국회의원들이 의사당 내 명패의 한자 성명이 우리말이 아니라고 해 최근 한글로 바꾸었는데 개탄을 금할 수 없다. 그렇다면 부모가 외국어로 성명을 지어줬다는 말인가?

북한도 최근 초등학교 5학년부터 한자 교육을 국어 교육으로 더욱 강화하고 있지만 우리는 그동안 초등학교에서는 한자 교육을 하지 않았다. 중고교에 한문 과목이 있지만 선택과목인 제2외국어로 정해 놓았고 한문을 선택하는 학생들도 별로 없어 남북한 언어의 괴리(乖離)가 심각한 지경에 이르렀다. 나아가 동북아 한자문화권이 날로 부상하고 있지만 우리는 한자 교육을 소홀히 해 스스로 한자문화권에서 고립돼 국제 경쟁력 약화를 초래하고 있다. 또 근래 한국을 찾아오는 관광객의 80% 이상이 중국 일본 등 한자문화권인데, 한국 거리의 간판 안내판 도로표지판 대부분이 한글로 돼 있어 아주 불편하다고 호소한다. 정부는 관광산업을 강화해야 한다고 하면서 가장 중요한 문제를 방치하고 있다.

이런 문제점들은 시간이 지나면 저절로 해결될 수 있는 게 아니라 정부 시책으로 조속히 강구(講究)해야 해결될 수 있는 문제들이다. 역대 교육부 장관 13명, 역대 국무총리 전원 23명, 서울시 구청장 전원 25명, 여야 국회의원 90%, 학부모 89.1%, 교사 77.4% 등이 초등학교에서 한자 교육이 절대적으로 필요하다고 현 정부에서 건의한 데는 이런 배경이 있다.

한글 전용을 주장하는 측이 여기저기 반대 글을 실어 국민을 호도(糊塗)하는 것은 전혀 국익에 도움이 되지 않는 해국(害國) 행위라는 것을 지적하지 않을 수 없다. 특히 이들의 주장 가운데 '중학교부터 한문 수업을 통해 한자를 제대로 배워야 한다'는 것을 보면 마치 중고교에서 한문을 필수과목으로 교육하는 것처럼 국민을 호도하고 있다. 한문은 분명히 제2외국어로서 선택과목임을 알아야 한다.

대학생 1,000명을 대상으로 결혼해서 자녀를 한글만 가르치는 초등학교와 한자도 가르치는 초등학교 중 어디에 입학시킬 것인가를 설문조사한 결과 100%가 한자도 가르치는 학교에 보내겠다고 대답했다. 이 하나의 결과만으로도 초등학교 한자 교육 실시는 더 이상 반대해서는 안 될 것이다.

정부 당국은 소수 의견을 경청하는 것도 필요하지만 일부 부당한 억지 주장에 백년대계의 중대한 국가시책이 흔들리게 해서는 안 됨을 우국(憂國)의 입장에서 적극 충간하는 바이다.

3. 서사

서사란 어떤 사건의 일어난 경과나 진행되고 있는 과정 등을 서술하는 것을 말한다. 이러한 방식으로 쓴 글을 서사문이라고 한다. 서사문은 흔히 말하는 '누가, 언제, 어디서, 무엇을, 어떻게, 왜'라는 육하원칙에 준해서 쓰면 된다. 그리고 가능한 사건 내용을 잘 알 수 있도록 해야 하고, 객관적인 시각으로 서술해야 한다. 서사문은 일반적으로 시간의 흐름에 따라 사건을 배열한다. 그러나 사건을 좀 더 효과적으로 전달하기 위하여 시간 순서를 바꾸기도 하는데, 그런 경우에도 독자가 오해하지 않도록 시간이 바뀌었음을 잘 명시해 주어야 한다.

| 보기 글 |

새로운 시작

(학생 글)

기상나팔이 울릴 때 나는 벌써 깨어 있었다. 밤새 숨이 가쁘고 몸이 뜨거워 잠을 이루지 못하고 뒤척거린 뒤였다. 술기운 때문만은 아니었다. 주변을 간단히 정리하고 점호를 받으러 나갔다. 전날 해질녘에 내린 소나기 탓인지 새벽 공기가 매웠다. 막 떠오르려는 해가 하늘 한쪽을 빨갛게 물들이고 있었다. 달력에 적힌 날짜를 하나하나 지워나갈 때에도, 바로 전날 저녁에 술에 취해 정말로 믿기지 않던 느낌이 그제야 한꺼번에 몰려들며 가슴을 울렁이게 했다. 9월 17일, 그 날은 내가 제대하는 날이었다.

하지만 마냥 들떠 있을 수는 없었다. 대한민국 사내들 중에서 젊은 시절 한때를 군에서 보내지 않은 이는 별로 없을 것이고, 내 제대가 그들이 겪었던 것보다 특별할 이유도 없었다. 게다가 나는 입대할 때부터 벼르고 벼르던 일이 남아 있었다. 한 시간도 낭비하지 않고 학교로 돌아가 공부를 다시 시작하는 것이었다. 그 때문에 나는 지난 서른 달 동안 학교 신문을 받아보고, 빠듯한 시간을 쪼개가며 공부하던 분야의 책을 계속 읽어 왔었다.

점호를 마친 뒤 나는 가져갈 짐을 챙기기 시작했다. 세 해 동안 별다른 느낌 없이 썼던 물건들이 저마다 한두 가지 사연을 지니고 있었다. 훈련을 받다 찢어져 바느질

한 자리가 생생한 얼룩무늬 옷, 페인트가 묻은 손으로 그냥 들고 읽다가 책장 구석구석에 퍼런 페인트가 묻은 책, 군화발로 밟아 다리가 부러져 버린 검은 안경 따위 물건들을 더러는 개어 넣고 더러는 신문지로 싸 넣으면서, 나는 잠깐씩 생각에 잠기곤 한다. 그러다 정말로 잊지 못할 추억이 담긴 물건을 챙길 때면 잊지 못할 사람으로 생각이 이어지고, 다시 그 생각이 이리 저리로 이어져 나는 한동안 멍하니 앉아 있을 수밖에 없었다.

퍼뜩 정신이 들어 시계를 보니 여덟 시가 가까워 오고 있었다. 부대 본부에서 치를 전역식은 아홉 시로 정해져 있었다. 서둘러 나머지 짐을 쌌다. 오전에 제대에 필요한 일들을 마치고 오후에는 학교에서 복학 절차를 밟아야 했다. 짐 싸는 일을 마치자, 거의 출근을 했지만 비번이라 내무실에 남아 있는 동료들과 작별 인사를 했다. 악수를 하고 돌아서며 눈물을 흘리는 이들이 몇 있었다. 나도 다른 일은 접어두고 오래오래 서로 눈물을 닦아주며 이별을 하고 싶었다. 하지만 내겐 시간이 많지 않았다. 마음을 굳게 먹으며 어깨를 다독여 동료들을 위로하고 건물을 나섰다.

부대 본부에 다다르자 시계가 여덟 시 사십 분을 가리키고 있었다. 전역식까지는 아직 시간이 있었다. 훈련을 같이 받고 부대에도 같이 왔지만, 소속이 달라져 오랫동안 만나지 못했던 동료들과 만나 그 동안의 이야기를 나눴다. 아무리 찾아보아도 보이지 않는 친구들이 있어 어떻게 된 일인지 물어보니, 사고를 당해 죽거나 먼저 제대했다고 했다. 그 가운데는 나와 무척 친했던 이들도 있어 안타까운 생각이 들었다.

전역식은 삼십 분이 채 걸리지 않았다. 끝없이 길어 보이던 지난 세 해를 마무리 짓는 행사가 이렇게 짧으니 마치 연습을 하고 있는 것 같아 얼른 실감이 나지 않았다. 하지만 오후에도 할 일이 있는 나로서는 오히려 다행스런 일이었다. 옆에 있던 친구들에게 내 전화번호를 적어 주며 진주에 올 일이 있으면 꼭 찾아달라고 부탁했다. 그리고 다시 발걸음을 서둘러 인사처와 관리처에 들러 신분 증명에 필요한 서류와 돈을 받았다. 모든 절차가 끝나고 시계를 보니 열 시를 조금 지나고 있었다.

한숨을 돌리고 나자 남아 있는 일이 생각났다. 전날 저녁의 술자리로 같은 부서의 사람들과는 작별을 했지만, 군대 생활을 하면서 업무 관계로 자주 만나다 친해진 사람들이나 가끔씩 들러 따뜻한 말로 위로를 해주고, 힘든 일이 있을 때 몇 가지 편의를 보아준 간부들에게는 아직 인사를 하지 못했던 것이다. 하루만 지나면 다시 보기는 힘들 사람들이었다. 어깨에 멘 짐도 무겁고 다리도 아팠지만 나는 다시 고마운 이들이 있는 사무실과 작업장을 돌며 마지막 인사를 했다. 영어 발음이 좋지 않아 조종사들을 긴장시켰던 관제탑 이 중사, 전화로 나와 욕까지 해가며 싸우다가 둘이 함께 벌을 받았던 작전과 황 병장, 나와 내 동료들의 사소한 군기 위반을 눈감아 주었던 헌병대 선임하사, 결국 실현되지는 않았지만 나를 볼 때마다 일하기 수월한 데로 옮겨 주겠다며 큰소리를 치던 정비대 선임하사, 그리고 좋은 감정으로 나를 대해준 다른 이들. 모두 할 일이 바쁜 중에도 잠깐씩 시간을 내어 내 제대를 축하해 주고 더러는 생각지도 못한 선물을 주어 나를 너무 기쁘게 했다.

더 이상 인사할 곳이 생각나지 않게 되어서야 나는 부대 정문으로 발길을 옮겼다. 몇 번이고 다시 생각해 보고 확인했지만 아무래도 내가 해야 할 일이 남은 것 같아 자꾸 걸음을 멈추게 되었다. 그렇게 싫어했던 우리 부대에 미련이 남아 있다고 생각하니 이상하게 느껴져, 나는 정문에 이를 때까지 피식거리며 웃었다.

정문을 지키던 보초병들이 부럽다는 표정으로 축하한다는 말을 건넸다. 나는 기쁜지 슬픈지 잘 모르겠다는 말을 하고 싶었지만, 그 친구들이 이해하지 못할 것 같아 그만두었다. 문을 나서면서 나는 그들에게 서른 달은 그리 길지 않으니 조금만 참고 기다리라고 말했다.

주차장에 도착해 진주로 가는 버스를 타고 앉자 갑자기 긴장이 풀리면서 졸음이 쏟아졌다. 그렇지만 나는 잠들고 싶지 않았다. 버스가 부대 앞을 지날 때 마지막으로 부대를 보고 싶었던 것이다. 버스가 사천 시가지를 벗어나 진사 국도로 접어들면서 철조망 너머로 부대 안의 모습이 한눈에 들어왔다. 코가 찡해지는 느낌이 들어 나는 얼른 고개를 숙이고 눈을 가렸다.

마음이 가라앉고 나자 배가 고파왔다. 바빠서 아침도 먹지 못했다는 것이 생각났다. '집에 도착하며 식사를 한 후, 짐을 풀고 학교로 가서 복학원을 내고 내일부터 학교를 다닐 것이다.' 집에 가서 할 일을 생각해 놓고 나서 눈을 감았다. 당장은 쉬고 싶었다. 버스가 빨리 도착하기를 바라며 나는 등받이에 몸을 기댔다. 별안간 천둥소리 같은 것이 들려 차창 밖을 내다보니 삼성항공에서 막 만들어낸 F-16 한 대가 시험 비행을 하느라 부대 활주로에서 하늘로 치솟고 있었다.

이 글은 군 복무를 마치고 집으로 돌아오는 날 오전에 있었던 일을 시간의 흐

고치고 더한 첨삭으로 익히는 글쓰기

름에 따라 잘 서술하고 있다. 이렇게 어떤 일을 시간의 경과에 따라 서술하는 것이 서사문이다.

다음 보기 글도 하루 동안 일어난 일을 시간의 경과에 따라 서술하고 있다. 참고로 읽어 보자.

| 보기 글 |

긴 하루

(이명환, 「긴 하루」, 『나의 글, 나의 삶』)

내일은 1년에 하루, 가까운 친척들이 모여 조상님들께 제사를 올리는 춘향제가 있는 날이다. 집안끼리 돌아가면서 제사음식 준비와 찾아 온 일가친척들 식사를 준비해야 함에, 작년에 작은댁 순서라는 것을 듣는 순간 '죽었구나'라는 생각이 먼저 들었던 그 일이 시작된 것이다.

우리 집은 아버님이 먼저 하셨고 서울, 부산 사는 작은댁도 차례로 이미 제사를 모셨고, 그 다음으로 남편 차례가 되어서 몇 해 전에 했다. 올해는 부산 작은댁 도련님 순서지만 마음의 부담은 내 당번 때와 별반 다를 게 없었다. 미혼인 도련님은 외국에 있는데 이번 제사 때문에 특별 휴가를 받아 나온다고 하여, 그것만으로도 친척들의 인사를 받았지만 필요한 일손에는 보탬이 되지 않는다. 그래서 작은 어머님께서 아들 대신 미리 오셔서 모든 일을 계획하고 준비하시지만, 어차피 우리 집안의 일이고 시댁에서 하는 일이라 며느리인 내가 가지 않을 수는 없는 노릇이다. 하지만 나에겐 동서도 없고 서울 작은댁 동서는 아이가 어리다고 오지 않으니, 올해도 여전히 서열상 졸병이어서 마음이 무거웠다. 시부모님이 고향을 지키고 계시기 때문에 시부모님의 일은 내 일이기에 마음이 무거울 수밖에 없었다. 어머님은 해마다 4월이면 몸살을 하시지만 가묘가 바로 옆에 있으니 고향을 떠나지 않는 한 그 일에서 헤어날 수 없었다.

토요일 아침, 무거운 마음으로 일어나 고 3인 아들이 1박 2일 동안 먹을 반찬을 간단하게 준비 해 놓고 시댁으로 향했다. 그날따라 날씨는 왜 그리 화창한지 또 꽃은 왜 그렇게도 눈부시게 피었는지…… 부곡 온천 방면의 국도로 접어들자 하얀 벚꽃이 팔랑 팔랑 나비처럼 날아다녔다. 차에서라도 꽃구경 좀 하게 속도를 줄이라고 했지만 남편은 무심히 달렸고, 그런 모습에 맘이 상한 꽃들이 휑하니 하늘로 떠올랐다가 뒤로 멀어져나갔다.

집에 도착하니 고모님들과 큰댁 형님들이 벌써 전을 부치고 떡도 만들고 계셨다. 늦은 것도 아닌데 송구스러움에 머리를 질끈 동여매고 앞치마를 두르고 부엌으로 가니 설거지거리가 잔뜩 쌓여 있었다. 고무장갑도 끼지 못하고 설거지를 시작하려니 '질부야, 계란 열 개만', '동그랑땡 만들게 두부 물 좀 짜 줄래', '질부야 물 좀 떠 와라'…… 끊임없이 이어지는 심부름에 내가 몇 명쯤 있어도 정신이 없을 지경이었다.

이른 아침을 대충 먹은 데다 맛있는 음식냄새까지 나자 염치없는 배가 꼬르륵 소리를 질러댔다. 하지만 나이가 들어도 여전히 어려운 시댁 어른들 앞이고 더구나 칠순이 넘은 노인들이 손수하시는 제사음식들을 냉큼 먹을 수는 없으니 그 많은 음식도 그림의 떡이었다. 점심이 기다려졌다.

점심 식사는 국수로 하기로 했다. 어머님은 마당의 아궁이에 불을 지펴 국수를 삶고 작은 어머님과 나는 부엌에서 고명을 준비하기로 했는데, 무엇을 하려고 하면 고모님과 큰댁 형님이 설거지꺼리를 들고 나오시거나 자잘한 부탁을 하시는 바람에 호박을 볶으면서도 몇 번이나 불을 껐다가 켜야 했다.

이윽고 점심 준비가 끝났다. 스무 그릇 넘게 국수 상을 내고는 앞치마를 풀고 막 앉는데 먼저 식사를 시작하신 아버님이 그새 다 드셨는지 수저를 놓으시면서, '야야 커피한 잔 마실 수 있겠나?'라고 하시는 게 아닌가. 어머님이 며느리도 점심을 먹어야지 하시면서 타박을 놓으셨지만, 그렇다고 내가 그대로 앉아서 점심을 먹어도 된다는 건 아니었다. 역시 졸병이 된 남편이 물을 올리고 나는 종이컵에 일회용커피 봉지를 뜯어 부었다. 내친 김에 간단하게 과일도 준비해서 드리고 국수를 보니 퉁퉁 불어 있었지만, 그런 국수를 보고 특별한 감상을 느낄 여유조차 없었다.

점심 후에는 제수를 차리는 일이 시작되었다. 탑을 쌓는 것도 아닌데 음식을 이쑤시개를 꽂아 고정을 시켜가면서 잘도 쌓아 올리셨다. 오가는 사람들 발걸음에 마루가 흔들리며 몇 단을 정성껏 쌓아올린 밤과 대추가 와르르 쏟아지기도 했다. 다행히도 아직 나에게 그런 일은 오지 않아서 여전히 필요한 물품을 챙겨드리는 심부름을 하는데 작은 어머님께서 오전에 준비해 둔 나물을 무치라고 하셨다. 다른 건 몰라도 손맛이 절대적으로 필요한 그 어려운 나물무치기를 감히 할 수는 없었다. 몇 해 전 추석 때 용감하게 무친 나물을 먹은 누군가가 나물이 왜 이래? 했던 아픈 기억이 되살아났다. 마당에서 다른 일을 하시는 어머님 손을 잡아끌고 와서는 나물은 어머님 손맛이 아니면 안 된다는 등의 갖은 아부를 담아 아이처럼 보채서 결국 평소처럼 짭쪼름 하고 고소한 나물이 완성되었다.

저녁이 되자 때 아닌 천둥소리와 함께 요란한 봄비가 시작되었고, 손님들도 본격적으로 오시기 시작했다. 시집 간 딸네들은 가족을 데리고 와서 온 집안이 반가운 인사로 시끌벅적했다. 오랜만에 뵙는 어른들이 누구신지도 모른 채 인사만 꾸벅꾸벅하고는 내 자리인 부엌으로 돌아왔다. 부엌이 제일 편안 곳이 되었다.

손님들이 많이 오시면서 점심보다 더 정신없는 저녁 식사를 마치고 나니 잠자리가 문제였다. 이리저리 교통정리 끝에 나는 안방에서 시고모님들과 어머니, 시외사촌과 함께 자야했다. 빨리 눕고 싶지만 어른들이 앉아서 이야길 나누시니 눕거나 기댈 수도 없어서 마루에 나와 어둠을 뚫고 내리는 비를 바라보고 있으니 엄마 생각이 났다. 엄마 체취가 담긴 따뜻하고 편안한 친정 안방이 그리웠고, 명절을 보내고 친정에 가면 '아이구 우리 막내 고생했네'하며 이불부터 먼저 펴 주던 엄마의 따뜻한 토닥거림이 떠오르면서 내 마음도 빗물에 젖어 들었다. 그때 고모님께서 밖으로 나오셨다가 그런 내 모습을 보시고는 왜 그리 하염없이 서 있냐는 말씀에 머쓱해서 나오려던 눈물이 쏙 들어갔다.

쉬고 싶은 간절한 내 바람을 아셨는지 일찍 자자면서 불을 꺼주신 덕분에 새우처럼 굽어진 허리며 어깨를 펴고 비록 좁은 구석이지만 자릴 잡고 누울 수 있었다. 힘들었던 시절을 살아온 어른들의 옛이야기도 추절거리는 봄비소리도 끊어질듯 하면서 오랫동안 이어졌다. 나는 신화 같은 이야기와 주룩주룩 빗소리를 섞어서 듣다가 잠이 들었다.

나의 긴 하루는 그렇게 막을 내렸다. 어른들 옆에서 자야 하는 긴장 탓인지 제수 장만에 지쳐서인지 아침 제사상에 올릴 음식을 태운 꿈에 놀라 잠이 깼고, 그래서 어둠이 채 가시기도 전에 또 다른 하루가 이어졌다.

■ 자기의 하루 일과를 서사문으로 적어 보시오.(1,000자 내외)

| 서사문 쓰기 |

제 목

4. 묘사

묘사는 어떤 사물의 형상이나 상태를 그림을 그리듯이 글로 나타내는 것을 말한다. 어떤 대상의 형상이나 상태를 그것을 보지 못한 사람이라도 눈앞에 보는 것처럼 머리 속에 떠올릴 수 있도록 글로 나타내는 것이다. 이를테면 여기에 하나의 책상이 있다고 한다면, 그 책상의 크기, 모습, 빛깔, 구조 등을 객관적인 관점에서 있는 그대로 글로 나타내 보이는 것이 기술법이다. 필자가 알고 있는 지식으로 설명하는 것이 아니라 그 겉모양이나 빛깔 또는 외형적 특징을 글로 보여주는 것이다. 주로 시나 소설과 같은 문학적인 글에서 많이 쓰인다. 묘사하기에서 유의할 점은 묘사하려는 대상의 특징을 잘 파악하여 나타내어야 한다. 사람의 경우 우선 머리카락이 곱슬머리인지, 얼굴은 어떤 형태인지, 인상은 어떠한지, 눈, 코, 입, 귀, 턱 등에서 특징적인 모습이 있는지, 키가 큰지, 몸집이 작은지 하는 등등의 외모를 잘 파악하는 일이 중요하다. 이런 특징들을 통해 그 사람만이 가진 특징적인 외모를 잘 드러낼 수가 있는 것이다.

| 보기 글 |

그는 여(余)가 ○○촌(村)에 가기 일 년쯤 전, 빈손으로, 이웃이라도 오듯 후닥닥 ○○촌에 나타났다 한다. 생김생김을 보면 얼굴이 쥐와 같고, 날카로운 이빨이 있으며, 눈에는 교활함과 독한 기운이 나타나 있으며, 발록한 코에는 코털이 밖으로까지 보이도록 길게 났고, 몸집은 작으나 민첩하게 생겼고, 나이는 스물다섯에서 사십까지 임의로 볼 수 있으며, 그 몸이나 얼굴 생김이, 어디로 보든 남에게 미움을 사고 근접하지 못할 놈이라는 느낌을 가지게 한다. 그의 장기는, 투전 잘하고, 싸움 잘하고, 트집 잘잡고, 칼부림 잘하고, 색시에게 덤벼들기 잘하는 것이라 한다.

〈김동인, 『붉은 산』에서〉

위의 '보기 글'은 어떤 인물의 외모를 잘 묘사하고 있다. 얼굴 생김과 눈빛, 발록한 코와 민첩하게 생긴 몸집 등을 묘사하여 '어디를 보든 남에게 미움을 사고 근접하지 못할 놈이라는 느낌'을 가지게 한다는 것을 말하고 있다.

다음과 같은 글도 묘사문의 좋은 보기이다.

달은 지금 긴 산허리에 걸려 있다. 밤중을 지난 무렵인지 죽은 듯이 고요한 속에서 짐승 같은 달의 숨소리가 손에 잡힐 듯이 들리며, 콩포기와 옥수수 잎새가 한층 달에 푸르게 젖었다. 산허리는 온통 메밀밭이어서 피기 시작한 꽃이 소금을 뿌린 듯이 흐뭇한 달빛에 숨이 막힐 지경이었다. (이효석 「메밀꽃 필 무렵」에서)

뻐스는 무진 읍내로 들어 서고 있었다. 기와지붕들도 양철지붕들도 초가지붕들도 유월 하순의 강렬한 햇볕을 받고 모두 은빛으로 번쩍이고 있었다. 철공소에서 들리는 쇠망치 두드리는 소리가 잠깐 뻐스로 달려 들었다가 물러났다. 어디선지 분뇨 냄새가 새어들어 왔고 병원 앞을 지날 때는 크레졸 냄새가 났고, 어느 상점의 스피커에서는 느려 빠진 유행가가 흘러 나왔다. 거리는 텅 비어 있었고 사람들은 처마 밑의 그늘에 쭈그리고 앉아 있었다. 어린아이들은 빨가벗고 기웃둥거리며 그늘 속을 걸어 다니고 있었다. 읍의 포장된 광장도 거의 텅 비어 있었다. 햇볕만이 눈부시게 그 광장 위에서 끓고 있었고 그 눈부신 햇볕 속에서, 정적 속에서 개 두 마리가 혀를 빼물고 교미를 하고 있었다. (김승옥, 「무진기행」에서)

| 보기 글 |

우리 집

(학생 글)

내가 살고 있는 아파트는 내가 아주 어렸을 적부터 있던 오래된 건물이다. 오래된 건물이라고 하면 벽 색깔이 누렇게 발하고 잡초가 무성한 건물을 상상할 수 있지만 우리 아파트는 파스텔톤 페인트로 덮여 있다. 또한 일자로 배열된 벚꽃나무와 무성한 이름 모를 풀꽃들, 건물 뒤쪽에는 어린 아이들이 뛰어놀 수 있는 조그마한 놀이터 등이 작은 공원을 떠올릴 수 있는 곳이다.

　제일 마지막 건물로 들어가 엘리베이터를 타고 5층으로 가면 우리 가족이 살고 있는 우리 집이 있다. 현관문을 열고 들어가면 하나의 문이 더 있다. 이 문을 열면 바로 거실로 이어진다. 거실과 베란다에는 엄마가 키우고 있는 다양한 종류의 다육이 식물과 꽃들이 있다. 우리 집의 공기청정기인 잎이 뾰족뾰족한 산세베리아, 잎과 향이 장미를 닮은 장미허브, 네 가지 다른 색깔로 빛나는 조명과 같은 칼랑코에와 곳곳에 조그마한 잎들이 서로 뭉쳐있는 다양한 다육이 등은 아파트에 정원에 있는 식물과는 또 다른 분위기를 자아낸다. 다육이들 사이에는 텔레비전이 놓여 있고 텔레비전 앞은 다양한 용도로 사용되는 직사각형의 탁자가 있다. 탁자 뒤에는 우리 가족의 공동 침대인 자주색 가죽소파가 놓여 있다.

　이런 식물원과 같은 거실을 지나 내 방의 문을 열면 구름이 떠다니는 푸른 천장이 항상 나를 반겨준다. 엄마와 다투었을 때, 힘든 야자를 마치고 돌아왔을 때, 주말이나 휴일 등 언제나 내가 가장 편히 쉴 수 있는 공간이다. 푸른 천장뿐 아니라 나를 편안히 해주는 또 하나는 침대 위에 있는 많은 인형이다. 크기도 색깔도 제각각이지만 기린, 코끼리, 사자 등 모두 동물인형이다. 그래서 가끔 거실에 있는 식물 옆에 놔두기도 한다. 이 때문에 엄마랑 다툰 적이 한두 번은 아니지만 동물인형을 거실에 놓아두면 식물원에서 동물원으로 바뀐 느낌을 준다. 그리고 내가 내 방에서 가장 공들인 것이 책꽂이이다. 4칸짜리의 흰색 책꽂이에는 히가시노 게이고가 저자인 책들과 셜록홈즈 시리즈 등 여러 가지 추리소설을 비롯한 영어 학습서, 법학 전공서적 등이 높이에 따라 질서정연하게 꽂혀 있다. 용돈을 모아 조금씩 사들인 책들이기 때문에 내가 가장 아끼고 소중하게 여기는 것이다.

　내가 가장 좋아하는 내 방 바로 옆은 부엌이다. 가로로 놓인 식탁과 반대편에 세워진 전신거울, 그 옆에 냉장고와 김치냉장고, 다용도실로 쓰이는 창고, 창고 옆으로 길게 싱크대가 있는 부엌은 항상 깨끗하고, 식기와 수저도 가지런하게 놓여 있다. 부엌을 지나면 발 닦는 수건이 놓여 있는 회색문의 화장실이 있다. 화장실에는 진주색의 변기와 욕조, 옥색의 세면대가 기역자형으로 배치되어 있고, 세면대 위에는 거울이 있고, 거울 옆에는 수건과 세면도구 등을 넣어두는 작은 서랍장이 있다.

화장실 옆은 엄마 아빠의 공간인 안방이다. 안방에는 몸에 좋은 돌침대와 나비문양이 박힌 농장과 흰색인 커다란 화장대와 작은 간이 의자 등이 엄마 아빠처럼 사이좋게 놓여 있다. 커다란 화장대 위에는 진흙 속에서 피는 연꽃처럼 수많은 가시 위에서 꽃이 핀 선인장 두 개가 놓여 있다. 선인장에 핀 꽃을 볼 때마다 왠지 기분이 좋아진다. 선인장이 매력인 안방은 항상 어지러운 내방과는 대조적이다. 모든 물건이 제자리에 있고 바닥에 즐비한 옷가지들이 없다. 이렇게 깔끔한 안방은 하루에 한 번 꼭 안방 청소를 하는 엄마의 깔끔한 성격 때문이다. 너무 깔끔해서 들어가기 부담스런 곳이기도 하다.

마지막으로 현관 옆에 위치한 동생과 오빠의 방이 있다. 남자 두 명이 쓰는 방이라 산세베리아가 있음에도 불구하고 방안의 공기는 쿰쿰하고 칙칙하다. 오빠와 동생의 땀내와 발 냄새가 배여 있기 때문일 것이다. 그래도 이 방에서 가장 탐나는 물건은 이층침대이다. 알록달록한 무늬가 있는 것은 아니지만 갈색의 단조로운 패턴이 더 편안함을 주는 것 같다. 이층 침대 옆에 있는 작은 탁자 위에는 유리로 만들어진 액자에 넣은 가족사진이 놓여 있다. 엄마, 아빠와 함께 온가족이 다정하게 앉아 있는 것과 오빠와 동생이 나란히 서 있는 것 등, 몇 장 안 되는 사진들이지만 가끔 보고 있으면 사진 속 추억이 떠오르곤 한다.

이렇게 식물원 같은 거실, 하늘이 있는 내 방, 더렵혀지지 않는 신성한 공간인 안방과 냄새가 나긴 해도 가족의 추억이 담긴 동생과 오빠의 방까지 각각의 공간이 지닌 뚜렷한 성격들이 있는 공간이 우리 집이다.

위 글은 자기가 살고 집의 곳곳을 세세하게 잘 묘사하고 있다. 식물원처럼 꾸며놓은 거실과, 많은 동물인형이 있는 자신의 방, 깨끗하고 잘 정돈된 부엌, 화장실, 엄마 아빠의 공간인 안방, 쿰쿰한 냄새가 나지만 가족사진이 있어 추억을 떠올리게 하는 오빠와 동생이 쓰는 방 등을 잘 묘사해 놓고 있다.

▎나의 가장 친한 친구를 묘사하는 한 편의 글을 적어 보시오. (1,000자 내외)

| 묘사문 쓰기 |

제 목

IV

글쓰기 첨삭지도

1. 최근에 있었던 일 쓰기

가장 쉽게 글감에 접근할 수 있고, 큰 부담 없이 써 나갈 수 있는 글은 최근에 있었던 일을 쓰는 것이다. 최근에 자신이 직접 경험한 일을 그대로 쓰면 되기 때문이다. 이때 유의할 점은 경험한 일을 하나도 빠짐없이 쓰려고 해서는 안 된다. 경험한 일 중에서 가장 인상에 남는 것이나 중요하다고 생각되는 것을 택하여 그 일을 중점적으로 써 나가야 한다. 그래야만 말하고자 하는 바가 분명하게 드러나게 된다.

그리고 한 편의 글 속에서는 여러 가지 일이나 사건을 나열하기보다는 하나의 주제로 이어질 수 있는 것을 선택하여 묶어야 한다. 경험한 일만 나열하는 것은 한 편의 글이 되지 않는다. 마치 흩어져 있는 구슬을 실로 꿰어야 원하는 보석이 되는 것과 같다.

다음 글을 보자.

대학생이 된 소감

(학생 글)

2015년 새해가 밝아 나는 어느덧 고등학교를 졸업하고 대학생이 되었다.

이제까지 부모님 곁을 떠나 산 적이 없어서 대학교를 멀리가면 어떡하나 걱정도 했었는데 원서를 쓰고 OO대학교에 붙은 걸 알고 나서는 다행스럽게 생각했었다. 우리 집과 먼 거리이긴 해도 통학을 할 수 있었기 때문이다.

오리엔테이션을 한 날 새로운 친구들도 만나고 조금은 낯선 환경에 앞으로 잘 적응할 수 있을 지 걱정이 되기도 했다. 하지만 주위에 선배들이나 가족들이 많이 도와주어서 적응하는 데는 큰 문제가 없었다.

처음으로 교수님의 강의를 들었을 때 고등학교 때와는 너무 다른 수업방식과 출석도 자유로운 것을 알고 대학생활이 왜 자기 스스로가 잘해야 된다고 했는지 알 것 같았다. 강의실도 내 시간표대로 시간에 맞춰서 알아서 가야하기 때문이다. 점심시간도 따로 있는 게 아니고 수업이 비는 시간에 시간 맞춰서 먹어야 해서 처음에는 점심 먹는 때를 놓치기도 하였다.

그리고 얼마 전에는 대학 입학하고 처음으로 엠티를 갔다.

남해 상주로 엠티를 갔었는데 우리 과 선배들이 다 가는 전체엠티여서 사람이 굉장히 많았다. 극기 훈련도 하고 조끼리 장기 자랑도 하면서 아직 어색한 친구들과 가까워지게 되었다. 고등학생 때 가는 수학여행과는 또 다른 느낌의 엠티를 다녀오니 대학문화를 조금은 알게 되었고 선배들과도 친해져서 지금은 어려운 일이 있을 때 도움을 청하기도 한다.

예전에 어렸을 때는 멀게만 느껴졌던 대학생이 되고나니 벌써 취업에 대한 걱정도 되고 사회생활에 대한 고민도 하게 되면서 내가 많이 자랐다는 걸 느꼈다. 지금도 여전히 집에 가면 어릴 때와 다름없이 부모님께 대들기도 하고 동생과 가끔은 다투기도 하지만 내 자신이 많이 성숙된 것을 느낄 수 있다. 이젠 누가 시키기 전에 공부도 하고 인생에 대한 계획도 세워 보면서 나의 미래에 대한 고민도 자주 하게 되는 것 같다.

현재 우리나라 상황과 집안 사정을 보면 대학 다니는 것도 부모님께 부담일 수 있다. 부모님께서도 직접적으로 말씀하시는 것은 아니지만 내가 공부를 열심히 해서 내 앞길을 잘 닦았으면 하는 심정일 것이다. 수업이 비는 시간에 놀기 보다는 도서관에 자주 가는 것도 내 공부를 하는 것도 있지만 항상 내 뒤에서 응원해 주시는 부모님을 생각해서 이기도 하다.

그리고 요즘에 느끼는 건데 확실히 고등학교 생활보다 대학생활이 힘들긴 하다. 집에 오면 바로 쓰러지기도 하고 피곤해서 예전만큼 집에서 말도 많이 하지 않는 것 같다. 다른 지역에 있는 대학교에 간 친구들이 통학하는 애가 뭐 힘드냐고 그러지만 기숙사에 있는 것과 통학하는 것에는 각기 다른 장점이 있는 것 같다.

대학캠퍼스를 거닐며 자유와 낭만을 즐기는 꿈같은 대학생활을 아직 누리진 못하고 있지만 시간이 흘러 시험도 쳐보고 좌절도 해가면서 학교생활에 적응하고 싶다.

그리고 내가 대학에 와서 하고 싶었던 일중 하나인 해외 봉사활동을 꼭 하고 싶다. 얼마 전에 도서관에서 해외 봉사활동에 관한 일을 전시해놓은 사진을 보았는데 기회가 된다면 열심히 해보고 싶다.

대학에 가면 공부 할 땐 열심히 공부하고 즐길 땐 즐길 줄 아는 사람이 되고 싶었다. 고등학교 때와 마찬가지로 자유가 많은 편은 아니지만 내게 주어진 시간 알차게 보내고 싶고 앞으로 남은 시간동안 즐겁게 최선을 다해서 대학생활을 하고 싶다.

내 생각과는 많이 다른 대학생활.

하루하루 재밌어지지만 나이가 들어가니까 책임감이 생기는 것 같다.

항상 내 말과 행동에 책임을 질 수 있는 사람이 되고 싶고 00대에서 내 꿈을 펼치며 매사에 열심히인 학생이 되고 싶다.

위의 글을 글쓰기에 익숙하지 않은 학생이나 수강생들을 위해 첨삭지도를 해본다.

앞에서도 설명한 바와 같이 어떤 글이든지 '서두/ 본문/ 마무리'로 구성된다. 위의 글도 서두/ 본문/ 마무리로 구성되어 있으나, 그것이 잘 드러나지 않는다. 그래서 위의 글을 서두 /본문 /마무리로 정리해 본다.

대학생이 된 소감-1

(학생 글)

2015년 새해가 밝아 나는 어느덧 고등학교를 졸업하고 대학생이 되었다. 이제까지 부모님 곁을 떠나 산 적이 없어서 대학교를 멀리가면 어떡하나 걱정도 했었는데 원서를 쓰고 00대학교에 붙은 걸 알고 나서는 다행스럽게 생각했었다. 우리 집과 먼 거리이긴 해도 통학을 할 수 있었기 때문이다.**(서두)**

오리엔테이션을 한 날 새로운 친구들도 만나고 조금은 낯선 환경에 앞으로 잘 적응할 수 있을 지 걱정이 되기도 했다. 하지만 주위에 선배들이나 가족들이 많이 도와주어서 적응하는 데는 큰 문제가 없었다. 처음으로 교수님의 강의를 들었을 때 고등학교 때와는 너무 다른 수업방식과 출석도 자유로운 것을 알고 대학생활이 왜 자기 스스로가 잘해야 된다고 했는지 알 것 같았다. 강의실도 내 시간표대로 시간에 맞춰서 알아서 가야하기 때문이다. 점심시간도 따로 있는 게 아니고 수업이 비는 시간에 시간 맞춰서 먹어야 해서 처음에는 점심 먹는 때를 놓치기도 하였다.

그리고 얼마 전에는 대학 입학하고 처음으로 엠티를 갔다. 남해 상주로 엠티를 갔었는데 우리 과 선배들이 다 가는 전체엠티여서 사람이 굉장히 많았다. 극기 훈련도 하고 조끼리 장기 자랑도 하면서 아직 어색한 친구들과 가까워지게 되었다. 고등학생 때 가는 수학여행과는 또 다른 느낌의 엠티를 다녀오니 대학문화를 조금은 알게 되었고 선배들과도 친해져서 지금은 어려운 일이 있을 때 도움을 청하기도 한다.

예전에 어렸을 때는 멀게만 느껴졌던 대학생이 되고나니 벌써 취업에 대한 걱정도 되고 사회생활에 대한 고민도 하게 되면서 내가 많이 자랐다는 걸 느꼈다. 지금도 여전히 집에 가면 어릴 때와 다름없이 부모님께 대들기도 하고 동생과 가끔은 다투기도 하지만 내 자신이 많이 성숙된 것을 느낄 수 있다. 이젠 누가 시키기 전에 공부도 하고 인생에 대한 계획도 세워 보면서 나의 미래에 대한 고민도 자주 하게 되는 것 같다.

현재 우리나라 상황과 집안 사정을 보면 대학 다니는 것도 부모님께 부담일 수 있다. 부모님께서도 직접적으로 말씀하시는 것은 아니지만 내가 공부를 열심히 해서 내 앞길을 잘 닦았으면 하는 심정일 것이다. 수업이 비는 시간에 놀기 보다는 도서관에 자주 가는 것도 내 공부를 하는 것도 있지만 항상 내 뒤에서 응원해 주시는 부모님을 생각해서 이기도 하다.

그리고 요즘에 느끼는 건데 확실히 고등학교 생활보다 대학생활이 힘들긴 하다. 집에 오면 바로 쓰러지기도 하고 피곤해서 예전만큼 집에서 말도 많이 하지 않는 것 같다. 다른 지역에 있는 대학교에 간 친구들이 통학하는 애가 뭐 힘드냐고 그러지만 기숙사에 있는 것과 통학하는 것에는 각기 다른 장점이 있는 것 같다.

대학캠퍼스를 거닐며 자유와 낭만을 즐기는 꿈같은 대학생활을 아직 누리진 못하고 있지만 시간이 흘러 시험도 쳐보고 좌절도 해가면서 학교생활에 적응하고 싶다. 그리고 내가 대학에 와서 하고 싶었던 일중 하나인 해외 봉사활동을 꼭 하고 싶다. 얼마 전에 도서관에서 해외 봉사활동에 관한 일을 전시해놓은 사진을 보았는데 기회가 된다면 열심히 해보고 싶다.

대학에 가면 공부 할 땐 열심히 공부하고 즐길 땐 즐길 줄 아는 사람이 되고 싶었다. 고등학교 때와 마찬가지로 자유가 많은 편은 아니지만 내게 주어진 시간 알차게 보내고 싶고 앞으로 남은 시간동안 즐겁게 최선을 다해서 대학생활을 하고 싶다.(**본문**)

내 생각과는 많이 다른 대학생활. 하루하루 재밌어지지만 나이가 들어가니까 책임감이 생기는 것 같다. 항상 내 말과 행동에 책임을 질 수 있는 사람이 되고 싶고 00대에서 내 꿈을 펼치며 매사에 열심히인 학생이 되고 싶다.(**마무리**)

이렇게 서두/ 본문/ 마무리가 정리가 되면, 다음으로 글을 다듬어야 한다. 익히 많이 들었던 '퇴고하기'이다. 글 다듬기는 앞에서(85~94쪽) 설명한 바와 같이 단락과 문맥, 문장과 낱말 등을 꼼꼼하게 살펴본다. 아래 <대학생이 된 소감-2>가 다듬기를 한 것이다. 원문인 <대학생이 된 소감>과 어떻게 달라졌는지 비교해 보자.

대학생이 된 소감-2

2016년 새해가 밝아 나는 어느덧 고등학교를 졸업하고 대학생이 되었다. 이제까지 부모님 곁을 떠나 산 적이 없어서 먼 지역의 대학교에 입학하게 되면 어떡하나 걱정도 했었는데, 00대학교에 합격한 걸 알고 다행스럽게 생각했다. 우리 집에서 조금 멀기는 해도 통학을 할 수 있었기 때문이다.

신입생 오리엔테이션이 있는 날 학교에 가면서 새로운 친구들과 낯선 환경에 앞으로 잘 적응할 수 있을지 걱정이 되기도 했다. 하지만 선배들이나 가족들이 많이 도와주어서 적응하는 데는 큰 문제가 없었다.

입학식을 마치고, 오후부터 강의가 시작되었다. 처음으로 교수님의 강의를 들었을 때, 고등학교 시절과는 너무 다른 수업방식에 다소 당황스러웠다. 교수님은 학생들의 수준을 생각하지 않고 강의를 하셨고, 떠들거나 엉뚱한 짓을 하는 것도 크게 신경 쓰지 않고 강의를 진행했다. 그리고 결석해도 간섭하는 사람이 없어 대학생활이 왜 자기 스스로가 잘해야 된다고 했는지 알 것 같았다. 강의를 듣는 것도 내 시간표대로 시간에 맞춰서 알아서 가야하기 때문이었다.

점심시간도 따로 있는 것이 아니고, 수업이 비는 시간에 점심을 먹어야 해서 처음에는 점심 먹는 때를 놓치기도 하였다. 그리고 3월 말 대학 입학하고 처음으로 엠티를 갔다. 남해 상주로 엠티를 갔는데, 우리 과 선배들도 다함께 가는 전체엠티여서 참석자가 굉장히 많았다.

엠티는 다양한 프로그램으로 진행되었다. 극기 훈련도 하고 조끼리 장기 자랑도 하면서 아직 어색한 친구들과 가까워지게 되었다. 고등학생 때 가는 수학여행과는 또다른 느낌의 엠티를 다녀오니 대학문화를 조금은 알게 되었고 선배들과도 친해져서 지금은 어려운 일이 있을 때 도움을 청하기도 한다.

대학생활을 한 달 정도 하니 벌써 취업에 대한 걱정도 되고, 사회생활에 대한 고민도 하게 되어 내가 대학생이 되었다는 것을 느끼게 되었다. 지금도 여전히 집에 가면 어릴 때와 다름없이 부모님께 대들기도 하고 동생과 가끔은 다투기도 하지만, 내 자신이 많이 성숙된 것을 느낄 수 있다. 이젠 누가 시키기 전에 공부도 하고 인생에 대한 계획도 세워 보면서 나의 미래에 대한 고민도 자주 하게 되는 것 같다. 부모님께서도 직접적으로 말씀하시는 것은 아니지만 내가 공부를 열심히 해서 내 앞길을 잘 닦

앗으면 하는 심정일 것이다. <u>그런 부모님을 생각해서라도 수업이 비는 시간에 놀기보다는 도서관에 가서 공부하며 시간을 알차게 보내려고 한다.</u>

그리고 요즘에 느끼는 것인데 대학생활이 <u>고등학교 생활보다</u> 힘들긴 하다. 집에 오면 바로 쓰러지기도 하고 피곤해서 예전만큼 집에서 말도 많이 하지 않는 것 같다. 다른 지역에 있는 대학교에 간 친구들이 통학하는 애가 뭐 힘드냐고 하지만, 기숙사에 있는 것과 통학하는 것에는 각기 다른 장점이 있는 것 같다. <u>기숙사에 있으면 시간은 절약할 수 있지만, 부모님과 떨어져 살기 때문에 친구들과 어울려 놀기 쉽고 또 게으름을 피우기도 쉽다. 그러나 통학을 하면 힘들기는 하지만 부보님과 함께 생활하기 때문에 행동을 조심하게 되고, 공부에도 더 집중하게 된다.</u>

<u>아직은</u> 대학캠퍼스를 거닐며 자유와 낭만을 즐기는 꿈같은 대학생활을 누리진 못하고 있지만, 시간이 흘러 <u>토익시험을 비롯한 자격증시험도</u> 쳐보고 좌절도 해가면서 학교생활에 적응하고 싶다. 그리고 내가 대학에 와서 하고 싶었던 일중 하나인 해외 봉사활동을 꼭 하고 싶다. 얼마 전에 도서관에서 해외 봉사활동에 관한 일을 전시해놓은 사진을 보았는데 기회가 된다면 열심히 해보고 싶다.

<u>고등학교 때와 마찬가지로 자유가 많은 편은 아니지만 내게 주어진 시간 알차게 보내고 싶고, 앞으로 남은 시간동안 즐겁게 최선을 다해서 대학생활을 하고 싶다.</u>

(밑줄 친 부분이 다듬기 한 것이다. 그리고 뒷부분 일부를 생략하고 다듬었다.)

다음 <보기 글>도 첨삭지도를 한 것이다. 원문과 첨삭지도 한 것을 비교해 보자.

강의실로 가는 길

(학생 글)

나갈 준비를 다 마친 뒤 스마트키를 챙기는 것을 잊지 않고 205호를 나선다. 계단을 이용하여 1층까지 내려오면 제일 먼저 엘리베이터와 경비실이 보인다. 내가 지내고 있는 이 곳 엘리베이터에서는 매일 많은 여대생들이 타고 내린다. 화사하게 차려입은 학생들도 보이고, 잠에서 덜 깬 학생들도 종종 보인다. 엘리베이터를 지나 경비실을 슬쩍 바라보면 경비 아저씨는 언제나 고개를 숙이고 계신다. 화사한 여대생들과 함께 입구를 빠져나올 때면 항상 즐거운 마음으로 하루를 시작할 수 있다.

기숙사 입구를 지나면 갈림길이 나온다. 왼쪽으로 가면 계단을 이용해야 되지만 거리가 조금 짧아지고, 오른쪽으로 가면 계단이 없는 대신 약간 돌아가게 된다. 그래서 자전거를 타고 등교할 때에는 오른쪽 길을 선택하고, 걸어서 등교할 때에는 왼쪽 길을 선택한다. 요즈음에는 자전거를 타고 가는 일이 많아서 오른쪽 길을 많이 이용한다.

오른쪽 길을 따라서 쭉 가다 보면 농구 코트와 아람관을 볼 수 있다. 기숙사에서 막 나왔을 때보다 훨씬 더 많은 사람들을 볼 수 있다. 사람들의 옷차림과 표정을 관찰하면서 가면 지루하지가 않다. 아람관은 학생들이 이용할 수 있는 식당으로, 보통은 기숙사 학생들이 많이 이용한다. 나도 그 중 한 명이다. 맛은…… 그저 그렇다. 아무래도 가격과 편리함 때문에 많이 가게 되는 것 같다.

이번에는 아람관에서 좌회전을 한 뒤 역시 길을 따라서 쭉 이동한다. 이동하다 보면 어느 순간 향긋한 향기가 바람을 타고 내 후각을 자극한다. 고개를 들어 주변을 살펴보면 오른쪽에 보랏빛 등나무가 바람결에 살랑이고 있다. 나는 등나무라는 것을 이곳에 와서 처음 알게 되었다. 겉모습만 보았을 때에는 좀 더 화려한 이름일 줄 알았는데 등나무라는 투박한 이름이어서 약간 의외였다. 하지만 이름을 듣고 다시 보면 나름 어울리는 것 같다. 한층 더 좋아진 기분으로 등나무를 지나 오른쪽 벽화를 끼고 돈다. 이곳을 지날 때면 선배가 들려 준 일화가 떠오른다.

그 날은 비가 내리던 여름이었다고 한다. 양말이 젖기 싫었던 선배는 맨발에 슬리퍼를 신고 이곳을 지나고 있었다고 한다. 그런데 갑자기 발이 아파오기 시작했다고 한다. 그때 발을 쳐다보았더니 지네 한 마리가 유유히 풀 속으로 사라졌다고 한다. 그 이후로 선배는 절대 맨발로 다니지 않는다고 한다.

그래서 나도 이 길을 지날 때면 항상 바닥을 유심히 보면서 지나간다. 이 길을 지나면 따사로운 햇빛이 나를 기다리고 있다. 햇빛을 맞으면서 가다 보면 왼쪽에 셀 광장이 보인다. 셀 광장에서는 벤치에 앉아서 대화를 나누는 연인들도 보이고, 과제를 하는 학생들도 보이고, 공놀이를 하는 학생들도 보인다.

셀 광장을 지나 자연과학대 앞에 도착한다. 자전거를 세우고 건물 안으로 들어간다. 자연과학대 건물 안은 언제나 시원하다. 가끔 시원하다 못해 쌀쌀할 때도 있다. 3층에 위치한 우리 과방에서 책이나 실험 가운을 챙겨 수업을 들으러 간다.

〈첨삭지도〉

강의실로 가는 길-1

<u>강의시간에 맞춰</u> 기숙사 방에서 나갈 준비를 마친 뒤 스마트키를 챙기는 것을 잊지 않고 205호를 나선다. 계단을 이용하여 1층까지 내려오면 제일 먼저 엘리베이터와 경비실이 보인다. 내가 지내고 있는 이곳의 엘리베이터에는 매일 많은 여대생들이 타고 내린다. 화사하게 차려 입은 학생들도 보이고, 잠에서 덜 깬 학생들도 종종 보인다. 엘리베이터를 지나 경비실을 슬쩍 바라보면 경비 아저씨는 언제나 고개를 숙이고 계신다. 화사한 여대생들과 함께 입구를 빠져나올 때면 항상 즐거운 마음으로 하루를 시작할 수 있다.

기숙사 입구를 지나면 갈림길이 나온다. 왼쪽으로 가면 계단을 이용해야 되지만 거리가 조금 짧아지고, 오른쪽으로 가면 계단이 없는 대신 약간 돌아가게 된다. 그래서 자전거를 타고 등교할 때에는 오른쪽 길을 선택하고, 걸어서 등교할 때에는 왼쪽 길을 선택한다. 요즈음에는 자전거를 타고 가는 일이 많아서 오른쪽 길을 많이 이용한다.

오른쪽 길을 따라서 쭉 가다 보면 농구 코트와 아람관을 볼 수 있다. 기숙사에서 막 나왔을 때보다 훨씬 더 많은 사람들을 볼 수 있다. 사람들의 옷차림과 표정을 관찰하면서 가면 지루하지가 않다. 아람관은 학생들이 이용할 수 있는 식당으로, <u>평소에는</u> 기숙사 학생들이 많이 이용한다. 나도 그 중 한 명이다. <u>맛은 좋은 편이 아니다.</u> 아무래도 가격과 편리함 때문에 <u>자주 이용하게</u> 되는 것 같다.

<u>아람관에서 좌회전을 한 뒤 역시 길을 따라서 걸어가다 보면 어느 순간 향긋한 향기가 바람을 타고 내 후각을 자극한다.</u> 고개를 들어 주변을 살펴보면 오른쪽에 보랏빛 등나무가 바람결에 살랑이고 있다. 나는 등나무라는 것을 이곳에 와서 처음 알게

되었다. 겉모습만 보았을 때에는 좀 더 화려한 이름일 줄 알았는데 등나무라는 투박한 이름이어서 약간 의외였다. 하지만 이름을 듣고 다시 보면 나름 어울리는 것 같다. 한층 더 좋아진 기분으로 등나무를 지나 오른쪽 벽화를 끼고 돈다. 이곳을 지날 때면 선배가 들려 준 일화가 떠오른다.

그 날은 비가 내리던 여름이었다고 한다. 양말이 젖기 싫었던 선배는 맨발에 슬리퍼를 신고 이곳을 지나고 있었다고 한다. 그런데 갑자기 발이 아파오기 시작했다고 한다. 그 때 발을 쳐다보았더니 지네 한 마리가 유유히 풀 속으로 사라졌다고 한다. 그 이후로 선배는 절대 맨발로 다니지 않는다고 한다.

그래서 나도 이 길을 지날 때면 항상 바닥을 유심히 보면서 지나간다. 이 길을 지나면 따사로운 햇빛이 나를 기다리고 있다. 햇빛을 맞으면서 가다 보면 왼쪽에 셀 광장이 보인다. 셀 광장에서는 벤치에 앉아서 대화를 나누는 연인들도 보이고, 과제를 하는 학생들도 보이고, 공놀이를 하는 학생들도 보인다.

셀 광장을 지나 자연과학대 앞에 도착한다. 자전거를 세우고 건물 안으로 들어간다. 자연과학대 건물 안은 언제나 시원하다. 가끔 시원하다 못해 쌀쌀할 때도 있다. 3층에 위치한 우리 과방에서 책이나 실험 가운을 챙겨 수업을 들으러 간다.

다음 글은 지난 학기 동안 있었던 일 중에서 가장 기억에 남은 일을 쓴 것이다. 개요와 쓴 것을 참고로 읽어 보자.

〈글의 개요〉

글 감－수업시간에 수행한 프로젝트에서 1등한 일
주제문－프로젝트를 수행하면서 힘들었지만 1등을 해서 매우 뿌듯했다.
서 두－1학기 수업 중에 SOC설계라는 수업을 통해 프로젝트를 수행했다.
본 문－전공에 대한 기초지식 부족으로 어려움을 겪었다
 －조원들끼리 세미나를 해가며, 프로젝트 수행에 필요한 공부를 했다.
 －예상외로 진행이 잘 되어서 가장 먼저 발표를 했다.

1학기 동안 가장 기억에 남는 일

(학생 글)

　나는 1학기 중에 가장 기억에 남는 일로 SOC설계라는 전공과목에서 수행했던 프로젝트를 떠올렸다. 전공과목 중에 SOC설계라는 과목이 있다. 이 과목은 기본적으로는 이론을 공부해야 하겠지만, 수업의 최종 목표는 컴퓨터 프로그래밍을 통해 자신이 원하는 반도체칩을 설계하는 것이다. 수업의 진행 순서는 이론적인 것에 대해서 공부한 후, 이론을 바탕으로 실제 자신이 원하는 동작을 수행할 수 있는 반도체칩을 설계하는 것이다. 이론도 어렵지만 실제 반도체를 설계하는 프로그래밍 과정이 어렵다.

　먼저 우리는 조를 편성했다. 일단 나는 선배들 3명과 함께 2조에 편성되었다. 학기 초반이라서 그런지 처음에는 다들 의욕도 넘치고 생기가 있었다. 하지만 진행 도중에 어려움이 무척 많았다. 수업시간에 이론 강의를 듣지만 그래도 몰랐던 것을 알아간다는 것이 쉽지가 않았다. 흔히 우리가 tool이라고 부르는 반도체를 설계하는 소프트웨어를 공부하고 익혀 나가는 과정은 매우 어려웠다. 그렇지만 어렵다고 해서 다들 손을 놓고 있을 수는 없었다. 내가 가장 먼저 나섰다. 왜냐하면 나는 이전에 그 tool을 해본 적이 있었기 때문이다. 먼저 세미나를 통해서 기초적인 지식부터 공부했다. 혼자서는 이론 전부를 다 해나간다는 것이 어렵기 때문에, 조원들끼리 각각 부분을 맡아서 공부해 오도록 했다. 그렇게 한 결과 책임감 때문인지 다들 열심히 해 오는 것 같았다. 그렇게 하여 어렵게만 느껴졌던 반도체에 대한 기본 이론을 알 수 있게 되었다.

　다들 잘 해 나갔다. 나도 신이 나서 하다 보니 tool을 사용해서 프로그래밍을 하면서 밥 먹는 시간을 놓쳤던 적이 한두 번이 아니다. 그렇게 해서 우리조는 가장 먼저 발표를 할 수 있게 되었다. 가장 먼저 발표를 해서 시간적으로 조금 불리한 면도 있었지만, 우리조는 전혀 개의치 않았다. 왜냐면 우리가 열심히 해서 설계한 반도체에 대해서 자신감이 있었기 때문이다. 결국 우리는 가장 먼저 발표함으로써, 가장 짧은 시간을 프로젝트에 투자했음에도 불구하고 학기말 시상에서 1등을 하였다. 시상식이 있은 후 우리 조원들과 함께 밥을 먹었다. 모두들 과정은 힘들었지만, 그 후에 찾아오는 달콤함에 푹 빠져들기도 했다.

　이번 프로젝트를 수행하고 결과물을 만들어 내는 과정에서 많은 것을 겪었다. 우리는 흔히 학교 공부나 일상생활을 하다보면 수많은 어려움에 직면하게 된다. 나도 이번 프로젝트를 하면서 그 과정을 되풀이하기도 했으나 예전과는 다른 점이 있었다. 보통의 경우에는 해보지 않고, 그냥 '이건 내가 절대로 할 수 없을 만큼 어려운 일일 꺼야.'라고 생각하지만 나는 생각이 달랐다. 그 어려움이 내가 해결할 수 없을 만큼 어려운 것일지는 모르지만, 그것을 해보고 실패하는 것과 아예 해보지 않는 것과는 차이가 많다고 생각했다. 어려워서 전혀 해보지 않는다면 단 하나의 무엇도 얻을 수가 없지만, 일단 실패하더라도 해보기만 한다면 뭔가 얻을 수 있을 것이라고 생각했다. 그러한 생각으로 프로젝트에 임했기 때문에 결과 또한 좋을 수 있었다고 생각한다.

　위 글은 1학기 중에 가장 기억에 남는 일로 SOC설계라는 전공과목에서 수행했던 프로젝트에 관하여 적은 것이다. 힘든 과목을 열심히 노력하여 좋은 결과를 얻었다는 전체적인 내용은 무난하나, 조별활동의 내용이 보다 구체적으로 설명되었으면 좋겠다. 힘들었던 일들이 구체적으로 어떤 것인지, 어려운 일을 대하는 조원들의 태도는 어떠했는지 등이 설명되었으면 글을 읽는 사람이 전후사정을 잘 파악할 수 있을 것이다. 글을 읽는 사람이 글의 내용을 잘 파악할 수 있어야 좋은 글이 될 수 있다. 그리고 제목도 글의 내용을 잘 드러낼 수 있는 간단하면서도 시선을 끄는 것으로 정하면 좋겠다.

▌최근에 경험한 일 중에서 기억에 남는 일을 개요를 작성하여 적어 보자.

제목 :

중심 글감 :

주제문 :

서두-

본문-

마무리-

〈작문〉

2. 소개하는 글쓰기

1) 자기소개서 쓰기

요즘엔 각종 취직 시험에서 자기소개서를 요구하고 있다. 이것은 이력서만으로는 알 수 없는 사항들을 좀 더 자세하게 알고자 하는 것으로 응시자에 대한 중요한 평가 자료로 활용하기 위한 것이다.

어떠한 환경에서 어떻게 성장해 왔는가 하는 것은 그 사람의 성격적 특징을 파악하는데 중요한 자료가 된다. 그래서 사람을 채용하는 회사에서는 자기소개서에 나타난 가정환경과 성장 과정을 통해 각 개인의 성격 또는 가치관을 파악하고, 학교생활이나 교우 관계 등을 통해 그 사람의 대인 관계나 조직에 대한 적응과 성실성, 책임감, 창의성 등을 살펴보고자 하는 데 목적을 두고 있다. 또한 자기소개서는 어떠한 동기로 입사를 지원하게 되었고, 입사 후에는 어떤 자세로 업무에 임할 것인가 등을 파악하는 자료로 활용되기도 한다.

자기소개서는 정해진 틀이나 작성 방법이 있는 것은 아니다. 다만 자기를 소개하는데 갖추어야 할 기본 내용을 충실히 기재함으로써 자기를 알리는 데 효과적으로 활용될 수 있게 작성하면 된다. 일반적으로 자기소개서를 작성하는 데 있어서 갖추어야 할 기본적인 내용은 다음과 같다.

첫째, 개인의 성장 과정을 기술해야 한다. 어릴 때부터 대학 시절까지의 성장 과정을 기술하되 가족 관계, 가정환경과 아울러 자신의 개성이나 관심 분야 등을 언급하는 것이 좋다.

둘째, 본인의 장점을 솔직하게 기술해야 한다. 자신의 장점이나 특기 사항을 자신 있고 솔직하게 밝혀주고, 아울러 단점에 대하여도 언급하여 그것을 고쳐나가기 위한 노력을 기술해 주는 것도 좋다.

셋째, 지원 동기를 구체적으로 밝혀야 한다. 지원 동기가 확실치 않으면 성취

의욕도 적어 좋은 결과를 기대할 수가 없다. 그러므로 뚜렷한 지원 동기를 구체적으로 밝혀 입사 후에도 매사에 의욕적으로 일에 임하게 될 것이라는 인상을 주도록 해야 한다.

넷째, 장래 희망과 포부를 밝혀야 한다. 입사한다는 것을 전제로 한 장래 희망과 포부를 말하는 것으로 입사한 후의 목표 성취나 자기 개발을 위한 계획이나 각오를 구체적으로 제시하는 것이 좋다.

다음은 KOICA인턴에 합격한 어느 학생의 지원서이다. 참고로 읽어보자.

〈나의 소개〉(1,300바이트)

'어느 자리에서나 주인의식을 가져라'는 아버지의 말씀을 늘 가슴에 새기고, 언제 어디서나 필요한 사람이 되기를 바라며, 저로 인해 제 주위가 행복해지기를 꿈꾸고 있습니다.

일어일문학과에서 배운 지식과 일본 유학생활의 경험은 외국인과 외국 문화에 대한 인식과 자세를 일깨워주었습니다. 약 400명의 세계 각국에서 유학 온 학생들과 KANSAI GAIDAI UNIVERSITY에서 1년 동안 공부하고 생활하면서 지구촌이라는 말을 실감할 수 있었고, 외국인과의 관계에서는 서로를 존중하는 것이 중요하다는 것을 깨달았습니다. KOICA에서 수행하고 있는 사업들도 상대를 존중하고 배려하는 마음이 우선되어야 좋은 결과를 만들 것이라고 생각합니다.

남을 존중하고 배려하는 마음은 우정과 신뢰를 쌓는 기본이며, 어려운 일도 함께 해결할 수 있는 힘이라고 생각합니다. 그것은 중고등학교시절 학급대표와 학생회 간부를 하면서 경험했으며, 대학에서도 동아리와 학회 활동을 하며 서로의 마음을 잇는 믿음의 끈이 가장 중요함을 알 수 있었습니다. 덕분에 선후배들의 도우미와 멘토 역할을 도맡아 했고, 교수님의 조교역할도 하며 용돈을 벌기도 했습니다. 일본 유학생활에서도 내가 먼저 인사하고 상대를 존중하는 마음과 행동으로 세계 각국의 친구들과도 우정을 쌓고, 지금도 연락을 주고받고 있습니다. 그래서 저는 누구보다도 KOICA 인턴 활동을 잘 할 수 있다고 자신하며, 청년 인턴을 통해 ODA사업을 배우고 체험하여 더 많은 기회를 만들고 싶습니다.

〈지원 동기〉(1,300바이트)

지난해 필리핀 여행은 우리나라 대한민국에 대한 생각을 새롭게 했습니다. 관광휴양지인 보라카이에서 한국말로 호객행위를 하는 사람들이 많아, 그 이유를 현지 관광안내원에게 물어보니, 필리핀 사람들은 한국은 부자 나라고 한국인은 부자라고 알고있다고 했습니다. 가는 곳마다 우리 일행이 한국인이라는 것을 알고 돈을 달라고 손을 내미는 아이들을 보면서 안타까움도 있었지만, 한편으로는 원조 수혜국이었던 우리나라가 부자 나라라고 인식되고 있는 것이 자랑스럽기도 했습니다.

'코이카의 꿈'이나 'UNICEF', 'SAVE THE CHILDREN'의 후원을 홍보하는 방송을 보면, 식수가 없어 흙탕물을 마시는 사람들, 기아로 죽어가는 아이들의 모습이 가슴을 아프게 합니다. 인간으로서 먹고 마시는 기본적인 생활조차 할 수 없는 가난한 나라의 사람들에게 삶의 희망을 주는 KOICA의 국제협력사업은 국가의 위상을 선양하는 일이면서, 인류애를 실천하는 길이라고 생각합니다.

오늘의 대한민국을 부모님세대가 만들었다면, 우리 세대는 경제적인 발전과 함께 인류애를 실천하고 선도하는 문화의 대국으로 발전시킬 책임이 있다고 하겠습니다. 세계 각국의 사람들을 지구촌 공동체의 한 가족이라는 생각으로 교류하고 협력하여 더 나은 대한민국을 만들어가야 할 것입니다. 그 일을 코이카가 앞장서서 하고 있다고 생각합니다. 코이카의 비전 '감사하는 대한민국, KOICA와 함께합니다.'는 제가 생각했던 선진 한국을 이끄는 일이자 인류애를 실천하는 것이라고 생각하기 때문입니다.

〈입사 후 계획〉(1,300바이트)

첫째, 남보다 먼저 인사하고 다가가는 적극성과 친화력으로 가족과 같은 공동체를 만드는데 노력하겠습니다. 어떤 일이든지 함께 일하는 사람들 간의 신뢰와 화합이 가장 중요하다고 생각합니다. 그러기 위해서는 희생과 봉사정신으로 솔선수범해야 한다고 생각합니다. KANSAI GAIDAI UNIVERSITY에서 1년 동안의 경험을 살려 함께 일하는 모두가 가족과 같은 동지애를 갖도록 만드는데 앞장서겠습니다.

둘째, 현지에 잘 적응하며 현지인들과 어울리고 소통하는 인턴이 되어 ODA사업에 최선을 다할 것입니다. 'Aram, you are always the center of attention.' 이 말은 제가 일본 유학시절 친구들에게 자주 들었던 말입니다. 유학 초기 낯선 환경과 현지어에 익숙하지 않아 어려움이 많았지만, 저는 특유의 친화력을 발휘하여 그들의 말에 귀 기울이며 적극적으로 그들에게 다가가 진심을 나누는 친구를 만들 수 있었고, 일본어뿐만 아니라 영어도 능숙하게 구사하는 실력을 갖추게 되었습니다. 저는 항상 밝고 긍정적으로 행동하여 열악한 현지 상황에서도 미소를 잃지 않고 업무를 즐기면서 수행할 것입니다.

셋째, 국가의 위상을 먼저 생각하며 행동하겠습니다. KOICA에서 펼치는 사업들도 중요하겠지만, 그것을 수행하는 사람들의 태도와 자세가 더 중요하다고 생각합니다. 아무리 좋은 사업이라도 현지인의 감정을 상하게 하는 말과 행동을 한다면, 사업의 성과는 크게 줄어들 것입니다. 그래서 저는 말과 행동을 할 때 국가의 위상을 먼저 생각하는 사람이 될 것입니다.

〈활동계획 및 기타〉(3,000바이트 이내)

<이름처럼 야무진 인턴 ○○○>

ODA인턴으로서 저는 전문성도 없고 관련분야에서 일한 경력도 없지만, 패기와 열정으로 제가 할 일들을 도맡아 하여 '아람'이란 이름처럼 야무진 인턴으로 인정받기 위해 노력하겠습니다. '뜻이 있는 곳에 길이 있다'는 말도 있듯이, 노력하는 만큼 성과를 이룰 수 있다고 생각하며 다음과 같은 일을 할 것입니다.

첫째, 파견 국가의 상황과 특성을 신속하게 이해하여 ODA사업을 수행할 것입니다. 일본 유학시절 'ASIAN STUDY'를 전공으로 선택하여 'ASIAN AND GLOBALIZAITION'과 같은 과목을 수강하면서 아시아 국가들의 문화와 역사를 공부하고, 세계화 시대에서 아시아 국가 간의 동반자 관계를 유지하는 방법에 대해 발표도 하며 관련 지식을 쌓았습니다. KOICA는 지역별 전략을 수립하여 다시 하위 지역별, 국가별 협력 전략을 세워 사업과 개발 원조를 하고 있다고 들었습니다. 이를 위해서는 그 지역에 대한 이해가 가장 먼저 필요하며, 그것을 바탕으로 종합적인 자료조사 활동이 필요할 것입니다. 그래서 저는 희망근로 국가를 모두 아시아 국가를 선택하였습니다. 일본에서 제가 배우고 익힌 아시아에 대한 지식은 ODA사업을 수행하는 데 도움이 될 것이라고 생각하기 때문입니다.

둘째, 제가 활동하고 보고 겪은 것을 동영상과 기록으로 남길 것입니다. 탄자니아에서의 600여일 동안 KOICA 해외봉사단원 활동경험담을 쓴 '아산테 탄자니아'는 탄자니아의 이모저모를 생생하게 느낄 수 있었고, 또 저에게 KOICA인턴에 지원할 의욕을 북돋아주었습니다. 저도 '아산테 탄자니아'의 저자처럼 적극적이고 헌신적으로 활동하여 목적했던 바를 이루고 보람을 느끼도록 할 것입니다. 제가 지원한 ODA인턴은 6개월이지만, 많은 것을 느끼고 배우기에는 충분한 시간이라고 생각합니다. 또 평소 사진 찍기를 취미로 삼고 있는 저는 현지의 모습과 인상적인 순간들을 사진으로 담고, 그때 그때 느낀 점들과 배운 점들을 기록하여 저만의 활동기록을 만들고, 그것을 다른 사람들과 공유함으로써 제가 느끼고 배운 것들을 나누고자 합니다. 저의 6개월 동안의 활동기록이 ODA사업을 알리고 개발도상국의 빈곤 감소 및 삶의 질 향상에 조금이라도 도움이 되고자 합니다.

셋째, 업무시간 이외의 시간을 잘 활용하여 자기 발전을 도모할 것입니다.

업무시간에는 맡은 일에 최선을 다하고, 휴일이나 여가시간에는 업무관련 지식뿐만 아니라 다양한 분야에 대해 폭넓은 지식과 견문을 쌓을 수 있도록 노력할 것입니다. 제가 희망근로국가로 지원한 베트남, 필리핀, 라오스는 우리나라와 관계가 긴밀한 아시아 국가로 문화 교류를 비롯한 국제적 협력이 필요한 나라들입니다. 그래서 여가시간을 잘 활용하여 현지의 전통과 문화를 폭넓게 체험하는 기회를 가능한 많이 만들어 자기 발전을 꾀할 것입니다. 그리고 업무가 끝난 후 곧바로 귀가하지 않고 현지에 남아, 한 사람의 외국인으로 그 나라의 전통과 문화를 체험하며 새로운 것들을 배우고 싶습니다. 6개월 동안 근로국가에서 경험한 것을 바탕으로 그들과 어울리고 소통하며, 그들의 문화를 체험하고 삶과 이야기를 듣고 관찰하여 기록으로 남기고 싶습니다. 그런 활동을 통하여 장차 제 꿈인 KOICA의 정식 사원이 되어 글로벌인재로서의 능력과 시각을 갖출 수 있도록 할 것입니다.

이렇게 매 순간 최선을 다하는 성실한 자세로 임할 것이며, 인턴이 끝난 후에도 인턴 경험과 ODA전문교육을 통해 갖춘 실무능력과 전문지식을 다른 사람과 나누며 더 발전된 KOICA가 될 수 있도록 작은 도움이나마 주고자 합니다.

다음은 K-water 서류전형에 합격한 어느 학생의 지원서이다. 참고로 읽어보자.

1. 자신이 지원한 분야에서 뛰어난 전문가가 되기 위해 기울이고 있는 노력에 대해 구체적으로 서술해주십시오. (500자 이내)

한 계단씩 차근차근

수자원 분야의 업무를 제대로 수행하기 위해서는 무엇보다 먼저 풍부한 전공지식이 필수적이라고 판단하여 수리수문학, 상하수도공학, 토목시공학, 하천공학, 항만공학 등 해당 교과목에 매진하였으며, 이를 토대로 토목기사 자격증을 취득하여 전문가가 되기 위한 기본자격을 갖추었습니다. 전공교과목을 이수하면서 Hardy Cross 관망해석, Hydrologic Modeling System과 River Analysis System을 이용한 홍수량 산정, 수위-유량 곡선을 이용한 유출량 해석 등 여러 가지 과제들을 수행하였습니다. 이러한 과제수행을 통하여 실제 강수나 하천에서부터 급수지까지의 과정과 하천이 어떻게 설계되는지 체계적으로 배울 수 있었습니다. 또한 이해를 돕기 위해 직접 남강댐유역과 하수처리장을 방문하여 시설물을 확인하기도 하였습니다. 저의 이러한 경험들을 활용해 안전한 시설 유지와 효율적인 수자원관리에 전력을 다하고 싶습니다.

2. 팀(조직) 내에서 갈등을 극복한 경험이 있다면 귀하는 어떠한 노력을 했습니까?
(500자 이내)

한 가지 묘책으로 두 마리 토끼를 얻다

'측량학' 강좌에서, 학과 건물 주위 측지점으로 트래버스 측량을 수행하는 조별과제를 수행한 적이 있습니다. 측량을 진행하는데 측정방법에 대해 조원들 간에 의견충돌이 있었습니다. 저는 정반위로 두 번 측정하여 오차를 줄이자는 것이었고, 다른 의견은 모두 9개 조가 측량을 해야 함으로 한번만 측정하고 시간이 남으면 다시 측정하자는 것이었습니다. 팀원들은 모두 적절하다고 하였지만, 선뜻 정하기가 쉽지 않았습니다. 이에 저는 다른 조에게 3개 팀씩 묶어서 진행할 것을 제안하였고, 다들 시간이 걸렸던 터라 흔쾌히 수락하였습니다. 결과적으로 시간적 여유를 얻었고 이로 인해 정확성까지 얻을 수 있었습니다. 저는 상대방의 입장에서 생각하여 제 의견을 받아들일 수 있을지를 생각합니다. 그 후 이해할 수 있는 명확한 근거를 제시하여 합의점을 찾아 나갑니다. 항상 상대방의 입장에서 이해하려 노력하고 서로의 생각이 통할 수 있도록 힘쓰는 조직원이 될 것입니다.

3. 학업 이외에 본인이 관심과 열정을 가지고 가장 자기 주도적으로 계획을 수립하고 추진했던 경험이 있으면 서술해주십시오.(500자 이내)

성공을 이끄는 '이유'

4학년 때 캡스톤 디자인에 5명의 조원과 함께 참여한 적이 있습니다. 예전부터 학교 앞 오거리의 구조를 변경하여 교통체증을 해결할 수 있는 방법을 모색해보고 싶었던 차에 이를 디자인의 주제로 정할 것을 제안하였고, 조원들 모두 흔쾌히 동의하였습니다. 저는 교통자료조사 및 교차로설계를 맡았습니다. 제가 제시한 주제이기에 '주인의식'을 갖고 더 나은 해결방안을 만들기 위해 국토교통부와 시청에 자료를 청구하여 설계재원을 찾았고, 또한 관련 논문을 조사하여 교통시설이 그 위치에 부합한지와 원형교차로에 신호체계를 두어도 될지 교통과 교수님께 자문을 받기도 하였습니다. 그것을 토대를 국내·외 관련 사례를 찾아 저희 주제와 대조해 보며 과제를 진행하였습니다. 자료가 수집될수록 실현 가능성은 커졌고, 주제 역시 명확해졌습니다. 그리하여 주제 발표에서 '가장 명확한 근거를 제시하였다'는 평가와 함께 1등을 차지하였습니다.

4. 자신이 규칙 및 규정준수, 준법성 등과 같은 공동체 윤리를 중요하게 여기는 사람임을 입증할 수 있는 사례를 구체적으로 서술해주십시오.(500자 이내)

약속을 어기지 않는 신념

행사장 물품업체에서 아르바이트를 한 적이 있습니다. 각종 행사장에 물품을 대여하고 설치하는 업무로 10명이 함께 보름 동안 일을 하게 되었습니다. 추운 날씨였고 무거운 물품이 많아 일하기가 힘들어지자, 그만두거나 건성으로 일하는 인원들이 생기기 시작했습니다. 하루 업무량이 정해져 있었으므로, 한 사람이 태만은 그 만큼 다른 사람들에게 피해를 주고, 또한 일 처리가 지연되면 업체에도 피해를 주게 됩니다. 저는 일정기간 일을 하겠다고 약속한 상황에서 제가 힘들다고 다른 사람들이나 업체에 피해를 입히는 행동을 하는 것은 평소의 제 신념에 어긋나므로 맡은 업무를 약속한 날짜까지 해냈습니다. 마지막 날, 처음부터 같이 일을 시작한 사람들 중 남은 사람은 2명뿐이었습니다. 사장님께서는 "너희처럼 성실한 사람은 못 봤다"고 하시며 계속 같이 일하자고 하셨습니다. 저는 조직에서 정한 약속은 반드시 이행하며 맡은 바 직무에 충실히 임하는 직원이 될 것입니다.

5. K-water에 입사 지원한 동기 및 입사 후 실천하고자 하는 목표를 K-water 인재상(순수, 열정, 창조) 중 자신과 가장 잘 부합하는 역량과 결부시켜 작성해주십시오.(500자 이내)

하고자 하는 열정

저는 제 자신이 '열정인'에 적합하다고 생각합니다. 대학에 입학했을 때는 학업에 열성적이지 못하여 1학년 때의 학과 성적은 우수한 편이 아니었습니다. 군 복무를 마친 후, 전공교과를 충실히 공부해보자고 결심하여 같이 전역한 동기들과 모임을 만들어 전공 공부를 시작하였습니다. 그러나 갓 전역한 후라 어려움이 많았습니다. 그래서 여러 가지 참고서적을 찾아보기도 하고 선배들과 교수님들의 조언을 구하거나 자료를 찾으며 스스로 문제를 해결하려고 노력하였습니다. 그 결과 우수한 학점을 받을 수 있었고 '나도 할 수 있다.'는 자신감을 얻었습니다. 이후 전공 공부에 도전적인 자세로 임하였고, 매번 좋은 결과를 얻을 수 있었습니다. 이런 경험은 너무나도 값진 것이었습니다. 난관이 있더라도 나의 노력 여하에 따라 해결할 수 있다는 자신감을 얻었고, 매사에 긍정적이며 도전적으로 바뀌었습니다. 저는 현재 상황에 안주하지 않고, 더 나은 미래를 만들 수 있는 인재가 되고 싶습니다.

6. 입사지원서에 기술한 교육, 경력, 경험사항에 대해 상세히 기술해주시기 바랍니다. (본인의 역할과 행동, 주요성과를 중심으로)

톱니바퀴의 한 조각

저는 수리수문학, 토목시공학, 상하수도공학, 하천공학 및 항만공학 등의 전공 교과를 이수하였으며, 각 과목의 과제나 프로젝트로 많은 경험을 쌓았습니다. 3학년 때 김해-부산 간 고속도로 공사현장을 견학하고 발표하는 조별과제가 있었는데, 저는 거더 공법 및 공정에 대한 부분을 조사했습니다. 기존 PSC거더뿐만 아니라 해당 공사에서 적용하고 있는 IPC거더교에 대해 조사하여 장단점을 파악하였고, 이 공법이 현장에서 사용된 이유와 공정률과 현황을 조사하여 실제로 공정관리가 어떻게 적용되는지 조사하였습니다. 조사결과를 발표할 때는 PPT의 애니메이션기능을 활용하여 각 공법의 장단점과 현장의 특징을 효과적으로 설명하여 1등이라는 좋은 성적을 받았습니다. 직접 공사현장을 경험해보니 느끼는 바가 컸습니다. 이론으로 배운 공사관리가 실무에서 어떻게 진행되는지 보았고, 각각 요소들이 하나씩 맞물리는 '톱니바퀴'같다고 생각했습니다. 공사현장뿐만 아니라 실무를 수행할 때도 수많은 지식과 경험들이 조화를 이루어 성공적인 결과물을 창조할 것입니다. 저는 이런 경험들을 토대로 실무에 빠르게 적응하여 전력을 다해 조직에 힘을 보태고 싶습니다.

위의 <보기 글>은 특별하게 눈에 띄는 내용은 없지만 자기의 성실함을 강조하고 있다. 취직시험을 위한 '자기소개서'는 읽는 사람의 시선을 끌 수 있는 특별한 내용이 있으면 좋지만, 그렇지 않으면 매사에 성실한 사람임을 강조하는 것도 좋다. 어떤 회사나 기관에서도 정직과 성실을 가장 중요한 덕목으로 여긴다. 자기의 성실한 모습을 잘 드러내는 것보다 더 좋은 '자기소개서'는 없을 것이다.

2) 가족 소개하기

'가족'은 쉽게 쓸 수 있는 글감 중의 하나다. 한 집에서 살을 맞대고 사는 가족은 어떤 누구보다도 서로를 잘 아는 사이이다. 서로를 잘 아는 만큼 쓸거리도 많고 남들이 알지 못하는 이야기들도 많을 것이다. 하지만 가족에 대해 알고 있는 모든 것을 다 적을 수는 없다. 두드러진 특징을 중심으로 남들과 다른 개성적인 가족의 삶을 서술해야 한다. 가족 공동체의 특징, 구성원들의 성격이나 특기 등을 차례로 나열하면 한 편의 글이 될 수 있을 것이다. 이 글감은 글의 단락을 이해하는 데도 효과적이다. 가족 구성원들의 특징을 차례로 서술하다보면 자연스럽게 글의 단락을 이해할 수 있기 때문이다.

소중한 우리 가족

(학생 글)

공기의 소중함을 모르듯이 우리 또한 가족의 소중함을 깨닫지 못하고 살아간다. '가족'이라는 영화가 있었다. 주현과 수애가 나와 아버지의 사랑을 표현해 우리의 코끝을 찡하게 만들었던 영화이다. 그 영화에서 설정한 상황이 우리를 감동시켰을지 몰라도 사실 모든 가족의 사랑은 우리의 코끝이 찡하게 만들기 충분하다. 단지 우리가 가족의 사랑을 잘 알지 못할 따름이다. 언제 한번 가족에 대해서 깊이 생각하고 누군가에게 소개해 봤어야 말이다. 생각해 볼 기회가 없었으니 소중함을 깨닫기도 어려울 수밖에 없다. 그래서 오늘 나는 우리 가족에 대해서 소개해 보려 한다.

과거 우리 가족은 아버지 어머니 큰언니 작은언니 나 이렇게 다섯 명이었다. 하지만 현재 집에 남아있는 사람은 어머니 아버지 나 이렇게 세 명이다. 큰언니와 작은언니는 결혼해서 각각 창원과 평택에 살고 있다. 비록 같이 살지는 않지만 그들도 엄연한 가족임에는 틀림없기에 그들도 함께 소개하려한다.

먼저 우리 아빠는 전라도 목포 분이시다. 어머니 한 분만 보고 거제도로 오신 용감한 분이시다. 과거 전라도와 경상도의 사이가 좋지 않을 시절 알게 모르게 눈치도 많이 받으셨을 것이다. 이곳 사람들이 전라도 사람은 약았다고 말하기도 하지만 난 우리 아빠 같은 남자를 만나고 싶다. 아빠는 전라도 분이시라 그런지 굉장히 가정적이시다. 시장 보는 것과 잡다한 물건을 사오는 건 엄마가 아니라 아빠다. 그래서 동네 분들이 엄마에게 도대체 뭘 먹고 사냐고 물어 보신단다. 도대체 음식을 사러 장에 나오지 않으니 말이다. 또 과묵하고 무뚝뚝한 경상도 남자와 달리 꽃을 좋아하는 엄마를 위해 꽃을 꺾어 오는 센스를 가지신 분이다. 요즘도 아빠는 집에 하루에 두세 번씩 전화해 엄마의 안부를 묻고 시장 볼 것을 물어 보신다. 아빠는 단 한 번도 집에서 술주정을 하거나, 횡포를 부리거나, 엄마나 우리를 괴롭힌 적이 없으시다. 말 그대로 모범 가장이다. 물론 그렇다고 아빠에게 안 좋은 점이 없는 것은 아니다. 아빠는 우리 집에는 안 그러시나 밖에 나가면 자기주장이 강하셔서 지지 않으신다. 그래서 가끔 엄마와 내가 곤란한 경우도 있다. 또 좋고 싫음이 분명하셔서 좋은 사람에겐 한없이 잘해주지만 그렇지 않은 사람에게는 차갑게 대하신다. 그래도 막내딸에게는 끔찍하시니 난 할 말이 없다.

엄마는 무남독녀 외동딸이시다. 그래서 혼자서도 잘 지내시고 같이도 잘 지내신다. 있는 듯 없는 듯하신 분이지만 한번 맡은 일은 똑 부러지게 해내시는 분이다. 원래는 은행에 근무하시다가 아빠를 만나 결혼해 목포에 살다가 홀로 남겨진 거제도의 부모님을 위해 아빠와 함께 거제도로 오셨다. 엄마는 내가 가장 존경하는 분이다. 엄마는 내가 아는 사람 중 가장 완벽하게 아내와 엄마의 역할을 해내신 분이다. 엄마는 감정적으로 누군가를 대하지 않으셨다. 항상 인내하셨고 사랑으로 대하셨다. 엄마는 모든 사람을 최선을 다해서 사랑하고 섬겼다. 엄마의 외모도 그동안의 세월이 담겨 참 따뜻하게 생기셨다. 흰 피부에 넉넉한 살들이 따뜻함을 말해준다. 엄마는 실핏줄이 다 보일 정도로 살이 희시다. 키는 155정도 되시고 몸무게는 제법 나가신다. 엄마는 살을 빼야지 하시면서도 남은 음식을 버리지 못하는 전형적인 주부시다. 요리하는 것도 좋아하고 가정일도 힘들다는 말 한마디 없이 해내신다. 엄마는 나에게 '설거지해라 빨래해라'라고 말하지 않으신다. 그저 더 열심히 설거지하실 따름이다. 난 미안해서 고무장갑을 끼지 않을 수 없다. 말보다 행동으로 먼저 말씀하시는 우리 엄마이다.

우리 집의 장녀인 큰언니는 2002년 결혼해 지금은 창원에 살고 있다. 지금은 동희 동주 종민이의 엄마로 한 가정의 엄마가 되어 있다. 큰언니의 성격은 냉철하고 직설적이다. 그래서 많은 사람들이 상처 받기도 하지만 사실 속은 누구보다 여리다. 한번 내뱉은 말에는 책임을 질 줄 알고 이성과 감정을 구분할 줄 아는 사람이다. 나에게 있어 큰언니는 선생님 같은 사람이다. 나와 12살이나 차이가 나니 그럴 수밖에 없다. 언니와 내가 공감대를 형성하기란 좀처럼 쉽지 않았다. 초등학교 중학교 방학숙제를 언니가 해주는 일은 없었다. 그저 옆에서 도와주고 검사했을 따름이다. 그래서 언니는 나에게 자매라기보다 스승에 가깝다. 하지만 냉정하고 이성적인 언니 덕에 철없던 내가 바르게 자랄 수 있었던 것 같다.

작은 언니는 작은 키에 부러질 것 같은 허리를 가졌다. 그래서 쓰러질 것 같이 생겼으면서도 어디서 그런 힘이 나오는지 힘든 일을 척척 해낸다. 작은언니는 항상 '하하하' 스마일이다. 즐거워도 스마일, 힘들어도 스마일, 하하 거리다가 가끔 엉엉 우는 사람이다. 지금은 해군인 형부를 따라 경기도 평택에서 쌍둥이 현이와 민이, 막내 현빈이의 엄마로 살고 있다. 옛날에 작은언니는 동안이란 소리도 곧잘 들었는데 지금은 세월은 이길 수 없는지 얼굴에 나이가 묻어 있다. 작은언니는 항상 막내인 나를 위해서 먹을 것과 입을 것을 챙겨주는 고마운 언니이다. 작은언니는 나와 큰언니가 싸울 때 항상 가운데서 큰언니와 나를 달래주는 역할을 했다. 그런 언니가 지금은 평택에 있어 자주 보지 못해 안타깝다.

마지막으로 우리집의 늦둥이이자 마지막 남은 딸 나를 소개한다. 나는 딸 셋 중 막내로 늦둥이이다. 난 큰언니와는 12살 작은언니와는 10살 차이가 난다. 말이 세자매이지 사실 언니와 함께한 추억은 거의 없다. 초등학교 들어가기 전 어린 시절은 기억나지 않고 내가 기억을 할 만한 나이가 되었을 때에 언니는 다 대학에 가버렸다 그리고 한집에서 언니가 직장생활을 하고 내가 고등학교에 다닐 쯤 언니는 시집을 갔다. 그래서 난 거의 외동딸처럼 자랐다. 혼자 지내는 일이 처음엔 외롭지만 익숙해지면 생각보다 즐길만하다. 지금도 그 때문인지 외로움을 잘 타지 않는 편이다. 하지만 큰 고생 없이 자라 어려움에 대한 대처 능력과 끈기가 부족한 단점이 있다. 지금은 마지막 남은 딸로서 열심히 효도하려 노력하는데 잘 되지 않는다.

이렇게 우리가족은 아빠 엄마 큰언니 작은언니 나 다섯이다. 다섯이서 같이 있을 땐 몰랐는데 부모님은 거제에, 큰언니는 창원에, 작은언니는 평택에, 나는 진주에 이렇게 지내다 보니 이제야 가족의 소중함을 알겠다. 항상 옆에 있었기 때문에 그 소중함을 몰랐다. 우리 모두는 가족이라는 울타리 안에 살아간다. 기쁜 일도 슬픈 일도 그들과 함께 느끼고 나눈다. 이 세상에서 가장 사랑하는 건 바로 이 가족인데 가장 사랑한단 말을 적게 한 것도 가족인 것 같다. 쑥스럽지만 오늘은 집에 전화해서 사랑하단 말을 해야겠다.

이 글은 짜임이나 내용도 대체로 잘 된 글이다. 전체 8개의 단락으로 되었는데, 첫째 단락에서 '가족'이라는 영화에 대한 이야기를 하면서 가족의 소중함을 말하고 있다. 글의 서두를 글의 주제와 관련된 적절한 화제를 활용하여 쓰는 것은 글쓰기의 좋은 방법이다. 그리고 두 번째 단락에서 가족 구성원에 대한 개략적인 소개를 하고, 이어서 구성원들을 차례로 소개를 하고, 마지막 단락에서 가족의 소중함을 강조하는 것으로 마무리를 했다. 이렇게 서두, 본문, 마무리를 정리하여 쓰면 한 편의 글이 된다. 그리고 글의 내용도 가족에 대한 글쓴이의 애정이 잘 드러나 있어 무난하다.

3) 기타 소개하는 글

우리 고장 김해

(학생 글)

대학생활로 인해 진주에서 생활하면서 가끔 진주의 지리를 모를 때면 내 고향인 김해가 그립기도 하다. 태어날 때부터 살았던 곳이 김해라서 그런지 남들과 달리 김해에 대한 애정이 더 각별하다. 그래서 나는 나의 고향인 김해에 대해 소개해 보려 한다.

먼저 기본적으로 김해의 슬로건은 "Gimhae for you"이다. 그리고 김해의 대표 마스코트는 옛 가야의 이미지를 상징화한 거북소년인 "해동이"이다. 시목은 "은행나무"이고, 시화는 "매화", 마지막으로 시조는 "까치"이다.

김해에는 다른 주변지역에서 소풍 겸 견학으로 놀러 올 만큼 유명한 공원인 "연지공원"이 있다. 연지공원은 대단지 아파트 가운데 인공호수를 만들어 놓은 공원인데 김해에서 가장 큰 공원이다. 호수에는 물고기들과 자라, 오리 등이 살고 있으며, 호수 위로는 긴 다리들로 이어져 있다. 다리를 건너다보면 물 위를 걷는 기분이라서 신기하기도 하고 동물들을 더 가까이서 관찰이 가능해서 어린이들이 현장학습으로 자주 온다. 호수의 중심에는 분수가 있는데 낮에는 햇빛에 반사되어 무지개를 이루는 모습이 정말 아름답다. 저녁이 되면 음악과 알록달록한 조명이 더해져서 더 멋지고 아름다운 음악분수가 가동된다. 아쉽게도 지금은 에너지 절약 차원에서 가동 중단되었다고 하지만, 김해의 축제인 가야문화축제 기간과 어린이날에는 한시적으로 가동된다고 한다.

김해는 옛 금관가야로 많은 유적들이 있다. 먼저 김해의 상징적 문화유적으로 수로왕릉과 수로왕비릉이 있다. 그리고 봉황동유적과 대성동고분이 있다. 수로왕릉과 대성동고분군 사이에는 수릉원이 있다. 역사를 더 자세히 알고 싶으면 박물관으로 가면 되는데 김해에는 박물관이 두 개나 있다. 국립김해박물관과 대성동고분박물관 이렇게 두 곳이 있는데 주로 초등학교 학생들의 옛 역사 배움터로 현장학습 장소가 된다.

더운 여름이 되면 계곡을 찾게 된다. 김해에서 가장 유명한 계곡은 "장유대청계곡"이다. 장유대청계곡은 줄여서 장유계곡이라고 하는데, 6km의 긴 계곡으로 산림이 울창하고 맑은 물이 폭포를 이루는 등 자연경관이 뛰어나다. 여름이 되면 가족들과 친구들끼리 모여서 쉽게 갈 수 있는 곳이기 때문에 사람이 넘쳐난다. 조금 아쉬운 게 있다면 장유계곡에는 따로 주차장이 없어서 여름이면 도로가 막힐 정도로 주차가 엉망으로 되어 있어서 눈살이 찌푸려진다. 이 점만 제외하면 장유계곡은 여름마다 더우면 미리 사전 준비 없이 갈 수 있을 정도로 좋은 여름 휴식처이다.

김해 하면 떠오르는 음식은 당연 뒷고기이다. 김해에는 도축장이 있기 때문에 뒷고기를 냉동이 아닌 생으로 먹을 수 있기 때문에 신선하다. 거기다 또 가격도 정말 싸다. 그래서 김해 뒷고기는 타 지역에서도 유명하다.

김해의 축제는 가야문화축제, 김해분청도자기축제, 진영단감축제, 김해예술제, 연지축제 이렇게 다섯 가지가 있다. 그 중 가장 유명한 축제는 가야문화축제와 진영단감축제이다. 가야문화축제는 가락을 건국한 김수로왕의 정신을 기리고 우수한 가야문화를 승화 발전시키며 시민의 화합과 단결을 도모하기 위한 축제행사이다. 올해 가야문화축제는 4월 13일부터 4월 17일까지 5일간 진행된다고 한다. 진영단감축제는 김해의 특산물인 단감의 수확을 자축하고, 동시에 단감의 홍보 및 지역문화 창출에 기여하기 위해 매년 개최되고 있다.

이 외에도 김해에는 CGV 영화관을 끼고 있는 휴앤락과 전국 홈플러스 매장 중 매출 1위인 김해점 홈플러스가 있다. 그리고 김해와 부산 사이를 운행할 경전철도 개통 준비 중이다.

이처럼 김해는 볼거리가 많고 계속 발전중인 지역이다. 가끔 김해를 모르는 사람들은 김해는 촌이라고들 한다. 이런 사람들은 꼭 한번 김해 탐방을 해 봤으면 좋겠다. 김해 탐방을 하고 나면 가야의 역사에 대해 공부를 하게 될 것이고, 공원의 아름다움에 한 번 반하고 김해 뒷고기에 두 번 반하게 될 것이다.

■자기가 속한 동아리나 단체를 소개하는 글을 적어 보자.

| 소개하는 글쓰기 |

제 목

3. 감상문 쓰기

남이 쓴 책을 읽고 난 뒤 그 책을 읽은 느낌을 쓰든지, 한 편의 영화를 보고 난 뒤 그 영화를 본 감동을 쓰든지 하는 등등의 글을 감상문이라고 부른다. 작품을 감상하거나, 어떤 일에 참여하고 난 뒤의 느낌을 쓴 글이라는 뜻이다. 감상문은 일정한 형식이 있는 것은 아니다. 시나 소설 등의 문학작품을 읽은 느낌이나, 영화나 드라마 등을 본 소감을 자유롭게 쓰면 된다. 그 작품을 감상하거나 그런 일을 하게 된 계기나 배경, 그 작품의 개략적인 내용이나 특징, 그 작품의 장단점, 작품을 감상하거나 그 일에 관여하고 난 뒤의 생각이나 느낌 등을 글로 쓰면 된다.

1) 독서 감상문

|보기 글 1|

〈사평역에서〉를 읽고

사평역에서

－곽재구

막차는 좀처럼 오지 않았다
대합실 밖에는 밤새 송이눈이 쌓이고
흰 보라 수수꽃 눈시린 유리창마다
톱밥난로가 지펴지고 있었다
그믐처럼 몇은 졸고
몇은 감기에 쿨럭이고
그리웠던 순간들을 생각하며 나는
한줌의 톱밥을 불빛 속에 던져 주었다

내면 깊숙히 할 말들은 가득해도

청색의 손바닥을 불빛 속에 적셔두고

모두들 아무 말도 하지 않았다

산다는 것이 때론 술에 취한 듯

한 두릅의 굴비 한 광주리의 사과를

만지작거리며 귀향하는 기분으로

침묵해야 한다는 것을

모두들 알고 있었다

오래 앓은 기침소리와

쓴 약 같은 입술 담배 연기 속에서

싸륵싸륵 눈꽃은 쌓이고

그래 지금은 모두들

눈꽃의 화음에 귀를 적신다

자정 넘으면

낯설음도 뼈 아픔도 다 설원인데

단풍잎 같은 몇 잎의 차창을 달고

밤열차는 또 어디로 흘러 가는지

그리웠던 순간들을 호명하며 나는

한줌의 눈물을 불빛 속에 던져 주었다.

〈사평역에서〉를 읽고

(학생 글)

사평역에서 막차를 기다리며 대합실에 앉아 있는 사람들의 모습은 춥고 쓸쓸해 보인다. 그들은 추위에 청색으로 언 손을 난로불에 녹이고 있고, 오래 앓은 기침으로 콜록대고 있기 때문이다. 더군다나 눈까지 내려서 상황을 더 춥게 만들고 있다. 또 기다리는 것이 막차라는 점이 쓸쓸함이나 슬픔을 더 강하게 하는 것 같다. 이것마저 놓치면 더 이상의 기회는 없다는 의미와 다 떠나보내고 이제 마지막 남은 것이라는 막차의 의미가 지금 상황의 느낌과 일치가 되기 때문이다.

　이런 상황에서 주인공은 그리웠던 순간들을 떠올리며 눈물을 흘리고 있다. 주인공은 왜 눈물을 흘리고 있을까? 생활이 힘들고 고달프기 때문일 것이다. 그렇기 때문에 더욱 쓸쓸하고 슬픈 감정을 일으키는 것이다. 쓸쓸하고 슬픈 감정을 자극하는 것은 또 있다. 대합실에서 막차를 기다리는 사람들은 추위에 언 '청색의 손바닥'을 난로불에 녹이며 피곤하여 꾸벅꾸벅 졸고 있고, 오래 앓은 기침을 쿨럭쿨럭하고 있다. 이들은 주인공과 마찬가지로 고단하고 힘들게 살아가는 사람들의 모습이다. 그리고, 그들은 모두 아무 말도 하지 않고 있다. 그들이 하고 싶은 말은 있을 것이지만, 그것이 아무런 소용이 없다는 것을 잘 알기 때문이다. 그것은 '한 두릅의 굴비 한 광주리의 사과를/ 만지작거리며 귀향하는 기분으로/ 침묵해야 한다는 것'에서 알 수 있다. '한 두릅의 굴비 한 광주리의 사과를/ 만지작거리며 귀향하는' 사람은 객지에서 성공하여 고향에 가는 것이 아니고, 객지생활에서 실패하여 고향으로 돌아가는 사람으로 이해되기 때문이다. 이렇게 <사평역에서>는 쓸쓸하고 슬픈 감정을 자아내게 한다.

　위의 글은 곽재구 시인의 <사평역에서>라는 시를 읽고 쓴 감상문이다. 감상문은 일정한 형식이 있는 것은 아니다. 시나 소설 등의 문학작품을 읽고 느낀 점을 자유롭게 쓰면 된다. 그런데, 글이란 서두, 본문, 마무리의 3단계로 이루어지기 때문에 이에 준해서 서술하는 것이 효과적이다. 서두 부분에서는 감상문을 쓰려고 하는 작품을 감상하거나 그런 일을 하게 된 계기, 본문에서는 그 작품의 대체적인 내용이나 장단점, 마무리 부분에서는 작품을 읽고 난 뒤의 느낌이나 생각 등을 적으면 된다.

　이런 순서에 따라서 위의 글을 수정해 보기로 한다.

(1) 서두

작품을 읽게 된 계기나, 작품에 대한 첫인상이나 느낌 등을 간략하게 정리하여 글의 방향을 제시한다. 다음의 밑줄 친 부분과 같은 것이 서두의 첫 문장이고, 뒤에 이어지는 4개의 문장과 합쳐서 글의 서두 부분이 된다.

　이 시는 〈사평역에서〉라는 제목부터가 색다르게 다가온다. '서울역'이나 '대전역'과 같은 잘 아는 지역의 역이 아니고, '사평'이라는 낯선 이름의 역이 뜻하는 것이 궁금하기 때문이다. 그런데, 시에서 '사평역'이 뜻하는 것은 무엇인지 잘 드러나지 않는다. '사평역'에 대해서 알 수 있는 것은 없고, '사평역'에서 막차를 기다리는 주인공의 심정만 설명해 놓고 있다. 그래서 시의 주인공은 '사평역'이 아니고, 어느 지역의 역에서 막차를 기다리는 사람이라고 해도 괜찮을 것 같다.

---

(2) 본문

　본문 부분은 작품을 읽고 느낀 바의 가장 중요한 내용을 적는다. 작가가 말하고자 하는 작품의 주제나, 작품의 특징 등을 설명하는 것이다. 다음과 같이 정리할 수 있겠다.

　사평역에서 막차를 기다리며 대합실에 앉아 있는 사람들의 모습은 춥고 쓸쓸해 보인다. 그들은 추위에 청색으로 언 손을 난로불에 녹이고 있고, 오래 앓은 기침으로 콜록대고 있기 때문이다. 더군다나 눈까지 내려서 상황을 더 춥게 만들고 있다. 또 기다리는 것이 막차라는 점이 쓸쓸함이나 슬픔을 더 강하게 하는 것 같다. 이것마저 놓치면 더 이상의 기회는 없다는 의미와 다 떠나보내고 이제 마지막 남은 것이라는 막차의 의미가 지금 상황의 느낌과 일치가 되기 때문이다.

　이런 상황에서 주인공은 그리웠던 순간들을 떠올리고 있다. 주인공은 왜 그리웠던 순간들을 떠올리고 있을까? 주인공이 처한 상황이 힘들고 고단하기 때문인 것 같다. 주인공은 지금의 상황보다 더 나았던 시절을 떠올리며, 그 시절을 그리워하고 있다. 그렇기 때문에 더욱 쓸쓸하고 슬픈 감정을 일으키는 것이다. 쓸쓸하고 슬픈 감정을 자극하는 것은 또 있다. 대합실에서 막차를 기다리는 사람들은 추위에 언 '청색의 손바닥'을 난로불에 녹이며 피곤하여 꾸벅꾸벅 졸고 있고, 오래 앓은 기침을 쿨

럭쿨럭하고 있다. 이들은 주인공과 마찬가지로 고단하고 힘들게 살아가는 사람들의 모습이다. 그리고, 그들은 모두 아무 말도 하지 않고 있다. 그들이 하고 싶은 말은 있을 것이지만, 그것이 아무런 소용이 없다는 것을 잘 알기 때문이다. 그것은 '한 두릅의 굴비 한 광주리의 사과를/ 만지작거리며 귀향하는 기분으로/ 침묵해야 한다는 것'에서 알 수 있다. '한 두릅의 굴비 한 광주리의 사과를/ 만지작거리며 귀향하는' 사람은 객지에서 성공하여 고향에 가는 것이 아니고, 객지생활에서 실패하여 고향으로 돌아가는 사람으로 이해되기 때문이다. 이렇게 <사평역에서>는 쓸쓸하고 슬픈 감정을 자아내게 한다.

(3) 마무리

글의 마무리는 전체 내용을 간략하게 정리하는 것이 가장 쉬운 방법이다. 그렇지만 마무리는 글의 전체를 정리하는 것인 만큼 작품에서 개선되어야 할 점이나 더 나은 작품을 위한 방안, 또는 독후감을 쓰는 사람이 강조하고자 하는 내용 등을 적으면 된다.

그렇지만 미래에 대한 희망도 간직하고 있다. '자정 넘으면/ 낯설음도 뼈 아픔도 다 설원'이고, '그리웠던 순간들을 호명하며 나는/ 한줌의 눈물을 불빛 속에 던져주었다'는 데서 새로운 다짐을 읽을 수 있기 때문이다. 자정이 넘으면 새로운 하루가 시작되고, 낯설고 아픈 지난날은 과거의 일이 된다. 그리고 눈물을 불빛 속에 던지는 데서도 새로운 다짐을 읽을 수 있다. 주인공은 눈물을 흘리는 것이 아니고 불꽃과 같이 타오르는 추억 속에 던져버림으로써 더 이상 과거에 연연하지 않겠다는 것을 알 수 있기 때문이다.

(4) 제목 붙이기

글이 완성되고 나면 마지막으로 적당한 제목을 붙여야 한다. 어떤 글이든지 제목이 있어야 한다. 그것은 사람이면 누구나 이름이 있는 것과 같다. 글의 제목은 쓴 글의 내용을 잘 설명할 수 있는 것이나, 또 쓴 글의 내용과 관련이 있는 적당한 것으로 사람들의 호기심을 자극할 수 있는 것이면 된다. 이 글의 제목으로로는 <막차를 기다리는 사람들>로 해도 좋겠다.

이상을 다시 정리하면 다음과 같다.

막차를 기다리는 사람들

이 시는 <사평역에서>라는 제목부터가 색다르게 다가온다. '진주역'이나 '서울역'과 같은 잘 아는 지역의 역이 아니고, '사평'이라는 낯선 이름의 역이 뜻하는 것이 궁금하기 때문이다. 그런데, 시에서 '사평역'이 뜻하는 것은 무엇인지 잘 드러나지 않는다. '사평역'에 대해서 알 수 있는 것은 없고, '사평역'에서 막차를 기다리는 주인공의 심정만 설명해 놓고 있다. 그래서 시의 주인공은 '사평역'이 아니고, 어느 지역의 역에서 막차를 기다리는 사람이라고 해도 괜찮을 것 같다.

사평역에서 막차를 기다리며 대합실에 앉아 있는 사람들의 모습은 춥고 쓸쓸해 보인다. 그들은 추위에 청색으로 언 손을 난로불에 녹이고 있고, 오래 앓은 기침으로 콜록대고 있기 때문이다. 더군다나 눈까지 내려서 상황을 더 춥게 만들고 있다. 또 기다리는 것이 막차라는 점이 쓸쓸함이나 슬픔을 더 강하게 하는 것 같다. 이것마저 놓치면 더 이상의 기회는 없다는 의미와 다 떠나보내고 이제 마지막 남은 것이라는 막차의 의미가 지금 상황의 느낌과 일치가 되기 때문이다.

이런 상황에서 주인공은 그리웠던 순간들을 떠올리고 있다. 주인공은 왜 그리웠던 순간들을 떠올리고 있을까? 주인공이 처한 상황이 힘들고 고단하기 때문인 것 같다. 주인공은 지금의 상황보다 더 나았던 시절을 떠올리며, 그 시절을 그리워하고 있다. 그렇기 때문에 더욱 쓸쓸하고 슬픈 감정을 일으키는 것이다. 쓸쓸하고 슬픈 감정을 자극하는 것은 또 있다. 대합실에서 막차를 기다리는 사람들은 추위에 언 '청색의 손바닥'을 난로불에 녹이며 피곤하여 꾸벅꾸벅 졸고 있고, 오래 앓은 기침을 쿨럭쿨럭하고 있다. 이들은 주인공과 마찬가지로 고단하고 힘들게 살아가는 사람들의 모습이다. 그리고, 그들은 모두 아무 말도 하지 않고 있다. 그들이 하고 싶은 말은 있을 것이지만, 그것이 아무런 소용이 없다는 것을 잘 알기 때문이다. 그것은 '한 두릅의 굴비

한 광주리의 사과를/ 만지작거리며 귀향하는 기분으로/ 침묵해야 한다는 것'에서 알 수 있다. '한 두릅의 굴비 한 광주리의 사과를/ 만지작거리며 귀향하는' 사람은 객지에서 성공하여 고향에 가는 것이 아니고, 객지생활에서 실패하여 고향으로 돌아가는 사람으로 이해되기 때문이다. 이렇게 <사평역에서>는 쓸쓸하고 슬픈 감정을 자아내게 한다.

그렇지만 미래에 대한 희망도 간직하고 있다. '자정 넘으면/ 낯설음도 뼈 아픔도 다 설원'이고, '그리웠던 순간들을 호명하며 나는/ 한줌의 눈물을 불빛 속에 던져 주었다'는 데서 새로운 다짐을 읽을 수 있기 때문이다. 자정이 넘으면 새로운 하루가 시작되고, 낯설고 아픈 지난날은 과거의 일이 된다. 그리고 눈물을 불빛 속에 던지는 데서도 새로운 다짐을 읽을 수 있다. 주인공은 눈물을 흘리는 것이 아니고 불꽃과 같이 타오르는 추억 속에 던져버림으로써 더 이상 과거에 연연하지 않겠다는 것을 알 수 있기 때문이다.

다음 글도 참고로 읽어 보자.

| 보기 글 |

'난쟁이가 쏘아올린 작은 공'을 읽고

난쟁이가 쏘아올린 작은 공. 나는 이 책을 읽으며 많은 생각을 하게 되었다. 정말 읽으면 읽을수록 가슴 아픈 책이었다. 하지만 난쟁이들의 힘겨운 삶의 투쟁을 보면서도 그들에게서 돌 틈에서 핀 미나리아재비꽃같이 귀하고 아름다운 무엇인가를 느꼈다. 이 책이 가슴 아픈 것은 그들이 꽃을 제대로 피우지 못하고 누군가에게 짓밟힌다는 사실 때문이 아닐까 싶다. 다시 그들의 삶을 하나하나 떠올려본다.

난쟁이인 아버지, 그리고 어머니와 영수·영호·영희는 온갖 어려움을 극복하며 하루하루를 힘겹게 살아가는 도시의 소외 계층이다. 실낱같은 기대감 속에서 천국을 꿈꾸지만 집을 철거하겠다는 철거통지서가 날아온다. 며칠 후 철거 시한이 지났다며 불쑥 쳐들어온 철거반원들은 쇠망치를 들고 멋대로 담을 부수기 시작했다. 이미 헐린 이웃집의 문설주를 쪼개 불을 때워 식사를 하고 있던 난쟁이 일가는, 자신들의 집이 허물어지는 소리를 들으며 밥을 눈물과 함께 삼켜야 했을 것이다. 식사를 마친 지섭은 철거반원들을 향해 이렇게 말한다.

"지금 선생이 무슨 일을 지휘했는지 아십니까? 편의상 오백 년이라고 하겠습니다. 천 년도 더 될 수 있지만. 방금 선생은 오백 년이 걸려 지은 집을 헐어 버렸습니다. 오 년이 아니라 오백 년입니다."

그렇다. 그 집은 오백 년에 걸쳐 지어진 집이었다. 영수가 인쇄한 옛날 노비 문서에서 보듯이 가진 자와 못 가진 자의 갈등은 수대에 걸친 것이었으며, 그 갈등의 대상은 변함이 없었다. 그 집은 난쟁이 일가에게는 수대에 걸친 핍박을 헤치고 겨우 마련한 삶의 보금자리였던 것이다. 그 소중한 보금자리를 빼앗기고 내뱉는 지섭의 절규는 나의 가슴을 뭉클하게 만들었다.

그동안 어머니는 인쇄소 제본 공장에 나가고 영수는 인쇄소 공무부 조역으로 일하며 생계를 이어 나간다. 영호와 영희도 몇 달 간격으로 학교를 그만둔다. 투기업자들의 농간으로 입주권의 값이 뛰어오르고 영수네도 승용차를 타고 온 사나이에게 입주권을 판다. 그러나 전세 값을 갚고 나니 남는 것이 없다. 영희는 집을 나간다. 영희는 승용차를 타고 온 그 투기업자 사무실에서 일하며 함께 생활하게 된다. 그러다가 그 투기업자를 마취시키고 가방 속에 있는 입주권과 돈을 가지고 행복동으로 향한다. 그러나 아버지는 벽돌 공장 굴뚝에서 자살하고 만 뒤였다.

하지만 아버지는 죽은 것이 아니었다. 자신이 그리던 달나라로 떠난 것이었다. 그가 쏘아올린 작은 공과 함께 말이다. 그가 쏘아올린 공은 사랑이요, 희망이었다. 그리고 본문에서의 난쟁이의 대사와 같이, 사랑으로 바람을 불러 작은 미나리아재비 꽃줄기에까지 머물게 하는 그런 달나라를 희망하며 이야기는 비극적으로 끝난다.

그때도 행해져 왔고 어쩌면 지금도 일부에서 그렇게 행해지고 있을 그러한 이야기들이 나에게 너무나도 큰 아픔으로 다가왔다. 현실을 알아 간다는 것이 사람들의 생각을 눌러 버리고 작은 난쟁이로 만들어 버리는 것 같다. 그런 현실 속에서 나는 무엇을 할 것인가 하는 질문을 감히 내 자신에게 던질 용기가 없다. 하지만 내 자신이 난쟁이란 사실이 자랑스럽다. 아직 거인들에게 없는 '사랑'과 '희망'이 내 안에도 숨 쉬고 있을 테니 말이다. 거대한 모든 것도 무섭지 않다. 사랑이 있다면 나를 소외시키고, 난쟁이들을 소외시키는 사회 모든 것까지 사랑할 수 있으니 말이다. 그리고 아버지가 끝까지 간직하고 싶었던 희망과 사랑을, 쇠공을 내 마음 속에 영원히 간직할 것이다.

2) 영화 또는 텔레비전 드라마 감상문

'꽃피는 봄이 오면'을 보고

(학생 글)

사범대 음악교육과를 목표로 실기에 한참 열정을 쏟고 있던 때, 나에게 채찍질을 해주던 영화가 있었으니 바로 '꽃피는 봄이 오면'이라는 영화였다. 음악선생님이 목표인 사람들이라면 추천해 주고 싶다는 주변 사람들의 조언에 바쁜 시간을 쪼개어 영화관으로 간 나는 기대에 부풀어 좌석에 앉았다.

가난한 트럼펫 연주자인 주인공 현우는 그저 음악이 좋아서 음악을 연주하는 사람이었다. 그러다 보니 돈벌이와는 거리가 멀었다. 그러자 애인인 연희는 능력 없는 주인공을 외면하게 되고, 늙은 어머니는 늘 주인공을 구박한다. 그런 것들이 주인공에게 직업을 가져야 한다는 생각을 하게 한다. 그래서 문화센터에 아줌마들을 모아 악기를 가르치는 일을 하지만, 그다지 흥미를 느끼지 못한다. 그러던 어느 날 우연히 신문광고를 통해 강원도 도계 중학교에 관악단 선생님을 채용한다는 정보를 접하고, 지푸라기라도 잡는 심정으로 그 학교를 찾아간다. 관악단 연습실은 정말 한숨을 나오게 했다. 부옇게 앉은 먼지들과 고장난 악기들, 그리고 다양한 개성을 지닌 학생들을 보며 실망한다. 그런데 학교에서는 전국대회에서 우승하지 못하면 강제로 해산을 할 것이라 말한다. 현우는 아이들을 데리고 가망 없는 승부를 걸어야만 한다. 우승을 장담할 수는 없지만 그렇다고 포기할 수도 없는 상황에 놓인 것이었다. 그래서 현우는 최선의 노력을 하기로 다짐한다. 아이들의 마음 속에서 싹트고 있는 음악에 대한 열정을 북돋우고, 비협조적인 학부형을 설득하기도 한다. 현우는 관악단을 학부형이 일하고 계시는 광산까지 데려가 학부형의 마음을 돌리는가 하면, 할머니와 외롭게 살아가던 학생에게 닥친 할머니의 병원 신세에 밤무대 연주를 하면서 돈을 벌어 병원비를 대신 내어주기도 한다. 학생을 가족처럼 생각하는 현우의 따뜻한 마음은 훗날 내 교사관에 귀감이 될 것 같았다. 드디어 대회날이 다가왔다. 현우와 관악단 학생들은 한마음이 되어 연주하였고, 가난한 학교의 관악단이 그만큼 연주할 수 있다는 것이 심사위원들의 심금을 울렸다. 결과는 당연 우승이었다. 모두가 기뻐했다. 그러나 기쁨도 잠시, 현우는 정든 학생들과 헤어져야만 했다. 현우는 관악대회가 끝날 때까지 계약이 되어 있어 정든 학생들과 헤어져야만 했다. 언제든 이별이라는 것은 마음이 아픈 일임에, 이 장면에서는 나도 마음이 아프고 눈물이 났다. 그리고 무엇보다 감동적인 것은 주인공 현우의 분신과 같은 트럼펫을, 프로 연주자를 꿈꾸는 학생에게 선물하는 것이었다. '꽃피는 봄이 오면'이라는 제목이 이래서 붙은 것 같다. 차갑기만 하던 현우의 마음이 학생에게 자신의 보물 1호를 선물할 정도로 따뜻해졌다는 의미일 것이다. 좋은 교사, 멀고도 멀 것만 같은 그 길에 나침반이 되어주는 영화였고, 학생과 함께, 학생의 마음에서, 학생을 내 가족처럼 생각한다면 기울어져 가는 학교 교육이 다시 일어설 수 있지 않을까 하는 생각을 해본다. 내 마음에도 꽃피는 봄이 온 것 같다.

이 글은 '꽃피는 봄이 오면'이라는 영화를 보고 감상문을 적은 것이다. 영화를 보고 다음에 좋은 교사가 되어야겠다고 생각하는 글쓴이의 마음이 드러나 있다. 그런데 영화의 줄거리만 나열해 놓고 글쓴이가 느끼고 생각한 바에 대한 것은 소략하다. 감상문을 적을 때, 감상 대상은 간략하게 서술하고 그것을 바탕으로 글쓴이의 생각을 적어나가는 것이 중요하다.

| 보기 글 |

영화 〈갈증(渴き)〉을 보고

(학생 글)

인간은 참으로 감각과 본능, 육체적 욕구에 매 순간 응답하며 살아가지만 또 한편으로는 이성과 합리성을 찾아가는 모순적인 일면을 보이는 존재이다. 이것은 단순히 인간의 사회성과 이기성의 공존에 대한 이야기가 아닌, 현 시대를 살아가는 모두에게 말하는 것이다. 나카시마 테츠야가 제작한 영화 '갈증(The World Of Kanako)'에서 보여주는 각 인물의 괴기스러운 모습과 광기는 오늘날을 살아가는 인류에 대한 보고서이라고 할 수 있다.

현재 자본의 유용과 그에 따른 개인의 자유가 보장되는 사회에서는 개인들은 누구의 삶에도 간섭하지 않는다. 심지어는 범법행위 마저도 간섭하지 않는다. 영화의 외면으로 드러나는 주인공인 부녀의 인간성 결핍뿐만 아니라 범죄 집단에 대한 경찰 및 행정권의 묵인, 외압에 의한 공교육의 비실현과 그에 따른 비행의 자행이다. 하지만 내면에서 말하고 묘사하는 것은 그저 스크린에 머무는 잔학한 장면이 아니라 그것을 넘어서는 또 다른 충격이다.

渴き(갈증)은 주인공인 두 부녀처럼 폭력과 피에 대한 갈망일 수도 있으며, 영화 속 누군가와 같이 성에 관한 타인에의 지배욕인 경우도 있으며, 또는 현실에서의 죽음을 통한 도피의 열망일 수 있다. 영화가 상영되는 118분 동안 등장인물들은 하나같이 어떠한 면에 있어서 메말라 있었고, 각자 그것을 채우기 위해 갖가지 방법을 동원하는 와중에 불법적인 곳에도 손을 대고 만다. 영화 속 모든 사건의 시발점인 주인공 카나코는 이러한 다른 이들의 메마름에 무언가를 채워줄 '갈증'이라는 음료를 제공한다. 그녀는 뛰어난 학업성적에 좋은 외모를 겸비한 우수생이었는데, 중학생 시절 담임으로부터 성매매를 제의 받고난 후 사업가 아이카와의 눈에 띄어 잔학한 범죄에 가담하게 된다. 교내 비밀리에 마약을 유통시켜 제법 많은 수의 학생들을 마약 중독자로 만든 후, 마약파티라는 명분으로 그들을 모으고는 그 중 심적으로 약한 학생을 골라 성매매(남성의 경우는 동성 성매매) 현장에 팔아버린다. 수차례의 성매매를 강제적으로 자행한 이후 이용가치가 떨어진 그들에게 고문에 이르는 끔찍한 살육을 저지른다.

인류가 출현한 이래로 인간의 선천적 성품은 선한 것인지 악한 것인지에 대한 논의는 꽤나 긴 시간 동안 이루어졌다. 기원 전 중국에서부터 인간은 성선설, 성악설, 성무선악설 등 여러 이론들을 주창하며 인간의 성품에 대한 고찰을 발전시켜 나갔다. 그럼에도 아직 명확한 결론이 나지 않고 있다. 영화에서 아직 성인이 채 되지 않은 그녀가 저지른 숱한 범죄들과 살인의 현장을 보고 있으면 성선설에 설득력이 있는 것 같으나, 과연 건전한 가정환경에서 자라 우수한 성적에 교내 학생들에게 인기마저 얻고 있는 사람이 아무런 연유도 없이 악행을 저지를 수 있는가는 의문이었다.

이 의문에 대한 해답은 주인공 카나코의 아버지 아키카주가 딸에게 행한 어떤 행동에 있다. 영화 중간 중간에 나오는 그의 정신질환에 대한 장면에서는 그가 과거 부인과 딸에게 가정폭력을 행했다는 것을 암시하였고, 그 결과로는 가정이 파괴되어 이혼하게 된 것을 알 수 있다. 아키카주의 담당 정신과 의사가 그에게 자주 꿈을 꾸느냐고 묻는 장면에서, 아키카주는 부인과 딸이 자신을 기다리고 있는 행복한 가정을 부숴버리는 꿈을 꾼다고 답했다. 이는 과거 자신이 행하였던 병리적인 폭력행위가 꿈이라는 무의식적인 형태로 발현되어 나타난 것이다.

가정폭력에 의해 자녀의 인격 혹은 성장에 많은 영향을 끼칠 것이라는 것은 이미 우리 사회에서 정설로서 통용되고 있는 사실이다. 실제로 언론 등에서 크게 다루는 흉악 범죄자들의 배경을 살펴보면 가정환경이 불우하거나 과거 가정폭력을 당한 경험이 있다. 하지만 이 영화에 나오는 카나코의 경우를 보면 조금은 다르다고 할 수 있다. "아빠는 실종 중, 엄마는 연애 중, 외톨이인 나는 낙하 중." 영화 속 이와 같은 카나코의 발언을 살펴봤을 때 그녀의 인격형성에는 가정폭력 뿐만 아니라 부모의 무관심 또한 주요하게 작용했다는 것을 생각할 수 있다. 가정폭력을 겪고 난 후 부모의 이혼으로 인해 아버지와 헤어지게 되었고, 또한 아버지의 빈자리를 채워줄 다른 남자를 찾고 있는 어머니의 모습에 청소년기 어느 곳에도 기댈 데 없는 그녀의 상태는 '낙하 중'으로 전락하고 만 것이다.

사전적 의미와는 조금 다른, 화려한 삶을 보내던 카나코의 마지막은 의외로 허무하게 끝이 났다. 다수의 학생들을 성매매 현장에 끌어들이는 과정에서 심지어는 중학생 시절 성매매를 처음 제의 받았던 담임선생님의 자식까지도 휘말리게 한 것이다. 그녀는 담임교사의 딸이 침대 위에서 어느 중년남성과 함께 담겨있는 사진을 보여주며 선생을 잠시간 충격에 빠지게 한다. 다소 조롱적인 그녀의 태도에 격분을 참지 못하고 교사는 그녀를 송곳으로 찔러 죽인 후, 인적이 드문 산 속에 그대로 매장시켜버린다. 영화의 결말은 보는 이의 관점에 따라 이상하게 보일 수 있겠지만 처음 언급하였던 영화의 내면적 요소를 생각하면 이는 달라질 수 있다. 영화에서 말하고자 하는 것은 어떤 것의 부족함을 채우기 위한 광적인 추구는 밑 빠진 독에 물을 붓는 것이나 다름없다는 것이다. 결국은 처음의 위치보다 더욱 메마른 상태로 떨어지게 되고 영화의 제목과 같이 渇き(갈증)에 빠지게 되는 것이다.

이 영화는 현대 사회의 갖가지 병리적 현상이 결핍에서 비롯된 것임을 말하고 있다. 그것은 다름 아닌 애정의 결핍에서 비롯된 것으로, 애정의 결핍은 흔히 말하는 결손 가정이나 왕따 등 외형적인 요인보다는 유전적이고 심층적인 요인도 중요하다는 것이다. 그렇기 때문에 '갈증'을 해소하기 위해서는 애정의 결핍이 없는 가정과 사회가 되어야 한다는 것을 말하고 있다.

다음 주어진 글을 앞에서 설명한 내용을 참조하여 첨삭지도를 해 보자.

영화 '해운대'를 보고

(학생 글)

　지난 금요일 친구와 최근 인기를 끌고 있는 영화 '해운대'를 보았다. '13일 만에 500만 관객 돌파'라는 신문 기사를 접했을 때부터 '봐야겠군!'이라고 생각했던 영화였다. 영화를 보고 온 친구들도 재미있다며 추천을 하여 많은 기대를 했는데, 기대에 어긋나지 않았다. 영화의 제목인 해운대는 내가 사는 진주와도 멀지도 않고, 또 몇 년 전에 가 본 적도 있기 때문에 왠지 친근하게 느껴졌다. 그리고 영화 대사가 거의 경상도 사투리여서 영화 보는 내내 친구와 말하는 듯한 느낌을 받았다.

　해운대는 재미있는 영화였다. 백수인 김인권이 설경구의 아들을 앵벌이 시키는 것, 설경구가 아들 이 뽑아 주는 장면, 부산을 배경으로 한 영화라서 부산의 야구팀 '롯데 자이언츠'의 경기가 나왔는데 만취한 설경구가 이대호에게 욕하는 장면도 너무 웃겼다. 과음하여 속이 안 좋아 '갤포스'를 먹으려고 했는데 1회용 샴푸를 먹고 응급실에 실려가는 장면은 너무 웃겨 눈물이 날 정도였다. 소방대원인 이민기와 강예원이 처음 만나는 장면도 너무 웃겼다.

　해운대는 사랑이 있는 영화였다. 설경구의 작은 아버지가 해운대에 큰 쇼핑몰을 만들려고 했는데 설경구와 동네사람들이 모두 비난하고 심지어 계란까지 던진다. 그런데 메가쓰나미가 몰려왔을 때 설경구가 떠내려 가려는 순간에 작은 아버지가 설경구를 구하고 정작 자신이 떠내려 가는 장면을 보면 작은 아버지의 사랑을 느낄 수 있다. 또 이민기가 사랑하는 사람을 남겨두고 죽음을 선택할 수 밖에 없었던 장면을 보면 소방대원들에 대한 존경심이 안 생길 사람은 없을 것이다. 또 백수인 김인권한테 중소기업 면접을 보러가라고 김인권 어머니께서 말을 한다. 그러나 김인권은 구두 한 짝도 없는데 무슨 면접이냐며 밥을 먹다가 숟가락을 던지고 일어선다. 김인권어머니는 야유회를 갈려고 버스를 타는데 아들이 구두가 없다는 말이 계속 머리에서 돈다. 그래서 야유회를 안가고 아들 구두를 사러 간다. 아들 구두를 사고 오는데 메가 쓰나미가 온다. 김인권은 13명을 구해 용감한 시민상을 받지만 정작 자신의 어머니를 구하지 못하였다는 죄책감과 자신의 구두를 사러 야유회를 안가다가 어머니가 돌아가셨다는 생각 때문에 슬퍼한다. 이 장면에서 어머니의 사랑을 정말 많이 느꼈다. 그리고 엄정화와 박종훈과 그들의 딸에 대한 사랑도 정말 감동적이었다.

　해운대를 보며 아쉬운 점은 '경상도 사투리'였다. 설경구가 하지원에게 프로포즈를 하는 장면이 있었다. 설경구가 '내아를 나도' 이렇게 말을 하면서 고백을 했는데 요즘 이렇게 고백하는 사람이 어딨는가. 그리고 경상도 사람이 무식하고 감정적이라는 편견이 있는데 영화에서 설경구는 무식하고 감정적이었다. 이 영화를 보고 서울 사람들이 모든 경상도 사람들이 설경구 같다고 생각하게 된다면 정말 안 될 것이다. 게다가 하지원의 어색하고 과장된 사투리는 듣는 경상도 사람들의 기분 안 좋게 했다. 사투리를 방언으로 보존해야 된다고 생각하지만 사투리를 과장하여 익살스럽게 만들어 사투리 쓰는 사람들을 조롱해서는 안 된다.

　영화관에서 해운대를 보러온 노부부를 봤는데 정말 좋아보였다. 해운대같이 남녀노소 모두 즐길 수 있는 영화가 많이 나와야 된다고 생각한다. 구성과 내용 CG까지 정말 흠잡을 것이 없는 영화였다.

4. 과제물 및 보고서 쓰기

대학은 중·고등학교와 달리 학생 스스로 공부하여야 하고, 공부할 범위도 한정되어 있지 않다. 학생의 능력에 따라 공부할 수 있는 범위는 무한하다. 학생들이 능동적으로 배운 지식을 정리하고, 많은 참고 서적의 탐독과 새로운 자료 조사를 통해 해당 분야에 대한 이해를 넓히기 위해 학생들에게 부과되는 것이 보고서이다. 이러한 보고서 작성을 통해 학생들은 학과 수업 외에 보다 깊이 있는 탐구활동을 할 수 있다. 보고서는 한 가지 주제를 중심으로 자료를 분석·정리하고, 생각을 정돈하여 나름대로 독창적인 새로운 학문적 사실과 결론이 제시되어야 한다.

그러므로 사실상 소논문의 범주에 들어간다. 물론 독창성을 제시하는 데 한계가 있기는 하지만, 보고서 작성 과정을 통해 새로운 방법론을 익히고, 나름대로 전문분야에 대한 새로운 시각을 갖게 한다는 점에서 소논문의 성격을 지닌다고 할 수 있다. 소논문은 학회지나 학보 같은 곳에 실릴 것을 전제로 하여 쓴 짧은 논문을 의미하기는 하지만, 학생들이 제출한 보고서 중에서 우수한 것은 교수의 추천으로 학회지나 교지 등에 실리는 경우가 종종 있기 때문이다. 따라서 보고서를 쓰는 입장에 있는 학습자는 이러한 성격을 숙지하여, 단순히 이미 있는 내용을 요약·정리하는 데 머물지 말고, 새로운 견해나 방법론을 제시할 수 있는 단계에까지 이르도록 노력하여야 한다.

보고서의 형식은 보통 <목차-서론-본론(흔히 몇 가지 소항목으로 나누어짐)-결론-참고 문헌 제시>의 골격을 취하게 된다. 그리고 반드시 서론-본론 단계에서 논지를 전개할 때는 도움 받은 견해에 대해 충실하고 명확한 각주를 달아야 한다.

보고서는 일반적으로 다음과 같은 체제를 지닌다.

- **겉표지**
  1. 제목과 내용의 차례를 적는다.
  2. 제출자의 인적 사항을 적는다—학과, 학년, 학번, 이름

- **속표지**
  1. 도표나 그림의 차례를 적는다.

- **본문 부분**
  1. 서론
     1) 조사/연구의 필요성
     2) 문제 제기
     3) 조사/연구의 목적과 방법
     4) 조사/연구의 범위 설정
  2. 기존 조사/연구의 문헌 검토
  3. 조사/연구의 내용
  4. 결론

- **참고 자료**
  −참고문헌
  −부록

모든 보고서가 반드시 위와 같은 체제로 되는 것은 아니나(인문·사회분야와, 자연·이공분야는 그 특성에 따라 다소 차이가 있다), 큰 테두리는 위와 같다고 할 수 있다.

★우리나라 작가가 쓴 단편 소설 한 편을 골라 그 작품을 분석하되, 보고서의 일반적인 요건을 갖추어 쓰시오.

|보기 글|

오상원의 작품세계와 「유예(猶豫)」

(학생 글)

1. 작가 - 오상원(吳尙源, 1930-1985)

오상원은 1950년대 대표적 소설가로서 평북 선천에서 출생했다. 그가 문학을 시작한 것은 월남하여 용산 중학을 졸업하고 서울대 불문과 재학 중에 이일, 정창범, 홍사중, 박이문, 김호 등과 함께 문학동인 '구도(構圖)'에 참가하면서부터이다. 1953년 대학을 졸업하고, 1953년 극협 공모 장막극에 희곡 「녹스는 파편」이 당선되기도 하였으나, 그가 정식으로 등단한 것은 1955년 그의 나이 25세가 되는 해에 <한국일보> 신춘문예에 단편 「유예」가 당선되면서이다. 1958년 단편 「모반」으로 <사상계> 제정 제3회 동인문학상을 수상하고 1974년 <동아일보> 논설위원을 역임했다. 대표작으로는 중편 「백지의 기록」(1957), 「황선지대」(1960) 등이 있다.

오상원은 이른바 전후 문학파에 속하는 작가다. 그의 주요 관심사는 전쟁에 휘말려 무의미하게 희생되는 인간의 생명, 그로 인하여 파괴되는 개인적 삶 등에 관해서이며, 작품 경향은 휴머니즘을 바탕으로 하고 있다. 그는 전후 세대가 놓여 있던 회색의 분위기와 그러한 분위기 속에 팽배했던 허무 의식을 그려내는 데도 관심이 있었지만, 거기에서 그치지 않고 그러한 분위기를 극복하고 인간 생명과 삶을 옹호하는 자세를 보여 준다. 특히, 「모반」과 같은 작품에서는 역사의 커다란 물줄기 때문에 개인이 희생되어도 좋다는 혼란기의 오도된 가치관에 정면으로 맞서 개인의 가치를 강조하는 작가 정신을 보인다. 작가는 전쟁을 치르고 난 뒤의 인간의 존재 가치, 생명의 본질, 삶의 모습 등에 관심을 두고 작품을 썼는데, 「유예」도 이러한 문학 정신의 연장선상에 놓여 있는 작품이다.

오상원은 전쟁, 전후의 사회와 삶의 모습, 정치적 상황, 이념의 문제 등에 관심을 집중시켰던 것인 만큼, 도대체 인간이란 무엇이며 산다는 것은 어떤 의미를 담고 있는가 하는 근본적인 질문을 끊임없이 되새겼을 것이다. 전쟁은 인간 파괴이며 정치적 상황은 나약한 개인을 방황하게 만들거나 파괴시켜버리는 것이라는 50년대 한국인들의 경험법칙을 외면해버릴 수 없는 한, 오상원과 같은 전후 작가가 구체적으로 어떤 접근방법과 표현방식을 취했든 인간의 본질, 삶의 본질과 방법 등을 향해 막 바로 직통한 것은 자연스럽고도 당연한 것이다. 오상원은 그의 여러 소설들 속에서 여러 인물들의 입을 빌려 인간 혹은 삶에 대한 간명한 정의들을 들려주고 있다. 그는 데뷔작 「유예」에서부터 끊임없이 인간이니 삶이니 역사니 하는 문제에 대해 아포리즘을 지향하는 간명한 정의를 서슴지 않고 꾀하고 있는 것이다.

2. 작품이 창작된 시대적 배경

우리의 현대사에 있어서 50년대는 벽두부터 동족상잔의 전쟁 소용돌이에 휘말려 인간의 절망과 공포를 실감하였다. 전쟁의 체험은 우리의 전쟁문학과 전후문학에 광범하게 영향을 끼쳤으며, 50년대 및 그 이후의 우리 소설에 문학적 상상력의 한 원천으로 작용하였다. 또한 6.25는 분단의 고착화, 물질적 정신적 황폐화, 이데올로기의 경직화, 정치·경제의 파탄을 동반했다. 따라서 전후 작가들은 이전과는 다른 현실 대응 방식을 탐구해야만 했으며, 이러한 현실 대응 방식 속에 50년대 소설의 특수성이 존재한다.[1]

문인들은 이제까지 믿고 구현해 왔던 자신의 신념에 회의를 품게 되었으며, 그 결과 서구에서 들어온 실존주의 및 모더니즘에 탐닉하기도 하였다. 그러나 자칫 방향 상실로 보이기 쉬운 이 시기에도 문인들은 현대 문학의 발전의 길목이 될 수 있는 작품들을 양산(量産)하였다. 전쟁으로 인한 인간 상실과 역사를 체험함으로써 이 시대의 문인들은 이를 회복하기 위한 인간주의 문학과, 전후의 폐허화된 현실을 고발하는 문학 등에 주력했다. 그것은 전쟁 체험의 사실적 재구(再構)와 문명 비판적 시각을 동반하게 하였는데, 이러한 주제는 실존주의와 모더니즘이라는 두 가지 정신적 좌표 안에서 설정되었다. 50년대 지적 분위기는 서구 문예사조인 실존주의의 수용에서 찾을 수 있다. 당시 지식인들의 실존주의에 대한 경도는 초토화된 전후의 암울한 전율 속에서 인간 존재의 실상을 그 궁극에까지 파고 들어가 정면으로 천착해 보려 한 지난한 몸부림으로 느껴지며 절망적 상황에서 인간의 실존을 재인식함으로써 현실을 타개할 새 지평을 탐색한 것으로 보인다.[2]

1) 하정일, 「1950년대 단편소설 연구」, 연세대학교 대학원 석사논문, 1986.
2) 박신헌, 『한국전쟁 전후기 소설연구』, 형설출판사, 1993.

전쟁 체험은 인간이 죽음 앞에 선 단독자일 뿐이라는 자각을 불러일으킴으로서, 인간이 공유하는 보편적 합리성에 근거해 자연과 세계에 공동으로 대응하는 동반자로서의 인간상이 사실은 헛된 희망에 불과하다는 의식을 가져오게 한다. 인간의 합리적 노력만으로 세계의 근본질서는 불변한다는 자각, 조리나 합리에 대한 열망이 무위로 끝나버리는 세계의 부조리성, 그리고 그 앞에서 결국은 누구와도 공유할 수 없는 죽음과 함께 무로 끝나버리는 개체들. 이런 의식들은 바로 20세기의 전쟁이 20세기의 인간에게 깨우쳐 준 근본적 실존의식이다.[3]

6.25 이전의 실존주의에 대한 경도는 제 3의 입장이라는 편이한 입지에서 세계문학에 대한 관심이었으나, 전쟁체험 이후 실존주의는 한국문학에 매우 중요한 주제정신으로 여겨졌다.[4] 그렇다면 전후문학(戰後文學)이란 무엇을 말하는 것일까. 전후문학이란 6.25 전란 자체를 제재로 하거나, 전후의 현실, 가치관의 변동, 또는 새로운 인간상의 형상화를 보여 주는 작품들을 일컫는다.

50년대는 우리 민족 모두에게 물리적, 정신적으로 엄청난 상처를 주었던 시대이다. 문학에 국한해서 볼 때도 50년대는 단순히 60년대에 앞선 시대로서만 의미가 있는 것이 아니라, 전후문학이 분단문학이라는 형태로 이어져 지금의 문학적 상황에까지 영향을 미치는 연속적인 의미에서 매우 중요한 의미를 지닌다. 50년대 문학은 전쟁 체험과 그 상처 위에서 태동하여 성장했다.

오상원의 초기 소설은 대개가 전쟁의 상황이거나 그 비슷한 상황을 배경으로 하고 있다. 전쟁이라는 극한 상황을 배경으로 인간성의 회복과 실존적 인간의 모습을 탐구하던 그는 50년대 후반으로 오면서 점차로 전후의 현실에 눈을 돌리게 된다. 전쟁의 참상은 물질적 파괴와 정신적 손상이라는 씻을 수 없는 흠집으로 남고, 이전의 삶이 지녔던 가치로서의 규범과 체계를 와해시켜 세계와 인간을 함께 일그러뜨린다. 경제와 물질의 곤궁은 급격한 생활고로 이어지고, 인간 정신의 황폐함은 좌절, 패배감, 현실도피, 심지어 정신분열 등의 정신적 피해로 나타나기도 한다. 온갖 사회악이 판을 치는 전후의 현실에서 정상적인 삶을 이루어 나간다는 것은 지극히 어려운 일이었다. 그러나, 전쟁이 휩쓸고 지나간 자리에서 살아남은 자들은 어떻게든 살게 마련이다. 전

---

3) 김양호 「전후 실존주의소설 연구」, 단국대 대학원, 박사논문, 1992.
4) 이은자, 「실존주의의 문학의 일고찰」, 원우논총, 숙명여자대학교, 1992.

후의 폐허더미 위에서 가까스로 삶을 연명하는 그들의 궁핍한 삶에 관심을 갖는 것은 전쟁을 체험하고 동시대를 살았던 오상원의 작가적 양심인 것이다.[5]

3. 작품 분석

전쟁을 다루는 소설이 흔히 설정하는 상황은 존재의 본질과 맞닥뜨리게 되는 극한 상황이다. 죽음을 직면한 상태에서 존재를 되돌아보는 일만큼 본질적인 상황은 없다는 점에서 극한 상황은 이미 그 안에 보편적인 주제를 내포하고 있다. 이 소설은 의식의 흐름 기법을 통해 그 상황에서의 인간의 존재 문제를 예리하게 포착, 제시하고 있다. 전쟁이라는 허구적인 사건은 인간을 무의미한 사물로 전락시키는 가장 비인간적인 현상임을 깊이 있게 보여 준다는 점에서 전후 소설의 대표적 작품으로 평가할 만하다. 이 작품은 육이오 전장(戰場)을 배경으로 하여 인민군에게 포로로 잡힌 한 군인의 비극적 죽음을 다룸으로써 인간 생명의 존귀함과 전쟁의 비극성을 형상화하였다. 의식의 흐름기법과 내면 독백의 수법을 통해 갈등하고 회의하며 다짐하는 인간의 심리가 밀도 높게 완성된 작품이다. 마지막의 죽음 장면은 그 비극성의 가장 첨예한 예증이라고 할 수 있다.

이 작품은 철저하게 1인칭 독백형식을 취하고 있다. 1인칭 독백형식은 주로 과거 회상이 주조를 이루나, 이 작품은 과거와 현재가 교차되면서 주로 현재의 상황을 진술하고 있다. 즉, 전쟁의 극한 상황 속에서 한 인물이 경험하는, 인민군에게 잡혀 죽음을 눈앞에 둔 '나'의 내면적 심리의 갈등이 '의식의 흐름'의 형식을 통해 제시되고 있다. 다시 말하자면 이 작품은 '죽음의 무의함과 전쟁의 비극성'을 드러내 준다. 전쟁의 극한 상황 속에서 한 인물이 겪는 경험과 그 속에 명멸하는 생각들을 서술해 가는 의식의 흐름 형식을 취하고 있다. 이 같은 현재형의 진술은 작품의 템포를 아주 박진감 있게 전개시킨다. 또한, 이 작품은 서술로 일관되는 특징을 지닌다. 화자의 주변 인물의 대화도 화자의 의식 속에서 재편성되어 간접화법으로 진행되고, 묘사도 객관적이기보다는 화자가 바라본 주관의 세계로 그의 의식 속에서 재구성되고 있다.

이 작품에서 '나'는 전쟁의 의미를 막연하게나마 이해하고 전쟁의 참혹함에 대한 절망으로 인하여 전쟁 속에서 삶에 대하여 회의를 느끼는 인물이다. 이는 전후 세대

---

5) 박기려, 「오상원 소설에 나타난 주제의식 연구」, 한국교원대학교 대학원 석사논문, 1997.

의 공통된 인식이며 심리적 갈등이다. 이런 양상은 장용학의 「요한시집」, 이범선의 「오발탄」, 선우휘의 「불꽃」 등에서도 나타난다.

이 작품은 1950년대 전후 문학 중에서도 시기적으로 단연 선구적인 작품으로서, 전쟁이라는 극한 상황을 배경으로 하고 있는 작품 중 이색적으로 전쟁 이야기 그 자체에 치중하기보다는 전쟁 속에서의 인간의 의식을 추구하고 있다는 특징을 갖는다. 따라서 당대 국내에 집중적으로 유행했던 실존주의적 휴머니즘 사상에 깊이 침윤되어 있는 흔적이 매우 강한 작품이라고 할 수 있다. 또한 이 작품은 주변 환경에 대한 객관적 묘사나 서사 전개는 거의 보이지 않는다. 소설 속에 묘사된 자연 환경은 그 자체로서의 의미보다는 주인공이 처한 비극적 상황을 더욱 선명하게 하고 증폭시키는 상징적 기제 역할을 하고 있다.

(1) 실존적 자아의 탐색

우리나라에서 실존주의의 수용은 실존주의적 지식들을 통해 당시의 역사적 현실을 객관적이고 합리적으로 파악하고 설명해내려는 측면보다는, 전쟁으로 인해 전반적인 생활의 질서가 파괴된 상황에서 어떻게 자신의 삶을 유지해 가느냐하는 문제의 해결에 중점을 두는 측면에서 이루어졌다. 전쟁의 폐허 속에서 존엄하다고 생각해 왔던 인간의 생명이 의미 없이 사라지는 것을 체험한 사람들은 그 대답을 기존 세상에서 찾기를 포기하고 인간 내면의 문제로 귀착시켰다. 오상원은 처녀작 「유예」를 통하여 무엇보다도 먼저 그의 실존의식을 문학적 주제로 드러내었다.

① 극한 상황과 실존의식

오상원이 가장 먼저 관심을 기울인 것은 극한 상황에 처한 인간의 기본적인 존재 의의를 실존적으로 탐색하는 것이다. 여기에서 극한 상황이란 원래 야스퍼스가 사용한 용어로 '궁극적으로 마주치는 하나의 벽', 다시 말해 존재의 자각으로서만 느낄 수 있는 극한의식에 관련되는 것이다. 이러한 극한 상황은 사실적인 의미를 가짐에 그치지 않고, 상징적이고, 암시적인 의미를 내포하고 있어 주제를 형상화시키기도 한다.[6] 「유예」의 소대장은 대학 재학 중 군에 소집된 지식청년으로, 낙오되어 대원들은 모

---

6) 성기조, 『문학이란 무엇인가』, 동백문화, 1992.

두 죽고 혼자 산 속을 헤매다가 작은 마을을 발견한다. 그곳에서 인민군들에 의해 총살당하는 청년 병사의 죽음에 임하는 태연한 모습을 보고, 그만 인민군 사수를 향해 사격을 가한다. 그 때문에 자신이 인민군에게 잡혀, '포로'에서 '죽음'으로 이어지는 극한 상황을 경험하게 된다. 그는 땅 속 감옥에서 한 시간 후로 예정되어 있는 자신의 죽음을 다음과 같이 상상한다.

"한 시간 후면 나는 그들에게 끌려 예정대로의 둑길을 걸어가고 있을 것이다. 몇 마디 주고받은 다음, 대장은 말할 테지. 좋소 뒤로 돌아보지 말고 똑바로 걸어가시오 발자국마다 사박사박 눈 부서지는 소리가 날 것이다. 아니, 어쩌면 놈들은 내 옷에 탐이 나서 홀랑 빨가벗겨서 걷게 할지도 모른다. 나는 빨가벗은 채 추위에 살이 빨가니 얼어서 흰 둑길을 걸어간다. 수발의 총성, 나는 그대로 털썩 눈 위에 쓰러진다. 이윽고 붉은 피가 하이얀 손을 호젓이 물들여 간다. 그 순간 모든 것은 끝나는 것이다."

이처럼 그는 곧 닥쳐올 죽음에 직면한 극한 상황에 처해 있다. 소대장은 죽는 순간까지 인민군으로부터 계속 전향을 종용받는다. 그가 마음만 바꾼다면 살 수도 있다. 그러나 그는 끝까지 전향을 하지 않는데, 사실 그에게 '전향'이라는 말은 전혀 어울리지 않는다. 그는 처음부터 이데올로기 같은 것에 관심이 없었다. 그는 삶이란 언젠가는 반드시 다가올 죽음으로부터 유예 받은 시간에 불과하다는 것을 이미 알고 있다. 그가 살기 위해 마음을 바꾸는 것은 언젠가는 다가올 죽음에 대한 도피이므로 그것은 실존적 인간이 죽음을 대하는 태도일 수 없다. 따라서 소대장은 자신의 힘으로는 어쩔 수 없는 극한 상황에 처해 있는 것이다.

② 죽음에 대한 태도

죽음은 극한 상황에 좌절한 개인이 받아들일 수밖에 없는 무의미하고 무가치한 것으로 인식하는데 이것은 전쟁의 비극성을 역설적으로 강조하는 효과가 있다.

오상원의 소설에는 항시 죽음이 등장한다. 전쟁을 경험한 50년대의 소설 치고 죽음을 문제삼지 않은 작품은 없을 것이다. 그러나 오상원은 여타의 작품과는 달리 죽음에 이르게 되는 과정이나 원인에는 별 관심을 보이지 않는다. 작가가 유독 관심을 갖는 것은 인물들이 죽음에 임하는 태도이다. 「유예」에서 주인공 소대장을 비롯하여 세 명의 인물들은 죽음을 맞이하는 순간, 나름대로 실존의식을 보여준다.

"싸우다 끝내 죽는 것, 그것뿐이다. 그 외에는 아무 것도 없다. 무엇을 위한다는 거,

무엇을 얻기 위한다는 것은, 그것도 아니다. 인간이 태어난 본연의 그대로 싸우다 죽는 거, 그것뿐이라고 생각하였다."

죽음을 한 시간 앞 둔 소대장의 심리를 묘사한 것이다. 죽음이란 싸우다 죽는다는 거, 즉 끝낸다는 것뿐이며 '끝내는 그 순간까지 정확히 나를 끝맺어야 한다'는 의지적인 신념에 차있다.

"생명체와 도구와는 다른 것이오. 내 이상 더 무엇을 말하고 싶겠소? 나는 포로가 되었을 때 비로소 내가 확실히 호흡하고 있는 인간이라는 것을 알았을 뿐이오. 나는 기쁘오. 내가 한 개 기계나 도구가 아니었다는 것, 하나의 생명체인 인간으로서 살아 있었다는 것, 그리고 인간으로서 죽어간다는 거, 이것이 한없이 기쁠 뿐이오."

소대장보다 먼저 총살되었던 지식인 청년병사의 유언이다.

"사람은 서로 죽이게 마련이오. 역사란 인간이 인간을 학살해 온 기록이니까요. 그렇게 생각지 않으시오? 난 전투가 제일 재미있고 전투가 일어나면 호흡이 벅차고 내가 겨눈 총구에 적의 심장이 아른거릴 때마다 나는 희열을 느낍니다. 그 순간 역사가 조작되고 있는 것 같이 느껴지거든요. 사람이란 별 게 아니라 곧 싸우다 쓰러지는 것을 의미할 겝니다."

소대원이었던 선임하사가 죽어가며 했던 말이다. 이곳의 선임하사는 많은 전투를 치르면서, 수 없는 죽음들을 목격할 수 있었던 나머지, '죽음이란 별 게 아니고', '역사는 사람이 사람을 죽인 기록에 불과하다'는 생각을 지니게 된 것이다. 이런 생각은 허무주의와 역사 불신론에 닿아 있는 것이 된다.

이들은 인간이라면 누구나 죽음으로부터 유예되어 있음을 일찌감치 인식한 사람들이다. 죽음이란 누구도 깨뜨릴 수 없는 언젠가는 마땅히 받아들여야 하는 인간의 피할 수 없는 상황임을 이미 알고 있기에, 이들에게 죽음은 더 이상 공포와 절망의 대상이 아니며 새삼스러울 일도 아니다. 죽음은 단지 잠시 유예되었던 인간이 본래의 모습으로 돌아가는 것을 의미한다. 즉 누구와도 공유할 수 없는 죽음과 함께 개체는 무로 돌아가는 것이며, 그것은 '끝난다'로 표현된다. 죽음을 앞둔 인물들의 태도는 때로는 마치 장엄한 의식을 앞둔 사람처럼 엄숙하기까지 하다. 도구가 아닌 생명체로서 죽어간다는 사실이 한없이 기쁘다고 표현되고 있다. 이것은 죽음의 순간이 인간으로서 자기의 존재를 자각하게 된 기쁨의 순간으로 이해되기 때문이다. 그러나 포로가 되었을 때 인간임을 알았다는 역설은 인간의 실존적 자각과 각성상태를 함축한 것인데, 이때 자각과 각성상태에서 나타나는 것이 허무의지이다. 인간존재의 무의미성에 대한 자각의 결과는 허무의지일 수밖에 없는 것이다. 줄줄이 무의미를 강조하던 인간존재가 죽음을 맞는 순간에 기쁨이 되는 것은 '존재론적 초월[7]로서의 죽음이기 때문이다.

주인공이 죽음을 받아들이는 장면에서 작가가 구현하고자 한 주제의식이 드러난다. 주인공 나는 자신이 총살당해 죽어 가는 상황에서도 '아무 것도 아니다.'라고 계속 되뇌나, 총살을 당하여 죽는 것 그것뿐이며, 자신은 끝나는 순간까지 자기 자신을 잃지 않고 끝맺어야 한다는 강박관념을 가진다. 인민군에 포로로 잡힌 국군의 몸이지만 총살당하기까지의 한 시간의 유예 기간 동안 그는 어떠한 이념적 갈등이나 인간이 어쩔 수 없이 보이게 마련인 죽음을 앞둔 불안감과 번민을 보이지 않는다. 단지 자신에 앞서 총살당한 국군 장병의 말처럼 '하나의 생명체로서, 인간으로서 죽어 간다는 것'에 집착해 있다. 또한 인민군들은 그를 총살하고는 아무 일 없었다는 듯이 일상으로 복귀한다. 이렇게 전쟁 포로로 총살당할 운명에 처해 있는 극한 상황 속에서 인간 생명의 의미에 집착하는 주인공의 모습과 그와 대조적으로 무의미한 죽음의 의미를 부각시킴으로써 전쟁의 비극성, 비인간성을 형상화하고 있다.

오상원의 소설에서 죽음은 실존적 자각을 위한 하나의 장치이다. 죽음이라는 근본적 부조리 상황을 경험하게 하여 실존적 개체에 대한 인식을 획득하기 위해서 그의 소설에서 죽음은 필연적인 요소이다. 죽음을 일상의 한 단면으로, 존재하는 개체의 자연스런 사라짐으로 인식할 때, 실존적 자각에 이르게 되고 가장 인간다운 모습을 드러내는 것이라고 작가는 역설한다. 그러므로 소설에 등장하는 인물들은 때로는 역사적인 상황을 철저하게 인식하지 못한다. 죽음의 상황에 이르게 된 과정이나 원인은 중요하지 않고 죽음에 임하는 행동 자체에만 몰두할 뿐이다. 이것은 상황에 몰입한 인간의 문제에서 작가적 세계관의 초점화가 이루어지고 있기 때문이라고 이해될 수 있다.

(2) 반전과 휴머니티의 추구
주인공이 받아들이는 전쟁의 의미는 인간이 선택한 것이 아니라, 운명적으로 주어

---

7) 장윤수, 「6.25 그 문학적 대응의 한 양상」, 『1950년대의 소설가들』, 나남, 1994.

진 것으로써 인간의 실존을 부정하는 극한 상황이다. 인간의 실존적 모습에 대한 자각을 보여주는 「유예」에서 낙오된 소대장은 극도의 소외된 상황에 이르러서는 사람을 못 견디게 그리워한다.

"소복이 집들이 둘러 앉은 마을! 가슴이 뭉클하고 눈물이 핑 돌았다. 그는 눈물을 머금으며 마을로 내려갔다. 마을 어귀에 다다랐다. 집 문들이 제멋대로 열어 젖혀진 채 황량하다. …아… 사람들이 사는 곳! 그는 방안으로 들어갔다. 열어제친 장롱… 방바닥 하나 가득히 먼지 속에 흩어진 물건들… 옷! 찢어진 낡은 옷들! 그는 그 옷들을 꽉 움켜쥐었다. 아, 사람의 냄새! 때문은 사람의 냄새!"

소대장이 낙오되어 눈 덮인 산 속을 혼자 헤매다 마을을 발견했을 때의 광경이다. 오랜 방황 끝에 발견한 인간의 흔적에 벅찬 감격을 느낀다. 단지 인간이 존재했었다는 이유만으로 가슴이 뭉클하고 눈물이 핑 돌 만큼 감정이 격해진다. 죽거나 죽여야만 하는 전쟁 중에, 그것도 언제 어떻게 될지 전혀 알지 못하는 낙오병의 처지는 인간다운 인간으로 존재한다고 볼 수 없다. 이들은 극도의 절망과 공포 속에서 오로지 인간을 그리워하게 된다. 극한 상황에서 본능적으로 인간을 그리워하는 모습을 통해 작가는 인간의 가장 밑바닥에 흐르고 있는 인간애를 제시한다. 전쟁 중이라는 비인간적 상황과 인간의 존재만을 그리워하는 심리를 교차시킴으로서, 전쟁의 비정성을 강조하고 아무리 극한 상황이라도 인간이 선택할 수 있는 인간의 마지막 귀착점은 바로 인간임을 강조한다. 즉 인간은 존재하는 것만으로도 의미가 있음을 말해준다.

오상원은 그의 문학 작품 전반에 '인간성의 회복'을 제시하고 있다. 그의 실존의식에 대한 관심은 전쟁과 죽음 앞에서 무참히 짓밟히는 인간의 존엄성에 대한 회의적 물음에서 비롯되었으며, 부조리에 대한 저항은 인간으로서 인간다운 삶을 누리지 못하게 억압하는 사회현실에 대한 것이다. 결국 오상원은 그의 작품 속에서 삶의 궁극적 목표로 상실한 인간성의 회복을 제시한다.

(* 각주에 표시된 각종 참고 자료 외에 인터넷 자료를 참고하고 인용하였습니다.)

이 글은 오상원의 소설 「유예」를 분석해 낸 보고서이다. 글쓴이가 각종 참고 자료와 인터넷 자료를 참고하고 인용하였다고 밝히고 있듯이, 많은 자료를 참고

하여 쓴 것 같다. 많은 자료를 참고하여 쓰는 것은 좋지만, 자기의 생각이 중심이 되어야 한다. 자기의 생각을 뒷받침하기 위하여 다른 사람의 글을 참고해야 한다. 그리고 보고서의 일반적인 형식을 갖추어야 한다. 보고서의 앞머리에는 전체적인 윤곽을 쉽게 파악할 수 있도록 차례를 밝혀놓는 것이 좋다. 다음과 같은 모습이면 된다.

— 차례 —

1. 서론(또는 머리말)
2. 작가
3. 작품의 시대적 배경
4. 작품 분석
5. 결론(또는 마무리)

위와 같이 차례를 정하면 이 보고서에는 서론과 결론이 빠져 있다. 보고서도 소논문에 해당하므로 무엇(주제)을 어떻게(방법) 하겠다는 것이 서론 부분에서 제시되어야 하고, 그리고 자기가 연구한 결과가 어떠하였다는 것을 결론 부분에서 밝혀야 한다. 그래야 한 편의 글로 모습을 갖추게 되는 것이다.

마지막으로 각주에서는 페이지까지 표기하는 것이 좋다.(예를 들면, 성기조, 『문학이란 무엇인가』, 동백문화, 1992. 99쪽.) 그래야 혹 확인해 볼 것이 있으면 쉽게 찾아볼 수 있기 때문이다. 그리고 가능하면 참고 문헌도 밝혀주는 것이 좋다. 각주에 인용된 것만으로는 너무 간략하다. 참고 문헌은 인명의 가나다순으로 정리하는 것이 일반적이다.

대학 축제를 보고

(학생 글)

내가 대학이라는 곳에 들어와 생활한지도 벌써 2년이라는 시간이 지나가고 있다. 처음 대학에 들어올 때 상상하고 기대했던 모습과는 달라 실망도 많이 했었는데, 이제는 어느새 나도 후배들에게 별 기대를 가질 수 없게 만드는 선배라는 이름으로 자리잡아가고 있다.

왜 내가 그리고 나의 선배들이 우리의 후배들에게 대학에 대한 기대와 설렘, 대학인으로서의 자부심과 긍지를 심어주지 못하는 것일까? 그것은 대학 안에 우리들을 지배하는 대학 문화가 없기 때문이다. 자유를 마음껏 외치고, 진리를 논하는 원동력이 없기 때문이다.

그렇다면 대학 문화란 무엇일까? 난 대학과 대학 문화는 사회의 그것들과는 분명히 다르고, 달라야 한다고 생각한다. 대학은 젊음이 가득해야 하고, 대학 문화는 그 젊음을 그들의 시각에서 그들의 방식에서 표현하는 것을 말한다고 생각한다. 왜냐하면 대학인들은 사회인과는 달리 쉽게 타협하지 않고, 거칠지만 열정을 가지고 있고, 사회의 고정 관념들에 물들지 않는 싱싱한 물고기들과 같기 때문이다. 그렇다. 대학 문화는 젊음을 하나의 삶으로 여기고 살아가는 청년들이 모여있기에 다르다. 하지만 지금의 대학과 대학 문화는 이미 열정과 사랑과 진실이 뿜어 나오지 않는 막혀 버린 굴뚝같다. 지금 대학 문화는 이 세상의 젊은이라면 누구나 즐기는 퇴폐·향락적인 문화를 향유하고 있다. 아니 그 향락적인 문화를 주도해나가는 주범이 바로 대학생들인 것 같다.

외환 위기로 음식점, 술집 등이 문을 닫고 있는 지금도 대학가 주변의 상가들은 흔들림 없이 건재하고 있다. 그리고 대학은 더 이상 지성인의 모습을 하고 있지 않다. 대학은 삶을 향한 토론과 절규의 장이 되었던 곳이었고 질서 있는 곳이었다. 하지만 지금의 대학에는 무질서하고 삶에 대한 진지한 모습들을 찾아볼 수 없다. 그것은 나를 보면 알 수 있다. 대학에 들어와서 나는 내 삶의 목표와 가치를 세우려는 노력이 없었다. 단지 현재 나를 지배하는 조그만 고민들에 쌓여서 멀리 고개를 들어 보지 못했다. 나와 내 주변의 사람들은 대학의 자격증만이 있다면 그 모든 것을 다 갖추게 되는 것처럼 그렇게 세월을 흘러보내고 있다.

이러한 대학 문화의 실제를 나는 축제를 통해서 확연히 보고 느낄 수가 있었다. 이번 축제는 나에게는 색다른 경험을 갖게 했다. 왜냐하면 풍물패의 일원으로, 문예패 행사에 참여할 수 있었기 때문이다. 어떠한 행사든지 자신이 주체가 된다는 것은 사람을 변화시키는 것 같다. 하지만 다른 사람들은 이번 축제가 그들의 행사가 아니었나 보다. 비록 자신이 주체가 되어 축제를 준비하지는 않았지만 우리의 행사였는데 제대로 참가하지 않았다. 전야제 때 많이 사람들이 와서 우리의 50주년 축제를 축하해 주었다. 하지만 정작 그 당사자인 우리는 50명도 채 되지 않는 인원만이 그 행사에 참석하고 있었다. 그 때의 그 부끄러움과 수치심이란 말로 표현할 수가 없었다. 대부분의 사람들은 자기네끼리 놀러 가거나 주점을 만든다고 바빴다. 그런데 우스운 것은 폭죽을 터뜨리고 불빛들이 화려하게 반짝일 때 사람들은 하나씩 모였고, 초대 가수인 양희은이 올 시간이 다가오면서 사람들은 점점 더 붐볐다. 양희은은 분명히 우리의 축제를 축하해 주기 위해서 왔지, 자신을 위한 축제는 아니었다. 또한 주점들의 행사 모습들을 누구나 느꼈겠지만 너무나도 무질서했다. 주점을 한다는 것은 큰 의미가 있다. 과나 동아리가 주점을 함으로써 하나로 뭉칠 수 있는 큰 계기가 될 수 있기 때문이다. 하지만 그러한 모습은 없었다. 오직 장사 속으로 돈을 벌고 자신들이 만들어낸 쓰레기를 길에 마구잡이로 버렸다. 그리고 주점을 만들 때는 그렇게 바삐 움직이던 손들이 축제가 끝난 후에는 치우려는 손들이 너무 부족했다. 학교가 축제 후에는 그 후유증으로 며칠을 시달렸다. 일부지만 이것이 우리 대학들의 모습이다. 글쎄, 내가 너무 모든 것을 부정적으로 보아서 그런지는 모르겠다. 하지만 이것은 그 누구도 부정할 수 없는 사실이다.

　　지금 우리는 대학 문화가 잘못되어가고 있음을 그 누구보다도 잘 알고 있다. 그러면 대학 문화의 나아가야 할 방향은? 먼저 다른 사람들이 아닌 우리 자신에 의해 우리들의 문화는 비판받아야 한다. 왜냐하면 자신은 자신만이 알 수 있기 때문이다. 문제점을 파악한 후 하나하나 고쳐나가야 할 것이다. 그 중에서 가장 중요한 것은 대학 문화 안에 열정을 심어주어야 한다. 지금 대학생들이 열정 없는 삶을 살기에 무질서하고, 옳지 못한 곳에 쏟는 열정이 자신을 위한 예술가·학자의 길이든, 세상을 향한 열정이든 그것이 우리를 지배하게 만드는 모습을 만들어야 한다.

　　그 모습을 그렇다면 어떻게 만들어야 할까? 주체인 대학이 제일 노력해야 하고 먼저 변해야 한다. 그래야 세상이 변해야 한다. 우리에게 사회의 이치만을 강요하는 그들을, 학벌을 중요시하는 사회 풍토를 변화시켜야 한다. 세상에 나가기도 전에 학벌이라는 족쇄로 좌절하지 않게 대기업이나 사람들의 인식에서 그것을 뽑아버려야 한다. 또한 죽은 학문이 아닌 사회를 변화시키고 세상을 변화시킬 수 있는 살아 있는 학문을 할 수 있게 경제적·정신적 지원을 해야 한다. 오직 학점만을 강요하는 풍토가 아닌, 대학생이 가진 생각을 중시여기고, 고집스럽지만 사회와 타협하지 않는 열정을 인정해야 한다. 하나하나의 작은 의식 변화가 지금의 대학 문화를 변화시킬 수 있다. 우리 대학이 변해야 세상이 변한다. 왜냐하면 대학은 청소년들에게는 꿈을 펼칠 수 있는 장소이고, 사회를 이끌어나갈 인재를 길러내는 곳이기 때문이다.

이 글은 대학의 축제에 참여한 소감을 쓴 글이다. 이야기를 잘 이끌어 가는 힘 즉, 문장력이 있다. 그렇지만 이 글은 큰 결함을 가지고 있다. 이 글은 대학 축제에 참여한 뒤, 축제에 참여하는 학생들의 태도가 잘못된 것임을 지적하고 있다. 그렇다면 그것을 고칠 방안을 제시하는 글을 쓰든지, 좀 더 확대해서 대학 축제를 비판하는 글을 써야 한다. 그런데 대학 축제의 문제점을 대학 문화 전체의 문제점으로 확대하고 있다. 대학의 축제도 대학 문화의 하나이지만, 대학 축제가 대학 전체 문화일 수는 없다. 대학 축제의 문제점을 보면서 대학 전체의 문제점으로 확대하여 이야기하려면, 대학 축제의 문제점과 유사한 대학 내의 다른 문제점의 예들도 더 끌어와 이야기해야 한다. 그렇지 않으면 일반화의 오류를 범하게 된다.

다음으로 이 글의 문제점은 글쓴이가 지적하고 있는 것처럼 대학 문화에 잘못이 있다고 하더라도 그 잘못을 해결하는 방안을 너무 큰 데서 찾고 있다는 것이다. 대학 문화의 잘못이 사회 전체와 관계가 없지는 않다. 그러나 우선 대학 문화의 잘못에 대한 해결 방안은 대학 내에서 찾아야 한다. 대학 문화에 잘못된 점이 있다면, 일차적으로는 대학 구성원 스스로 해결 방안을 모색해야 할 것이다. 이 글에서는 대학 자체에서 해결할 수 있는 길은 제시하지 않고, 대학 문화의 잘못이 오로지 세상에 문제가 있는 것으로 몰아가고 있다. 대학의 문제는 대학 안에서 해결하는 방안을 찾아야 한다.

3) 답사기

| 보기 글 |

남명 조식 선생의 발자취를 찾아서

(학생 글)

　지난 11월 8~9일, 남명 조식 선생 유적 답사를 다녀왔다. 이번 답사는 남명재단에서 지원한 기금을 통해 본교 학생들이 선생의 일생이 담긴 지역 곳곳을 탐방하고, 그동안 알지 못했던 진주 곳곳의 명승지도 두루두루 다닐 수 있는 좋은 기회였다. 기대했던 맑은 날씨는 아니었지만, 선생의 삶이 묻어나는 곳곳을 체험하기에 궂은 날씨는 아무런 문제도 되지 않았다. 오히려 떨어지는 빗방울을 맞으며 차분하고 고요해진 마음은 남명 선생의 자취를 좀 더 깊이 느낄 수 있도록 도와주었다.

　답사일정은 첫째 날 학교를 출발하여 뇌룡정, 용암서원, 함벽루에 이어 해인사를 방문한 뒤, 다음 날 상림, 남계서원, 남명기념관, 산천재, 덕천서원으로 이어지는 조금은 빡빡한 일정이었다. 하지만 그만큼 많은 것을 보고 느낄 수 있었던 소중한 시간이었다.

　그렇다면 남명 조식 선생은 어떤 분이었는가. 선생은 퇴계 이황과 어깨를 나란히 하는 조선시대 최고의 학자였으며 영남학파의 태두라고 불릴 정도로 인정받는 분이었다. 학문과 일치되는 삶을 중요시하였으며 모순된 현실 정치와의 타협을 거부하였기에 평생 이렇다 할 벼슬도 하지 않았다. 산림거사로 있으면서 수많은 인재를 양성하는 한편, 선비의 삶을 올곧게 지키며 국정과 백성을 위해 평생을 살았다는 점에서 선생의 독보적인 면이 있다.

　남명 선생의 이런 대쪽 같은 면을 생각하며 걷다 보니 선생이 머물렀던 곳곳에서 그의 기상과 체취가 느껴지는 듯 했다. 처음 답사지인 합천 삼가의 뇌룡정은 더욱 그러했다. 선생이 48세 때부터 12년간 학문을 연구하고 제자를 가르치던 이곳은, '깊은 연못처럼 고요하다가 우레처럼 소리치고 시동처럼 가만히 있다가 용처럼 나타난다'는 구절에서 그 이름을 따왔다고 한다. 꾸준하면서도 조용히 침잠하고 공부하다가 때가 되면 떨쳐 일어나 세상을 구제해야 한다는 그의 교육 학문관이 잘 나타나 있다. 특히 이 뇌룡사는 건축물 안쪽이 사람의 마음을, 바깥쪽은 외부세계를 의미하는 신명사도 양식에 따라 지었는데, 귀와 입을 나타내는 양 측의 문을 아주 작게 만들어서 매사에 조심하고, 외부로부터 안으로 들어오는 사사로운 욕심은 어떠한 일이 있더라도 막아야 한다는 결연한 의지를 나타내었다고 한다.

뇌룡정을 살펴본 후 용암서원에 이어 함벽루로 향했다. 1321년 창건된 이후 수차례에 걸쳐 중건하여 지금에 이르렀다는 함벽루는 아쉽게도 공사 중이어서 직접 올라가 보지는 못했다. 오래 전 많은 시인들이 이곳에 와서 저마다 흥취를 다할 때, 남명 조식 선생도 이 함벽루에 올라, 풍류를 즐기며 다음의 오언 절구를 지었다고 한다.

喪非南郭子 (상비남곽자) / 남곽자 같은 무아지경에 이르지는 못해도
江水渺無知 (강수묘무지) / 흐르는 강물은 아득하여 람이 없다네.
欲學浮雲事 (욕학부운사) / 뜬 구름 같은 일을 배우고자 하나
高風猶跛之 (고풍유파지) / 높은 풍치가 오히려 깨어버리네.

이 시를 보니 함벽루에 올라 눈앞에 펼쳐지는 경치를 넋을 놓고 바라보고 있었을 선생의 모습이 상상되었다. 선생은 아마 피에 얼룩진 어지러운 세상을 벗어나서 고통도, 더러움도 없는 순수한 자연에 몰입하고 싶었을 것이다. 하지만 또 한편으로는 비록 초야에 묻혀 학문을 닦았음에도 나를 위한, 백성을 위한 고민은 항상 선생과 함께 했을 것이다. 이러지도 저러지도 못하는 상황 속에서 고민했던 한 사람의 인간으로서의 선생의 심정을 조금은 알 것만 같았다.

아쉬운 마음으로 함벽루를 떠나 우리는 해인사로 향했다. 가을이 깊어가는 해인사는 단풍으로 화려하게 물들어 있었다. 우울한 회색 시멘트벽에만 익숙했던 눈이 호사하는 순간이었다. 탄성을 내지르며 찬란하게 물든 나뭇잎을 구경하고, 사진을 찍고, 거리를 가득 덮은 은행잎을 밟으며 걷다보니 어디선가 목탁소리와 함께 불경 읊는 소리가 들려오기 시작했다. 갑자기 빗줄기가 세지기 시작할 무렵, 점점 커지는 불경 소리는 무서울 법도 하건만, 오히려 마음이 차분해지는 느낌이 들었다. 몸가짐을 바르게 하고 발걸음을 늦추며, 불경 소리에 귀를 기울였다. 해인사 안으로 들어가니 마당에서

는 사람들이 해인도(만다라) 돌기를 하고 있었다. 미로 찾기 형상으로 바닥에 그려진 해인도 위를 돌면 큰 공덕을 성취할 수 있다고 하는데, 빗줄기 속에서 불경 소리에 맞추어 해인도 돌기를 하는 그들의 모습은 엄숙하고도 경건해 보였다. 잠시 동안 그 모습을 응시하다가 팔만대장경을 향해 발걸음을 돌렸다. 해인사 장경판전 사이사이로 보이는 팔만대장경을 보고 우선 그 방대한 양에 놀랐고, 그 아름다움에 다시 한번 놀랐다. 일정한 모양으로 빼곡하게 꽂혀있는 팔만대장경의 모습은 장경판전 밖의 소란한 분위기와 대조되어 더욱 차분하게 느껴졌다. 팔만대장경을 향해 숨을 한번 크게 들이마셔 보았다. 팔만대장경이 함께 해온 700여 년의 세월이 전해지는 듯 했고, 앞으로도 이 자리에서 변치 않고 함께 할 그 모습이 참 든든했고 자랑스러웠다.

다음 날 첫 목적지인 상림은 고된 여정에 지친 우리에게 주는 선물 같은 곳이었다. 이곳은 함양읍 서쪽을 흐르고 있는 위천의 냇가에 자리 잡은 숲으로 최치원 선생이 함양 태수로 있을 때에 조성했다고 한다. 울창한 이 숲에는 120여 종 20,000그루의 낙엽수, 활엽수가 어우러져 있어 봄의 신록, 여름의 녹음, 가을의 단풍, 겨울의 설경을 감상할 수 있다. 끝이 보이지 않는 울창한 단풍길은 사람들의 마음을 행복하게 웃음 짓게 했다. 가족과 친구와, 연인과 함께 물소리, 산새소리, 바람소리에 귀를 기울이다 보면 세상의 근심, 걱정은 모두 잊고 자연이 주는 아름다움에 감탄하게 되었다.

다음으로 정여창 고택으로 발걸음을 옮겼다. 이곳은 조선조 5현의 한 사람인 일두 정여창 선생의 고택으로 후손들이 중건한 1만m²의 대지에 12동의 건물이 배치된 영남 지방의 대표적 양반집이라고 했다. 솟을대문에 충·효 정려편액 5점이 걸려 있어 눈길을 끌었는데, 효자와 충신을 기리기 위해 나라에서 내린 상패인 정려 편액을 무려 다섯 명이나 받은 것은 이 가문이 충효를 실천하는 가문의 전통이 있음을 말해준다고 했다. 깔끔하게 꾸며진 고택은 양반가의 정갈한 기품이 가득하고, 편안한 아름다움이 녹아 있었다. 특히 뒤뜰로 이어지는 문을 나서니 울창한 산이 한눈에 펼쳐진 평화로운 냇가의 모습이 한눈에 들어왔는데, 이런 곳에서 며칠만 머물다 갔으면 하는 생각이 절로 들 정도로 아름다운 곳이었다.

정여창 고택에 이어 남계서원을 들린 후 남명기념관으로 자리를 옮겼다. 이곳에서 남명 선생과 관련된 유물들도 구경하고 선생에 대한 영상도 보는 시간을 가졌다. 특히 기념관 마당에 설치된 남명 선생 석상이 뇌리에 남는다. 평생 재야에서 산 구도자의 모습이라기에는 너무 풍만하고 비대하다고 지적하는 사람들도 있다지만 난 그 반대였다. 심술궂어 보이는 첫 인상과는 달리 볼수록 세상에 타협하지 않고 올곧게 평생을 살아간 그의 굳은 신념과 사상이 느껴지는 석상이었다.

그리고 마지막 답사지였던 산천재와 덕천서원. 산천재는 남명 선생이 만년에 평생을 갈고 닦은 학문과 정신을 제자들에게 전수한 곳이다. 서북쪽으로 지리산 천왕봉이 우뚝 솟아 있고, 그곳에서 발원한 물이 합쳐져서 아담한 들판을 여는 곳에 자리 잡고 있다. 남명 자신이 평생 쌓아 올린 도를 실험하며 완성한 장소인 바로 이곳 산천재 마당에 서서, 마루에 앉아서, 대문을 나서면서 천왕봉을 바라보며 고뇌에 잠겼던 남명 선생의 모습이 그려졌다. 또한 죽을 때까지 마음을 다스리는 것을 게을리 하지 않고 끊임없이 자신의 덕을 새롭게 변화시켜 나간 선생의 태도는 우리가 기억해야 하고, 본받을 점이라는 생각이 들었다. 산천재 근처에 위치한 덕천서원 또한 그 의미가 컸다. 남명 선생의 학덕을 기리기 위해 1576년 문인들에 의해 세워진 이곳은 임진왜란으로 소실되기도 하고, 대원군 때 훼철되는 크고 작은 재난 속에서도 선생의 기상을 닮아 굳건하게 세월을 견뎌 온 서원이기 때문이다. 가만히 서원의 기둥을 쓸어보니 몇 백년의 시간을 뛰어 넘어 어디선가 유림들의 글 공부 하는 소리가 들려오는 듯 했다. 서원뿐만 아니라 서원 앞에 자리 잡은 은행나무 또한 인상적이었다. 두 팔을 넓게 벌려도 안을 수도 없을 정도로 400여 년이 넘는 엄청난 세월을 견뎌 온 이 은행나무에서 남명 선생의 모습을 보았다. 오랜 세월 깊이 뿌리를 박고 그 자리를 지켜왔던 은행나무처럼 선생의 인품과 사상 역시 지금까지 우리에게 큰 가르침과 영향을 주고 있으니 말이다. 이렇게 마지막 답사지에서 남명 선생을 다시 한 번 기억하며 무사히 답사 일정을 마쳤다.

1박 2일, 남명 조식 선생에 대해 알기에는 턱없이 짧은 시간이었을 수도 있다. 하지만 이 기간 동안 선생의 삶이 깃든 곳곳을 방문하여 보고, 듣고 만지면서 그가 어떤 사람이었는지, 어떤 생각을 하며 살았는지, 그가 원하는 세상은 어떤 세상이었는지 조금은 알 수 있었다. 요즘 같이 정치적으로 혼란한 시기, 선생 같은 진정한 학자가 더욱 아쉬울 때인 것 같다. 그의 올곧은 선비정신과 높은 기절을 닮은 지도자가 나와서 남명 선생이 바라던 세상이 실현되었으면 하는 바람이 든다. 남명 선생과 함께 했던 이번 주말은 그 어떤 주말보다 값지고, 보람 있었던 시간이었고, 앞으로 내가 살아가는 데 좋은 이정표가 될 답사였다.

이 글은 남명 조식 선생의 유적지를 답사한 내용을 적은 것이다. 답사 일정에 따라 보고 느낀 점을 적었다. 이렇게 답사 일정에 따라 보고 느낀 점을 적으면 된다. 글 중간에 남명 선생이 함벽루에서 지은 시를 인용하고 있는데, 이것은 답사지에 대한 인상을 보다 생생하게 나타낼 수 있는 방법이라 하겠다.

▌주어진 과제 중 하나를 택하여 보고서를 작성하시오.

(1) 통신언어의 문제점과 개선 방안

(2) 군 복무자에 대한 가산점제도에 대하여

(3) 청년 실업자의 실태와 취업 대책

5. 제시문 읽고 글쓰기

　제시문을 읽고 글을 쓰게 하는 것은 제시문에 대한 이해력과 글쓰기 능력을 함께 점검할 수 있어 대학입시 논술고사에서 자주 이용되고 있다. 글읽기와 글쓰기는 불가분의 관계에 있다. 많은 글읽기를 바탕으로 좋은 글쓰기가 이루어질 수 있는 것이기 때문이다. 그렇지만 아무리 많은 글을 읽었다고 해도 글쓰기를 싫어하고 직접 해 보지 않으면 글쓰기는 잘 되지 않는다. 많은 글을 읽고 글쓰기를 자주해 보아야 한다. 제시문을 읽고 글쓰기를 할 적에는, 제시문에 대한 올바른 이해가 이루어져야 한다. 제시문을 제대로 파악하고, 그것을 근거로 자신의 생각을 정리하여 써 나가야 한다.

| 제시문-1 |

세대 갈등의 골 좁히기

〈강원택 / 중앙일보, 2004년 4월 10일〉

　며칠 전 오랜만에 만난 어릴 적 친구들과 저녁을 함께하고 뒤풀이로 노래방에 갔다. 돌아가면서 한두 곡씩 불렀는데 대부분의 레퍼토리는 우리가 20대 전후였던 1970~80년대의 인기곡들이었다. 하지만 몇몇 친구들은 최근의 신곡을 멋들어지게 불렀는데 그들은 야유와 부러움을 동시에 받았다. 왠지 그런 신곡이 우리 나이에 걸맞지 않은 것처럼 느껴졌기 때문일 것이다.

　탄핵 이슈 외에 별다른 쟁점이 없었던 이번 총선에 뜻밖에 세대 간 갈등이 첨예하게 부각되고 있다. 외형상으로는 열린우리당 정동영 의장의 실언에 대한 정치적 공방으로 진행되고 있지만 사실 세대 갈등은 2002년 대통령 선거 과정 이후로 계속해서 나타나고 있는 현상이다. 얼마 전 있었던 우리 사회의 어른이라 할 수 있는 김수환 추기경의 발언에 대한 비판 논란도 이러한 세대 갈등의 심각성을 잘 보여주는 것이다. 그러나 세대별로 각기 다른 생각을 갖게 되는 것은 지극히 자연스러운 일이다. 내 친구들이 요즘 젊은이들과는 달리 2004년이 되어도 여전히 70~80년대의 노래에 정감을 느끼는 것처럼 세대별 정치적 성향과 시각에는 커다란 차이가 있게 마련이다.

50대 이상의 세대는 분단, 한국전쟁, 뒤이은 냉전과 지독한 가난을 경험한 세대다. 미국의 지원 없이는 국가의 안위를 보장할 수 없었고 '중공 오랑캐'와 '북괴'를 물리쳐야 한다는 반공이념은 당시 국민적 합의였다. 그러나 70~80년대 대학을 다녔던 세대는 반공이 통치수단으로 악용되었던 어두운 시절을 기억한다. 많은 동료 학생과 민주인사들이 박정희·전두환 정권에 저항했다는 이유로 공산주의자로 몰렸고 국가보안법에 의해 고문과 고통을 겪었던 모습을 지켜보았다. 이들 세대 간 반공을 바라보는 인식은 서로 다를 수밖에 없다. 한편 지금 강의실에서 내가 만나게 되는 학생들은 80년대에 태어난 학생들이다. 이들은 경제적으로 풍요로운 여건에서 성장해 왔고, 이들이 세상 물정을 조금이라도 알기 시작했을 무렵 소련과 동구의 사회주의 국가는 이미 존재하지 않았다. 대신 이들 세대가 주목한 것은 86년 아시안게임, 88년 서울올림픽, 2002년 월드컵, 그리고 박찬호와 박세리 등 국제 사회에서 성장한 우리의 모습이었다.

서로 살아온 경험이나 환경이 이처럼 다른데 모든 세대가 동일한 생각을 할 수 있을 것이라고 기대하기는 어렵다. 세상이 변하고 사람이 변하고 또 의식도 변하는 것은 너무도 당연한 일이기 때문이다. 더욱이 우리 사회처럼 짧은 시간 동안 압축적 성장을 통해 엄청난 변화를 경험한 곳에서 세대 간의 시각의 차이는 그만큼 더 커질 수밖에 없다.

그런데 지금처럼 세대 간 갈등의 골이 깊어진 까닭은 각 세대가 서로의 차이를 인정하려 들지 않기 때문이다. 서로 자신의 경험과 판단만이 옳다고 강변하고 관철시키려고 한다. 나이든 세대는 자신들이 이룩해 놓은 과거의 업적과 논리를 강요하고 싶어하고, 젊은 세대들은 그러한 주장이 철지난 것이라고 일축하려 한다. 그리고 세대 갈등은 정당 간 정략적인 정치공방을 통해 더욱 확대 재생산돼 왔다. 이와 같은 세대 간 갈등을 풀어내기 위해서는 서로의 경험과 환경이 다를 수 있다는 점을 인정하고, 이념과 인식의 다양성을 상호 존중하려는 태도가 중요하다. 내가 겪은 경험만이 옳고 정의롭다고 주장하며 다른 세대의 경험과 인식을 무시하려 든다면 세대 간 갈등은 앞으로도 쉽게 가라앉지 않을 것이다.

지난주 우리 학과 학생들의 수련회에 다녀왔다. 마지막 날 밤 술 한잔 하는 자리에서 한 학생이 일어나서 노래를 불렀다. 50년도 더 되었을 옛날 가요였다. 많은 학생이 함께 따라 부르며 흥겨워했다. 요즘 애들도 이런 노래를 부르는구나, 나는 놀랐다. 젊은 세대라고 요즘 노래만 부르는 것도 아니고, 나이든 세대라고 모두 옛날 노래만 부르는 것은 아니다. 지역으로 우리 사회를 갈라놓았던 정치가 이제 세대 간 갈등마저 부추기고 있다. 세대 간 다른 삶의 여정이 갈등이 아니라 경험과 지혜의 공유로 이어질 수 있도록 중지를 모아야 할 때다.

|제시문 읽고 쓴 글|

세대 간의 갈등과 해소 방안

(학생 글)

어느 사회나 갈등은 존재하기 마련이다. 그것이 종교든 지역이든 정치든 간에 사람들은 갈등의 세계 속에서 살아가고 있다. 그 중에서도 세계 어느 곳이나 존재하는 것은 바로 세대 갈등이다. 그리고 지금 내 옆에서도 일어나고 있는 일이다.

기성세대들은 신세대들에게 자신의 생각을 강요하려 한다. 옷을 단정하게 입어라, 염색하지 마라, 이성 친구를 사귀지 말라 등등 자신들이 예전에 겪어왔던 과정을 그대로 그 다음 세대들에게 전달하고 있는 것이다. 그 과정에서 요즘 아이들은 이를 받아들이지 못하고 반항하면서 세대 간의 갈등이 발생하게 되는 것이다.

그렇다면 우리 주위에서 가장 흔하게 접할 수 있는 세대 갈등에는 무엇이 있을까? 바로 가족끼리의 텔레비전 프로그램의 시청권이 아닐까 싶다. 드라마를 본다는 사람, 뉴스를 본다는 사람, 오락프로를 본다는 사람 각각 서로가 보고 싶어 하는 프로그램이 다르기 때문에 약간의 분쟁이 생길지도 모른다. 특히 보수적인 가정인 경우에는 그 정도가 더욱더 심할 것이다.

우리 집 같은 경우에는 부모님이 즐겨보시는 프로그램은 <이제는 말할 수 있다>라는 역사 프로그램이다. 이 프로그램은 식민지 시대의 독립투쟁부터 광복, 6.25전쟁, 군부정권에 이르기까지 한국 현대사의 문제를 주로 성찰한다. 하지만 단순히 역사적 내용을 언급하는데 그치는 것이 아니라, 성역을 깨고 가려져 있던 역사적 진실을 찾아내어 재해석하는 것에 초점을 맞추고 있다. 이 프로그램은 시청자들의 역사적 인식을 확대시켜 주고 있다. 그냥 우리가 무심코 지나갔던 역사적 사실을 다시 한 번 재조명하면서 새로운 해석을 내리는 역사적 증언자의 역할을 하기 때문이다.

반면에 내가 즐겨보는 프로그램은 <스펀지>이다. 이 프로그램은 교과서에서도, 매

스컴에서도 다루지 않았던 숨은 지식들 또는 새로운 지식들을 소개한다. 또 세상의 곳곳에서 일어나는 재미난 일과 언론에서 다루지는 않지만 네티즌 사이에 인기를 끌고 있는 검색어도 소개하곤 한다. 어떻게 보면 단순한 유머 프로그램처럼 보일 수 있지만 자세히 살펴보면 하나 하나가 삶의 활력소가 되기도 한다. 나는 이 프로그램을 통해서 '에나'라는 진주말이 '진짜'를 뜻한다는 것을 알 수 있었다. 그 외도 재미있고 유익한 것들을 많이 알 수 있었다. 이 프로그램은 단순히 웃고 넘길 수 있는 사실뿐만 아니라 도움이 되는 새로운 사실을 알려주는 것이다.

그런데 부모님은 내가 보는 것이 단순한 오락채널인 줄 아시고, 가끔가다 꾸중을 하시곤 한다. 이왕이면 도움이 되는 프로그램을 보지 왜 웃고 떠들고 나면 끝나는 것을 보느냐고 말이다. 하지만 나는 그렇게 생각하지 않는다. 그 시간만큼은 내가 몰랐던 재미난 사실을 알 수도 있고 웃으면서 그동안 쌓였던 스트레스도 풀 수 있기 때문이다. 이러한 것은 부모님이 즐겨보시는 프로에 대해서도 마찬가지가 아닌가 싶다. 부모님이 재미있어 하고 즐겨보는 프로들은 대개 나에게는 재미없는 것이기 때문이다. 부모님은 광복 후 혼란했던 사회를 살아오면서 그 내용을 공감하실 수 있을 것이다. 하지만 나는 그 시대를 경험하지 않았기에 부모님처럼 흥미를 느끼지 못한다.

부모님과 나는 살아온 세대가 다르고, 그렇기에 거기에 따른 가치관의 차이도 분명히 있을 것이다. 그것이 아마 부모님과 내가 서로의 의견 차이를 보이는 가장 큰 이유일 것이다. 하지만 의견 차이가 있다고 해서 그것을 그대로 내버려 둔 채 지낼 수는 없다. 조그마한 의견 차이가 나중에는 서로를 분열시킬 수도 있기 때문에 반드시 해결해야만 한다. 재사회화 과정을 통해 새로운 문화를 습득하는 것도 좋은 방법이기는 하지만, 우선 대화를 통해 서로를 이해하는 노력을 해야 할 것이다. 수십 년 간의 벽을 한 번의 대화로 무너뜨릴 수는 없지만, 그러다 보면 언젠가는 갈등의 골이 없어질 것이라 믿어 의심치 않는다.

위 글은 제시문의 내용을 잘 파악하고 자신의 견해를 잘 썼다. 제시문에서 말한 세대 간의 갈등을 텔레비전 시청에서 빚어지는 가족 간의 갈등을 중심으로 갈등의 양상과 해결 방안을 설명하였다. 이와 같이 주어진 글의 요점을 잘 파악하여 자기가 경험한 일을 중심으로 설명하는 것이 효과적이다. 글을 잘 써야 한다는 생각에서 잘 알지도 못하는 내용을 피상적으로 언급하는 것보다는, 자기가 잘 알고 있는 일을 중심으로 설명하는 것이 바람직하다.

| 제시문-2 |

대통령은 반드시 대학 이상 나와야 한다

지만원 〈중앙일보, 2005. 6. 8.〉

"다음 대통령은 대학 다닌 경험 있는 분이 적절하다"는 전여옥 씨의 표현은 오랜만에 듣는 적절한 표현이었다고 생각했다. 하지만, 유감스럽게도 전여옥 의원은 반대편에 선 사람들로부터 공격을 받자, 즉시 둘러대기부터 했다. "학력 자체를 말한 게 아니라 학력 콤플렉스에 걸리지 않은 사람이 대통령을 했으면 좋겠다"는 취지에서 한 말이었다 한다. 전여옥 의원에게 주었던 플러스 점수가 이 변명 하나로 마이너스가 됐다.

필자는 전 의원의 첫 번째 발언이 마음에 든다. 이는 노무현 씨가 미워서가 아니라 논리적으로 옳기 때문이다. 차별이란 말은 영어의 DISCRIMINATION을 의미한다. 인종차별, 연령차별, 남녀차별을 하지 말아야 하는 것처럼, 학력에도 그런 차별을 하지 말아야 한다는 것이 발끈한 사람들의 생각일 것이다.

'차별화'라는 것도 있다. 영어로 말하자면 DIFFERENTIATION! 제품의 차별화가 있다. 품질에 따라 제품가격이 다른 것이다. 사람의 능력에도 차별화가 있다. 능력에 따라 연봉이 다른 것이다. 서울대와 여타의 대학들과에도 차별화가 있다. 1983-85년 사이, 필자는 서울대와 고려대에서 매트릭스, 확률, 실험설계 등 수학과목을 동시에 강의한 적이 있다. 필자는 학생들의 소화능력에 천지 차이가 있음을 느꼈다. 서울대와 고려대가 1류와 2류 정도의 차이가 아니라 1등과 10등 간의 차이라고 생각했다. 이는 필자의 생각이기 때문에 고대 인구들로부터 항의를 받을 그런 성격의 것이 아니라고 생각한다. 이렇듯 분명히 등수가 있는 것을 부정하고 무조건 차별화하면 안 된다고 생각하는 사람들 때문에 지금의 교육과 사회가 삐뚤어지고 있는 것이다.

제품이든 사람이든 용도에 대해서는 차별화가 반드시 있어야 한다. 선진국에서는 호텔에 근무하는 종업원도 외국어를 몇 개 하느냐에 따라 몸값이 다르다. 이는 용도에 대한 차별화이지 인격에 대한 차별이 아니다. 외국어라면 담을 쌓은 사람과 외국어를 5개씩이나 하는 사람이 호텔에 근무하려면 연봉의 차별대우를 받아야 한다. 그러나 이 두 사람을 인격적으로 차별하는 행위는 있을 수 없다.

분석력을 훈련받지 못한 사람들은 인격적 DISCRIMINATION과 용도의 DIFFERENTIATION을 구분할 줄 모른다. 전여옥 의원의 발언을 문제 삼은 사람들이 그랬고, 전여옥 의원이 그랬다. 필자는 둘러대는 것을 가장 싫어한다. 둘러대기의 명수로는 누가 감히 김대중을 따라갈 수 있을까? 그런데! 전여옥, 당신처럼 아름다운 여인도 둘러대는가?

대통령! 대통령은 용도의 자리이지 인격의 자리가 아니다. 기업과 국가는 다르다. 규모가 다르고 복잡성이 다르다. 일개 기업을 경영하는 데에도 많은 배움과 학문적 이론이 필요하다. 하물며 국가경영에는 얼마나 많은 배움과 학문적 이론이 필요하겠는가?

대통령이라 해도, 한 사람이 혼자서 수많은 전문분야를 모두 익힐 수는 없다. 많은 전문가들을 활용해야 한다. 그러나 문제에 따라 어떤 전문가의 도움을 받아야 할 것인지를 아는 데에도 대학 이상의 교육과정이 필요한 것이다. 그런 걸 몰라 노무현 씨는 S-프로젝트를 비전문가와 향우회에 맡기지 않았는가? 지금은 옛날 링컨 시대와는 다르다. 전문가에게 자기가 알고 싶어 하는 문제가 무엇인지 딱 부러지게 정의해 줄 수 있는 것도 대학 이상의 능력이다. 전문가의 지식을 용도에 따라 짜낼 수 있는 유도능력도 대학 이상의 학력을 필요로 한다.

대학을 나왔다고 해서 누구나 이런 능력을 가질 수는 없다. 대학을 나온 후에 오랫동안 자기발전 노력을 경주하지 않은 사람은 죽었다 깨도 이런 능력을 가질 수 없다. 좋은 대학을 나오고, 그 후에도 독서와 자기발전 노력을 많이 해온 사람도 국가를 제대로 경영하지 못할 판인데, 대학도 제대로 다니지 못하고, 젊은 시절을 경찰에 쫓기고, 감옥에 가고, 남을 증오하고, 학문적 이론을 익히지 못하고, 독서로 가슴을 가꾸지 못한 사람들이 무슨 수로 국가를 경영한다는 말인가? 국가경영능력이 타이타닉에서의 잭-도슨처럼 도박해서 딴 승선권인 줄 아는가?

대학을 나오지 못한 사람은 학문적 이론을 접할 틈이 없는 사람이다. 김대중처럼 주워들은 것만 많고, 역사 책 나부랭이를 많이 읽었다고 해서 학문적 이론을 배우는 것이 아니다. 그런 것들은 문제를 논리적으로 풀 수 있는 과학적 지식이 아니라 원주민적 지식이다. 원주민은 절대로 사회를 진보시키지 못한다. 과학적 이론을 훈련하지 못한 사람은 그에 맞는 직업을 선택하여 자연인으로 살면 된다. 그런 그들을 누가 인격적으로 차별하겠는가? 그러나 그런 능력이 없는 사람이 국가를 경영하는 자리에 가면 국가와 5천만 국민이 비참해 진다. 못 배운 사람이 높은 곳에 더 오르면 오를수록 그만큼 죄가 더 커지는 것이다.

용도의 차별과 인격의 차별, 차별화와 평준화에 대한 개념조차 알지 못하는 사람들이 바로 대학조차 나오지 못한 사람들인 것이다.

필자는 대학을 나오지 않은 분들 중에서 그야말로 인격자를 많이 알고 있다. 그 분들이 인격적인 대우를 받는 이유는 분수를 지키기 때문이다. 모든 국민이 자기 능력에 맞게 분수를 지켜 살아간다면 우리 사회가 이렇게까지는 퇴화되지 않았을 것이다.

대통령은 반드시 대학 이상을 나와야 한다!

|제시문 읽고 쓴 글|
대통령은 대학을 나오지 않아도 된다

(학생 글)

대통령은 반드시 대학을 나와야 한다는 이 글에 대한 나의 생각은 많은 부분에서는 글쓴이의 견해에 공감하지만 대통령은 반드시 대학을 나와야 한다는 주장에 대하여는 반대한다.

먼저 내가 동의하는 부분에 대하여 이야기해 보겠다. 차별과 차별화에 대한 개념과 차별화해야 한다는 주장에 대하여는 나도 글쓴이의 의견에 동의한다. 사람이 자신의 선택과 노력에 의하여 얻어지는 것이 아닌 태어날 때부터 타고난 것, 예를 들면 인종, 국가, 성별 등의 차별은 없어야 하지만 능력에 따른 차별화는 있어야 한다. 능력이란 자신이 얻고자 노력해서 가질 수 있는 것이기 때문이다. 능력이 뛰어난 사람이 능력이 없는 사람보다 좋은 대우를 받는 것은 당연하다는 것이다. 만약 능력에 대한 차별화를 하지 않는다면 누가 능력을 얻기 위해 노력할 것인가? 그렇게 된다면 개인이나 국가는 발전이 없을 것이다. 용도의 차별은 있어야 하고, 인격의 차별은 없어야 한다는 글쓴이의 주장은 옳다고 생각한다.

그런데 이 글에서 강조하고 있는 핵심인 대통령은 반드시 대학을 나와야 한다는 주장에 대해서는 동의하지 않는다. 대학은 말 그대로 학문을 하는 곳이다. 대학은 학문을 연마하는 곳이지 대통령이 될 사람을 교육시키는 곳은 아니다. 그렇다고 대통령이 될 사람은 대학을 다닐 필요가 없다는 것은 아니다. 대학은 학문의 연마 장소이지 대통령이 되는 것과는 무관하다는 말이다.

글쓴이의 주장대로 대통령이 되어 국가를 경영하려면 남다른 능력이 있어야 할 것이다. 그러나 그것이 대학을 졸업했다고 해서 되는 것은 아니다. 그것은 우리나라의 대통령들 중에서 대학을 졸업한 사람들이 정치를 했던 시기를 떠올려보면 쉽게 알 수 있다. 이승만, 윤보선, 최규하, 김영삼 등의 대통령은 다 대학을 졸업한 사람들이다. 이들 중에는 미국의 유명한 대학에서 박사학위를 받은 사람도 있다. 그런데 그들의 정치는 어떻게 평가를 받고 있는가? 대학을 나오지 못한 대통령보다 나은 것이 없고 오히려 못한 부분이 더 많다.

대통령의 능력은 대학을 졸업했는가, 그렇지 않는가의 문제가 아니라, 그 사람이 얼마나 능력이 있느냐가 문제이다. 국가를 경영할 능력이 없는 사람이 대통령이 되었을 때는 글쓴이의 주장대로 모두가 불행한 일이 되겠지만, 대학을 나오지 않아도 국가를 경영할 수 있는 능력이 있으면 국가적으로는 행운이 되는 것이다.

개인의 능력은 각자의 노력에 따라 얼마든지 달라질 수 있다. 독학으로 공부를 한 사람이 세계적인 발명품을 만들기도 하고, 초등학교 시절엔 낙제생이 뒤늦게 천재성을 발휘하기도 한다. 그것은 개인이 얼마나 노력하느냐에 따른 것이지, 대학을 졸업했느냐에 따른 것이 아니다. 대통령도 대학을 졸업했느냐보다는 개인적인 능력이 얼마나 되느냐에 따라 업적이 다르게 평가될 것이다.

위 글은 제시문의 내용을 잘 파악하고 자신의 견해도 잘 적었다. 대통령의 국가 경영 능력은 개인적인 능력에 의한 것이지 학벌과는 무관하다는 것을 대학을 나온 대통령의 경우를 예시하면서 설명하고 있다. 자기가 주장하고자 하는 바를 강조하기 위해서 적절한 예를 제시하는 것은 효과적인 방법이다.

인터넷 실명제 왜 필요한가

배 영 〈한겨레신문, 2005 .7. 17.〉

인터넷 실명제에 대한 찬성의 목소리가 높아지고 있다. 최근 정보통신부와 인터넷 포털 업체들이 실시한 여론조사에서 평균 73%의 네티즌들이 찬성을 표명했다. 인터넷 실명제에 대한 논란은 과거에도 계속돼 왔지만 현재와 같이 도입 찬성에 압도적 의견이 나타난 것은 처음이다. 그렇다면 무엇이 이른바 '넷심'을 결집하는 원인으로 작용한 것인가?

사이버 공간은 익명성(匿名性)과 익면성(匿面性)을 특징으로 한 영역이다. 오프라인보다 다양한 자유와 실험이 이루어질 수 있는 새로운 공간이다. 한국은 초고속 통신망 구축과 인터넷 이용시간에서 세계 최고 수준이고, 이는 새로운 국가경쟁력의 원천이 되고 있다. 하지만 경찰청에 접수된 사이버 범죄 신고 건수도 2002년에 11만8000여 건, 2003년에는 16만5000여 건, 그리고 2004년에는 20만 건을 훌쩍 넘어선 것으로 나타났다. 물론 신고 되지 않은 사례는 그 몇 배에 이를 것이다. 순기능과 함께 역기능도 급속히 늘어가는 것이다.

사회학자인 고프만은 현대사회의 인간행위를 전면영역과 후면영역이라는 공간 개념을 도입하여 설명하였다. 전면영역은 사회적 규범이나 역할과 같은 개인에 외재하는 사회적 강제가 인간행위에 강한 영향을 미치는 영역이다. 반면 후면영역은 이러한 사회적 강제가 완화될 수 있는 공간으로 사이버 공간과 부합하는 면이 많다. 현실에서의 개인은 두 영역을 넘나들며 생활하는데, 삶이 복잡다단해 질수록 후면영역의 역할은 오히려 중요해진다. 긴장의 이완과 새로운 에너지 충전의 필요 때문이다. 최근의 문제는 이완의 공간에서 새로운 긴장과 불안이 증폭되고 있다는 데 있다. 그리고 컴퓨터 너머에 살고 있는 수많은 사람에 대한 불신의 골이 깊어지는 데 있다.

물론 인터넷 실명제가 이러한 긴장과 불안, 그리고 불신을 완전히 해소하진 못할 것이다. 정보통신부의 실명제 실시에 대한 구체적인 계획이나 범위도 아직은 알 수 없다. 다만 그 형태가 완전 실명제가 되든, 부분 실명제가 되든 사이버 일탈에 대한 예방적 효과는 클 것이다. 실명제 실시에 반대하는 입장에서는 다음과 같이 말한다. 세계 어느 곳에서도 인터넷 실명제를 실시하는 나라는 없고, 이미 대다수 기관과 업체에서 실명제가 사실상 실시되고 있다고 말이다.

하지만 우리는 세계 어느 나라보다 커뮤니티와 게시판을 이용한 활동이 왕성한 나라다. 이를 통한 정보의 확산 속도는 놀라우리만큼 빠르다. 객관적으로 비교하기 어려운 우리의 특수성이 존재하고 있는 것이다. 또 회원 가입 시 실명확인을 필수적으로 실시하고 있는 업체가 늘어나고 있지만, 비회원들이 접할 수 있는 콘텐츠의 내용이 여전히 많다는 점과 댓글이 허용되는 경우가 많고, 고정 IP가 아닌 유동 IP 이용 때 추적과 판별에 보통 한 달 이상이 소요된다는 점 등은 제도적 보완이 시급한 문제들이다.

'영리한 군중(Smart Mobs)'의 저자인 레인골드는 한국의 '개똥녀' 사건에 대해 "요즘 세상은 국가와 같은 빅 브라더(Big Brother)가 아닌 우리의 이웃을 조심해야 한다"고 말했다. 보이지 않는 감시의 주체가 바뀌었다는 말이다. 원하지 않는 자신의 정보와 일상의 유통이 없어지려면 궁극적으로는 새로운 사회적 규범의 확립과 정착이 필수적이다. 이를 위해서도 실명제를 통한 책임감 있는 자기 행위의 관리와 견제가 필요한 것이다. 사이버 공간은 이제 저 너머에 존재하는 또 하나의 영역이 아니라 지금 그리고 여기에서 이루어지는 바로 우리들의 삶이기 때문이다.

| 제시문 읽고 쓴 글 |

인터넷 실명제 반대

(학생 글)

최근 인터넷 실명제를 놓고 찬반 여론이 팽팽히 맞서고 있다. 그러면 과연 인터넷 실명제란 무엇인가? 간단히 말하자면 인터넷 실명제란 2004년 3월 12일 개정 공포된 '공직선거 및 선거부정방지법'에 규정된 개념으로, 인터넷 언론사의 게시판에 선거에 관한 의견을 게시할 때 의견 게시자가 기입하는 성명과 주민등록번호의 일치 여부를 확인한 후 일치하는 경우에 한하여 의견을 게시할 수 있도록 하는 기술적 조치를 말한다.

그러면 인터넷 실명제가 도입된 이유는 무엇일까? 정보화 사회로 넘어 오면서 대중 매체의 기능은 더욱 중요시 되었다. 특히 오늘날에 이르러서는 인터넷의 확산이 눈에 띄게 증가하여 TV보다도 더 큰 비중을 차지하게 되었다. 이렇듯 비중이 높아지자 인터넷상에 많은 글들이 올라오게 되고 이에 따라 정부는 최근 인터넷을 통한 명예훼손이나 인격모독, 사이버 폭력사건 등의 부작용을 더는 방치하기 어렵다는 판단에서 가장 효과적인 방안으로 인터넷 실명제 도입을 검토하기 시작했다. 일부 특정 사이트의 댓글부터 적용한 뒤 단계적으로 확대하는 방안을 연구 중인 것으로 알려졌다. 또 민간 기구를 발족시켜 익명성의 역기능 연구 등을 통해 각종 정책을 수립하고, 공청회를 열어 각계 의견을 수렴할 계획이라고 한다.

그렇지만 실명제를 시행하기는 부적합해 보인다. 일단 인터넷 실명제를 실시하는 자체가 표현의 자유를 제한하는 인권 침해이다. 개인의 자유를 제한하는 것은 민주주의 원칙에 어긋난다. 그리고 인터넷 실명제를 실시할 경우 다음과 같은 부작용이 예견된다.

첫째로 인터넷 실명제는 익명 표현의 자유를 침해한다. 정치적 표현의 자유의 핵심은 비판의 자유를 보장하는 것이며, 비판의 자유는 익명으로 표현할 수 있는 자유가 보장되어야 비로소 완전해진다. 이름 없는 시민의 과감한 비판과 용감한 고발은 언제나 사회를 바꾸는 원동력이 되어 왔고, 이런 소중한 익명 표현을 보장하고 존중하는 것은 민주주의의 오랜 전통이기도 하다. 둘째로 인터넷 실명제는 국민의 정치참여를 가로막는다. 어느 나라에서나 선거 기간에는 국민에게 정치적 표현의 자유를 최대한 보장해주고 있으며, 비밀투표의 원칙에서도 찾아볼 수 있듯이 선거 시 익명 표현의 자유는 절대적으로 보장되어야 한다. 선거 기간에조차 국민으로부터 비판의 자유를 빼앗는다면 민주주의는 요원해지고 국민은 정치인의 들러리로 전락할 수밖에 없을 것이다. 셋째로 인터넷 실명제는 광범위하게 주민등록번호를 수집하고 사용하게 하여 이의 오남용을 낳는다. 주민등록번호와 실명은 한번 유출되면 돌이킬 수 없는 피해를 입힐 수 있는 매우 민감한 개인정보이다. 이미 주민등록번호의 유출로 인한 프라이버시 침해가 사회적 문제가 될 정도로 심각한 수준에 이르렀으며, 지난해 개인정보침해유형 통계에서 주민등록번호를 도용한 사고가 가장 많은 것으로 나타난 바 있다고 한다.

사이버 상의 일부사람들의 몰지각한 행동으로 많은 사람들이 피해를 입는다. 경제적인 측면보다는 인권적 정신적 피해가 크기 때문에 대처할 대안이 시급한 것은 사실이다. 하지만 이것을 막기 위해 인터넷 실명제를 도입한다면, 얻는 것보다 잃는 것이 더 많을 것이다. 익명성으로 인해 발생하는 범죄행위에 대해서는 이미 현행법상에서도 충분히 해결 가능하며 올바른 게시판 문화 만들기는 국가가 개입해서 할 일이 아니라 네티즌들이 자율적으로 해결해야 할 문제이다. 욕설을 하고 문제가 되는 글을 올리는 것은 주로 10~20대 층이지만 인터넷이 보편화되면서 연령층이 넓어지고 그에 따라 놀라운 자정능력을 보여주고 있다. 이와 같은 이유들로 인터넷 실명제는 시행해서는 안 된다.

이 글은 제시문을 잘 읽고 반박하기보다는 인터넷 실명제에 대한 반대를 적었다. 이와 같이 제시문을 근거로 반박하기보다는 인터넷 실명제에 대한 일반적인 사항에 대해 반대하는 것은 일단 제시문을 잘 파악하지 않았다는 지적을 받게 된다. 제시문을 읽고 글쓰기를 할 적에는 제시문을 잘 읽고 그것을 토대로 글쓰기를 하는 것이 중요하다. 그리고 위 글은 인터넷 실명제에 반대하는 이유로 표현의 자유를 침해한다는 것, 정치 참여를 제한한다는 것, 남의 주민등록번호를 도용하여 개인 정보의 유출이 많아질 것이라는 점을 들었다. 이와 같은 문제들은 누구나 생각할 수 있는 일반적인 문제들이다. 이러한 내용보다는 개인적인 경험을 중심으로 설명한다면 자기 나름의 글로 보다 돋보이는 글이 될 것이다.

6. 토론하고 글쓰기

어떤 문제에 대해서 글을 쓸 때, 잘 알고 있는 내용이 아니면 글쓰기가 쉽지 않다. 그런 경우 여러 사람이 토론을 해 보고, 토론한 내용을 참고로 그것을 쓰면 도움이 된다. 특히 찬반의 논란이 되고 있는 사안일 경우에 효과적이다. 논란이 되고 있는 사안에 대해 여러 사람의 이야기를 듣고, 그것을 바탕으로 자신의 생각을 정리하면 쉽게 한 편의 글을 쓸 수 있기 때문이다. 여기서는 찬반의 논란이 되고 있는 사안에 대해 찬성 또는 반대의 입장에서 자기의 견해를 서술해 보도록 한다.

1) 사형제도의 존폐에 대하여

사형제 찬성

(학생 글)

사형제에 관한 토론에서 가장 불꽃 튀는 쟁점은 인권이라는 가치의 문제이다. 즉, 사형판결을 받은 흉악범이라도 인간의 기본적 권리, 생명권을 침해받을 수는 없다는 것이다. 또한 그러한 심판을 같은 인간이 하게 됨으로써 일어날 수 있는 오판가능성이 있다는 것이 사형제 폐지론자들의 강력한 주장이다. 여기서는 이 두 가지 주장에 대해 논의해 보도록 하자.

우리나라 헌법에서는 인간의 타고난 기본적 권리를 보장하면서, 동시에 국가 안전 보장, 사회 질서 유지와 공공복리에 의해 필요한 경우 제한할 수 있도록 하고 있다. 그러나 그 때에도 권리의 가장 본질적인 내용은 침해할 수 없도록 한다. 이것이 바로 사형제 반대론자가 주장하는 사형수의 생명권이다. 아무리 극악무도한 흉악범이라고 해도 그에게는 타고난 인권이 있으며, 이것은 같은 인간이 말살할 수는 없다는 것이다.

이 주장은 얼핏 타당한 것처럼 보이지만, 그 안에 논리적 오류를 가지고 있다. 첫째, 인간이 인간의 생명을 박탈할 수 없다는 논리적 오류이다. 법관은 물론 인간이지만, 그는 국가의 공무원으로써 국가의 공권력을 대행하고 있는 자이다. 법관은 개인이 아닌, 공익의 수호자로서 판단하고 공권력으로서 심판한다. 곧 사형수의 생명권 박탈은 침해가 아닌 정당한 제한이며, 그것은 사회전체로부터 위임된, 공권력에 의한 것이다.

다음으로, 사형수의 인권을 옹호하고 있는 오류이다. 사형판결을 받는 것은 여러 경우가 있지만, 최근에는 흉악한 범죄를 저지른 사람에게만 사형을 선고하고 있다. 사형제 폐지론자들의 주장은 흉악한 범죄자라도 타고난 기본적 인권은 보장받아야 하며, 생명권을 박탈하는 형벌은 행형의 목적인 교정·교화의 이념과 조화될 수 없다는 것이다. 그 주장대로라면, 흉악한 범죄자로 인해 죽임을 당한 피해자의 인권은 어떻게 되는 것인가? 인권을 먼저 침해당한 쪽은 피해자이며, 가해자에게는 그의 인권을 말살할 권리가 없다. 오히려 사람들은 서로의 인권을 존중할 의무를 가진다. 그로 인해 자신의 인권도 존중받을 수 있음을 알기 때문이다. 그래서 보통의 사사로운 생활관계에서 사람들은 자신의 권리가 침해되었을 때, 상대방에게 그로 인한 피해의 배상을 요구할 수가 있다. '네가 나의 팔을 부러뜨렸기 때문에 나도 너의 팔을 부러뜨리겠다'와 같은 자력구제와 보복은 허용되지 않는다. 자력구제가 허용되지 않기 때문에 재판을 통해 공권력을 빌려서만 구제 받을 수 있고, 보복이 허용되지 않기 때문에 원칙적으로 배상방법은 금전배상으로 이루어진다. 그러나 생명권을 침해받은 피해자는 어떠한가. 궁극적으로 그는 어떠한 구제도 받을 수가 없다. 그는 이미 살아있는 사람이 아니기 때문이다. 피해자는 정작 가장 중요하고 본질적인 인권을 침해받았음에도 불구하고, 그 중요한 생명을 잃었기 때문에 권리능력 자체를 가질 수가 없는 까닭이다. 그런데도 가해자의 인권을 존중해 줘야 하고, 교화를 시켜서 반성을 하게 해야 하나? 가해자가 뒤늦은 후회와 반성을 한다해도, 그것이 범죄행위의 책임을 경감시키지는 못한다. 그리고 용서는 피해자가 해주는 것이지 주위 사람들이 해주는 것이 아니다. 피해자는 바로 그 가해자로 인해 용서를 해 줄 수 없게 되었으므로, 가해자는 누구에게도 용서받을 수 없는 죄인이 된다.

이런 까닭에 가해자의 인권은 보장받을 수 없으며, 극악무도한 범죄자를 극형에 처하는 것이 마땅한 것이다. 앞서 말했듯이 그를 처벌하는 것은 직접적인 피해자의 구제를 위한 것이 아니다. 그를 처벌하는 것은 첫째, 피해자와 직접적인 관계를 맺고 있었기 때문에 피해자의 죽음으로 인해 피해를 보게 되는 사람—가족이나 친지—등을 위해서가 된다. 그 다음으로는 서로의 권리를 존중할 의무를 어긴 가해자로 인해 흐트러진 사회적 관계를 회복하기 위해서이다. 이것을 위해 공권력은 흉악범을 극형에 처해야 한다. 흉악한 인명 살상범이 극형에 처해지지 않는다면 일반의 정의감에 배치되고, 피해자 측의 개별적인 복수심이 증대할 것이다.

　사형제 폐지론자들의 또 다른 핵심적 주장은, 재판관의 오판으로 인해 사형에 처해진다면, 오판임이 밝혀졌을 때 되돌릴 수가 없다는 것이다. 그러나 재판은 인간이 하는 일이라 항상 오판의 가능성이 있다. 3심제를 두어 법관의 판단에 대해 최소한 세 번의 반발 기회를 주고 있지만 그렇다고 해도 오판은 일어날 수 있다. 그러나 오판임이 밝혀졌을 때 박탈당한 시간, 권리를 되돌려 받을 수 없는 것은 사형 뿐 아니라 어떤 재판결과라도 마찬가지이다. 그리고 사형판결은 그렇게 쉽게 내려지는 것이 아니다. 우리나라는 직업 법관에 의해 재판이 이루어지고, 법관은 사형이라는 것이 생명을 빼앗는 극형임을 잘 알고 심사숙고하여 판결하기 때문에 사형판결에 있어 오심가능성은 거의 없다. 그리고 현재 사형수 60명 중 범행을 부인하는 경우는 3건에 불과하며, 그나마 그 3건도 유전자 감식 등 직접 증거가 있다고 한다.

　이렇게 사형제 폐지론자들은 인간이 인간의 타고난 기본권을 박탈하는 심판을 할 수 없으며, 인간이 하는 심판이기에 오판가능성이 있다는 주장에 대해 반박할 수 있다. 사형제도가 인권이라는 가치와 오판가능성에 대해 아무런 문제를 가지고 있지 않다는 것을 알게 되면, 사형제도가 피해자 인권의 구제와 정의의 실현을 위해 반드시 필요한 것임을 알게 된다.

　위 글은 논리적으로 자기의 주장을 펼치고 있다. 사형제 폐지를 주장하는 사람들의 오류를 하나씩 반박하며 자기의 주장을 펼치고 있다. 이렇게 논란이 되고 있는 사안에 대한 비판, 또는 동조를 할 경우 자기의 주장이 논리적으로 전개되어야 한다. 이 글과 같이 반대편에서 주장하는 바를 꼼꼼하게 따져 그 오류를 하나씩 반박하는 것도 좋은 방법이라 하겠다.

사형제도 반대

(학생 글)

사형제도는 개인적으로 구시대적인 발상이라고 생각한다. 문명이 발생하기 전부터 사형제도는 존속해 왔었다. 큰 범죄를 저지른 사람을 지금처럼 사형을 처하는 것이 아니라 대중 앞에서 아주 잔인하게 사형을 집행했다. 많은 사람들 앞에서 사형을 처하는 모습을 보여준 것은 죄를 처벌해야 하는 것보다 오히려 공포심을 부각하여 범죄를 예방하려는 의도가 많았다고 하겠다. 그렇지만 연구조사에 따르면 사형제도와 범죄가 줄어드는 것과는 상관이 없는 것으로 판명되었다. 사형제도는 범죄를 저지르는 사람들에겐 큰 영향을 주지 못하는 것이다. 그렇다면 사형제도가 존재할 필요가 있을까. 나는 사형제도가 폐지되어야 한다고 생각한다.

사형제도의 문제점은 사형제도로 인해서 무고한 사람이 죽을 수도 있다는 것이다. 사람은 신이 아닌 이상 실수를 한다. 완벽하지 못한 인간이 아무리 철저한 조사를 하더라도 항상 실수는 존재한다. 오판으로 사형을 선고하여 무고한 사람을 죽이게 되면 죽은 사람은 어떻게 되겠는가. 잘못된 사형선고는 한 사람을 억울하게 죽일 뿐 아니라 죄 없는 사람을 죽였으니 그 또한 죄가 될 수 있다. 그렇다고 우리는 오판한 재판장을 범죄자로 몰 순 없지 않는가? 인간의 생명은 너무 소중하고 위대해서 신이 아닌 우리가 판단하기엔 사람은 너무 부족하다고 생각한다.

사형제도가 폐지되어야 할 이유는 또 있다. 사람이 잘못했다고 사형을 처하는 것은 나무의 썩은 가지를 잘라내어 나무를 살릴 수는 있는 것처럼 사람들도 많은 사람이 살기 위해 사람을 그렇게 단순히 잘라 버리는 것과 같다. 그렇지만 사람의 생명이 그렇게 사소한 것이 아니다. 나무의 썩은 부분을 잘라내는 것보단 문제를 찾아내서 해결을 하고 같이 살 수 있게 하는 것이 사람의 도리라고 생각하기 때문에 사형제도는 사라져야 한다고 생각한다.

그리고 사형제도의 문제점 중에서 가장 큰 문제점은 바로 인권을 무시하는 것이다. 인간은 누구나 법으로 보호받을 권리가 있다. 죄는 미워하되 사람은 미워하지 말라는 말이 있다. 죄를 지은 것이 사람이긴 하나 사람이라는 이유만으로 우리는 그들을 조금은 용서하는 차원에서 사형까지는 가지 말아야 하겠다. 그리고 범죄를 없앨 수 있는 다른 방법을 찾기 위해 노력해야 하며 범죄 없는 나라를 만들기 위해 국민 모두의 도덕성이 살아 있어야 하겠다.

위 글은 사형제도의 문제점을 지적하며 사형제도를 반대하고 있다. 사형제도가 지닌 문제점을 지적한 부분에 대해서는 공감할 점이 있으나, 글의 전체적인 짜임은 엉성하다. 서두에서 사형제도의 부정적인 면을 부각시키고, 그것에 대한 근거를 하나씩 설명한다면 짜임새를 갖추게 될 것이다. 또는 앞의 사형제도에 찬성하는 글과 같이 서두에서 사형제도의 부정적인 면을 언급하고, 그것을 몇 가지로 나누어 차례로 설명하면 짜임새도 있고 논리적인 글이 될 것이다.

2) 교원평가제에 대하여

교원평가제 찬성

교육인적자원부가 발표한 '교원평가제도 개선방안'은 공정한 평가를 통해 교원의 지도능력 및 전문성을 강화해 학교 교육의 질을 높이기 위한 것이다. 또 현행 교원 근무 평가 제도가 객관성 또는 공정성이 부족하고, 교원들의 능력개발에 도움을 주지 못한다는 비판이 지속적으로 제기됨에 따라 공정한 평가체계를 구축하고자 마련되었다. 한국 사회에 만연한 공교육의 붕괴 및 사교육에 대한 의존도 심화의 양상이 극에 치닫는 이 시점에 그간 교사들의 실력 및 능력에 대한 평가가 어떠한 역할을 해온 것인가 하는 논란이 분분해진 것이다.

교육부가 내놓은 '교원평가제' 시안의 핵심 내용은 크게 다음 세 가지다. 첫째, 교원평가제 실시 목적은 '학업성취도 향상을 위한 교사의 수업 전문성 신장'이므로 수업활동 평가에 한한다. 둘째, 자기 자신뿐만 아니라 교장·교감·동료 교사·학부모·학생 등이 모두 참여하는 다면평가 형식이다. 셋째, 평가 결과 우수교원에게는 해외연수 등 인센티브를 주고 능력개발 희망 교원의 경우는 '능력향상 연수과정'(나머지 공부)을 실시한다는 것이다.

이에 대해서, 교원단체 측에서는 교원평가제의 도입을 반대하고 있는데 그 이유는 3가지가 있다. 첫째, 교육부의 교원평가시안은 현행 근무평정과의 모순을 해결지 못하고 1일 공개수업 형태를 주요한 평가방법으로 채택하고 있어 보여주기 수업으로

서 형식화할 뿐 수업 전문성 신장에 거의 도움을 주지 못한다는 것이다. 둘째, 정부가 교원평가제를 실시하려는 의도와 배경이 불순하다는 것이다. 즉, 교육부는 자신들의 잘못을 돌아보기는커녕 교육정책의 실패를 교원들에게 전가하고 있다는 것이다. 셋째, 만약 교원평가제가 이대로 시행된다면 학교 현장은 황폐화 될 것이고 학교 현장에서 협력적 교육활동은 거의 자취를 감출 것이라는 의견이다. 교사들은 인기에 영합하는 연예인이 되고 말 것이며 아이들을 친절하게 돌보거나 진지하게 상담하고 순수한 열정으로 가르치는 일을 조금씩 포기하고 오로지 "학업성취도 향상"을 위한 점수따기 교육과 보여주기 수업을 위한 기술 연마에만 매진하기를 강요받을 것이라는 말이다. 이처럼 한국교원단체총연합회 및 전국교원노동조합, 한국교원노동조합 등의 교원 단체 3곳은 교사의 권위 실추 및 교원평가를 잣대로 인사 반영에 영향을 끼친다는 점에 심한 불쾌감을 드러내며 교원평가제의 부당함을 토로하고 있다.

하지만 과연 그들의 주장이 옳은 것인지 의구심이 들지 않을 수 없다. 소위 제 밥그릇 챙기기라는 비판이 사회 일각에서 제기되는 것도 내 생각과 궤를 같이 한다고 볼 수 있다. 아이들을 바르게 가르치고 인도하는 스승으로서의 사명감보다는 돈을 벌기 위한 직장인으로서 아이들을 대하고 대충 시간만 때우는 교사들을 많이 봐왔기에 내 개인적인 생각은 교원평가제가 도입되어야 한다는 쪽이다. 공교육 붕괴의 근본적 원인은 교사의 능력과 실력에 있다고 본다. 그들이 진정으로 부단히 노력해서 양질의 교육 서비스를 학생들에게 제공한다면 과연 한국 사회의 만성 고질적 병인 사교육 의존으로 인한 폐해가 도처에서 발생할 수 있을까? 일반 학원 강사와 명확히 대비되는 공무원이라는 특수성을 안은 채 정년이 보장되는 온갖 안이함에 젖은 그들이 얼마나 공교육 정상화에 노력을 기울였을까? 학교도 엄연한 시장 세계이다. 학생들은 보다 좋은 실력과 능력을 갖춘 교사의 수업을 받기를 원하는 수요자이고, 교사는 자신의 갈고 닦은 지식을 소비자에게 팔아 이윤을 극대화하는 공급자인 셈이다. 공급자는 끊임없는 연구와 개발로 양질의 서비스와 재화를 싼값에 소비자에게 팔 때 이윤을 창출할 수 있지, 어떠한 노력 없이 기존의 것과 동일한 품목을 판다면 경쟁에서 도태될 수밖에 없다. 교사도 마찬가지이다. 학생들은 교사의 교육 서비스에 대한 부족함과 반발심을 학원 및 과외라는 공급자에게 거액을 들여가며 자신의 교육 욕구를 충족시킨다. 그로 인해 한 해 사교육 비용은 천문학적 수준으로 늘어가고 빈부간의 수입 소득 격차로 인한 갈등은 더욱 커져만 간다.

교사들의 경쟁을 부추기고 가열화시키는 교원평가제의 도입은 교사들에게 있어서 극약 처방이 될 수도 있을 것이다. 하지만 더 이상의 사교육으로 인한 막대한 사회적 비용과 폐해를 방관할 수는 없다. 경쟁을 통해서 학생들의 기대에 부응하는 실력과 능력을 겸비하여 공교육 정상화에 일조할 수 있는 교사들의 적극적 태도가 필요하다. 물론 교사들에겐 곤욕이 아닐 수 없겠지만 자신들의 밥줄을 생각하기보단 사회와 국가를 위해 자신을 기꺼이 헌신할 수 있는 윤리관의 정립이 요구되는 시점이다. 또한, 교원평가제의 도입으로써 학교가 교사들에게 있어 단지 경쟁에서 살아남기 위한 죽음의 레이스의 장이 되는 것이 아니라 공교육 정상화에 도움이 되는 건설적인 경쟁의 장이 될 수 있도록 교사들은 좀 더 전향적인 태도와 자세를 갖추어야 할 것이다.

그리하여 21세기를 이끌 우수한 인재들이 우수한 교사 아래서 양성되고 배출될 수 있는 그런 날이 오길 기대해 본다.

이 글은 교원평가제에 찬성하는 입장에서 쓴 글이다. 그런데 글쓴이가 주장하고자 하는 논제를 제시한 전반부는 비교적 잘 되었는데, 논제에 반박하여 자신의 주장을 펼치는 부분은 논리적이지 않다. 교원평가제를 찬성하는 근거로 교사들의 안일함과 교육 수요자인 학생들의 요구에 부응하는 교육을 해야 한다는 것을 제시하고 있다. 그런데 글쓴이가 제시하는 근거들이 포괄적이고 구체적이지 않다. 논란이 되고 있는 사안에 대하여 반박하는 글에서는 근거가 명확해야 한다. 교원평가제를 반대하는 측에서 주장하는 세 가지 사항에 대하여 하나씩 반박하며 자신의 주장을 전개하는 방법이 효과적일 것이다.

교원평가제 반대

(학생 글)

교원평가제란 교장·교감·동료교사·학부모 등으로부터 평가받고, 교감은 학교 교육활동 지원능력이라는 측면에서 동료 교원과 학부모로부터 평가받으며, 교장 또한 학교경영능력이라는 면에서 교원과 학부모, 교육청이 지정하는 평가자에게 평가받는 제도이다. 이 제도에 대해 국민의 70% 이상이 찬성한다고 했다. 그동안 학부모라는 이름의 약자 입장에 있던 사람들의 불만과 비정규직으로 넘쳐나는 분위기 속에서 '교사 너희들만 철밥통이야! 너희도 정리해고 되어야 해.'라는 심리가 반영되어 교원평가제 도입을 찬성하고 있는 것 같다. 그러나, 나는 교육부의 교원평가제 도입에 반대한다. 그 이유는 다음과 같다.

첫째, 교육부의 교원평가제 도입은 작년 2월에 발표된 '사교육비 경감대책'의 일환이다. 이것은 곧, 교육 현장에 있는 교사들이 실력이 없어 학생들이 학원으로, 개인과외로 몰린다는 것이다. 여기서 실력이라는 것은 학생들의 대입 수능을 준비시키는 능력 정도를 말한다. 나는 이런 생각에 반대한다. 서울대는 면접이라는 형식을 빌려 실제로는 본고사를 부활시키겠다고 공공연하게 발표했다. 이어 고려대, 연세대 등 소위 말하는 명문대라는 곳에선 일제히 자신들도 그렇게 하겠다고 말하고 있다. 이렇듯 사교육비가 증가하는 것은 교사의 문제가 아니다. 명문대 입학이 곧 좋은 취업 보장이라는 공식이 없어지지 않는 한 어떤 평가제도를 가지고 오든 그 평가제도에 맞추어 사교육은 활개를 치게 될 것이다. 이것은 곧 대학 서열화와 그에 따른 대입 제도의 실패를 교사 개인에게 은연 중에 떠넘기는 교육부의 책임회피에 불가하다.

둘째, 이미 미국, 일본, 영국 등 미국식 교육철학이 나름대로 확립된 나라들에선 교원평가를 도입했다. 그러나, 그 결과는 좋지 못하다. 일본은 국가주의의 충성도로 교원평가 내용이 진행되고 있고, 영국은 교직 자체에 대한 인기도 하락으로 교사들을 다른 영어권 나라에서 수입해 오고 있는 상황이다.

셋째, 법정교원수라는 것이 있다. 이것은 학교에 필요한 교사의 수를 법으로 정해 놓은 것이다. 현재 법정교원 확보율은 초·중·고 모두 합쳐서 80%정도가 안 되는 것으로 알고 있다. 교육부가 예산의 문제로 필요한 교사를 임용하지 않고 있는 것이다. 이는 학교현장의 교사들에게 업무과중으로 이어진다. 교사들의 업무과중은 곧 수업의 부실과 학생 생활지도에 대한 염증으로 나타난다. 이런 상황에서 교육부는 교원평가제도를 이야기하고 있다. 이는 교사가 교육현장에서 안정적으로 교육활동을 할 수 있는 여건은 조성하지 않은 채 교육부가 다시 한 번 교육의 문제를 교사 개인에게 떠넘기고 있는 것이다.

넷째, 이미 교육학적으로 교사가 학생의 수업능력에 영향을 미치는 비율은 10% 안팎이라는 결론이 나왔다. 서울대, 연세대, 고려대 등 소위 명문대를 무더기로 보내는 서울 8학군의 학교 교사들이 시골 벽촌의 교사들보다 뛰어나서 그런 것이 아니라, 그 곳 학부모들의 경제력이 다른 지역보다 월등하기 때문이다.

　이와 같은 상황에서 학부모들의 문화자본을 높이기 위한 어떠한 노력 없이 교원평가제도를 통한 수업의 질 개선이라는 것은 공염불에 불과하다.

　이 글은 교원평가제에 반대하는 내용을 적었다. 반대하는 이유를 네 가지로 구분하여 하나씩 정리하였다. 그런데 이 글에서 반대하는 이유를 뒷받침하는 근거들은 설득력이 약하다. 첫 번째 이유인 교원평가제가 사교육비 경감대책의 일환이라는 것은 교원평가제의 본질과는 거리가 있다. 두 번째의 이유인 교원평가제가 미국이나 영국 선진국에서 좋은 결과를 가져오지 못한 실패한 것으로 말하고 있는데, 그것은 부분적인 사례이고 그렇지 않은 경우도 많다. 세 번째 이유는 일리가 있다. 교원평가제가 제대로 시행되기 위해서는 교사 1명이 담당할 수 있는 적정수의 학생이 되어야 하기 때문이다. 네 번째 이유도 근거가 미흡하다. 경제적 여건이 학생들의 학력 수준과 밀접한 관계가 있다고 했는데, 그렇지 않은 경우도 많다. 그리고 마무리도 전체를 종합하여 정리하는 것이 좋겠다.

3) 군복무자 가산점제도에 대하여

군복무자 가산점제 도입 찬성

(홍두승 /서울대 사회학과 교수, 경향신문 14년 12월 18일)

　민·관·군 병영혁신위원회가 군복무자 가산점 제도 도입을 국방부에 권고하면서 논란이 일고 있다. 군복무자 가산점 제도 도입에 반대하는 측은 합격 여부에 영향을 미치는 혜택 수준을 낮췄다고 해도 여전히 위헌적이며, 여성과 장애인에 대한 차별을 정당화하는 것이라고 주장한다. 반면 찬성하는 측은 본인의 의지와 상관없이 국가의 필요에 의해 요구되는 희생에 대해서는 보상을 해주는 것이 당연하다는 입장이다. 또

선진국에서도 다양한 가산점 제도를 시행하고 있다고 주장한다. 국방부가 군복무자 가산점 제도화를 위한 사회적 합의를 이끌어낼 수 있을지 관심이 집중되고 있다.

군복무 가산점 제도가 또 다시 사회적 쟁점으로 떠오르고 있다. 지난 12일 민·관·군 병영혁신위원회는 군복무 가산점 제도 재도입 권고안을 제시했다. 이 제도는 새로운 것이 아니며, 이미 1961년부터 1999년까지 시행했던 제도다. 권고안은 병역의무 이행자가 채용시험에 응시할 경우 만점의 2% 범위 내에서 가산점을 부여하고, 가산점을 받아 합격하는 사람은 선발인원의 10%를 초과하지 못하도록 하며, 부여 횟수도 최대 5회까지만 허용하도록 하고 있다.

이 제도를 둘러싼 논쟁의 초점은 바로 이와 같은 제도가 남성 군복무자에게 차등적인 혜택을 줌으로써 사회적 평등성을 해치는 것 아닌가 하는 데 있다. 일부 여성단체는 군복무 가산점 제도는 정책수단으로써의 적합성과 합리성을 상실한 제도로, 가산점이 합격 여부에 미치는 영향을 다소 낮추었다 하더라도 여전히 위헌성이 상존한다고 주장한다.

사회적 평등은 기회의 평등과 결과의 평등으로 구분된다. 결과의 평등을 달성하기 위해 "불평등하게" 기회를 부여하는 것은 보상적인 것과 보완적인 것이 있다. 본인의 의지와 관계없이 국가·사회적 필요성에 의해 개인에게 요구되는 희생과 이런 희생으로 인해 발생하는 제반 결핍은 '보상'해줘야 한다. 군복무가 여기에 해당한다. 생물학적으로나 사회적으로 열악한 위치에 있어 같은 조건에서 다른 사람들과 경쟁하기 어려운 개인들, 즉 사회적 약자가 갖는 결핍은 사회정책적으로 '보완'해줘야 한다. 여성이나 장애인이 여기에 해당한다.

돌이켜보면 군복무 가산점 제도가 폐지된 1999년 이래 우리 사회는 많이 변했다. 무엇보다도 여성과 장애인 등 사회적 약자의 권익이 크게 신장됐다. 예컨대 공무원 채용시험 합격자 중 여성의 비율이 9급의 경우 1999년 20.2%에서 2013년 42.1%로, 7급의 경우 1999년 6.1%에서 2013년 34.2%로 크게 높아졌다. 공무원 사회에서 여성을 더 이상 사회적 약자로 보기 힘들다.

장애인의 경우 장애인차별금지법이나 장애인고용촉진법에 따라 채용 시 별도의 할당제를 적용받고 있다. 공무원 정원의 3% 이상 채용, 기업체 근로자의 일정 비율 모집 할당, 그리고 장애인연금·의료비·자녀 교육비 지원 등 국가적인 지원 대책에 의해 보호되고 있다. 따라서 군복무자에 대한 가산점 부여가 곧 장애인을 차별하는 것이라고 이해하는 것은 논리적 비약이다. 장애인의 문제는 군복무 가산점제와는 별개의 틀로 접근하는 것이 타당하다.

군복무 가산점 제도에 대한 여론은 호의적이다. 여론조사 결과에 따르면 이 제도의 재도입에 대한 찬성 비율은 80%에 이르며 남녀 간에 큰 차이가 없다.

일부 여성단체에서 반대하고 있지만 남편과 아들을 군에 보낸 여성들 대다수가 찬성한 다고 볼 수 있다. 군복무 가산점 제도는 양성 갈등의 차원에서 접근해야 할 문제가 아니다.

그렇다면 채용 시 가산점을 부여하는 것 이외에 다른 방법은 없겠는가 하는 쟁점이 있을 수 있다. 가산점이 아닌 다른 방법으로 보상대책을 강구하라는 반론도 있다. 반론을 제기하는 사람들도 보상이 필요하다는 점에 대해서는 공감대를 가지고 있다. 물론 다양한 대안적 방안이 모색될 수 있다. 그러나 대부분의 방안은 국가의 많은 재정적 부담을 필요로 한다.

민·관·군 병영혁신위원회는 위헌 판결의 취지를 존중하고 과거의 가산점 제도를 대폭 수정하는 등 크게 고심한 흔적이 보인다. 지금이라도 소모적인 논란을 접고 국민적 공감 속에 제도 도입을 이른 시간 내에 추진해야 하지 않을까 생각한다.

가산점 제도는 특혜가 아니라, 국가안보를 위해 개인에게 강요한 희생에 대한 국가 차원의 배려와 보상이다. 이 제도의 도입을 통해 병역의무 이행 기간 중의 희생을 국가·사회적으로 인정해 줌으로써 병역의 의무를 자랑스럽게 생각하는 풍토를 조성하자는 것이다.

군복무자 가산점제도에 대한 나의 생각

(학생 글)

군가산점제도란 제대한 군인을 대상으로 군 복무기간에 대한 적절한 보상을 해주기 위해서 취업 시 과목별로 시험 득점에 가산점을 주는 형태로 1961년 도입된 제도이다. 하지만 남녀평등권 및 공무원 시험에서 가산점을 받지 못해 떨어진 사람들이 헌법소원을 내면서 1999년 헌법재판소의 위헌 결정에 따라 사라진 제도이다. 이렇게 폐지된 제도의 재도입 논의가 현재 활발히 진행 중인 이유는 크게 2가지 이유 때문이다. 첫 번째 이유는 최근 들어 증가하는 병역 비리 해소와 함께 군필자들이 사회적, 경제적인 피해를 받고 있다고 주장함에 따라 부활시켜야 된다고 하는 생각이 증가하는 것 때문이다. 두 번째 이유는 군가산점제도가 폐지된 이후 15년 동안 제대군인에 대한 적절한 보상이 이루어지지 않았기에 부활해야 한다는 것이다. 나는 이렇게 활발히 재논의가 진행 중인 군가산점제도에 대해 다음과 같은 세 가지 이유로 반대하는 바이다.

첫 번째, 군 가산점을 적용하기 전과 후로 비교해 봤을 때, 합격자가 12.9%의 당락이 바뀌었으므로 군가산점제도는 불평등하다. 이는 여성부가 김선택 고려대 법학과 교수에게 의뢰한 군복무자에 대한 합리적인 보상제도 보고서를 보면 알 수 있다. 병역법 개정안대로 2009년 7급 공채 일반 행정직에 군가산점을 적용한 결과 합격자 363명 중 12.9%(47명)의 당락이 바뀌는 것으로 나타났다. 남성 필기시험 합격자는 213명(58.7%)에서 260명(71.61%)으로 47명이 증가한 반면 여성은 150명(41.3%)에서 103명(28.4%)으로 47명이 감소했다. 9급 공채 일반 행정직의 경우에도 전체 339명 중 남성 필기시험 합격자는 149명(44%)에서 216명(63.7%)으로 67명이 증가했고 여성은 190명(56%)에서 123명(36.3%)으로 67명이 감소했다. 당락이 바뀌는 비율은 19.7%이다. 이처럼 군가산점제도는 당락에 큰 영향을 미치기 때문에 군가산점제도가 아닌 다른 방식으로 군필자들에게 보상을 해 주어야만 한다고 생각한다.

두 번째, 군가산점제도는 대부분의 군필자들에게 실효성이 없다. 왜냐하면 군가산점제도의 주요 대상은 공무원 시험을 준비하는 사람들로 한정이 되어 있기 때문이다. 공무원이나 공공기관이 아닌 사기업에 취업 진로를 가지고 있는 사람에게는 군가산점제도가 적용되지 않기 때문에 실효성이 없다고 생각한다. 따라서 군 가산점 제도는 대다수의 제대군인들에게 평등한 혜택을 부여하지 못하므로 제대군인들에게 창업을 지원하거나 주택을 우선 공급하는 등의 방안으로 바꿔야 한다고 생각한다. 이렇게 한다면 모든 제대군인들에게 혜택이 돌아가서 실효성이 있다고 생각한다.

마지막으로, 군가산점제도를 도입한다고 해서 병역비리가 줄지 않는다. 군가산점제도에 찬성하는 사람들 중 많은 사람들은 군가산점제도가 병역비리 해소에 도움을 준다고 말한다. 그들은 군대를 전역하면 가산점을 줌으로써 군대를 가지 않기 위해서 노력하던 사람들이 가산점을 받기 위해서라도 군대를 간다고 주장한다. 하지만 이것은 논리적 오류라고 생각한다. 왜냐하면 군가산점제도가 있었던 시기에도 지금과 같은 많은 병역 비리는 많이 존재했었기 때문이다. 그러므로 병역비리는 군가산점제도 도입보다는 근본적으로 해결할 수 있는 방안이 필요하다고 생각한다. 따라서 군가산점제도는 병역비리 해소에 도움을 주지 못한다.

국가의 안전과 국민의 생명과 재산을 보호해주는 군인들에게는 고마움을 느끼고 있다. 그래서 그들의 노력에 대한 보상은 반드시 필요하다고 생각한다. 하지만 나는 군가산점제도와 같이 일부에게만 혜택을 돌아가게 만들어 또 다른 차별을 만드는 방안보다는 모든 군인들에게 필요한 실질적인 보상을 해주는 것이 바람직하다고 생각한다. 내가 주장하는 바는 국가의 안전보장과 국민의 재산 및 생명권 보호를 위해 노력하는 군인들에게 보상을 해주는 것은 당연한 일이지만, 그 보상이 군가산점제도는 아니라는 점이다. 나는 위에서 주장한 합격자들의 당락이 바뀔 수 있다는 점, 실효성이 없다는 점, 찬성자들이 주장하는 병역비리가 줄지 않는다는 점의 3가지 근거를 들어 군가산점제도에 대해 반대하는 바이다.

4) 결혼은 반드시 해야 하는가?

결혼, 꼭 필요한가?

(학생 글)

초등학교 시절 성격도 시원시원 하고 공부도 잘하며 무엇보다도 나랑 말이 너무 잘 통해서 매일 매일 붙어 다니던 친구 둘이 있었다. 그 친구들은 똑같이 언니 한 명과 남동생 한 명이 있었다. 그 아이들의 언니들은 인근 두 곳의 여고에 각각 다녔는데, 반에서 1, 2등을 다투는 모범생인 동시에 선생님들의 신임과 또래 학우들의 지지를 한 몸에 받아 학생회 임원까지 하는 소위 말하는 '엄친 딸'들이었다. 친구들의 남동생들은 씩씩하고 운동을 잘하며 낯가림도 없이 서글서글하여 한번 보고도 '누나~누나~'하면서 나를 잘 따랐다. 이 친구 둘은 집안 분위기도 너무 밝고 화기애애하며 남매간의 우애도 좋고 위축된 모습이나 모난 구석 따위는 찾아 볼 수가 없어서 도저히 아버지랑 어머니가 이혼했고 편모가정에서 자라고 있었는지는 알 길이 없었다. 내가 이 사실을 알게 된 것은 초등학교를 졸업하고 난 후의 일이었다. 이 사실을 엄마한테서 처음 들을 당시의 나는 원래 이혼가정이라면 행복할 수 없고 편부모가정에서 자라면 우울할 것이고 혼자 사는 것은 있을 수 없는 일이라는 편견을 가지고 있었다. 하지만 친구들의 가족 이야기를 접하고 난 나는 그런 편견들을 깨게 되었고 생전 처음으로 이혼한다고 해서 꼭 불행한 것은 아니며 결혼 또한 꼭 하지 않아도 된다는 생각이 들었다. 내가 커 가는 동안 본 친구 어머님들은 둘 다 직업여성으로서 자신들의 전문분야에서 인정을 받으며 사회에서 자신들의 자리를 매김하고 있었고, 집에서는 한 가정의 버팀목으로서 어머니로서 아이들의 정신적인 지주가 되어주며 부족함 없는 행복한 가정을 꾸려 나가셨다.

그리고 결혼을 꼭 할 필요가 없다는 데에 대한 나의 생각을 굳히게 된 것은 나이를 한 살씩 먹고 머리가 커지면서 뉴스나 다른 사람들의 사는 이야기를 많이 접하고 앞으로의 나의 인생에 대해 많이 생각하고 설계해 보기 시작하면서부터였다.

우선 학교에서 보는 선생님들 중에는 결혼을 하지 않고 독신으로 사시는 분들이 더러 있었다. 그런 독신이신 선생님들은 자신들이 능력을 갖추고 자기의 직장에서 성취감을 얻고 그렇게 직장에서 번 돈으로 스포츠, 음악, 미술 등의 다양한 취미생활을 즐기며 하루하루를 재미있게 보내셨다. 또 해외여행도 많이 다니며 다양한 경험을 가지는 것에서 큰 만족감을 느끼신다고들 하셨다. 결혼을 하지 않고도 당당하고 멋진 인생을 사는 선생님들을 보면서 결혼은 필수가 아니라 선택이라는 생각을 하게 되었다.

커서 무엇이 될 것이고 어떤 일을 할 것인지에 대해서 고민하기 시작할 무렵에는 더욱 더 결혼을 할 필요가 없다는, 아니 결혼을 차라리 안하는 것이 낫다는 생각을 했다. 외국에서도 우리나라의 사회와 같은지는 잘 모르겠으나, 어쨌든 우리나라의 사회는 아직까지 직업여성에 대한 사회 기반이나 양성 평등에 대한 인식, 복지제도가 잘 구축되어 있지 않다. 직업여성의 경우 직장에서는 남자들과 똑같이 일을 하면서도 단순히 여자라는 이유로 혹은 술자리 등의 단합모임에 자주 참석하지 못했다는 이유로 승진에서 남자들에게 밀리는 일이 다반사이다. 여자가 남자들과 똑같이 승진을 하려면 최소한 그 남자들보다 2배 이상의 능력을 갖춰야 한다. 그렇다면 여성들이 술자리 등의 단합모임에 자주 참석하지 못하는 이유는 무엇일까? 이는 집안에서의 '엄마'라는 역할 때문이다. 청소, 빨래, 부엌일 등 집안일들은 당연히 집안에서 엄마(여자)가 해야 한다는 생각이 아직도 우리나라에서는 보편적으로 통하고 있기 때문이다. 직장에서도 남자들과 똑같이 일하면서 능력을 인정받는 데 불이익을 당하고, 집안에서도 똑같이 맞벌이를 하면서도 집에 돌아와서 집안일들을 여자가 도맡아서 해야 하는 것이 당연시 되는 것일까? 심지어 아이를 가지게 되어 출산을 하게 되면 휴직을 하고 일을 하지 않는 기간 동안 업무능력이 도태된다는 이유로도 여성들은 정규직 채용이나 승진에서 밀리는 경우가 많다. 이런 사회현실 때문에 결혼 및 출산을 기피하는 여성이 늘어나게 되었다. 이런 결혼을 하지 않고도 당당하고 멋지게 사회에서 자신들의 능력을 인정받고 인생을 즐기면서 사는 커리어 우먼들의 모습을 보면서 나 또한 저런 불이익을 당하면서 사느니 차라리 혼자 즐겁고 멋진 인생을 사는 것이 낫겠다는 생각을 하게 되었다.

　마지막으로 결혼을 하지 않고 혼자 산다는 것에 대한 나의 생각을 굳히는 데 결정 타를 날린 것은 바로 '이혼'이라는 문제였다. 요즈음 세상에는 결혼을 하고 이혼을 하는 일이 별일 아닌 것으로 치부되어 쉽게 만나서 결혼을 하고 서로 잘 맞지 않는다는 생각이 들면 쉽게 이혼해 버린다. 뉴스 속에서 이혼율 증가에 대한 기사들이 보도될 때 뿐만 아니라 우리 주변에서도 이혼한 사람이 흔히 있는 것을 보면 이혼 문제가 얼마나 심각한지 알 수 있다. 이런 이혼 문제 또한 결혼을 꼭 해야 한다는 생각을 기반에 깔고 있기 때문에 일어나는 일이라고 생각한다. 결혼을 꼭 해야 된다는 생각에 '평생을 꼭 이 사람과 함께 하고 싶다.' 싶을 정도로 좋아 하는 사람이 아니면서도 결혼을 하고, 혹은 좋아하는 사람이 없으면서도 집안 어른들의 권유로 억지로 선을 보면서까지 결혼을 하기 때문이다. 이런 식으로 결혼을 반드시 해야 한다는 생각은 결혼과 배우자에 대해서 진지하게 생각해 보지 않고 성급하게 결혼을 결정하게 하며, 이렇게 성급하게 결정한 결혼은 대부분 결국 이혼으로 이어지게 된다. 정말 좋아하는 사람도 아니고 결국 이혼을 할 것이라면 굳이 결혼을 할 필요는 없지 않겠는가? 자신의 인생에 이혼녀(남)라는 꼬리표만 하나 더 달릴 뿐이니까.

　따라서 나는 위에서 언급한 불이익 등을 감수하고서도 '이 사람 없이는 못 살 것 같다.'라는 생각이 들 정도로 결혼해서 평생 함께 살고 싶은 생각이 있는 것이 아니라면, 혼자서 당당하게 자유로운 싱글라이프를 만끽하면서 사는 삶도 해 볼 만한 것이라고 생각한다. 다시 한번 말하지만 결혼은 필수가 아니라 선택이다!

결혼

(학생 글)

　사랑의 유통기한은 얼마나 될 지 문득 궁금해진다. 사랑의 유통기한은 당사자에 따라 다르기 때문에 60년이 될 수도 있고, 단 몇 분이 될 수도 있다. 그것은 사랑의 결실인 결혼에서 알 수 있다. 주위엔 결혼을 한 사람도, 안 한 사람도 각자 행복의 잣대를 가지고 살아가는 것을 볼 수 있다. 결혼은 해도, 안 해도 후회라는 말을 들은 적이 있다. 아직 경험해보지 못한 일이라 섣불리 판단할 문제가 아니라 본다. 그래도 나름대로 내가 생각하는 결혼관이 있다. 인생에서 한 번 뿐인 결혼이라면, 더 행복할 수 있도록 충분히 고민해야 한다고 생각한다.

우선, 결혼에 대한 고정관념을 깨야한다고 생각한다. 연애는 환상일 수 있지만, 결혼은 현실이다. 사랑만으로 결혼이 가능할 수도 있지만, 결혼 후 행복은 아무도 모르는 일이다. 그리고 결혼이라는 것을 하든지, 안 하든지 각자의 인생이니까 선입견을 갖고 보지 말아야 한다고 생각한다. 정말 인연이 안 나타나면 하고 싶어도 못하는 경우도 있고, 얼마든지 늦어질 수 있는 문제이다. 내가 아는 어떤 분은 첫사랑을 못 잊어 10년이 지난 지금도 첫사랑에게 너무 많은 사랑을 보여준 것이 마음 아파 결혼을 안 하고 있는 것을 본 적도 있다. 깊은 사연은 모르지만, 나이가 되었다고 꼭 결혼해야 한다는 식의 흑백 논리적 사고는 마땅히 타파해야 할 것이다.

결혼은 매우 중요한 문제이다. 어떤 경우라도 결혼을 할 사람은 매우 신중할 필요가 있다. 결혼하기 전까지는 태어나면서 만난 부모님의 복으로 지낼 수도 있지만, 어떤 배우자를 만나는지에 따라 인생 자체가 바뀔 수도 있기 때문이다. 그야말로 자신의 이상형부터 생각해서 상대방의 모든 것을 알 필요가 있다. 연애결혼을 하려는 사람들은 상대방을 좀 더 쉽게 파악 할 수 있으리라 본다. 가끔은 술도 잔뜩 먹여서 술버릇도 알아보아야 하고, 평소 그 사람이 어떤 생각을 가진 사람인지 대화를 통해 꾸준히 파악해야 할 것이다. 그래서 내 생각엔 연애결혼이 더 좋을 것 같다. 선을 보고 중매결혼을 한다면 대개 학력이나 직업, 집안 등의 조건을 보고 시작하게 되니까 자연스럽지 못할 것 같다. 그렇게 만나도 인연이 되어 잘 사는 사람들도 있겠지만, 결혼하기 전에 상대방에 대한 약간의 환상과 기대감이 먼저 고정관념처럼 될 수도 있기 때문이다.

중매결혼에 실패한 사람들의 이야기를 들어본 후, 나는 더욱 연애결혼의 중요성을 느꼈다. 어떤 여자가 나이가 서른이 넘도록 연애경험이 없었는데, 혼기가 차자 선을 보게 되었다고 한다. 처음에 몇 번은 남자들이 하나같이 안 좋은 버릇을 갖고 있어서 무조건 싫다고 했다 한다. 그러던 어느 날, 운명인지 좋은 사람을 만나게 되어 괜찮다고 생각을 하고 결혼까지 했다고 한다. 하지만 신혼여행을 갔다가 하루 만에 이혼을 하는 소동이 벌어졌다고 한다. 남자가 신혼여행을 가자마자 과일을 한 박스 사는 것을 보고 여자는 그냥 대수롭지 않게 생각했다고 한다. 첫날 밤, 남자는 여자에게 그 과일들을 하나씩 던져서, 그것을 맞고 있던 여자는 혼자 집으로 돌아가 버린 것이다. 남자에게 그런 이상한 행동을 하는 것이 있는지 전혀 알지 못했기에 그 여자의 충격은 이루 말할 수 없었다고 한다. 이렇듯 결혼은 평생을 함께 할 반려자를 만나는 것이기에 매우 신중하지 않을 수 없다고 본다.

결혼을 하면, 백년 친구처럼 지낼 수 있어야 한다. 그러기 위해선 먼저 대화가 잘 통해야 할 것이다. 매일 얼굴을 보며 사람이 어떻게 말을 안 하고 살 수 있겠는가? 이왕 해야 될 말이라면, 대화가 잘 되면 더욱 좋으리라 생각한다. 그리고 취미생활도 같다면 금상첨화일 것이란 생각이 든다. 대화도 잘 통하고, 영화감상이나 운동 등의 취미생활을 함께 한다면 더 행복할 것이다. 서로 격려하고 위로하며 서로의 부족한 부분들을 함께 채워나가는 백년 친구가 되어야 할 것이다.

사실, 아직 결혼이라는 문제가 깊게 와 닿지 않는다. 아직은 먼 나라 이야기처럼 들린다. 내 생각에는 결혼은 필수가 아니라 선택이라 본다. 자신의 운명에 따라 결혼을 하기도 하고, 했다가 헤어지기도 하고, 아예 안 할 수도 있는 것이다. 그러므로 결혼이란 것을 떠나서, 한 사람의 인생 그 자체를 존중해 줄 필요가 있다고 생각한다. 만약, 결혼을 하게 된다면 더욱 행복한 삶을 위해 결혼 전에 후회 없는 선택을 해야 할 것이다. 결혼하기 전에 겪는 모든 시행착오들은 후에 경험하게 될 더 큰 행복의 밑거름이 될 것이라 생각하기 때문이다.

위의 글은 '결혼은 반드시 해야 하는가' 하는 논제에서 벗어난 글이다. 이런 논제에서는 '결혼은 반드시 해야 한다'든지 '결혼은 반드시 안 해도 된다'와 같은 뚜렷한 입장이 제시되어야 한다. 그런데 이 글에서는 결혼에 대한 자신의 생각을 이야기하고 있을 뿐이다. 논제에 맞지 않게 자유롭게 쓸려면 토론할 이유가 없다. 위의 글이 논제에서는 벗어나긴 했지만, 글의 짜임이나 내용은 잘 된 편이다.

5) 지식인의 역할에 대하여

지식인의 역할

(학생 글)

'지식인'이란 문자 그대로 아는 것이 많은 사람이다. 우리 사회에서 '지식인'임을 가늠하는 척도는 주로 '학력'이며 나는 대학생까지 지식인의 범주로 보겠다. 남들보다 더 많이 안다는 것은 부담스러운 일이다. 왜냐하면 자기가 알고 있는 것을 알지 못하는 사람에게 설명해주고 가르쳐줘야 할 것만 같은 의무감 때문이다. 이렇듯 '지식인'이라는 꼬리표를 달고 있는 사람들은 사회적으로 몇 가지의 역할을 수행해야 하는데 여기에 대해 몇 가지 알아본다.

첫째, 지식인은 가르침에 적극적이어야 한다. 여기서 가르침이란 비단 사람들을 모아놓고 강의를 하는 것만은 아니다. 학생들을 대상으로 하여 올바른 사회가치와 지식을 전수하는 '선생님'이라는 지식인 그룹도 있지만 학생이 아닌 일반시민을 대상으로 하여 크게는 강연회를 열거나 작게는 내 주위사람들에게 올바른 지식과 가치를 심어주는 역할을 해야 하는 게 지식인이다. 소수의 지식인들만의 힘으로는 올바른 사회를 형성할 수 없으므로 그들의 앎을 대중에게 전달하는 역할이 중요하다.

둘째, 지식인은 사회의 부패한 부분이나 잘못된 점을 바로잡는 데 앞장서야 한다. 대학교에서는 학생들이 '등록금 투쟁'이나 학교예산 부분에 대해 개선을 촉구하는 운동이 많이 있다. 비록 대학교에서의 운동은 좌파적인 성향을 띠고 협상의 개념이 아닌 개혁의 개념이지만, 그들이 학생들에게 부당한 학교제도를 알리고 같이 동참하길 외침으로 하여 모르고 그냥 지나칠 수 있는 부분에 대해 관심을 가지도록 하고 나아가 개선운동에 함께 하도록 한다. 대학이라는 작은 사회에서의 모습이지만 지식인들은 사회의 개선할 부분에 대해 일반시민들에게 널리 알려서 고치도록 해야 한다.

셋째, 지식인은 사회적 약자 편에 서서 그들의 권익을 옹호해야 한다. 사회적 약자라 하면 보통 아동, 노인, 여성을 말하며 여기에 빈곤한 사람이나 많은 종류의 소수집단을 포함시킨다. 그들은 사회적으로 열등한 대우를 받으면서도 적극적인 대응을 할 수 없다. 왜냐하면 가진 것이 적고 지적수준이 높은 사람은 몇 안 되기 때문이다. 지식인은 이러한 불평등을 겪는 사회적 약자 편에서 그들의 욕구나 문제점을 사회 바깥으로 끄집어내어 이슈화하고, 일반시민들이 그들의 상황에 관심을 기울이고 국가에

제도적 개선을 요구하는 여론을 형성하도록 해야 한다. 지식인의 주장은 일반시민들의 신뢰를 받을 수 있고 사회적 파장을 일으킬 수 있는 힘이 있기 때문이다.

넷째, 지식인은 사회와 결탁하여 시민들의 눈과 귀를 혼란시키면 안 된다. 많은 수의 지식인들은 그들의 이익추구를 위해 언론과 결탁하거나 정치적으로 매수되어 일반 국민들의 알권리를 침해하기도 한다. 다양한 시각으로 사회를 바라보는 것이 아니라 정치적 성향에 따라 한쪽으로 치우친 시각을 국민들에게 강요하는 것은 그들의 막중한 역할을 잊은 채 참지식인이 되기를 포기한 행동이다. 자신의 많은 앎을 사회적 부조리와 결합시킬 것이 아니라 올바른 사회형성이라는 가치를 가슴에 품고 국민들의 올바른 눈과 귀가 되어 그들을 대신해 바른 말을 할 수 있어야 한다.

이렇듯 지식인은 남들보다 많이 배웠다는 이유로 여러 사회적 역할을 수행해야 한다. 한 지식인의 올바른 태도가 미치는 사회적 영향을 고려하여 어떤 금전적, 물질적 유혹에도 그들의 지위를 악용하지 않는 곧은 심지를 가지는 것이 중요하다. 실로 우리사회에는 자신의 실리만을 추구하여 사회적 물의를 일으킨 지식인들이 많다. '백 마디의 말보다 한 번의 행동이 낫다.'라는 말이 있듯이 지식인들은 입으로만 떠들 것이 아니라 모범적인 행동으로 올바른 사회형성에 앞장서야 할 것이다.

지식인은 일반적으로 '특정분야에 관해 많은 지식을 습득하고, 사회에서 지배적인 여론을 형성하여 사회적 영향력을 행사하는 사람'이라고 알려져 있다. 이런 지식인의 역할을 간략하게 서술하기란 쉽지가 않다. 위 글은 학력을 기준으로 지식인을 정의하고, 지식인의 역할을 네 가지로 설명하고 있다. 그런데, 네 가지의 역할이 중복되기도 하고, 논리의 전개도 설득력이 약하다. '지식인의 역할'과 같이 개념 규정이 포괄적인 글감은 가능하면 그 범위를 좁혀서 접근하는 것이 효과적이다. 예컨대 대학교수를 지식인의 한 전형으로 제시하고, 대학교수의 역할을 설명하는 것도 한 방법이 되겠다.

7. 비판적인 글쓰기

비판적인 글쓰기는 어떤 사안이나 타인의 글, 또는 예술작품에 대해 비판적인 안목으로 서술하는 것이다. 자신의 견해를 비판적으로 서술한다는 점에서 논평 또는 논증하는 글쓰기와도 유사하다. 그럼에도 여기서 '비판적인 글쓰기'라고 한 것은 논란이 되고 있는 사안이나 주장 등에 대해 비판하는 글쓰기를 의미하기 때문이다. 이러한 유형의 글쓰기로 대표적인 것이 신문의 칼럼이 있다. 칼럼은 사회적으로 쟁점이 되는 문제에 대하여 생각을 달리하는 사람들이 각자의 의견을 피력하여 합리적인 해결책을 모색하려는 여론의 광장이다. 따라서 칼럼과 같은 비판적인 글에서는 글쓴이가 제기하고 있는 사회적 쟁점에 대해 충분히 이해를 하고 자기 나름대로의 해결 방안도 제시할 수 있어야 한다.

앞에서 공부한 '제시문 읽고 글쓰기', '토론하고 글쓰기' 등을 통하여 익힌 글쓰기의 능력을 바탕으로 신문이나 잡지의 기고란에 자기의 견해를 발표할 수 있도록 해보자.

아래의 글들을 참고로 읽어 보자.

> ### 문화가 죽었다
>
> (박홍규 / 경향신문, 2010. 4. 22.)
>
> 정상배나 사기꾼이나 폭력배가 아닌 문화인은, 권력·금력·폭력과 결탁하거나 그것들에 복종하지 않고 항상 그런 잘못된 힘들을 비판하고 대결해야 한다. 그래야 문화의 본질인 인간의 자유와 사랑, 화합과 평화가 가능하게 된다. 그렇게 믿는 나는 권력 내부에 문화부가 왜 있고 그것이 무슨 권력을 행사하는지 상상할 수 없다. 문화부나 그 장관이라면 최소한 문화를 파괴하는 반문화적 폭력배나 돈밖에 모르는 야바위 장사꾼이나 권력을 좇아 날아다니는 박쥐도 아닌, 그래도 조금은 문화적인 사람이 문화를 위해 일해야 한다는 생각 정도는 상식이다. 하지만 그보다 더 중요한 상식은 그런 문화권력이나 문화권력자가 필요한 게 아니라, 문화란 어떤 권력과도 관련 없이

가장 자유로울 때 가장 좋은 것이란 사실이다. 설령 비판은 못해도 최소한 권력과 무관할 때 비로소 참된 문화가 있을 수 있기 때문이다. 그렇지 못한 문화는 모두 어용획일 쓰레기이고, 그런 문화인은 권력을 향한 해바라기 광대일 수밖에 없다.

그러나 이런 나의 상식은 현 문화부 장관이 지난 2년간 행한 소위 물갈이 표적 인사라는 비문화적이고 반문화적인 행태 때문에 여지없이 깨졌다. 수많은 상식적 비판이 있었고, 법을 위반해 무효라고 법원이 몇 차례나 선고했음에도, 최소한의 미안한 표정도 짓지 않고 있는 그는 나에게 최소한의 상식조차 의심케 한다. 그야말로 문화적이기는커녕, 도덕적이거나 윤리적이기는커녕, 기본적인 최소한의 법조차 지키지 않고 불법과 위법을 일삼는 그는, 이 나라에 과연 문화부나 문화부 장관이라는 것이 존재할 필요가 있는지 의심하게 한다.

그런 문화부나 그 장관의 위법망동을 2년간 허용해온 우리나라에 문화란 것 자체가 존재하는지 의문까지 든다. 이 나라에는 철저히 권력화된 획일문화 외에는 아무것도 없는 듯하다. 그러나 획일화된 문화는 더 이상 문화가 아니다. 이제 우리에게 문화란 죽었다. 이 정권 하에 더 이상 문화란 없다.

정권이 바뀌면, 그것도 정책이 근본적으로 다른 정권이 권력을 잡으면, 정치적 인사들은 자리를 내놓는 것이 옳지만, 정치인이 아니라 권력과 무관해야 할 문화부서, 가령 방송사나 미술관과 같은 부서의 장은 그 전문가로서 업무를 수행해왔다면 정권교체를 이유로 임기가 보장된 자리를 내놓을 이유가 없다. 그럼에도 법무부와 검찰청이 과거 정권의 중요 인사들을 정치적으로 표적수사하듯, 문화부 장관이 산하 예술단체장들을 정치적으로 내쫓아 신·구 단체장 두 사람이 한 지붕 밑에서 동거하는 코미디까지 생겨났다. 지난 반세기 그 험난한 정치사에서도 처음 보는 너무나도 비문화적인 야만적 만행을 주연하는 저 문화부 장관은 중요한 국제영화제의 예산을 삭감하고 자신을 풍자하는 네티즌을 명예훼손으로 고소까지 했다. 공직자가 국민으로부터 명예훼손을 당했다고 고소하는 것은 1964년부터 미국에서 판례로 금지됐으며 우리 국가인권위원회도 국민의 인권침해라고 밝혔는데 말이다. 정상배들이야 그런 일을 밥 먹듯 한다고 해도, 최소한 문화부 장관만은 그래선 안 되는 데도 말이다.

문화적이라 함은, 합법적인 것은 물론 윤리적이고 도덕적인 것보다 고귀한 것이다. 문화적이기 위해서는 법을 위배해서는 안 됨은 물론 윤리와 도덕을 위배해서도 안 된다. 법과 윤리가 없는 곳에 문화는 없다. 문화인마저 네 편 내 편이니, 적과 동지니 하고 싸우고 죽이는 경우 문화는 있을 수 없다.

문화는 다양성이 존중되지 않는 획일의 황무지에서는 자랄 수 없다. 적은 무조건 죽이고 끼리끼리만 산다는 경우는 문화나 윤리는커녕 법도 없는 무법천지다. 거기에 남는 것은 억압과 갈등, 투쟁과 증오뿐이다. 이를 가장 극단적으로 처절하게 보여주는 연극조차 그것들을 미화하거나 정당화하거나 합리화하는 것이 아니라 그것들을 극복해 자유와 사랑, 화합과 평화라는 목표를 추구하는 것이 아닌가. 문화부 장관은 연극인으로서 대선배인 19세기 영국의 오스카 와일드가 "문화가 낮으면 낮을수록 국민의 증오심은 더욱 강하다"고 한 말을 되새겨보며, 자신이 앞장서 국민의 증오심을 극단적으로 부추기지 않았는지 반성해보아야 한다.

위의 글은 문화부장관의 반문화적인 행태에 대해 비판한 것이다. 위 글에서 말하고 있는 문화부장관의 반문화적 행위는 임기가 보장된 단체장을 표적수사하듯이 하여 내쫓고, 중요한 국제영화제의 예산을 삭감하였으며, 자신을 풍자하는 네티즌을 명예훼손으로 고소하는 것 등이다. 이렇게 어떤 인물이나 사안을 비판하기 위해서는 구체적인 자료를 근거로 자기의 견해를 서술하면 된다.

목민관과 공직자

〈조구호, 산청시대 2010년 9월 17일〉

최근 '영포회'가 세인의 주목을 받고 있다. 영포회 소속 인사들이 일부 야당의원의 주장과 같이 민간인을 불법으로 사찰하여 인권을 침해하고, 공공기관 및 주요 공직의 인사에 관여하여 국정을 농단한 혐의를 받고 있기 때문이다. 야당의원들의 주장과 같이 영포회 소속 인사들이 국정을 농단할 정도로 초법적인 행위를 했다면 분명 질타를 받아야 하고, 그에 따른 책임도 져야 할 것이다.

영포회의 정식명칭은 영포목우회(迎浦牧友會)로 경북 영일·포항 출신 5급 이상의 중앙부처 공무원들이 1985년에 결성한 친목회라고 한다. 영포목우회가 특정지역의 사적인 친목회이기 때문에 회원 상호 간의 친목과 우의를 도모하는 것은 당연하고, 또 그것에 대해 왈가왈부할 필요는 없을 것이다. 그렇지만 사적인 친목회가 자기들의 이익을 위해서 법을 어기고 도를 넘는 월권을 행사했다면 비난받아야 하고, 또 법적인 책임도 져야 할 것이다. 특히 목민관(牧民官)을 자처하는 고위직의 공직자들이라면 더욱 그렇다.

다산 정약용은 『목민심서』에서 목민관이 갖춰야 할 덕목으로 율기(律己), 봉공(奉公), 애민(愛民) 세 가지를 들면서 '율기'를 가장 강조했다. '율기'란 스스로를 규율하는 것이다. 다른 말로 '자기 통제' 또는 '자기 관리'라 할 수 있다. '봉공'은 공(公)을 받드는 것이요, '애민'은 민(民)을 사랑하는 것이다. 공직자로서 애민, 봉공은 기본이고 중요한 것이지만 실천적인 관점에서는 스스로를 규율하는 것이 최우선적으로 중요하다고 할 수 있다. 스스로를 규율하는 것은 인격적 자기완성을 추구하는 것이자 다른 사람의 모범이 되는 것이다. 타의 모범이 되지 않는 목민관은 설 자리가 없다. 다산이 율기를 강조한 것도 이러한 점 때문일 것이다. 그런데 스스로 목민관을 자처하는 사람들이 세인의 지탄을 받는 짓을 해서야 되겠는가.

그리고 영포목우회에서 차용한 목민관이라는 것도 시대에 맞지 않는 전근대적인 왕조시대의 용어이다. 목민관이란 주지하는 바와 같이 '백성을 다스려 기르는 관리라는 뜻으로, 고을의 원(員)이나 수령 등'을 이르는 말이다. 그래서 국민이 주인인 민주주의 시대에는 사용될 수 없는 말이다. 그것은 나라의 주인은 임금이고, 관리는 임금인 주인을 대신하여 백성을 다스리고 기르는 사람이라고 여겼던 왕정시대에나 쓸 수 있는 말이다. 공직자들이 스스로 목민관이라고 자처한다면 국민이 주인인 민주주의에 역행하는 것이다. 그리고 그런 사람들은 국민 위에 군림하면서 국민을 다스린다는 착각에 빠진 공직자로서의 자격이 없는 사람이다.

공직자는 국민을 다스리고 기르는 왕조시대의 관리가 아니라, 국민에게 봉사하는 공공기관에 근무하는 사람이다. 그렇기 때문에 공직자들은 공직자윤리헌장에 명시된 바와 같이, 국가와 국민을 위해 충성하고 봉사하는 것을 임무로 삼고 그것에 투철해야 한다. 그래야 스스로 긍지를 지닐 수 있고, 공직자로서의 보람도 있을 것이다.

그리고 공직에서 물러난 전직 공직자들도 국가를 위해 봉사했다는 자부심보다는 국가에서 주는 봉록으로 생활을 영위할 수 있었다는 감사한 마음을 지녀야 한다. 전직 직위에 연연하여 대접받고 행세하려고 하기보다는 국가와 국민들 덕분에 살아왔다는 감사한 마음을 지닌다면 여생도 편안할 것이고, 또 주위 사람들로부터 존경도

받을 것이다. 그것은 영포회의 회원으로 있는 전직 공직자들뿐만 아니라, 모든 전직 공직자들에게도 해당되는 것이다.

위의 글은 공직자의 자세에 대해 비판하고 있다. 일부 공직자들이 국민을 위해 봉사하는 사람이라고 생각하기보다는 국민 위에 군림하면서 국민을 다스리고 기른다는 생각을 하고 있는 것을 비판하고 있다. 비판하는 근거로 목민관이란 용어의 부당성, 목민관이 지켜야 할 세 가지 덕목, 그리고 공직자의 윤리규정을 들고 있다.

'참 나'는 무엇인가

(배학수 / 부산일보, 2010년 12월 16일)

하버드 출신의 선승 현각의 인터뷰 기사가 지난 주말 어느 신문의 한 면을 가득 채웠다. 그는 예일대학을 졸업하고, 하버드 대학원에 다니던 중 출가하여 1992년에 한국으로 왔으며, 이 과정을 1997년 '만행—하버드에서 화계사까지'라는 책에서 자세하게 서술했다. 이 책은 베스트셀러가 되었고, 현각은 갑자기 유명인사가 되었다. 명성 때문에 수행에 방해가 되자 그는 2008년 한국을 떠나 지금은 독일 뮌헨에 있다.

필자는 엘리트 미국 청년이 왜 승려가 되었는지 궁금하여 그 책을 읽었으며, 불교 TV에서 현각이 대중들에게 우상처럼 숭배 받으며 강의를 하는 것을 여러 번 보았다. 현각은 출가의 이유를 '참 나'를 찾기 위해서라고 한다. 진정한 자아를 발견하려는 수행을 위해 세계 초일류 대학이 가져다 줄 돈과 명예를 버린 그의 결단이 한국의 독자들에게 매우 고상하게 보였을 것이고, 여기에 현각이 누리게 된 인기의 비밀이 있다고 믿는다.

사람들은 존재의 세계를 현상과 본질, 감성계와 초감성계, 차안과 피안 등 두 개로 나누고, '보이는 이것'으로부터 '보이지 않는 저것'으로 넘어가는 초월을 성스럽게 여기는 경향이 있다. 이러한 이원론적 각도에서 보면, 인간에게도 두 개의 자아가 있는데, 하루하루를 살아가는 일상적 자아는 하찮은 존재이고, 이것의 배후에 숨어 있는

'참 나'는 숭고한 것처럼 보인다. 그러나 그런 초감성적 세계나 진정한 자아가 정말로 존재하는가?

19세기 독일의 철학자 헤겔은 '정신 현상학'에서 이원론적 사고는 인간의 의식이 만들어 낸 미성숙한 산물이라는 점을 치밀하게 분석한다. 인간들은 세계를 둘로 나누어, 보이지 않는 본질의 세계는 진리이고 경험하는 현상의 세계는 거짓이라고 자주 믿지만, 초경험적 세계는 우리에게 직접 접근되지 못하므로 경험적 현상을 통하여 추리될 수 있을 뿐이다. 이런 점에서, 경험의 세계가 진짜이며 본질의 세계는 인간의 의식이 꾸며 낸 가공물에 불과한 것이다.

'참 나/거짓 나'의 이분법도 허구이다. 진정한 나란 나에게 경험될 수 없다. 내가 지각하는 나란 앞으로 무언가를 계획하고, 과거의 무엇을 뉘우치고, 지금 물건을 사고파는 구체적 존재이다. '참 나'를 찾겠다는 시도는 이런 일상의 내가 가짜이며 이런 것들을 넘어서 어딘가에 진정한 자아가 존재한다는 신념을 전제하는데, '진정한 나'란 소녀와 물고기를 조합한 인어공주처럼 일상적 자아를 토대로 의식이 꾸며 낸 구성물에 불과하다. 진정한 자아란 깊은 내면에 보물처럼 숨어 있지 않으며, 설사 있다 하더라도 인간이 인식할 길이 없다.

인간에게 '참 나'가 있다면 그것은 개인의 잠재력이다. 모차르트가 은행원으로 지낸 경우가 있듯이 모든 사람이 자신의 잠재 능력을 발휘하고 살아가는 것은 아니다. 아리스토텔레스의 '니코마코스 윤리학'에 따르면 박지성이 축구 선수를 하고 아인슈타인이 물리학을 연구하는 것처럼 모든 사람이 자신의 잠재능력을 발휘하면서 살아가는 것이 행복이다. 우리가 정말 행복하려면 '참 나'를 찾을 것이 아니라 잠재능력이 무엇인지 탐색해야 하는 것이다.

진정한 자아가 보이지 않는 내면이 아니라 인간의 잠재능력이라면 그것을 찾기 위해 출가하여 수행을 할 필요는 없다. "'참 나'를 찾았는가?"라는 기자의 질문에 현각이 '지금 마시는 커피의 향이 좋지 않은가.'라며 답변을 회피하는 것으로부터 추리하면, 현각은 출가한 지 18년이 지났지만 아직 그것을 찾지 못한 것으로 보인다.(만약 그것이 답변이라면, 커피 향을 즐기는 유유자적한 인생이 진정한 자아라는 것을 깨닫기 위해 18년 동안이나 수련했단 말인가?)

위의 글은 '참 나'를 강조한 현각 스님의 이야기를 비판하고 있다. 현각 스님은 하버드대학을 졸업한 젊은 미국인으로 한국인 스님의 제자가 되어 크게 화제가 되었다. 현각 스님이 말하고 있는 '참 나'에 대한 비판의 근거로 독일의 철학자 헤겔의 학설을 인용하고 있는데, 헤겔의 '정신 현상학'에서 이원론적 사고는 인간의 의식이 만들어 낸 미성숙한 산물이라는 것이다. 그리고 18년 동안 수행한 결과를 분명하게 설명하지 못하는 것도 비판의 근거로 제시하고 있다.

위의 예문들에서 보듯이, 비판적인 글쓰기는 논란이 되고 있는 사안이나 주장 등에 대해 적절한 근거를 제시하며 자기의 견해를 밝히는 것이다. 이런 글쓰기에서 유념해야 할 점은 비판에 대한 근거를 정확하게 제시하는 것이다. 합당한 근거도 없이 자기의 주장만 강조하는 것은 억지나 다름없기 때문이다.

8. 상상하여 글쓰기

상상하여 글쓰기는 자유로운 상상을 통하여 글 쓰는 힘을 기르는 것이다. 글쓰기가 머릿속의 생각을 드러내는 상상력의 작용이므로, 어떤 문제나 주어진 자료를 바탕으로 자유롭게 상상한 후 글쓰기를 해 보자.

〈보기 1〉

▲ 제시문 : 다음 시를 읽고, 그것을 이야기로 만들어 보자.

약현성당

정호승

서울역을 떠돌던 부랑자 한 사람이
중림동 약현성당 안으로 기어들어와
커튼에 라이터를 켜대었을 때
성당이 불길에 휩싸였을 때

불이야!
봄을 기다리던 제비꽃이
땅 속에서 소리쳤다

아무리 소리쳐도 성모님은
가만히 불길을 보고만 있었다.
천장이 뚫리고 종탑이 무너져 내려도
성모님은 그대로 가만히 있었다

불이 꺼진 뒤
무너진 종탑을 바라보며 사람들은
성당을 찾아온 부랑자들에게

애초부터 밥을 해주지 말아야 했다고
미사를 드렸다

그 때 제비꽃은 들을 수 있었다
무너진 종탑에서 울리는 성당의 종소리를
그들을 미워하지 말자
그들을 돌보지 못한 우리의 책임이 크다고 울리는
성당의 종소리를

위의 시를 읽고 이야기로 만들기 위해서는 먼저 몇 가지를 상상해 보아야 한다.

첫째, 인물을 어떻게 설정해야 할 것인가를 생각해 보아야 한다. 여기서는 신부나 수녀를 중심인물로 설정할 수 있겠다. 노숙자들의 딱한 사정을 동정하던 신부(수녀)가 그들에게 점심 한 끼라도 대접하려는 뜻을 교인들과 의논하여 그것을 시행하는 과정이 설명되어야 하겠다.

둘째, 약현성당의 무료 급식이 노숙자들에게 알려지는 과정과, 약현성당을 찾아오는 노숙자들의 수가 늘어나자 그것으로 일어나는 여러 가지 문제점들을 생각해 볼 수 있겠다.

셋째, 약현성당에 불이 나게 되는 상황이 그럴듯하게 설명되어야겠다. 그러기 위해서는 추운 어느 날 한 노숙자가 성당으로 몰래 들어와 추위를 견디기 위해 불을 피우려고 하다 잘못하여 불이 나게 되는 과정이 설명되어야 할 것이다.

넷째, 불이 나고, 그것을 끄는 과정과 불을 끈 뒤의 이야기가 있어야 하겠다.

약현성당의 불

(학생 글)

중림동에는 '약현'이라는 성당이 있었다. 그 성당에는 한 분의 신부님과 그를 따르는 신도가 꽤 많았다. 성당 규모도 다른 곳에 비해 큰 편이었다. 어느 날인가 남루한 옷차림에 비쩍 마른 한 사람이 약현성당에 찾아 들었다. 겉모습만 보아도 서울역 근처를 떠도는 부랑자라는 것을 한눈에 알 수 있었다. 며칠을 굶었는지 초췌한 얼굴에 힘없이 비틀거리며 성당 안을 여기저기 둘러보더니 양지 쪽 담벽에 웅크리고 앉았다. 해바라기를 했다.

그런 사람을 누가 거들떠보기라고 할까? 해질 무렵까지 그렇게 앉아 있어도 아무도 눈길을 주지 않았는데, 외출을 했다가 돌아오시던 신부님이 발견을 하고 따뜻이 맞아주었다. 밥도 지어 먹이고 잠시 돌보아주었다. 그 날 이후, 약현성당을 찾는 사람은 하나, 둘 늘기 시작했다. 그리고 서울역과 지하도를 떠도는 부랑인들 사이에서는 약현성당이 끼니를 해결할 수 있는 곳으로 알려졌다. 성당의 신도들은 처음에는 신부님의 뜻에 따라 부랑인들에게 밥이며 옷가지 등을 나누어주었지만, 식사시간만 되면 이젠 줄을 서야 할 정도로 숫자가 늘어나자 신부님에게 부랑인들을 돌보는 것을 그만하도록 간청하기도 했다. 하지만 신부님은 그럴 때마다 신도들에게 웃어 보이며,

"저들은 우리가 돌보아야 할 우리의 형제요 자매입니다."

하시며 계속 그 일을 묵묵히 했다.

그러던 어느 추운 날 새벽 부랑자 한 사람이 약현성당을 찾았다. 추위를 잠깐이나마 피해보려고 성당을 찾았지만 성당 안 역시 썰렁하기는 바깥과 다를 바 없었다. 그는 너무 추운 나머지, 휴지 등을 모아 성당 한 구석에 쭈그리고 앉아 불을 피웠다. 그러나 잠시 추위만 피하려던 그 불은 커튼에 옮겨 붙어 성당 안을 서서히 태웠고, 건조한 공기와 겨울바람을 타고 걷잡을 수없이 번져가 급기야 성당 전체를 태웠다.

성당에 불이 난 것을 알자, 성당 주위 주민들과 신도들은 성당으로 모여들어 불을 끄려고 사력을 다했지만, 매서운 겨울 바람은 사람들의 노력을 헛수고로 만들었다. 결국 사람들은 활활 타는 불을 지켜볼 수밖에 없었다. 그 사람들 속에는 허름한 옷차림의 부랑인도 멍한 표정으로 쳐다보고 있었다. 사람들은 수군대기 시작했다. 그리고 그 사람을 방화범으로 몰아 동네 파출소로 끌고 갔다.

불이 꺼진 뒤 성당을 찾은 신도들은 저마다 한마디씩 해댔다. 애초부터 거리를 떠도는 부랑자들을 맞아들이는 게 아니었다고, 그리고 그런 사람들에게 괜히 밥을 해먹였다고 하지만 그 때도 신부님은 여느 때처럼 말씀을 하셨다.

"그들을 미워하지 맙시다. 그들을 돌보지 못한 우리의 책임이 큽니다."

그리고 살며시 미소를 지어 보이셨다. 불타고 무너져 내린 성당을 미소를 지으며 지켜보시는 성모님처럼…

이 글은 위의 시를 바탕으로 하여 신부님이 훌륭한 분이라는 것에 중점을 두고 이야기로 만들었다. 이야기가 단순하나 글 쓴 학생의 상상력이 돋보이는 글이다.

[보기 2]

▲ 제시문 : 김수희의 노래 <애모>의 가사를 바탕으로 한 편의 이야기를 만들어 보자.

애 모

그대 가슴에 얼굴을 묻고
오늘은 울고 싶어라
세월의 강 건너
우리 사랑은 눈물 따라 흔들리는데
얼마만큼 나 더 살아야
그대를 잊을 수 있나
한 마디 말이 모자라서
다가설 수 없는 사람아

그대 앞에만 서면 나는 왜 작아지는가
그대 등 뒤에 서면 내 눈은 젖어드는가
사랑 때문에 침묵해야할 나는 당신의 여자
그리고 추억이 있는 한 당신은 나의 남자요

이룰 수 없는 사랑

(학생 글)

1990년 3월의 어느 늦은 밤.

그녀는 내일이면 대학생이 된다는 기쁨과 부모님 곁을 떠나야 한다는 슬픔이 뒤섞여서 마음이 혼란한 상태다. 그녀의 나이는 20세. 이름은 허정연이다. 부모님 슬하에서 외동딸로 귀여움을 독차지해 온 그녀이기에 고집도 세고, 애교도 많으며 밝은 성격을 지녔다. 가정이 그리 부유하지는 않지만 k대학교를 거쳐 그녀의 꿈대로 교수가 되기를 부모님은 바랐고, 또 뒷받침을 충분히 해 주고 있다. 정연이는 k대학교 국문과에 입학했다. 인생을 아주 낭만적으로 살기를 꿈꾸는 환상에 젖은 소녀이기도 했다.

k대학교의 입학식을 마치고 부모님과의 아쉬운 이별을 하자, 그녀의 새로운 생활은 막을 올리게 된다. 정연이가 민우를 만난 것은 5월의 축제가 한창 열기로 달아오를 때였다. 그의 이름은 오민우였고, k대학교 경제학과를 다니고 있었다. 정연이는 유독 그에게서만은 눈을 뗄 수 없다는 느낌을 받았고, 계속해서 그는 정연이의 마음속에 자리 잡아가기 시작했다. 평범한 가정에서 자란 그는 서울 태생이고, 지금은 2학년에 재학 중이다. 정연이가 오민우에 대해서 아는 전부였다. 둘은 캠퍼스에서 자주 부딪혔다. 교양 수업 중에는 같이 듣는 수업도 있었고, 그녀의 하숙집과 그의 집은 방향도 같아 하교 길에 자주 만나게 되었다.

그러던 어느 가을이 절정에 다다를 때에 즈음하여, 정연이는 작은 쪽지를 받게 되었다. 바로 민우로부터 온 것이었다. 도서관 앞에서 만난 두 사람은 자연스럽게 이야기를 하며 캠퍼스를 거닐었다. 마치 오랜 시간동안 서로를 기다려 왔다는 듯이……두 사람은 성격이 잘 어울렸고, 서로가 좋아하고 있었다는 걸 확인할 수 있었다.

12월이면 민우는 군대를 간다. 두 사람 사이는 이것을 이유로 해서인지 더욱 급속하게 발전되어 갔고, 불과 두 달 사이에 사랑이라는 느낌을 갖게 되었다. 캠퍼스 곳곳에서 둘만의 추억을 그려 갔고, 정연이가 생각해 온 낭만적인 사랑이 그대로 실현되어 가는 하루하루였다.

드디어 민우가 군대를 가는 날이었다. 정연이는 기다리겠다는 약속을 하지는 않았지만 두 사람의 침묵 속에서는 그것을 느낄 수가 있었다.

정연이는 혼자가 되었다. 처음에는 감당할 수 없이 힘든 하루하루였으나, 차츰 본래의 생활을 되찾아 갔고, 민우에게 정성어린 색색깔의 편지를 보내는 것이 하루의 행복이었다. 두 사람의 사랑은 편지를 통해 더더욱 깊어 갔다.

정연이는 학교 생활을 열심히 해 가며 교수의 꿈을 키워 나갔다. 그렇게 시간이 흘러 민우의 제대일이 오게 되었다. 정연이는 민우를 마중 나갔고, 눈물을 흘리며 민우의 품에 꼬옥 안겼다. 둘의 사랑은 변하지 않았음을 확인할 수 있었다. 정연이는 민우와 제대로 행복을 되찾았고, 두 사람 사이에는 그 무엇도 끼어들 수 없을 것 같았다.

정연이는 졸업을 앞두고 대학원 진학과 유학 사이에서 갈등을 하게 되었다. 부모님은 유학을 권장하였으나, 정연이는 민우 곁을 떠나고 싶지가 않았다. 정연이와 민우는 한동안 그 문제로 고민을 함께 했다. 결국 정연이의 유학으로 결정하게 되었다. 물론 민우의 설득에 의한 것이다. 정연이는 눈물을 흘리며 민우의 생각에 동의하게 된 것이었다.

정연이가 출국을 하는 날, 민우는 정연이를 보며 웃었다. 그리고

"사랑해. 꼭 너가 계획한 대로 많은 성과를 거두고 돌아와야 해. 늘 내가 있다는 걸 잊지 마."

라는 말로 정연이를 위로했다.

민우는 정연이를 보내고, 한 동안 넋이 나간 듯 했지만, 곧 자신의 생활로 돌아갔다. 정연이는 공부를 하러 갔을 뿐이라는 말을 계속 되뇌면서…… 민우는 정연이를 위해서 더 열심히 공부를 했고, 마음 속 가득히 정연이와의 추억을 안고 지냈다. 캠퍼스 구석구석에 그들만의 추억이 배어 있어, 언제 가서 보더라도 민우의 입가에는 그때를 회상하는 미소가 번졌다. 그렇게 2년의 시간이 흘러 민우도 4학년이 되고 정연이는 1년만 더 있으면 돌아오게 되었다.

그러던 어느 날 민우에게 한 여자가 다가오기 시작했다. 그녀의 이름은 백정란이었고 S그룹 백회장의 딸이었다. 백회장은 k대학 경영학과 출신으로 민우가 가장 존경하

는 경영인이었다. 역시 백회장도 민우를 눈여겨보며, 민우가 사위로 좋을 것 같다는 말을 늘 정란이에게 했었다. 정란이는 아버지의 얘기만을 듣고 민우에게 좋은 감정을 지닌 상태였다. 그런데 정란이가 유학을 마치고 k대학교 음대 4학년에 복학을 하게 되면서, 둘의 만남은 시작되었다. 정란은 민우에게 첫눈에 반해 버렸고 민우도 정란에게서 묘한 감정을 느끼게 되었다. 민우는 그런 자신을 책망하면서 정연이에게 편지를 쓰며 정연에 대한 사랑을 다짐했다.

정연은 유럽의 낭만 속에서 국문학에 깊이 매료되어 있었다. 학문을 하는 기쁨에 젖어 민우에게 소홀해지기도 했지만, 편안한 느낌으로 언제나 정연이의 마음속에 가득 차 있는 소중한 사람이었다. 정연과 민우는 2년 남짓한 시간을 함께 보낸 기억으로 서로를 귀하고 소중한 사람이라고 생각했고, 그것을 사랑이라고 느꼈다. 그러나 떨어져 있는 시간이 길어지면서, 서로는 자유롭게 상대방을 멀리하여도 단지 바빠서라고, 이해를 할 것이라고 생각했다. 그러나 민우는 조금 달랐다. 정란과 친구처럼 지내면서, 차츰 그녀에게 정연과 다른 사랑의 감정을 느끼게 되었다. 민우는 정연에게 사랑한다는 말을 편지에 줄곧 보냈지만, 정연은 단 한 번도 진실로 사랑한다는 사연을 보낸 적은 없었다. 정연은 그곳 생활, 자신이 지은 시나 글을 통해 민우가 편하고 소중하고 좋은 사람이라는 것을 전했지만, 왠지 그것은 오랜 친구 사이에 주고받아야 할 것들처럼 민우에게 와 닿기 시작했다. 정연의 사랑 법은 그랬는지도 모른다. 민우가 절절하게 그립고 사랑한다고 느끼면서도 상대방의 자유를 위해 자신의 안부나 간단한 사연, 그리고 자신의 학문의 성취를 전하는 것으로 대신했는지도……

민우는 정연에 대한 사랑을 지니고 있으면서도, 정연의 마음이 의심스러워졌다. 정연은 자신을 몹시 사랑하는 것이 아니라, 소중한 사람으로 생각할 뿐일지도 모른다는 괴로움에 며칠을 술로 달래기도 했다. 그럴 때마다 정란은 늘 곁에 있어 주었고 민우의 아픔에 같이 눈물을 흘렸다. 정란은

"나는 당신의 이름을 듣던 순간부터 당신과 내가 마주하고 있는 이 시간까지 당신만을 생각하고 사랑했어요."

라는 고백으로 민우를 더욱 혼란에 빠뜨렸다. 민우는 정란과 여전히 친구로 지낼 것을 또 다짐하지만……

세월이 흘러 민우는 졸업을 하고, 정연의 귀국 일이 바로 내일로 다가왔다. 민우는 S그룹에 취직을 하게 되고, 정란과는 깊은 친분으로 지내는 사이로 발전하게 된다. 민

우와 정연은 드디어 공항에서 3년의 긴 헤어짐 동안의 그리움을 나누며 서로를 꼭 껴안았다. 그러나 정연이 정란과 민우가 다정히 지내는 모습조차도 그렇게 신경 쓰지 않는 것을 보고는 민우는 정말 정연에 대해 다시 한 번 생각해 보게 된다. 정연은 다시 S대학교 대학원에 진학하고 연구에 몰두하게 된다. 정연이 귀국한 지 3년의 세월이 흐르는 동안 민우와 정연 사이에는 늘 똑같은 거리를 유지할 뿐 더 이상의 진전이 보이지 않았다. 그저 오랜 친구처럼 주위에서도 생각할 뿐 10년 사귐의 연인이라 하기에는 서로가 너무 멀어 보였다. 그러나 정란과는 사정이 달랐다. 백 회장과의 잦은 만남으로 민우는 자연히 정란과 가까이 지내는 시간이 많아졌고, 정란은 늘 새로운 느낌으로 민우의 가슴을 설레게 했다. 민우는 이제 결혼을 해야 한다. 그러나 정연은 2년의 시간을 더 가져야 결혼에 대한 여유가 생길 것 같다고 입버릇처럼 말해 왔고, 그 상대가 민우라고는 얘기한 적이 없었다. 민우는 정란에게서 결혼하자는 제의를 받았고 민우도 왠지 안정하고 싶은 욕구가 강하게 느껴지고 있었다. 민우는 일주일 동안의 휴가를 받아 여행을 떠나기로 결심한다. 이유는 자신의 마음을 결정하기 위해서였다.

민우가 돌아오자 그의 집에는 편지들이 가득했다. 모두가 정란의 것이었고, 정연의 편지는 단 한 통이었다. 역시 학문에 관한 이야기, 사람들과의 만남 등에 관해서였다. 민우도 이미 결정을 내린 상태였다. 상대는 바로 백정란이었다. 정연과의 사랑이 오래되었지만, 너무 어린 나이에 서로를 그저 좋아서 사랑이라고 했을 뿐, 정란에게는 그와는 다른 느낌으로 지속되어 오고 있다는 판단 때문이었다.

민우는 정란에게 이 사실을 모두 고백했고, S그룹의 후계자라는 이름을 달고 결혼을 준비하기 시작했다. 민우는 정연을 만나 사실을 모두 얘기하고 좋은 친구로 지내자는 말을 남겼다. 원래 고집이 센 정연은 단지 웃으며,

"그래, 행복하기를 바랄 뿐이야."

라는 말을 했다. 민우는 정연에게서 진실로 듣고 싶은 말이 있었다. 그것은

'너를 사랑했고 지금도 사랑한다.'

고 하는 한 마디였는데…… 민우는 자신의 결정이 옳았음을 느끼고 마음이 아픔을 참으며 정연과의 사랑을 정리해 나갔다. 이것이 그들의 마지막 만남이었다.

8년의 세월이 흐른 지금 민우는 S그룹의 부사장이 되었고, 정연은 민우에 대한 사랑을 담은 글을 쓰고 있다. 그랬다. 정연은 민우의 빈자리를 통해 그녀 자신이 얼마나

민우를 사랑했는지를 느꼈고, 그에게 '사랑한다'는 말을 할 용기가 나지 않았음을 책망했다. 그녀는 그의 발전된 모습을 보며 도저히 다가갈 수 없는 곳에 있다고 느꼈고 그를 볼 때마다 자신의 초라함을 느끼며 눈물 흘린다. 정연은 지방 대학 교수이고, 작가이지만 자신의 꿈보다 '사랑한다'는 말을 진실로 할 수 있기 위한 시간이 더 소중하다는 것을 글을 통해 표현하고 있다. 그에게 그 말 한 마디 해 준 적이 없지만 그는 분명 자신의 남자이고, 그녀는 그의 여자임을 글을 통해 모든 사람들에게 말하고 있다. 그렇지만 사랑을 이루기엔 늦어 버린 것이 분명하고 그는 떠난 사람임에 분명하다. 나는 두 사람의 사랑을 보면서 많은 것을 느꼈다. 사랑은 용기와 진실 됨으로 늘 표현하며 서로를 구속하진 않아도 확신을 주어야 한다는 것을…… 사랑하는 사람들에게 말해 주고 싶다. 곁에 있는 소중하고 사랑스런 사람에게 꼭 말해 주기를 "나는 당신을 사랑합니다. 진실로."

이 학생은 상상력이 풍부하고 문장력이 있다. 시간의 흐름에 따라 진행되는 긴 이야기를 잘 이끌어가고 있다. 그러나 몇 가지 잘못된 점이 있다. 우선 제목이 '이룰 수 없는 사랑'이라고 한 것이다. 이 글에 나오는 이야기는 이룰 수 없는 사랑이 아니다. 정연에게 뜨거운 마음이 없었기 때문에, 사랑이 결실을 맺지 못한 것이지, 어느 누구의 잘못도 아니기 때문이다. 다음으로 이 글은 '애모'의 가사 내용과는 전혀 다른 이야기이다. '애모'에 나오는 '그대'는 범접하기 힘든 어떤 존재를 상징적으로 표현하고 있는 것이다. 민우는 정연에게, 또는 정연에게 민우는 그런 존재가 아니다. 그저 보통 사람들보다는 학식이 더 높고 경제적으로 부유한 사람일 뿐이다. 그러므로 가사의 내용과는 다른 이야기를 글로 만든 것이다. 바탕글을 자료로 하여 상상할 때는 우선 바탕글에 대한 이해가 이루어져야 하고, 바탕글의 주제를 떠나서는 안 된다.

▌다음 주어진 시를 바탕으로 한 편의 이야기를 만들어 보시오.

겨울강가에서

안도현

어린 눈발들이, 다른데도 아니고

강물 속으로 뛰어내리는 것이

그리하여 형체도 없이 녹아내리는 것이

강은,

안타까웠던 것이다

그래서 눈발이 물위에 닿기 전에

몸을 바꿔 흐르려고

이리자리 자꾸 뒤척였는데

그때마다 세찬 강물소리가 났던 것이다

그런 줄도 모르고

계속 철없이 철없이 눈은 내려,

강은,

어젯밤부터

눈을 제 몸으로 받으려고

강의 가장자리부터 살얼음을 깔기 시작한 것이었다

9. 자유로운 주제로 글쓰기

자유로운 주제로 글쓰기는 이제까지 연습한 글쓰기를 바탕으로 쓰고 싶은 글을 써 보는 것이다. 일반적으로 말하는 수필에 해당된다. 잘 알려진 바와 같이 수필은 특별한 형식이 없다. 자유롭게 쓰면 된다. 그렇지만 수필도 자기가 경험을 일을 바탕으로 글감을 택하여 주제를 정하고, 개요를 작성하여 글을 쓰는 것이 효과적이다.

| 보기 글 1 |

비

(학생 글)

사실 나는 비가 오는 날을 별로 좋아하지 않는다. 영화나 소설 속에서처럼 낭만적인 추억도 없을 뿐더러, 왠지 모르게 몸이 피곤하고 나른해진다. 오늘처럼 장마가 시작된 것은 나에게 있어 무엇에도 비할 수 없는 스트레스다. 하지만 이런 것들을 언제까지나 징크스로 가지고 살 수 없다. 이제는 비가 오는 날에도 떠올릴 수 있을 만한 작은 추억을 하나, 둘 만들어 가면서 극복해야 할 것 같다. 예전부터 비가 오는 날에 이렇게 하면 좋을 것 같다는 생각을 한 적이 있다.

지금은 학교가 집에서 멀어 혼자 자취를 하며 지내지만, 고등학교 때까지만 해도 어머니가 해주시는 밥을 먹으며 학교를 다녔다. 평일에는 우리나라 모든 학생들이 그렇듯 아침부터 바쁘게 챙겨 학교에 갔다가 저녁 늦게 집에 돌아왔다. 그렇게 평일을 정신없이 보내다 보면 주말이 몹시 그리울 때가 많다. 그렇게 주말이 되면 방안에 누워 텔레비전을 보다가 낮잠을 자는 재미는 이루 말로 표현 할 수 없이 행복하다. 마땅히 하는 것은 없지만, 일주일 동안 쌓였던 피로를 한가로이 보내면서 풀 수 있다는 것은 더 없는 축복이다. 그러다 비라도 오는 날이면 어머니께서는 종종 부침개를 부쳐 주시곤 하셨는데, 비오는 날 방안에서 텔레비전을 보며 먹는 부침개 맛은 천하일품이다. 아마 그 맛은 한가로이 시간을 보내며 먹는 것이 제 맛일 것이다.

창밖으로 내리는 비를 보며 음악을 듣는 것도 또한 분위기 잡기 좋은 일이다. 예전

흘러간 올드 팝송이나 가요를 들으면서 따뜻한 커피나 녹차 한잔을 마시면 온몸이 따뜻해지면서 잠시 힘든 일상을 잊고, 조금은 일탈을 꿈꾸는 시간을 가질 수 있을지도 모른다. 요즘처럼 날씨가 무더울 때는 따뜻한 커피보단 차가운 얼음이 몇 조각 들어간 아이스커피도 좋을 것 같다. 시원하게 넘어가는 커피를 천천히 음미하며 마신다면 더 맛있게 느껴 질 것이다.

비가 적당히 내리는 오후, 우산 하나에 몸을 맡긴 채 길게 뻗어 있는 가로수 길을 걷는 것은 마치 자기 자신이 시인이나 영화배우가 된 듯한 그런 기분이 들게 할지도 모르겠다. 천천히 가로수 밑을 지나가면, 우산 위로 떨어지는 빗방울 소리가 노래를 연주해 주는 듯 즐겁게 들릴 것이다. 그리고 나도 한걸음, 한걸음 천천히 발을 내딛으며 박자에 몸을 맞춰 걸을 수 있을지도 모른다.

이런 생각들을 해 보면 비가 내리는 것도 그렇게 나쁠 것 같지 않다. 그리고 위에써 놓은 글을 천천히 다시 읽어 보며 한번 생각해 보았다. 할 것이 있든 없든 내 마음은 항상 바쁘고 무엇에게 쫓기는 듯한 마음으로 살아왔는데, 이런 나에게 비는 빠르게 진행되는 것을 막는 장애물로만 여겨져 싫었었나 보다 하고 말이다. 사실은 길가의 웅덩이에 고인 물이 장애물이 아니라 내 마음속의 조급함이 스스로에게 장애물을 가지게 한 셈이다. 이렇게 나는 바보처럼 스스로를 혹사 시키며 살아왔나보다. 살면서 조금만 여유를 가지고 살았더라면 항상 웃을 수 있는 사람이 되었을 것인데 말이다. 이제는 가물었던 봄날에 내리는 봄비가 농부의 마음에는 오아시스처럼 반갑듯, 조금은 삶의 여유를 가지고 비를 바라 볼 수 있을 것 같다. 이제 나에게 있어 비는 더 이상 장애물이 아니라, 청량 음료수처럼 삶의 여유를 찾게 해주는 그런 선물일 것이다.

이 글은 비오는 날 사물을 여유롭게 대할 수 있는 마음을 적었다. 그런데 이런 글은 알맹이가 없는 글이다. 비 내리는 풍경을 보며 커피를 마시고 음악을 듣는 것, 그리고 비를 맞으며 거리를 걷는 것을 멋스럽게 생각하고 있는데, 이런 유형의 글은 좋은 글로 평가 받기 어렵다. 진솔한 삶의 이야기가 드러나는 글을 써야 한다. 그래야 독자들에게 공감을 줄 수 있다.

가을을 보내며

(학생 글)

　어느새 점점 찬바람이 불기 시작하고 가을도 점점 떠나가고 있는 것 같다. 그리고 어느덧 나의 1학년 대학생활도 이제 겨우 한 달 남짓 남았다. 그동안 내가 이루어 놓은 것들은 무엇이 있는지 되돌아보면서 바람에 흩날리는 낙엽위에, 이 학교에 처음 온 그 순간부터 지금까지의 기억들을 하나씩 하나씩 그려본다.

　오리엔테이션 날. 처음 와 본 경상대학교의 넓은 캠퍼스를 거닐면서 '나도 이제 드디어 대학생이구나. 이곳에서 나의 꿈을 하나둘씩 이뤄나가야겠다.'라는 다짐을 했던 생각이 난다. 대학생이 되면 해보고 싶은 것들이 참 많았다. 예쁜 여자 친구를 만들어서 대학가의 맛있는 음식점들을 한번씩 다 가보는 여유를 즐겨볼까. 혹은 멋진 곳으로 배낭여행을 한번 떠나볼까... 그동안 무척 하고 싶었지만 해보지 못했던 일들을 모두 꼭 해 보리라 마음먹으며 무척 설레어하던 나의 모습이 떠오른다. 하지만 그 중 어느 것 하나 제대로 해보지 못했다는 생각에 내 마음은 이내 아쉬움으로 젖어든다.

　1학기 동안은 대학생활에 적응을 하는 기간이었다. 수업첫날에는 강의실을 찾기 위해 넓디넓은 학교 안을 이리저리 오가며 무척 헤매었다. 그땐 캠퍼스의 곳곳이 잘 파악이 잘 되지 않아서 정말 당황스럽고 난감했었는데, 지금 생각해보면 바보 같았던 나의 모습에 그저 입가에 미소가 지어질 뿐이다. 곳곳에 캠퍼스 지도가 배치되어 있으면 좋겠다는 생각을 하면서 그렇게 조금씩 대학 생활에 적응해 나갔다.

　고등학교 때와는 다른 수업방식과 억압적인 환경에서 벗어나 모든 일을 나 자신이 자율적으로 해야 한다는 것이 무척 새로웠고, 그리고 그만큼 책임감이 주어지는 것 또한 느낄 수 있었다. 무엇보다도 시간 활용의 중요성을 깨닫게 해 준 것은 수업시간들 사이사이의 비는 시간이었다. 이른 아침부터 학교에 나가서 하루 종일 연달아 공부를 하는 중·고등학교 때의 수업방식에 익숙해있던 우리들에게, 비는 시간은 어쩌면 폐인으로 향하는 탈출구였다고나 할까. 존경하는 교수님들의 어렵고 지루한 수업 뒤에 항상 어김없이 찾아오는 비는 시간은 확실히 우리들에게 자유를 만끽할 수 있는 탈출구가 되어 주었으나 그때마다 우리가 향하는 곳은 늘 PC방이었고, 그곳에서 우리는 하나둘씩 컴퓨터 게임 속 폐인이 되어갔다. 그렇게 갈팡질팡하며 시간을 죽인 뒤에 언제나 찾아오는 것은 내 가슴속의 한구석부터 밀려들어오는 허무함과 공허함이었다. 그것을 절실히 느꼈음에도 불구하고 왜 나는 그때 좀 더 유익하게 시간을 보내려고 하지 않았는지…

학기 초에는 여러 가지 과행사가 많았는데 개강총회다 대면식이다 해서 술을 마시게 되는 기회가 무척 많았다. 아직 같은 학과 친구들과도 서로 잘 모르던 터라 새로운 사람들과 친해질 수 있는 좋은 기회라고 생각하면서 적극적으로 참여했다. 확실히 술이란 것은 처음 보는 얼굴들 앞에서 나 자신을 좀 더 자신 있게 어필할 수 있는 좋은 도구였다. 술이란 놈의 그 매력적인 힘의 효과를 톡톡히 보았고, 과 친구들도 여럿 사귀게 되어 매우 만족스러웠다.

중간고사를 마친 뒤 시작한 체육대회는 대학문화의 또 다른 맛을 느낄 수 있었던 행사였다. 햇살이 따갑게 내리쬐는 운동장에서 하루 종일 있어야 했기 때문에 살갗이 새카맣게 타들어가는 고통이 따랐지만 선배와 후배들이 모두 옹기종기 모여앉아 과 전체가 하나 됨을 느낄 수 있는 즐겁고 유쾌한 시간이었다. 각 학과끼리의 응원전 또한 아주 볼만한 풍경이었다. 특히 우리 학과의 선수들이 선전하고 있을 때의 환호성과 그 통쾌함이란 이루 말할 수 없을 것이다. 그런 한편 각 학과끼리의 경쟁이 너무 치열하다보니 경기 도중 서로 다툼이 일어나기도 하였는데, 별것 아닌 것에 서로 입에 담지 못할 심한 욕을 해대는 모습에 모두들 안타까움을 금치 못했다.

체육대회를 비롯한 모든 학과행사 일정과 기말고사가 끝난 즉시 여름방학에 들어갔다. 두 달가량의 방학 동안을 아버지 직장 일을 도우면서 보낸 뒤에, 다시 2학기가 찾아왔을 때 그동안 보지 못했던 친구들의 얼굴이 무척 반갑게 느껴지는 것은 방학이 정말 길고 지루했음을 깨닫게 해주었다. 2학기 중간고사를 무사히 치르고 난 나는 점점 떠나가고 있는 가을을 조금이라도 더 붙잡고 싶은 마음에 또 다시 노랗게, 빨갛게 물든 낙엽들을 바라보며 캠퍼스 정원을 거닐었다. 가을은 열매 맺고 결실하는 계절이라고 하는데 지나간 학기 동안 나는 결실을 맺을 수 있을 만큼 알찬시간을 보냈던가. 아니면 그저 떨어지는 낙엽에 머무르고 말았을까? 낙엽을 보며 생각을 해본다.

위 글은 가을이 되어 대학 생활 1년을 되돌아보며 쓴 것이다. 학기 초에 낯설고 당황했던 일과 대학생활에 익숙해지면서 있었던 일들을 적었다. 이렇게 자신이 겪었던 일을 바탕으로 자기의 생활을 반성하고 그것을 글로 적어 보는 것은 글쓰기의 좋은 모습이라 하겠다.

|보기 글 3|

사진

(학생 글)

불을 끄고 자리에 누우면, 바로 앞에 보이는 벽이 허전하다는 걸 느낀다. 강아지 모양의 휴지걸이가 하나, 그리고 긴 커튼을 드리워야 할 만큼 커다란 창문, 그것이 내 눈에 보이는 전부다. 어느 수필가는 시선 머무는 곳에 달력에서 오려낸 밀레의 '이삭 줍기'라는 사진을 붙여 놓고 잠자리에 들 때면 그것을 보며, 하루를 반성했다고 한다. 그림 속의 세 여인이 엄숙하고 알뜰한 모습으로 허리 굽혀 이삭을 줍는 모습이 볼 때마다 감동을 던져준다고 했다. 정말 그 수필가처럼, 나도 오늘은 유달리 벽에 사진 하나는 붙여 두고 싶은 욕심이 크게 일어난다.

아버지께서도 안방의 벽 높은 곳에 못을 치고는 사진틀을 걸어두길 좋아하셨다. 빛바랜 사진틀 속에 또 그만큼 누렇게 보이는 할머니의 사진을 담아두시고 자주 걸레질을 하셨다. 할머니 사진 옆에는 할아버지 사진, 증조 할아버지 사진까지 걸려 있었다. 방을 옮긴다든지, 이사를 가게 된다든지 하면, 아버지께서는 안방 벽에 사진 걸어둘 못을 박는 일부터 시작하셨다. 그리고 할머니 사진부터 시작하여 서너 개 정도의 액자가 줄줄이 걸린다. 항상 그런 일이 반복되었다.

그러다가 내가 아마 초등학교 5학년이 되었을 때인 것 같다. 아버지의 사업이, 친구 분의 잘못으로 인해 완전히 풍비박산이 나 버린 일이 생겼다. 집안 형편이 갑자기 어려워지자 부모님은 여러 방도를 궁리하시던 끝에, 집을 팔고 전셋집으로 옮겨 가기에 이르렀다. 난 어렸기 때문에 이삿짐을 옮길 때까지, 전셋집이 우리 식구들에게 던져주는 서글픔은 전혀 느끼지 못했다. 그런데 아버지께서 으레 하시던 못 박는 작업을 하지 않으시는 게 아닌가. 너무 이상해서 아버지께 여쭈어 보았더니, 아버지께선 낮은 목소리로

"여긴 우리 집이 아니기 땜에, 함부로 못질하면 안 된단다."

라고 대답하셨다. 정말로 그 말씀은 충격이었다. 사진을 걸지 않은 벽이 보기 싫었고, 아버지의 어깨가 왠지 그 날 따라 더욱 힘없이 보였다. 남의 집과 우리 집의 차이

를, 나는 할머니 사진을 걸고 못 걸고의 차이에서 처음 느꼈었다.

그렇게 사진을 걸지 못하는 집에서 2년을 보낸 뒤, 다시 우리는 '우리의 집'으로 이사를 가게 되었다. 아버지께서 그 동안 곱게 쌓아둔 사진들을 조심스레 펴시는 모습을 보고, 괜히 내가 더 기뻤다. 그런데 그때, 서울서 대학을 다니던 언니가 내려왔다. 그 언니는 아버지께서 사진들을 걸어둘 준비를 하시는 걸 보고는, 놀랄만한 말을 했다.

"아버지 요즘 세상에, 촌스럽게 안방에 그토록 오래된 사진을 더덕더덕 붙여 두는 집이 어딨어요. 꼭 시골 골방 같아요. 걸어둔다고 해서 할머니 생각이 나는 건가요 제가 할머니 사진 넣을 만큼 큰 앨범 하나 드릴 게요. 제발 사진 좀 붙이지 마세요."

그 때까지 큰딸의 말을 되도록 잘 들어 주셨는데, 그날 언니의 입에서 나온 말은 아버지께 커다란 충격을 던져 주었나 보다. 아무 말씀도 안 하시고는 밖으로 나가시더니, 저녁 늦게야 들어오셨다. 포도주 한 잔에도 취하시는 아버지께서 술에 만취된 모습으로 들어오신 것이다. 그리고는 밤새 고함치셨다.

"배웠다는 사람이 그렇게 밖에 말을 하지 못하니?"

부터 시작해서 할머니 사진을 들고

"어머니 죄송합니다."

는 말씀을 몇 번이고 되풀이하셨다.

그 다음날부터 우리 집 안방에서 사진을 볼 수가 없게 되었다. 큰딸에 대한 실망이 너무 커서인지, 아니면 정말 '요즘 세상'에 맞추기 위해 체념하신 것인지, 아버지께서는 사진이 매달릴 못을 박는 일을 더 이상 계속하지 않으셨다. 그리고 한동안, 텅 빈 벽면만큼이나 아버지의 얼굴이 허전해 보였다. 결국엔 내 집이 아니었던 이유로 2년 동안, 그리고 그날 저녁의 일로 인해 이후 여태까지 할머니 할아버지의 사진은 앨범을 들추어야만 볼 수가 있게 되었다.

이제 나도, 그 때의 언니만큼의 나이가 되었다. 요즘엔 정말 어디를 둘러봐도 우리 집에서 사진을 걸어둔 벽은 보이질 않는다. 요즘에 들어서야, 난 아버지께서 안방의 높은 곳에 사진을 걸어둔 이유를 알 것 같다. 오늘 저녁의 나처럼, 누워서 바라보는 벽에 할머니 사진을 걸어두시고, 아버지께선 어머니의 그 옛날 모습을 떠올리며, 하루를 반성하셨을 것이다. 또 다가올 내일을 계획하며 당신의 어머니 앞에 어떠한 삶을 살겠노라고 다짐하셨을 것이다. 여기까지 생각이 드니, 그때의 언니가 괜히 미워지고,

딸로 도리를 다하지 못한 자신에 대한 부끄러움으로 가슴이 아파 온다. 지금이라도 벌떡 일어나, 아버지께 달려가 할머니 사진이랑 몇 개를 앨범에서 꺼내어 걸어두라고 조르고 싶다. 아버지의 거친 손에 못을 박을 망치를 쥐어 드리고 싶다.

위의 글은 사진을 소재로 할머니를 그리워하는 아버지의 마음을 잘 설명하고, 아버지의 마음을 이해하지 못한 자신의 잘못을 반성하고 있다. 이렇게 어떤 일을 겪고 자기의 느낀 바를 진솔하게 잘 드러내면 좋은 글이 된다.

10. 시험을 위한 글쓰기

1) 논술시험

대학 입시를 비롯한 각종 시험에서 논술시험이 중요한 비중을 차지하고 있다. 논술은 객관식 문제로 평가할 수 없는 수험생들의 종합적인 사고력을 측정할 수 있기 때문이다. 논술시험을 위한 글쓰기는 주어진 문제에 대해 비판적으로 분석하고 생각하여 자신의 견해를 논리적으로 서술하면 된다. 대입 논술시험의 출제와 채점에 참여한 교수들은 한결같이 **"정답 쓰려 하지 말고 네 생각을 써라."**고 한다. 주어진 주제에 대해 자신만의 생각을 독창적으로, 명료하게 표현해내느냐가 논술시험에서 핵심이라고 하겠다.

다음은 논술시험을 대비하여 학생들이 쓴 글이다.

〈문제 1〉

인생을 살아가면서 개인의 활동이나 믿음이 사회권력이나 사회제도에 의해 제약받는 경우가 있다. 다음 글은 진리에 대한 개인의 탐구와 믿음이 그 같은 제약에 부딪힌 경우를 잘 보여주고 있다. 여기서 갈릴레오가 취한 태도에 대한 자신의 견해를 논술하라.

• 유의사항
 ① 적절한 제목을 붙일 것.
 ② 1,600자 정도의 길이로 쓸 것.
 ③ 구체적인 사례를 들어 쓸 것.

갈릴레오가 여러 가지 발견을 공표했을 때 그것은 지구가 운동함을 분명하게 입증해 주는 것이었다. 그러나 지구가 움직인다는 이론이 추기경 회의에서 이단으로 선고되면서 이 이론의 가장 유명한 변론자였던 갈릴레오는 종교재판에서 중형(重刑)을 받는 것을 면하기 위해 어쩔 수 없이 이를 철회하고 말았다. 그러나 영혼이 살아 있는 사람에게는 진리에 대한 열정이야말로 가장 강렬한 열정 중의 하나이고, 갈릴레오도 그런 사람 중의 하나였다. 관찰을 통해 지동설을 확신하게 된 갈릴레오는 결국 이를 증명하기 위한 여러 작업을 계속하였다. 그 때문에 70세의 고령에 이른 그는 다시 종교재판에 소환되고, 마침내 감옥에 갇히게 된다. 이때 그는 재범자로서 이단자에게 가해지는 형벌의 위험 속에서 다시금 자기 소견을 철회하도록 요구받았다.

결국 그는 다음과 같은 각서에 서명하고 말았다. "나 갈릴레오는 나이 70세에 몸소 법정에 출두하여 무릎을 꿇고 손을 든 성서를 바라보면서 단정한 마음과 진실한 신앙으로써 지동설의 부당함과 허위와 이단성을 저주하고 또 파기함을 이에 서약합니다." 한평생을 자연 탐구에 바친 것으로 널리 알려진 노(老)학자가 자기의 양심에 따라 확신에 넘치는 힘으로 입증했던 진리를 포기하고 무릎을 꿇은 채 그것의 파기를 선언하는 모습은 과연 어떤 광경이었을까? 그럼에도 불구하고 종교재판은 그에게 종신형을 선고하였다. 그로부터 1년 뒤 그는 피렌체 대공(大公)의 주선으로 자유의 몸이 되었다.

개인과 사회

(학생 글)

살다보면 개인의 활동이나 믿음이 사회권력이나 사회제도에 의해 제약받는 경우가 종종 있다. '개인은 그리해서는 안된다'라거나 '그렇게 해야 한다'는 자신의 믿음을 행동으로 옮기고 말하려 하지만, 그것을 반대하는 사회 중심부의 권력을 가진 이로부터 그것은 제약받기 십상이다. 그래서 위의 <예시문>에서 설명하고 있는 갈릴레오처럼, 개인은 사회에 의해 자신의 믿음을 철회하거나 숨겨야 하는 경우가 발생하는 것이다.

필자는 밤을 새면서 술자리를 참석하는 것을 싫어한다. 아니 싫어하는 것을 떠나서 그리해서는 안된다고 생각한다. 특히 그 술자리라는 것이 개인의 의지로 참석하는 경우가 아니라 의무적으로 참석해야 하는 자리일 경우 그 개인에게 밤을 새면서, 개인의 의지로 보내는 시간이 아닌 시간을 낭비하면서까지 남게 하는 것은 매우 잘못되었다고 생각한다. 그러나 대학교에 진학해 지금에 이르기까지 나의 믿음대로 생활하는 것에는 큰 무리가 있었다. 현재 내가 소속한 학과가 하나의 사회라면, 선배라는 사회 권력들이 힘 없는 개인(필자)에게 개인의 믿음을 파괴시키고 그들의 논리를 주장하였기 때문이다. (가)학기 초에 술을 잘 안 마시며 술자리에 참석해서도 12시 이전에 자리를 뜨려하면 그들이 가진 생각을 그들의 권력으로 개인에게 강요했다. 개인(필자)에게 강압적인 태도를 취하며 그들의 뜻에 따를 것을 매우 여러 번 다양한 방법으로 집요하게 강요했고 필자는 그에 따를 수밖에 없었다. (나)그것은 매우 격렬한 권력을 가진 이에 대한 분노를 가져왔으나 표출할 수는 없었다. 그리고 동시에 굴복할 수밖에 없었던 자신에 대한 자학으로 이어졌다. 내 견해에 비춰보았을 때 쓸모없는 곳에 권력을 남발하는 선배들에 대한 경멸과 분노, 그리고 그에 따를 수밖에 없었던 스스로의 나약한 정신에 대한 자책이 마음속 깊이 남게 되었다.

갈릴레오는 자신이 일생 동안 탐구한 것에 대한 자신의 태도를 종교라는 거대한 사회권력 앞에서 바꿀 수밖에 없었다. 후세에 그의 이러한 모습은 살아남기 위해 말을 바꾼 변절자처럼 비춰지기도 하였다. 그 당시 갈릴레오 그는 무슨 생각을 했을까? 그는 목숨과 한 평생을 바친 자신의 탐구 결과를 맞바꿔야만 할 상황에 직면해었다. 그리고 비록 실패하긴 했지만 그는 자신의 목숨을 더 소중하다고 여겨, 자신의 탐구 결과를 부정했다. (다)그의 머릿속에서 벌어진 일일테니 증명할 수는 없어도 그가 어떠한 선택을 할지를 두고서 엄청난 고뇌를 했음은 분명한 일이다. 그는 자신의 믿음을 뒤엎는 선언을 하고 엄청난 굴욕감과 자책감에 휩싸였을 거라는 생각을 해본다.

필자가 예로 든 상황은 갈릴레오의 상황과 비교해봤을 때 더 심각한 상황이라고는 말할 수 없다. 그러나 그것은 크고 작음을 떠나서 매우 세세한 작은 부분에서도 개인의 활동이나 믿음이 사회권력이나 사회제도에 의해 제약받는 경우가 많음을 보이는 데는 부족함이 없다고 본다. 비록 작은 부분에서의 개인의 믿음이 꺾이는 일이지만 분명히 많이 일어나고 있고, 그것에 대해 일일이 지적하며 나쁘다고 말하는 이는 없다. (라)갈릴레오의 경우 매우 큰 진실에 대하여 일어난 상황이지만 그 역시 '매우 큰 진실'이라는 점이 걸릴지 몰라도 어떻게 그러한 선택에 관여하지 다른 이들이 나쁘다고 말할 성질의 것은 아니라고 생각한다. 그것은 다른 식으로 갈릴레오가 자신의 믿음을 부정하지 않는 쪽으로 선택할 수도 있었겠지만, 그렇지 않았다고 해서 잘못된 것은 아닌 것이다. 갈릴레오가 취한 태도는 충분히 용납될 수 있고 어떠한 다른 특정 개인이나 집단이 용납하지 않더라도 크게 문제될 것이 없다고 생각한다.

위의 글은 자신의 경험을 바탕으로 집단의 힘에 개인이 희생당하는 이야기를 서술하고 있다. 술자리에 참석하기가 싫지만 억지로 참석해야 하는 괴로움을 갈릴레오의 경우와 비교해서 설명하고 있는데, 술자리에 강제로 참석하지 않을 경우에 당하는 불이익이나 억지로 참석하게 하는 과정 등이 구체적으로 설명되었으면 좋겠다.

그리고 위의 밑줄 친 문장들은 다음과 같이 수정하는 것이 좋겠다.

(가) 학기 초에 술을 잘 안 마시며 술자리에 참석해서도 12시 이전에 자리를 뜨려 하면 그들이 가진 생각을 그들의 권력으로 개인에게 강요했다.

→ 학기 초에 술을 잘 마시지 못하여 술자리에 참석하는 것을 꺼려하였고, 술자리에 참석해서도 12시 이전에 일어나려고 하면 선배들은 술자리의 흥이 깨어진다며 남아 있으라고 강요했다.

(나) 그것은 매우 격렬한 권력을 가진 이에 대한 분노를 가져왔으나 표출할 수는 없었다.

→ 그것은 권력을 가진 이에 대한 매우 격렬한 분노를 가져왔으나 표출할 수는 없었다.

(다) 그의 머릿속에서 벌어진 일일테니 증명할 수는 없어도 그가 어떠한 선택을 할지를 두고서 엄청난 고뇌를 했음은 분명한 일이다.

→ 그가 어떤 선택을 할 것인가를 두고 엄청난 고민을 했을 것이다.

> (라) 갈릴레오의 경우 매우 큰 진실에 대하여 일어난 상황이지만 그 역시 '매우 큰
> 진실'이라는 점이 걸릴지 몰라도 어떻게 그러한 선택에 관여하지 다른 이들
> 이 나쁘다고 말할 성질의 것은 아니라고 생각한다.
>
> → 갈릴레오의 경우 매우 큰 진실에 대한 문제였지만, 그가 그런 선택을 한 것에
> 대해서는 다른 사람들이 나쁘게 말할 것이 아니라고 생각한다.

| 논제에 따른 논술문 2 |

(학생 글)

사회는 사회를 구성하는 개개인에 의해 만들어졌다. 즉 각자의 인생에서 행복을 찾기 위해서는 혼자보다는 여럿이 함께 사는 것을 택했고 그 결과 사회를 형성하게 된 것이다. 그러나 함께 살아가는 과정 속에서 서로의 권리를 보호하기 위해서 법과 제도, 종교 등을 만듦으로써 처음 사회를 결성했던 목적에 반하는 문제점이 생겨났다. 그로 인해 사람들은 살아가면서 자신의 행복과 사회의 제도 사이에서 고민하게 되는 경우가 종종 생겨났다. 그 대표적인 예를 들자면 사드 후작에 대한 예를 들 수 있다.

사드는 프랑스 중세의 후작 신분의 남자로써 남들과는 다른 취향을 갖고 있었다. 그 취향이란 좀 변태적인 성관념인데, 그 당시 프랑스는 카톨릭교회가 프랑스 문화를 전부 장악하고 있었다. 이러한 시기에서 사드 후작의 생각은 비도덕적이며 종교에 반하는 것이었다. 하지만 사드후작은 그 선택의 갈림길에서 과감히 자신이 좋아하는 분야에 매진했으며 그로 인해 감옥 신세를 지기도 했다. 하지만 사드는 절망적인 상황에도 불구하고 자신의 하녀를 시켜 감옥에서 쓴 수백 권의 저서를 유통시켜 자신의 사상과 생각들을 프랑스 전역에 퍼뜨렸다. 자신의 선택을 굽히지 않았던 것이다.

이와 반대되는 선택을 한 갈릴레이를 살펴보자. 갈릴레이는 과학자로써 천문학을 연구하는 도중 당시 기독교가 주장하던 천동설이 잘못된 이론임을 알게 되었다. 그래서 갈릴레이는 이를 증명하기 위해 여러 작업을 계속하였고 이 때문에 종교재판에 소환되었고, 결국에 감옥에 갇혀 모진 고문과 협박을 받게 되었다. 하지만 갈릴레이는 사드후작과는 반대되는 선택을 하게 된다. 곧, 자신의 소견을 버리고 자신의 지동설을 인정하지 않는다는 각서에 서명하고 만 것이다. 이 각서에 서명함으로써 갈릴레이는 자유의 몸이 될 수 있었다.

두 가지 경우는 사회의 제도와 개인의 믿음 사이에서 서로 다른 선택을 한 경우를 극명히 보여주고 있다. 사드후작의 경우에는 자신의 자유까지 포기하면서까지 신념을 굽히지 않았다. 이를 통해 다른 모든 것에 제약을 받았지만 결국에는 자기가 원하는 어떤 것을 끝까지 해냈었다. 반대로 갈릴레이의 경우 자유를 선택함으로써 자신의 믿음을 저버렸다. 어떻게 보면 한 가지에 대해 목숨 아끼지 않는 사드 후작의 경우가 더 매력적이기도 하다. 하지만 현실의 우리는 그러한 결정을 내리기가 쉽지 않다. (가) 우리가 이러한 상황의 주인공이 된다고 가정해 보자. 내게는 사회가 휘두르는 거대한 칼질을 막을 만한 변변치 않은 방패도 없으며, 나만 바라보고 있는 가정이 있다. 나의 신념이 아무리 중요하더라도 가족만큼 대단하진 않다고 여기는 우리는 소시민이다. 그러므로 우리는 신념과 가족의 미래를 저울질하다 결국엔 현실적인 답안을 찾기 마련이다. 이러한 선택은 갈릴레이의 그것과 일맥상통한다. 갈릴레이는 비록 자신의 신념을 굽히는 약한 모습을 보여주었지만 그 선택은 옳았던 것이다.

위 글은 개인의 신념보다는 가족의 삶이 더 소중하다는 것을 말하고 있다. 가족 때문에 개인의 신념을 포기해야 하고, 또 그렇게 하는 것이 옳다고 말한다. 그런데 그렇게 말하기 위해서는 한국 사회에서 가족의 소중함이 개인의 신념보다 중요하다는 적절한 사례를 들어서 설명할 수 있어야 설득력이 있다. 자기의 주장을 뒷받침할 적절한 근거를 제시해야 설득력을 얻게 된다. 그리고 밑줄 친 부분은 다음과 같이 수정하는 것이 좋겠다.

> (가) 우리가 이러한 상황의 주인공이 된다고 가정해 보자. 내게는 사회가 휘두르는 거대한 칼질을 막을 만한 변변치 않은 방패도 없으며, 나만 바라보고 있는 가정이 있다. 나의 신념이 아무리 중요하더라도 가족만큼 대단하진 않다고 여기는 우리는 소시민이다. 그러므로 우리는 신념과 가족의 미래를 저울질하다 결국엔 현실적인 답안을 찾기 마련이다.
> → 우리가 그런 상황의 주인공이라면 어떻게 해야 할까. 나에게는 사회적 권력이

휘두르는 거대한 힘에 대응할 힘도 없고, 내가 책임져야 할 가족이 있다면 어떻게 해야 할까. 대부분의 경우 자기의 신념이 아무리 중요하더라도 가족을 팽개칠 수 없을 것이다. 자기의 신념보다 가족을 소중하게 여기는 것이 인간적인 선택이기 때문이다.

2) 입사 시험의 논술

입사 시험에서 논술이 차지하는 비중은 중요하다. 일반적으로 논술시험은 1차 시험에 합격한 사람에 한하여 부과된다. 그래서 논술시험의 결과에 따라 합격의 여부가 결정된다고 해도 과언이 아니다. 논술시험은 언론사를 비롯한 공기업과 금융권 등에서 폭넓게 실시되고 있다.

논술 주제는 지원자의 생각을 묻는 평이한 주제보다, 기업이나 지원 분야에 적용할 수 있는 사례들이 출제되는 경우가 많다. 예를 들면, '마케팅 기법의 장단점을 이야기하고 우리 회사에 적합한 유형이 무엇인지 서술하라', 또는 '은행수수료에 관한 부정적 여론과 이를 해결하기 위한 방안' 같은 것들이다. 따라서 해당 기업이 속한 산업이나 업종, 지원 분야와 연관된 지식을 충분히 쌓아두는 게 좋다.

언론사에서는 시사성이 있는 문제나, 언론의 역할 등에 관한 문제가 자주 출제된다.

- '한국인은 경제력에 비해 삶에 대한 만족도가 낮다고 한다. 그 배경과 원인을 진단하고, 경제력과 삶의 질은 어떤 관련이 있는지를 논술하시오.'(경향신문, 2013년)
- '권력과 권위, 상호의존관계인가 상호배척관계인가'(조선일보, 2013년)
- '청년실업문제 원인과 해법을 자유롭게 써라'(동아/채널A, 2012년)

- '사회통합에 대한 책임이 있는 공영방송이 나아가야 할 방향에 대해 논하라'(KBS 아나운서, 2012년)
- '대형마트 영업제한과 관련, 규제의 필요성과 소비자 선택권 침해의 충돌에 대한 입장을 정리 논술하시오'(서울신문, 2012년)
- '산티아고 순례길, 제주도 올레길 등 걷기 열풍이다. 누가 걷고 왜 걷는지, 문화인류학적 배경과 사회경제적 의미를 논하라'(국민일보, 2012년)

논술시험의 당락은 제시된 시간 안에 요구한 분량을 얼마나 논리적으로 쓸 수 있느냐이다. 제한된 시간과 요구하는 분량은 언론사마다 다르지만, 대개 70분∼90분 안에 1,600자 내외의 분량을 요구한다. 주어진 시간에 요구된 분량을 채우지 못하면 좋은 점수를 받기 어렵다. 그렇기 때문에 무엇을 외워서 쓴다는 생각보다는 평소 국내외적으로 문제가 되고 중요한 사안들에 대해 관심을 가지고 깊이 있는 이해가 있어야 한다. 시험에 임해서는 주어진 과제를 잘 분석하고, 무엇을 어떻게 쓸 것인가를 구상하여 자신만의 창의적인 생각을 명료하고 논리적으로 서술하는 것이 핵심이다. 누구나 아는 이야기를 길게 늘어놓아서는 좋은 점수를 받을 수 없다는 것이다. 다음은 언론사 논술시험을 준비하는 사람을 위한 어느 선배 기자의 조언이다. 참고하자.

1) 접속사를 쓰지 마세요.
2) 동어반복, 중언부언은 피하세요.
3) 수식어를 많이 사용하지 마세요.
4) 문장은 짧고 쉽게 쓰세요.
5) 가능한 능동형으로 쓰고, 일본식 표현이나 영어 번역투의 피동형은 삼가세요.
6) 주제가 광범위하다고 두루뭉술하게 개념을 크게 잡는 것은 금물. 작더라도 자신이 아는 것 한도 내에서만 자료와 시사상식을 곁들이세요.

다음은 입사 논술시험 문제와 답안이다. 참고로 읽어 보자.

◇ 대형마트 영업제한과 관련, 규제의 필요성과 소비자 선택권 침해의 충돌에 대한 입장을 정리 논술하시오 (서울신문, 2012년)

대형마트 규제와 위기의 재래시장

(학생 글)

'두 번째, 네 번째 일요일은 정기휴무입니다.' 대형마트 영업제한 정책이 시행된 이후 대형마트에 붙여진 안내 문구다. 2012년 12월부터 실시된 이 정책은 대형마트와 기업형 슈퍼마켓에게 영업 제한을 가함으로써 지역 상인들의 상권을 보호하겠다는 것이 그 취지다. 대형마트 영업제한 정책은 정책 수립 단계부터 잡음이 끊이지 않았는데 시행일로부터 2년이 다 되어가는 지금도 찬반 논쟁이 뜨겁다. 그 배경은 무엇이고 정책에 찬성, 반대하는 이유는 무엇일까?

2000년대 초반부터 대형마트들은 지역단체의 제재가 허술한 틈을 노려 일반 주택가까지 진출, 지역 상권을 위협하기 시작했다. 대책에 나선 정부는 지난 10년 동안 재래시장을 살리기 위해 지원을 해왔지만 오히려 매출은 절반가량 줄어들었다. 지역 상인들이 힘을 합쳐 난관을 타개하려 했지만 성공한 곳은 극히 일부에 지나지 않았다.

이런 상황에서 정부는 대형마트 규제 정책을 내놓았다. 이미 자리 잡은 대형마트를 내보내는 것이 불가능한 상황에서 한 달에 이틀간 영업을 제한함으로써 소비자들의 발걸음을 재래시장으로 돌리겠다는 것이다. 성공적인 사례로는 서울 마포의 망원시장과 월드컵시장이 있다. 두 시장은 대형마트 휴일에 맞춰 할인행사 및 각종 이벤트를 실시하여 가족 단위 고객의 마음을 붙잡는 데 성공했다. 재래시장이 정부의 정책에 적극적으로 호응하는 모습을 보여줌으로써 매출 상승의 효과를 가지고 온 것으로 대형마트 영업제한의 실효성을 어느정도 보여준 것이다.

요즘 이슈화 되고 있는 말 중에 '경제 민주화'가 있다. 정치권과 시민단체를 중심으로 대기업에 쏠린 부의 편중현상을 법으로 완화해야 한다는 주장을 통칭하는 말로 대형마트 규제에 찬성하는 입장의 주된 근거가 되고 있다. 대기업을 등에 업고 있는 대형마트에 대한 직접적인 제재 없이는 중소 자영업자들이 중심인 재래시장은 살아남기 힘들다는 것이다. 기존에 생계가 어려운 가정이 자립할 수 있도록 지원해주던 생산적 복지의 또 다른 개념으로써의 활용으로 보인다.

한편 반대의 입장에 선 사람들은 대형마트 영업 규제는 소비자 선택권 침해라고 말한다. 비영리단체 '컨슈머워치'는 캠페인을 통해 대형마트 영업 규제 반대 운동을 진행하고 있다. 이들은 대형마트 규제는 소비자의 선택을 받지 못한 상인과 기업들이 정치인들을 움직여 소비자의 선택권을 침해하는 것이라고 주장한다. 이것처럼 대형마트 영업제한이 실시되면서 불편을 호소하는 소비자들이 늘고 있다. 대형마트를 찾았다가 휴무인 것을 안 인부 고객들은 뉴스인터뷰를 통해 "대형마트가 영업을 안한다고 해서 재래시장으로 가진 않는다."며 대형마트 규제는 잘못된 정책이라 비난했다. 또 "평소 가는 대형마트가 쉬는 날이면 다른 대형마트를 찾아간다."고 대답하는 사람도 있었다.

실제로 권영선 카이스트 교수의 연구 결과에 따르면 대형마트 의무 휴일이 이뤄지고 있지만 전통시장 매출을 포함한 전문소매점의 매출 증대효과는 일시적이거나 없었던 것으로 파악됐다. 많은 전문가들은 재래시장이 정부의 지원에도 불구하고 살아나지 못하는 이유는 정비 단계부터 제대로 된 계획을 잡고 진행하지 않았기 때문이라고 말한다. 재래시장 매출 감소의 원인 중 하나가 대형마트인 것은 맞지만 현행 정책은 문제해결에 있어 사실상 무의미하다는 것이다.

이처럼 대형마트 영업제한이라는 하나의 주제를 두고 그 주장이 극명하게 갈리고 있다. 하지만 단 한 가지 양측 모두 지금의 재래시장은 대형마트에 비해 경쟁력이 많이 떨어진다는 사실은 서로 동의하는 부분이다. 시대가 변하면서 소비자층도 소비스타일도 변했기 때문에 정과 덤으로 이야기되는 재래시장의 장점이 힘을 잃어가는 게 사실이다. 재래시장의 진정한 소생은 대형마트에 대한 규제만으로 이루어질 수 없다. 재래시장 자체의 발전이 있어야만 가능하다. 이웃나라 일본에서도 재래시장에 지붕을 설치하여 날씨에 상관없이 쇼핑을 즐길 수 있는 환경을 만들고 가게 인테리어를 젊은 소비자층에 맞춘 일명 '아케이드 거리'를 조성함으로써 재래시장을 되살리는데 성공했다. 우리나라 울산에서도 2005년에 재래시장 활성화를 위해 일본의 '아케이드 거리'를 벤치마킹하여 지금은 울산상권의 핵심이 된 이력이 있다. 그러므로 정부는 재래시장 활성화를 위해 계획있는 지원을 아끼지 말아야 한다. 재래시장이 대형마트와 견줄 만한 힘을 갖게 된다면 대형마트에 대한 규제 없이도 상생의 길을 갈 수 있게 될 것이다.

〈부록〉
한글 맞춤법

 문장을 정확하게 쓰기 위해서는 낱말을 정확하게 사용해야 한다. 낱말을 정확하게 쓰기 위해서는 글을 쓸 때 정해진 규정(한글 맞춤법)에 따라 낱말을 표기해야 한다. 낱말의 올바른 사용과 표기의 규정인 '한글 맞춤법'에 대해 알아보자.
 한글 맞춤법의 원리는 총칙 제1장 제1항에 "한글 맞춤법은 표준어를 소리 나는 대로 적되, 어법에 맞도록 함을 원칙으로 한다."라고 규정되어 있다. 즉, 한글 맞춤법은 의미를 파악하기 쉽게 어법에 맞게 적고, 뜻을 파악하는 데 차이가 없을 때는 소리 나는 대로 적는다. 한글 맞춤법은 1933년 ≪한글 맞춤법 통일안≫ 이후 조금씩 수정되어 오다가, 1989년 3월부터 새로운 ≪한글 맞춤법≫으로 제정, 공포되었다. 여기에서는 한글 맞춤법과 띄어쓰기, 표준어 규정, 외래어 표기법 등의 어문 규정들을 틀리기 쉬운 사례 위주로 살펴보기로 한다.

≪한글 맞춤법≫ 제1장 총칙
 제1항 한글 맞춤법은 표준어를 소리 나는 대로 적되, 어법에 맞도록 함을 원칙으로 한다.

총칙은 한글 맞춤법이 세 문제(소리 적기, 형태 적기, 띄어쓰기)를 해결하기 위한 것임을 뜻한다. 세 문제에 대한 기본원리는 '소리대로 적기(소리대로 적되)'와 '형태 밝혀 적기(어법에 맞도록 함)', '뜻 단위로 띄어쓰기(낱말은 띄어 씀)'이다. 아래에서 잘못 쓰기 쉬운 예를 중심으로 이에 관해 알아보기로 한다.

1. 소리에 관한 것(한글 맞춤법 제3장)

가. 'ㄷ' 소리 받침(한글맞춤법 제3장 제1절 제5항, 제4절 제29항)

'ㄷ' 소리로 나는 받침 중에서 원래 'ㄹ' 종성을 가졌던 말이 변해서 'ㄷ'으로 소리 나는 경우는 ①과 같이 'ㄷ'으로 적고, 그 외는 ②와 같이 'ㅅ'으로 적는다.

① 숟가락(술+가락), 사흘날(사흘+날), 이튿날(이틀+날), 섣달(설+달), 잗다랗다(잘+다랗다) 등

② 덧저고리, 돗자리, 웃어른, 무릇, 얼핏, 옛 등

나. 두음법칙(한글맞춤법 제3장 제5절 제10항, 11항, 12항)

두음 법칙은 한자어의 첫머리에서 'ㄴ, ㄹ' 소리가 발음되는 것을 꺼려 다른 소리로 발음되는 현상을 말한다.

① '율 / 률'
모음이나 'ㄴ' 받침 뒤에 이어지는 '률'은 '율'로 적는다. 이는 현실음을 반영한 것이다.

ㄱ. 비율, 규율, 실패율, 선율, 전율, 백분율, 흡연율 등
ㄴ. 법률, 능률, 성공률, 출석률, 합격률 등

② '열 / 렬'

'렬'도 마찬가지로 모음이나 'ㄴ' 받침 뒤에 이어질 때 '율'로 적는다.

ㄱ. 치열, 우열, 계열, 나열, 균열, 분열, 진열 등

ㄴ. 격렬, 열렬, 정렬, 결렬 등

2. 형태에 관한 것(한글 맞춤법 제4장)

글을 보고 뜻을 쉽게 알 수 있게 하기 위해서는 뜻을 드러내는 단위인 낱말의 형태를 드러내어야 한다. 체언과 조사, 용언의 어간과 어미, 어간과 파생 접사의 형태를 밝혀 적는 것은 이들의 형태를 밝혀야 뜻을 잘 알 수 있기 때문이다.

① 오십시오 / *오십시요

ㄱ. 어서 <u>오십시오</u>. / *어서 <u>오십시요</u>.

ㄴ. 어서 와요. / 어서 와.

'-오'는 첨사 형태가 아니라 문장 성립에 필수적인 문말 어미이기 때문에 '-오'가 생략되면 문장이 성립되지 않는다. 반면, '-요'는 상대를 대우하는 기능을 지닌 첨사이다. '-요'가 생략되면 상대 대우 기능이 제대로 이루어지지 않으나 문장을 이루는 데는 문제가 없다.

② 나는 / *날으는

ㄱ. 하늘을 <u>나는</u> 새 / *하늘을 <u>날으는</u> 새

ㄴ. 거친 손/ *거칠은 손

'날다'와 '거칠다'처럼 'ㄹ' 받침을 가진 용언은 'ㄴ, ㅂ, ㅅ'으로 시작되는 어미 앞에서 'ㄹ' 받침이 준다. 그러므로 '나는', '거친'이 바른 표현이다.

③ 불은 / 부은

    ㄱ. 불은 국수 / *<u>부은</u> 국수
    ㄴ. 부은 얼굴 / *<u>불은</u> 얼굴

물에 젖어서 부피가 커지거나 분량이나 수효가 많아지는 것은 '붇다'이고, 몸의 일정 부위가 부풀어 오르는 것은 '붓다'이다. '붇다'는 'ㄱ'에서와 같이 모음으로 시작하는 어미 앞에서 어간의 끝 'ㄷ'이 'ㄹ'로 바뀌고, '붓다'는 'ㄴ'에서와 같이 모음으로 시작하는 어미 앞에서 어간 'ㅅ'이 준다.

④ 잠가 / *잠궈

    ㄱ. 문을 꼭 잠가라. / *문을 꼭 <u>잠궈라</u>.
    ㄴ. 오늘 김치를 담갔다. / *오늘 김치를 <u>담궜다</u>.
    ㄷ. 공책에 써서 제출하십시오 / *공책에 <u>쓰서</u> 제출하십시오

어간의 끝이 'ㅡ'인 용언은 '-어/아'로 시작하는 어미 앞에서 어간의 끝인 'ㅡ'가 줄어진다. 위의 예에서 용언의 기본형이 '잠그다', '담그다', '쓰다' 이므로 '-어/아'로 시작하는 어미 앞에서 어간의 끝 'ㅡ'가 줄어 '잠가라', '담갔다', '써서'로 활용한다.

⑤ 돼요 / *되요

    ㄱ. 담배꽁초를 버리면 안 돼요. / *담배꽁초를 버리면 안 되요.
    ㄴ. 그는 그녀와 사귀어요 / *그는 그녀와 사겨요.
    ㄷ. 네 말을 듣고 생각이 바뀌었어. / *네 말을 듣고 생각이 바꼈어.

'되다'의 어간에 '-어'로 시작하는 어미가 결합하면 '되어'가 되고, 이것이 줄어져 '돼'가 된다. 그러나 '사귀다'의 어간에 '-어'가 결합한 '사귀어'는 '*사겨/

'*사귀'로 줄어질 수 없고, '바뀌다'의 어간에 '-어'가 결합한 '바뀌어'도 '*바껴/ *바꿔'로 줄어질 수 없다.

⑥ -이에요 / *-이예요, -이어요/

　　ㄱ. 이것은 <u>책상이에요</u>. / *이것은 <u>책상이예요</u>. / *이것은 <u>책상예요</u>.
　　ㄴ. 이것은 <u>의자이에요</u>. / *이것은 <u>의자이예요</u>. / 이것은 <u>의자예요</u>.
　　ㄷ. 이것은 <u>책상이어요</u>. / *이것은 <u>책상이여요</u>. / *이것은 <u>책상여요</u>.
　　ㄹ. 이것은 <u>의자이어요</u>. / *이것은 <u>의자이여요</u>. / 이것은 <u>의자여요</u>.

　'책상'과 같이 받침이 있는 체언 다음에는 '-이에요', '-이어요'를 쓰고, '의자' 와 같이 받침이 없는 체언 다음에는 '-이에요', '-이어요'나 그 준말인 '-예요', '-여요'를 쓸 수 있다. 'ㄴ, ㄹ'에서와 같이 받침이 없는 체언 다음에 쓰인 '-이 에요', '-이어요'는 '-예요', '-여요'로 줄여 쓸 수 있지만 'ㄱ', 'ㄷ'에서와 같이 받침이 있는 체언 다음에 쓰인 '-이에요', '-이어요'는 '-예요', '-여요'로 줄여 쓸 수 없다.

3. 사이시옷(한글 맞춤법 제4장 제4절 제30항)

　우리말에서 두 명사가 합쳐져서 만들어진 합성명사의 경우 발음규정에 의해 예사소리(ㄱ, ㄷ, ㅂ, ㅅ, ㅈ)가 된소리(ㄲ, ㄸ, ㅃ, ㅆ, ㅉ)로 발음되는 경우와 받침이 없는 명사 앞에서 'ㅅ'소리가 덧나는 경우가 있는데, 이 경우 'ㅅ'을 표 기해 주는 것을 사이시옷이라 한다.

① 한자어+고유어/고유어+한자어/고유어+고유어 : 사이시옷 적음
　　ㄱ. 뒷말의 첫소리 'ㄱ, ㄷ, ㅂ, ㅅ, ㅈ' 이 된소리로 나는 경우
　　　　예) 등굣길, 만둣국, 바닷가, 성묫길, 나뭇가지, 머릿돌, 장밋빛, 전깃불, 귓밥,

햇수, 자릿세, 빨랫줄, 찻잔 등

ㄴ. 뒷말의 첫소리 'ㄴ, ㅁ' 앞에서 'ㄴ' 소리가 덧나는 경우
예) 아랫니, 제삿날, 콧노래, 콧날, 뒷머리, 냇물, 빗물, 수돗물, 양칫물, 아랫니 등

ㄷ. 뒷말의 첫소리 모음 앞에서 'ㄴㄴ' 소리가 덧나는 경우
예) 베갯잇, 깻잎, 나뭇잎, 뒷일, 예삿일, 가욋일, 사삿일, 훗일 등

② 한자어+한자어 : 사이시옷을 적지 않음

ㄱ. 초점(焦點), 외과(外科), 내과(內科) : 사이시옷을 적지 않음.
ㄴ. 곳간(庫間), 셋방(貰房), 숫자(數字), 찻간(車間), 툇간(退間), 횟수(回數) : 6개의 예외, 사이시옷을 적음.

4. 준말(한글맞춤법 제4장 제5절)

① '다정타'와 '깨끗다'

'하-'의 'ㅏ'가 준 'ㅎ'이 다음 음절의 첫소리와 어울려 거센 소리가 나면 'ㄱ'과 같이 거센소리로 적고, 그렇지 않고 '-하'가 아주 줄 적에는 'ㄴ'과 같이 준 대로 적는다.

ㄱ. 간편하게/간편케, 다정하다/다정타, 연구하도록/연구토록, 흔하다/흔타
ㄴ. 거북하지/거북지, 생각하건대/생각건대, 깨끗하지 않다/깨끗지 않다, 넉넉하지 않다/넉넉지 않다 등

'거북하다' 류(ㄴ)는 '하-' 앞의 말이 'ㄱ, ㅂ, ㅅ'과 같은 무성 자음으로 끝나는 것이란 점에서 앞의 말이 유성 자음으로 끝나는 '간편하다'류(ㄱ)와 다르다.

② '않-'과 '안'

'않-'은 '아니하-'의 준말이고, '안'은 '아니'의 준말이다. 문법 특성으로 말하면, '않-'은 '-지' 다음에 쓰이는 보조 용언의 어간이고 '안(아니)'은 용언의 어간 앞에 쓰는 부사이다. 부사 '아니(안)'은 낱말이므로 띄어 쓴다. 아래 예는 '않-'과 '안(아니)'이 잘못 쓰인 것이다.

ㄱ. 오늘은 회사에 안 간다. / *오늘은 회사에 <u>않간다</u>.
ㄴ. 오늘은 회사에 가지 않는다. / *오늘은 회사에 가지 <u>안는다</u>.

5. 띄어쓰기

띄어쓰기는 ≪한글 맞춤법≫ 총칙 제1장 제2항에 "문장의 각 단어는 띄어 씀을 원칙으로 한다."라고 규정되어 있다. 띄어쓰기의 기본 단위는 단어이며, 명사와 동사와 같은 실사(實辭) 부분은 띄어 쓰고, 조사와 어미와 같은 허사(虛辭) 부분은 붙여 쓴다. 특히, 의존명사 앞에서는 띄어 쓰고, 조사와 특수조사는 붙여 써야 함을 주의해야 한다.

> ≪한글 맞춤법≫
>   제1장 총칙
>   제2항 문장의 각 단어는 띄어 씀을 원칙으로 한다.
>   제5장 띄어쓰기
>   제1절 조사
>   제41항 조사는 그 앞말에 붙여 쓴다.

가. 조사 띄어쓰기(한글맞춤법 제5장 제1절 제41항)

낱말은 띄어 쓰는 것이 원칙이지만 조사는 다른 낱말과 달리 자립성이 없어서 앞말에 붙여 쓴다. 그런데 우리말의 조사에 해당하는 것이 영어에서 자립된 낱말로 쓰인 탓인지, 근간에 조사를 띄어 쓰는 것을 많이 볼 수 있다. 우리말의 조사는 자립성이 없을 뿐 아니라 실질 의미도 없기 때문에 앞말에 붙여 써야 한다. 다음과 같이 조사가 둘 이상 겹칠 때에도 붙여 쓴다.

① 조사는 앞 단어에 붙여 쓰며, 조사가 여러 개 겹칠 경우에도 붙여 쓴다.

   ㄱ. 서술격조사 : 너 때문이다. / 책이다. / 꽃입니다.

   ㄴ. 조사의 겹침 : 춘천에서처럼만 / 강릉까지도 / 집에서만이라도 / 서울에서부터

   ㄷ. 어미 뒤 : 나가면서까지도 / 믿기는커녕

② 의존명사 앞에서는 띄어 쓴다.

   ㄱ. 의존명사 : 것, 나위, 대로, 데, 듯, 따름, 따위, 때문, 리, 바, 분, 뿐, 수, 양, 이, 척, 체, 터

   ㄴ. 의존명사는 용언의 관형사형 뒤에서 나타나는 경우가 많다.

     예) 아는 것이 힘이다. / 참을 수 없다. / 집 떠난 지 3년
        / 두 말할 나위가 없다. / 네가 뜻한 바를 알겠다.
        / 그를 설득하는 데 며칠이 걸렸다.

   • 누구에게보다, 집에서부터, 집에까지, 나에게조차, 지리산은커녕

③ 같이

   ㄱ. 너같이 부지런한 사람도 드물어 / *너 같이 부지런한 사람도 드물어

   ㄴ. 우리 모두 같이 힘을 합치세. / *우리 모두같이 힘을 합치세.

'너같이'의 '같이'는 조사이므로 앞말에 붙여 쓴다. 이때의 '같이'는 '처럼'으로

바꾸어 쓸 수 있다. 그러나 '우리 모두 같이'의 '같이'는 '함께'라는 의미를 나타내는 부사이므로 붙여 쓰지 않는다.

④ 밖에
　　ㄱ. 나에게는 <u>너밖에</u> 없다/ *나에게는 <u>너 밖에</u> 없다.
　　ㄴ. <u>교실 밖에</u> 학생들이 서 있다. / *<u>교실밖에</u> 학생들이 서 있다.

'너밖에 없다'의 '밖에'는 '없다', '않다', '모르다' 등의 부정적인 의미의 서술어와 쓰여 '너뿐'이라는 의미를 나타낸다. 이 경우는 조사이므로 붙여 쓴다. 그러나 '안에'와 상대되는 의미의 '밖에'는 앞말과 띄어 써야 한다.

⑤ 하고
　　ㄱ. 너하고 함께 여행하고 싶다. / *너 하고 함께 여행하고 싶다.
　　ㄴ. 선생님께서 <u>"정답이 뭐예요?"</u> 하고 물으신다. /
　　　　*선생님께서 <u>"정답이 뭐예요?"</u>하고 물으신다.

'ㄱ'의 예에서와 같이 '와/과'와 바꾸어 쓸 수 있는 '하고'는 조사이므로 붙여 쓴다. 그러나 'ㄴ'의 예에서 쓰인 인용문 뒤의 '하고'는 조사가 아니므로 띄어 써야 한다.

나. 의존명사 띄어쓰기(한글맞춤법 제5장 제2절 제42항)

의존명사(단위를 나타내는 명사 포함)는 낱말로 처리하므로 띄어 쓴다. 단, 다음과 같이 순서를 나타내는 경우나 숫자와 어울리어 쓰이는 경우는 붙여 쓸 수 있다.

• 두시 삼십오분 십오초, 제일과, 1996년 10월 9일, 80원

① '대로'의 띄어쓰기(의존명사/조사)

'대로'가 용언의 관형사형 뒤에서 '그와 같이'란 뜻을 나타낼 때는 의존명사이므로 띄어 쓰고, 체언 뒤에서 '그와 같이'란 뜻을 나타낼 때는 조사이므로 앞말에 붙여 쓴다.

    ㄱ. <u>약속한 대로</u> 이행하다.
    ㄴ. <u>약속대로</u> 이행하다.

② '뿐'의 띄어쓰기 (의존명사/조사)

'뿐'이 용언의 관형사형 '-을/를' 뒤에서 '따름'이란 뜻을 나타낼 때는 의존명사이므로 띄어 쓰고, 체언 뒤에서 '한정'의 뜻을 나타낼 때는 조사이므로 앞말에 붙여 쓴다.

    ㄱ. 그저 웃을 뿐이다.
    ㄴ. 오직 너뿐이다.

③ '만'의 띄어쓰기 (의존명사/조사)

'만'이 '경과한 시간'을 나타내는 경우는 의존명사이므로 띄어 쓰고, 체언에 붙어서 '한정' 또는 '비교'의 뜻을 나타낼 때는 조사이므로 붙여 쓴다.

    ㄱ. 경과한 시간을 나타내는 경우, '시간', '동안'을 의미한다. <의존명사>
       예) 도대체 이게 얼마 만인가.

    ㄴ. 명사류 뒤에 붙어서 한정 또는 비교의 뜻을 나타내는 경우. '그러한 정도',
       '한정'을 의미한다. <조사>
       예) 그는 짐승만도 못하다. / 피곤해서 하루 종일 잠만 잤더니 머리가 아프다.

④ '간'의 띄어쓰기(의존명사/어미)

'간'이 '거리'를 나타낼 때는 의존명사이므로 띄어 쓰고, '경과한 시간'을 나타낼 때는 접미사이므로 붙여 쓴다.

    ㄱ. 서울 부산 간, 부모자식 간, 남녀 간, 한미 간

    ㄴ. 한 달간, 십 년간

⑤ '지'의 띄어쓰기(의존명사/어미)

'지'는 용언의 관형사형 뒤에서 경과한 시간을 나타낸 경우에는 의존명사가 되어 띄어 쓴다. 막연한 의문이 있는 채로 뒤 절의 사실이나 판단과 관련시킬 때에는 어미가 되어 붙여 쓴다. 후행 서술어는 '알다, 모르다'로 제한된다.

    ㄱ. 경과한 시간의 의미 <의존명사>

      예) 그를 만난 <u>지</u>도 꽤 오래되었다. / 집을 떠난 <u>지</u> 3년이 지났다.

    ㄴ. 막연한 의문 <어미 -ㄴ지>

      에 그 사람이 누군<u>지</u> 아무도 모른다. / 집이 <u>큰지</u> <u>작은지</u> 모르겠다.

⑥ '데'의 띄어쓰기 (의존명사/어미)

'데'는 의존명사로 쓰이기도 하지만 어미 '-ㄴ데'의 일부로 쓰이기도 한다. 띄어쓰기를 쉽게 구분하는 방법은 '데'에 조사 '에'나 '는' 등을 붙여 보는 것이다. 'ㄱ'에서와 같이 조사 '에', '는' 등이 자연스럽게 결합할 수 있으면 의존명사이므로 띄어 쓰고, 'ㄴ'에서와 같이 자연스럽게 결합할 수 없으면 어미이므로 붙여 쓴다.

    ㄱ. '장소, 경우, 일, 것'의 의미 <의존명사>

      예) 그가 사는 <u>데</u>는 여기서 한참 멀다.

         그 책을 다 읽는 <u>데</u> 삼 일이 걸렸다.

    ㄴ. 어떤 사실을 먼저 언급할 때. 또는 스스로 감탄할 때 <어미 -ㄴ데>

      예) 날씨는 <u>추운데</u> 눈은 내릴 것 같지 않구나.

누님이 정말 <u>아름다우신데</u>.

⑦ '바'의 띄어쓰기 (의존명사/어미)

ㄱ. 앞에서 말한 내용 그 자체 <의존명사>
예) 그는 어찌할 <u>바</u>를 모르고 쩔쩔맸다. / 각자 맡은 <u>바</u> 책임을 다하라.

ㄴ. 뒷 절에서 어떤 사실을 말하기 위해 그 사실이 있게 된 과거의 어떤 상황을
미리 제시할 때 <어미 - ㄴ바>
예) 입학 서류를 <u>검토한바</u> 몇 가지 미비한 사항이 발견되었다.

⑧ '밖에'의 띄어쓰기 (의존명사/조사)

ㄱ. 일정한 한도나 범위에 들지 않는 나머지 다른 부분이나 일 등을 나타낼 때
<의존명사>
예) 이 <u>밖에</u>도 이와 비슷한 내용은 많이 있다.

ㄴ. '그것 말고는'의 의미를 나타낼 때는 조사로 쓰인다. 이 경우 반드시 뒤에
부정어가 옴 <조사>
예) 그는 공부<u>밖에</u> 모른다. / 하나밖에 남지 않았다.

⑨ '망정'의 띄어쓰기 (의존명사/어미)

ㄱ. 괜찮거나 잘된 일이라는 의미를 나타내는 경우 <의존명사>
예) 엄마가 옆에 있었으니까 <u>망정</u>이지 하마터면 아이가 크게 다칠 뻔했다.

ㄴ. 앞 절의 사실을 인정하고, 뒷 절에서 그것과 대립되는 다른 사실을 이어 말
할 때 <어미>
예) 지방에 살<u>망정</u> 세상 물정을 모르지는 않는다.

다. '수(數)' 표현 띄어쓰기(한글맞춤법 제5장 제2절 제43항, 제44항)

숫자 뒤에 쓰인 단위를 나타내는 말은 의존명사이므로 앞말과 띄어 쓴다. 그러나 '그 수를 조금 넘다'라는 뜻을 더해 주는 '-여'는 접미사이므로 앞말에 붙여 쓴다. 단위명사는 띄어 쓰되, 순서, 연월일, 시각을 나타낼 때, 아라비아 숫자 뒤에서는 붙여 씀을 허용한다. 수는 '만(萬)' 단위로 띄어 쓴다.

　　ㄱ. 스물여섯
　　ㄴ. 십이억 삼천사백오십육만 칠천팔백구십팔 / 12억 3456만 7898
　　ㄷ. 금 서 돈, 소 한 마리
　　ㄹ. 삼십여 년, 오십여 명
　　ㅁ. 100 원/100원, 두 시 삼십 분/ 두시 삼십분, 이 학년/이학년

라. 보조 용언 띄어쓰기(한글맞춤법 제5장 제3절 제47항)

보조 용언은 띄어 씀을 원칙으로 하고 경우에 따라 붙여 씀도 허용한다. 그러나 보조 용언이 거듭되는 경우에는 앞의 보조 용언만을 붙여 쓸 수 있다. 다만, 'ㄷ'에서와 같이 앞말에 조사가 붙거나 앞말이 합성동사이거나 중간에 조사가 들어갈 적에는 띄어 쓴다.

　　ㄱ. 불이 꺼져 간다. / 불이 꺼져간다.
　　ㄴ. 기억해 둘 만하다. / 기억해둘 만하다.
　　ㄷ. 책을 읽어도 보았다. / 방에 들어가 보아라. / 그가 올 듯도 하다.
　　ㄹ. 도와 드린다 / 도와드린다　　아는 척한다/ 아는척한다
　　ㅁ. 잘도 놀아만 나는구나. / 네가 덤벼들어 보아라.
　　ㅂ. '-어지다/-어하다' : 이루어지다 / 만들어지다 / 미안해하다 / 행복해하다

마. 성과 이름 띄어쓰기(한글맞춤법 제5장 제4절 제48항)

성(姓)과 이름, 성과 호 등은 붙여 쓰고, 이에 덧붙는 호칭어, 관직명 등은 띄

어 쓴다.

 단, 성과 이름, 성과 호를 구분할 필요가 있을 경우에는 띄어 쓸 수 있다.

ㄱ. 박동식, 서화담, 신익희 선생, 이순신 장군 등
ㄴ. 남궁 억(남궁억), 황보 관(황보관) 등

바. 고유 명사 띄어쓰기(한글맞춤법 제5장 제4절 제49항)

 고유명사, 전문용어는 띄어 씀을 원칙으로 하되 단위별로 붙여 쓰는 것을 허용한다. 고유명사 가운데 사람의 성과 이름, 성과 호 등은 붙여 쓰고, 이에 덧붙은 호칭어, 관직명 등은 띄어 쓴다. 띄어 쓰는 것은 낱말이란 점을 중시했기 때문이고, 붙여 쓰는 것은 하나의 고유명사(낱말)로 볼 수 있기 때문이다.

ㄱ. 한국 대학교 기초 교육 대학(원칙) / 한국대학교 기초교육대학(허용)
ㄴ. 손해 배상 청구(원칙) / 손해배상청구(허용)
   청소년 보호법(원칙) / 청소년보호법(허용)

사. 연속 단음절어 띄어쓰기(한글맞춤법 제5장 제2절 제46항)

 단음절로 된 단어가 연이어 나타날 적에는 붙여 쓸 수 있다.

ㄱ. 그 때 그 곳 / 그때 그곳
ㄴ. 좀 더 큰 것 / 좀더 큰 것
ㄷ. 이 말 저 말 / 이말 저말
ㄹ. 한 잎 두 잎 / 한잎 두잎

바. 혼동하기 쉬운 띄어쓰기

① '안되다/안 되다', 못되다/못 되다', '못하다/못 하다'의 띄어쓰기
  ㄱ. 하나의 형용사인 경우에는 붙여 쓴다.

예) 시험에 떨어졌다니 참 <u>안되었다</u>. / 그는 심보가 <u>못됐다</u>.

ㄴ. '부정사(안/못) + 되다/하다'인 경우에는 띄어 쓴다.
예) 시험 시간이 아직 <u>안 되었다</u>. / 그녀가 떠난 지 채 1년이 <u>못 되었다</u>.

② 접두사와 접미사의 띄어쓰기
ㄱ. '제(第)'는 접두사이므로 붙여 쓴다.
예) 제1장(o) 제1 장(o) 제 1장(×), 제3실습실(o), 제2차 세계 대전(o)

ㄴ. '짜리, 어치'는 접미사이므로 붙여 쓴다.
예) 순대 2000<u>원어치</u> 주세요. / 이것은 얼마<u>짜리</u>이냐?

ㄷ. '드리다', '시키다'는 접미사이므로 붙여 쓴다.
예) 감사<u>하다</u>/감사<u>드리다</u>, 인사<u>하다</u>/인사<u>드리다</u>,
오해<u>받다</u>, 봉변<u>당하다</u>, 훈련<u>시키다</u>

③ 관형사의 띄어쓰기 : 관형사는 뒷말과 띄어 쓴다.
ㄱ. 한자어 관형사
예) <u>각(各)</u> 가정, <u>만(滿)</u> 나이, <u>전(全)</u> 국민, <u>본(本)</u> 사건, <u>별별(別別)</u> 음식,
<u>대외(對外)</u> 사업, <u>순(純)</u> 한국식, <u>매(每)</u> 경기, <u>별(別)</u> 사이가 아니다.

ㄴ. 고유어 관형사
예) <u>갖은</u> 노력, 온 세계, <u>긴긴</u> 밤, 몇 명, 딴 일

④ '이, 그, 저, 아무, 여러'와 '의존명사'가 결합한 경우
'이, 그, 저, 아무, 여러'와 '의존명사'가 결합한 경우에는 띄어 쓰는 것이 원칙
이지만 다른 낱말과 굳어져서 하나의 낱말처럼 쓰이는 것은 붙여 쓴다.

ㄱ. '이, 그, 저' + '의존명사(것, 곳, 놈, 때, 번, 분, 이, 자, 쪽, 편)'
　　예) 이것, 저것, 그것 / 이분, 그분, 저분 / 이쪽, 그쪽, 저쪽
　　　　/이곳, 그곳, 저곳 /이때, 그때, 저때 / 이번, 저번

ㄴ. '아무'+'의존명사(것, 데)'
　　예) 아무것, 아무데

ㄷ. '그동안', '그사이' : 하나의 낱말처럼 쓰일 경우에도 붙여 쓴다.

틀리기 쉬운 맞춤법

1. 형태 바로 쓰기

바르고 정확한 문장을 쓰려면, 문장에 쓰이는 낱말, 조사, 어미를 바르고 정확하게 써야 한다. 그러므로 우리는 먼저 우리가 사용하는 표현들의 형태에 대해 정확히 알고 있어야 한다.

낱말, 조사, 어미를 정확하게 사용하기 위해서는 무엇보다 사전을 활용하는 습관을 기르는 것이 중요하다. 평소에 글을 읽으면서 모르는 말이 있거나 글을 쓰면서 뜻이 애매한 말이 있으면 사전을 찾아 낱말의 용법 차이를 포함한 의미를 정확히 이해해야 한다. 낱말을 정확하게 사용하지 않으면 자신의 생각을 제대로 표현하지 못하게 된다.

여기에서는 뜻을 정확히 알지 못해 잘못 쓰기 쉬운 말과 형태를 바르게 알지 못해 잘못 쓰기 쉬운 말을 검토해 보기로 한다.

가. 구별해서 써야 하는 형태

① 잦다 / 많다

'잦다'는 '자주 있다, 빈번하다'는 뜻을 지닌 말이고, '많다'는 양의 정도를 가리키는 말이다.

　　ㄱ. 이곳은 교통사고가 <u>잦은</u> 곳이다.
　　ㄴ. *이곳은 교통사고가 <u>많은</u> 곳이다.

② 홑몸 / 홀몸

'홀몸[獨身]'은 '혼자 몸'이란 뜻을 지닌 말이고, '홑몸'은 '아이를 배지 않은 몸'이란 뜻을 지닌 말이다. '홀몸'은 주로 '홀애비'나 '과부'를 가리키는 데 쓰고, '홑몸'은 '아니다'와 어울려 '임신한 여자'를 가리키는 데 쓴다. 두 낱말의 이러한 의미 차이는 각 낱말과 어울리는 술어에 차이가 있다. '홀몸'은 주로 '살아가다'나 '지내다'와 같은 술어와 어울리고, '홑몸'은 주로 '이다'나 '아니다'와 어울린다.

ㄱ. 그는 아내와 사별(死別)하고 홀몸으로 살아온 지 10년이 넘었다.
ㄴ. 그녀는 홑몸이 아닌 상태에서 종일 일을 해야 했다.

③ 있으시다 / 계시다

'있다'는 소재를 뜻하기도 하고 소유를 뜻하기도 한다. 그러나 '있다'의 높임말은 소재를 뜻할 경우와 소유를 뜻할 경우가 다르다. 소재를 뜻하는 '있다'의 높임말은 '계시다'이고, 소유를 뜻하는 '있다'의 높임말은 '있으시다'이다.

ㄱ. 아버지 집에 계시니?
ㄴ. 동창회 회장님의 축사가 있으시겠습니다.
ㄷ. *많은 지도와 편달이 계시길 바랍니다.

④ 어떡해 / 어떻게

'어떡해'는 '어떻게 해'가 줄어든 말로 문장을 맺는 서술어이고, '어떻게'는 '어떻다'에 부사형 어미 '-게'가 결합한 것으로 뒤에 수식을 받는 말이 와야 한다.

ㄱ. 학교까지 어떻게 가니?
ㄴ. 남겨진 사람들이 불쌍해서 어떡해.

⑤ 맞히다 / 맞추다

'맞추다'는 '기준이나 다른 것에 비교하다'라는 의미를 가지고 있고, '맞히다'는 '맞다'의 사동사로 '적중하다'의 의미를 지닌다.

　ㄱ. 떨어진 조각을 잘 <u>맞추어</u> 붙여야 하는 작업이다.
　ㄴ. 문제의 답을 정확하게 <u>맞히면</u> 상품을 드립니다.

⑥ (으)로서 / (으)로써

'(으)로서'의 '서'는 '있어(중세 국어에서는 '시어')'가 줄어 굳어진 말이라서, '(으)로서'는 '으로 있어'를 뜻한다. '(으)로서'가 '(지위나 자격을 가진 처지)에 있어'를 뜻하는 것도 이 때문이다. 반면, '(으)로써'의 '써'는 '쓰어'가 줄어 굳어진 말이라서, '(으)로써'는 '(으)로 써(사용해, 가지고)'를 뜻한다. '(으)로써'가 '(재료, 수단, 방법 등)을 사용해'를 뜻하는 것은 이 때문이다.

　ㄱ. 사람으로(서) 그럴 수는 없다.
　ㄴ. 칼로(써) 고기를 썰었다.

⑦ '-함으로(써)'와 '-하므로'

'-으로'는 '수단'을 나타내는 조사이며, '-(으)므로'는 '이유, 까닭'을 나타내는 어미이다.

　ㄱ. '-으로'는 '수단'을 나타내는 조사로, 뜻을 강조할 경우 '-써'를 붙여 쓸 수 있음
　　예) 그녀는 언제나 <u>성실함으로</u> 주변 사람들의 신망을 얻었다.
　　　　일을 <u>분업화함으로써</u> 업무의 효율성을 높이려 합니다.

　ㄴ. '-(으)므로'는 '이유, 까닭'을 나타내는 어미

예) 그는 <u>부지런하므로</u> 잘 살 것이다.

　　그녀는 혜안을 지닌 <u>지식인이므로</u> 사람들에게 존경을 받는다.

'-(으)므로'는 '-(으)ㅁ으로'가 '-기 때문에'라는 뜻으로 굳어진 말(어미)이고, '-(으)ㅁ으로(써)'는 명사형 어미 '-(으)ㅁ'에 위의 '-(으)로(써)(조사)'가 결합된 말이다. 어미인 '-(으)므로' 뒤에는 '써'가 결합될 수 없다는 점으로 구별할 수도 있다.

ㄱ. 배가 <u>고프므로</u> 밥을 먹었다.

ㄴ. 죽을 <u>먹음으로써</u> 끼니를 때웠다.

⑧ -이 / -히

부사의 끝음절이 분명히 '이'로만 나는 것은 '이'로 적고, '히'로만 나거나 '이'나 '히'로 나는 것은 '히'로 적는다.

ㄱ. '-이'로 적는 경우
- '-이'로만 나는 것 : 고즈넉이, 그윽이, 깊숙이, 끔찍이, 멀찍이, 나직이, 두둑이
- ㅅ받침 뒤 : 깍듯이, 깨끗이, 느긋이, 둥긋이, 따뜻이, 반듯이, 버젓이, 산뜻이
- 형용사 뒤 : 가까이, 가벼이, 고이, 괴로이, 날카로이, 쉬이, 같이, 굳이, 많이
- 부사 뒤 : 곰곰이, 더욱이, 오뚝이, 일찍이
- 첩어 명사 뒤 : 간간이, 겹겹이, 번번이, 일일이, 집집이, 틈틈이

ㄴ. '-히'로 적는 경우
- '-히'로만 나는 것 : 극히, 급히, 익히, 족히, 특히, 엄격히, 까마득히, 똑똑히
- '-이, -히'로 나는 것 : 솔직히, 가만히, 간편히, 각별히, 소홀히, 쓸쓸히, 과감히, 꼼꼼히, 급급히, 공평히, 능히, 당당히, 분명히, 상당히, 조용히, 고요히, 도저히

⑨ -노라고 / -느라고

'-노라고'는 말하는 사람 자신의 일에 대해 사용하는 말로 '자기 나름대로 한다고'를 뜻한다. '-느라고'는 말하는 사람의 일에 국한되지 않고 두루 사용하는 말로 '하는 일로 인하여'를 뜻한다.

　ㄱ. 일을 <u>하노라고</u> 한 것이 이 모양이다.
　ㄴ. 어제 <u>공부하느라고</u> 밤을 새웠다.

⑩ '-던'과 '-든'

지난 일을 나타낼 경우에는 '-더라, -던'을 쓰며, 선택의 의미의 경우에는 '-든지'로 적는다.

　ㄱ. '-던'은 지난 일을 나타내는 어미 : -던, -던가, -던걸, -던데, -던들
　　예) 영화를 보고 얼마나 울었던지 눈이 퉁퉁 부었다.
　　　　네가 어릴 적에 살던 곳은 어디니?

　ㄴ. '-든'은 선택의 의미
　　예) <u>가든(지) 오든(지)</u> 알아서 해라.
　　　　내가 무슨 일을 <u>하든(지)</u> 상관하지마.

⑪ '되라'와 '돼라'

'되라'는 '되-+-(으)라'로 간접적으로 명령할 때 쓰며, '돼라'는 '되-+-어- ＞ 돼'의 형태로 '되-'에 '-어-'로 시작하는 어미가 연결되어 줄어든 경우에 쓴다.

　ㄱ. '되라' : '되-+-(으)라' : 간접명령
　　예) 교수님께서는 즐기는 일을 하는 사람이 되라고 말씀하셨다.

ㄴ. '돼라' : '되-'에 '-어-'로 시작하는 어미가 연결되어 줄어든 경우 ('되-+-어
라 > 돼라)

예) 네 얼굴이 요즘 무척 안돼 보이는구나.(안되어>안돼)

　　긍정적인 사람이 돼라.(되어라>돼라)

⑫ '-데'와 '-대' : 예쁘데, 결혼했대

'-데'는 과거에 직접 경험한 사실 혹은 직접적인 추정을 표현할 때 쓰며, '-대'
는 다른 사람의 말을 전달할 때 쓴다.

ㄱ. '-데'는 과거에 직접 경험한 내용임을 표시함. 또는 직접적인 추정의 경우에
도 씀

예) 어린 시절의 유서의 모습은 사랑스럽데. / 앨범을 보니 옛날에는 참 예뻤
겠데.

ㄴ. '-대'는 다른 사람의 말을 전달할 때 씀

예) 친구들이 그러는데 글쎄 세형이가 내일 군대간대.

⑬ 란(蘭)과 난(欄) : '독자투고란'과 '칼럼난'

ㄱ. 란 : 한자어 뒤에 오는 1음절 한자어는 두음법칙을 적용하지 않음

예) 독자투고란(讀者投稿欄), 답란(答欄), 작업량(作業量), 인용례(引用例)

ㄴ. 난 : 고유어, 외래어 뒤에서는 두음법칙을 적용함

예) 어린이난(어린이欄), 가십난(gassip欄)

ㄷ. 겹쳐 나는 한자어 표기는 본음대로 적지만 첩어적 성격을 강조해야 하는 것
들은 두음법칙을 적용함

예) 낭랑(朗朗)하다. 역력(歷歷)하다, 녹록(碌碌)하다, 적나라(赤裸裸)하다

⑭ '체'와 '채'

    ㄱ. 체 : 체하다, 척하다, 듯하다는 보조용언임

        예) 그녀는 날 보고도 못 본 체했다.

    ㄴ. 채 : 관형사형 어미 뒤에서는 의존명사 '채'를 씀

        예) 그녀는 항상 방에 불을 켠 채(로) 잠을 잔다.

            그는 급한 마음에 신을 신은 채(로) 방으로 들어 왔다.

    ㄷ. 째 : 명사 뒤에서는 접미사 '-째'를 씀

        예) 통째, 껍질째

⑮ '다르다'와 '틀리다'

'다르다'는 '같지 않다'를, '틀리다'는 '어떤 일이 예정된 상태에서 벗어남'을
의미한다.

    ㄱ. 다르다(형용사) : '같지 않다'의 의미

        예) 교수님, 제 생각은 다릅니다(*틀립니다).

    ㄴ. 틀리다(동사) : '셈이나 사실 따위가 맞지 않다'를 나타냄

        예) 결산이 틀리다. / 아니, 우리가 생각했던 방향과 사뭇 틀리는데.

⑯ '맞는'과 '알맞은'

    ㄱ. '맞다'(동사) : '-는'은 동사에 결합되어 어떤 일의 진행을 나타내는 어미

        예) 네 말이 맞다. / 그는 항상 맞는 말만 한다. [맞는(o)/맞은(x)]

    ㄴ. '알맞다'(형용사) : '알맞다'는 형용사로 이 경우에는 '알맞은'으로 씀

        예) 이 옷은 네게 꼭 알맞다. / 알맞은 역할을 하다. [알맞은(o)/알맞는(x)]

⑰ '바람'과 '바램'

'바람'은 '바라다(望)'의 명사형이며, '바램'은 '색이 변하다'라는 의미인 '바래
다'의 명사형이다.

ㄱ. 바람

예) 우리의 <u>바람</u>은 국민 모두에게 이익이 되는 정책을 수립하는 것입니다.

ㄴ. 바램

예) 흰색 티셔츠 색이 <u>바램</u>.

⑱ 접두사 '윗/위/웃' : 윗도리, 위층, 웃어른

　ㄱ. '윗' : 위와 아래의 대립이 있을 때는 접두사 '윗'을 씀

　　예) 윗도리, 윗니, 윗입술, 윗눈썹, 윗목

　ㄴ. '위' : 거센소리나 된소리 단어 앞에서는 접두사 '위'를 씀

　　예) 위쪽, 위층, 위채

　ㄷ. 웃 : 위와 아래 대립이 없는 경우에는 접두사 '웃'을 씀

　　예) 웃어른, 웃돈, 웃옷(겉에 입는 옷)

⑲ 접두사 '수/숫' : 수개미, 수캉아지, 숫쥐

　ㄱ. 수 : 수컷을 이르는 접두사는 '수'로 통일함

　ㄴ. '수-/암-' 다음에서 거센소리로 발음될 경우에는 거센소리를 인정함

　　예) 수(암)캉아지, 수(암)퇘지, 수(암)컷, 수(암)탉, 수(암)탕나귀, 수(암)평아리

　ㄷ. 숫 : 접두사 '숫-'은 '숫양, 숫염소, 숫쥐'에만 쓰임

　　예) 숫양, 숫염소, 숫쥐

나. 바르게 써야 하는 형태

① 금세 / *금새

'금세'는 '금시(今時)+에'가 줄어든 말이므로 '금세'로 적어야 한다. '어느새, 요새'의 표기에 이끌려 '금새'라고 적는 것은 잘못된 것이다. '어느새, 요새'의 '새'는 '사이'가 줄어든 것이다.

ㄱ. <u>금세</u> 날이 어두워졌다.
ㄴ. <u>밤새</u> 폭우가 쏟아졌다.

② 그러고 나서 / *그리고 나서

ㄱ. 우선 방, 부엌, 거실 등 집안 곳곳을 청소하였다. <u>그러고 나서</u> 나갈 채비를 하였다.
ㄴ. 우선 방, 부엌, 거실 등 집안 곳곳을 청소하였다. *<u>그리고 나서</u> 나갈 채비를 하였다.

'그렇게 하고 나서'의 준말은 '그러하고 나서'이다. '그러하고 나서'는 '그렇게 하다'의 뜻을 가진 '그러하다'와 보조 용언의 활용형인 '-고 나서'가 결합된 형태이다. '그러하고 나서'가 줄면 '그러고 나서'가 되므로 '그러고 나서'가 바른 형태이다.

③ 며칠 / *몇 일

ㄱ. 오늘이 몇 월 <u>며칠</u>이니?
ㄴ. *오늘이 몇 월 <u>몇 일</u>이니?

'며칠'과 '몇 일' 중 바른 형태는 '며칠'이다. 한글 맞춤법 제4항 제4절 제27항에는 다음과 같이 명시되어 있다.

제27항

  둘 이상의 단어가 어울리거나 접두사가 붙어서 이루어진 말은 각각 그 원형을 밝히어 적는다. 이에 따라 '몇 월', '몇 살', '몇 개' 등의 예와 마찬가지로 '몇 일'로 표기하는 것이 맞는 듯하다. 그러나 한글 맞춤법 제27항의 [붙임2]에는 다음과 같이 명시되어 있다.

제27항[붙임2]

  어원이 분명하지 아니한 것은 원형을 밝히어 적지 아니한다.

  [붙임2]는 그 어원이 분명하지 않은 것은 원형을 밝혀 적지 않고 소리 나는 대로 적을 것을 명시하는 것으로 '골병', '골탕', '며칠' 등의 예가 이 조항에 해당한다.

④ 왠지 / *웬지

'왠지'는 '왜인지'가 줄어서 된 부사이고 '웬'은 '어찌 된, 어떠한'을 뜻하는 관형사이다. '웬'은 관형사이므로 '지'와 붙여 쓸 수 없다는 점에서 '왠지'와 구별된다.

   ㄱ. 오늘은 <u>왠지</u> 기분이 좋다.
   ㄴ. 곧 봄인데 <u>웬</u> 눈이 이렇게 많이 내리지? / *곧 봄인데 <u>왠지</u> 눈이 이렇게 많이 내리지?

⑤ -(으)ㄹ걸 / *-(으)ㄹ껄

  한글 맞춤법 제6장 제53항에 따르면 의문을 나타내는 어미인 '-(으)ㄹ까?, -(으)ㄹ꼬?, -(스)ㅂ니까?, -(으)리까?, -(으)ㄹ쏘냐?'는 된소리로 적고 그 밖의 어미인 '-(으)ㄹ걸, -(으)ㄹ게, -(으)ㄹ지' 등은 예사소리로 적는다.

ㄱ. 지금쯤 <u>도착했을걸</u>. / *지금쯤 <u>도착했을껄</u>
ㄴ. 내가 <u>연락해 볼게</u>. / *내가 <u>연락해 볼께</u>

⑥ -(으)려고 / *-(으)ㄹ 려고

'-(으)려고'는 어떤 행동을 할 의도나 욕망을 가지고 있음을 나타내는 어미로
'-(으)ㄹ 려고'는 '-(으)려고'의 잘못된 표기이다.

ㄱ. 서울에 <u>가려고</u> 하다.
ㄴ. *서울에 <u>갈려고</u> 하다.

⑦ -(으)ㄹ 는지 / *-(으)ㄹ 런지

'-(으)ㄹ 는지'는 '어떤 불확실한 사실의 실현 가능성에 대한 의문을 나타냄'을
뜻하는 어미로 '-(으)ㄹ 런지'는 '-(으)ㄹ 는지'의 잘못된 표기이다.

ㄱ. 오늘 안에 이 일을 다 끝낼 수 <u>있을는지</u> 모르겠다.
ㄴ. *오늘 안에 이 일을 다 끝낼 수 <u>있을런지</u> 모르겠다.

외래어 표기법

국어사전을 보면 '외국어'는 모국어에 대립하는 개념으로 '다른 나라의 언어를 가리키는 말'이라고 표기되어 있으며, '외래어'는 '외국에서 들어온 말로 국어처럼 쓰이는 말'이라고 적혀 있다. 우리말을 적을 때 ≪한글 맞춤법≫에 따라 표기하듯이 외래어는 ≪외래어 표기법≫에 따라 적어야 한다. ≪외래어 표기법≫은 외래어를 한글로 적는 방식을 정해 놓은 규칙이다. ≪외래어 표기법≫은 우리말로 정착된 소수의 외래어에만 한정되는 것이 아니라 외국의 인명, 지명까지 대상이 된다. 이러한 ≪외래어 표기법≫에는 다음과 같은 기본 원칙이 있다.

≪외래어 표기법≫

제1장 표기의 기본 원칙

1. 외래어는 국어의 현용 24자모만으로 적는다.

   예) 자 : ㄱ, ㄴ, ㄷ, ㄹ, ㅁ, ㅂ, ㅅ, ㅇ, ㅈ, ㅊ, ㅋ, ㅌ, ㅍ, ㅎ

   　　모 : ㅏ, ㅑ, ㅓ, ㅕ, ㅗ, ㅛ, ㅜ, ㅠ, ㅡ, ㅣ

2. 외래어의 1음운은 원칙적으로 1기호로 적는다.

   예) [f] 발음은 'ㅍ'으로 적는다.

   　　파이팅(o)/화이팅(×),　　패밀리(o)/훼밀리(×)

   　　파일(o)/화일(×),　　　　판타지(o)/환타지(×)

3. 외래어의 받침은 'ㄱ, ㄴ, ㄹ, ㅁ, ㅂ, ㅅ, ㅇ'만을 쓴다.

   예) 커피숍(o)/ 커피숖(×),　　디스켓(o)/디스켙(×),　케이크(o) /케잌(×)

4. 파열음 표기에는 된소리를 쓰지 않는 것을 원칙으로 한다.

   예) 파리(o)/빠리(×), 카페(o)/까페(×), 테제베(o)/떼제베(×)

5. 이미 굳어진 외래어는 관용을 존중하되, 그 범위와 용례는 따로 정한다.

   예) 라디오(o)/레이디오(×), 카레라(o)/캐메러(×)

[참고] 영어의 표기와 관련된 몇 가지 세부 규정들

• 장음 표기는 하지 않는다.

　예) team [tiːm] 팀(o) 티임(x)

• 단모음 뒤 어말 무성 파열음 [p], [t], [k]는 받침으로 적는다.

　예) cat 캣,　book 북,　cup 컵

• 그 밖의 어말, 또는 유음·비음([l], [r], [m], [nl]) 앞의 [p], [t], [k]는 '으'를 붙여 적는다.

　예) soup 수프,　cake 케이크,　cart 카트,　mattress 매트리스,　macro 매크로

• 유성파열음([b], [d], [gl]), 마찰음([s], [f] 등)은 어말 또는 자음 앞에 '으'을 붙여 적는다.

　예) lobster 로브스터,　land 랜드,　gagman 개그맨,　bus 버스,　graph 그래프

참고문헌

강준만, 『글쓰기의 즐거움』, 인물괴시상시(서울), 2007.

강준만, 『대학생 글쓰기 특강』, 인물과사상사(서울), 2007.

강춘성 외, 『나의 글, 나의 삶』, 동방사, 20015.

경북대학교 글쓰기교재연구회, 『인문학 글쓰기』, 경북대학교출판부(대구), 2009.

김경훤 외, 『창조적 사고 개성적 글쓰기』, 성균관대학교출판부(서울), 2006.

김명민, 『탈식민성과 우리 인문학의 글쓰기』, 민음사(서울), 1996.

박규홍 외, 『사고와 표현』, 정림사(대구), 2002.

박영목, 『고등학교 작문』, 한샘출판(서울), 1997.

배상복, 『글쓰기 정석』, 경향미디어(서울), 2009.

배상복, 『문장기술』, mbc프로덕션(서울), 2009.

부산대학교 교재편집위원회, 『창의적 사고와 글쓰기』, 부산대학교 출판부(부산), 2005.

사이토 다카시(황혜숙 역), 『원고지 10장을 쓰는 힘』, 루비박스(서울), 2006.

서강대학교 국어국문학과 편, 『움직이는 글쓰기』, 서강대학교 출판부(서울), 2001.

서정수, 『문장력 향상의 길잡이』, 한강문화사, 1992.

안수찬, 『기자, 그 매력적인 이름을 갖다』, 인물과사상사(서울), 2006.

안정효, 『안정효의 글쓰기 만보』, 모멘토(서울), 2006.

윤용식, 『글쓰기의 기초』, 한국방송통신대학교출판부(서울), 2001.

이기종, 『논술과 작문쓰기』, 학문사(서울), 2005.

이기종, 『작문의 실제와 이론』, 학문사(서울), 1998.

이만교, 『글쓰기 공작소』, 그린비(서울), 2009.

이병모, 『글짓기, 어떻게 할 것인가』, 박이정(서울), 2002.

이성규, 『글쓰기 전략과 실제』, 박이정(서울), 1998.

이수열, 『우리말 우리글 바로 알고 바로 쓰기』, 지문사(서울), 1993.

이오덕, 『우리 문장 쓰기』, 한길사(서울), 1992.

이오덕, 『우리글 바로 쓰기 1. 2. 3』, 서울(한길사), 1992.

이오덕, 『글쓰기 어떻게 가르칠까』, 보리(서울), 1993.

이오덕, 『삶을 가꾸는 글쓰기 교육』, 보리(서울), 2004.

이호철, 『살아 있는 글쓰기』, 보리(서울), 1994.

이재승, 『글쓰기 교육의 원리와 방법』, 교육과학사(서울), 2002.

이지호, 『글쓰기와 글쓰기 교육』, 서울대학교출판부, 2001.

임정섭, 『글쓰기 훈련소』, 경향미디어(서울), 2010.

정달영, 『국어 단락 이론과 작문 교육』, 집문당(서울), 1997.

정희모・이재승, 『글쓰기의 전략』, 들녘(파주), 2007.

정희모 외, 『대학 글쓰기』, 삼인(서울), 2009.

조구호, 『첨삭으로 익히는 글쓰기』, 정림사(대구), 2011.

조규태・조구호, 『작문의 길잡이』, 경상대학교 출판부(진주), 2001.

조규태 외, 『작문』, 경상대학교 출판부(진주), 2006.

최기호 외, 『인터넷 글쓰기의 달인』, 세정서적(서울), 2005.

최시한, 『고치고 더한 수필로 배우는 글쓰기』, 문학과지성사(서울), 2001.

탁석산, 『글쓰기에도 매뉴얼이 있다』, 김영사(서울), 2010.

탁석산, 『핵심은 논증이다』, 김영사(서울), 2010.

토론논술연구소, 『대입논술 기출문제 영역별 총정리』, 자우출판사(서울), 2007.

한기호 외, 『글쓰기의 힘』, 한국출판마케팅연구소(서울), 2005.

한승원, 『한승원의 글쓰기 교실』, 문학사상사(서울), 1998.

한철우 외, 『사고와 표현』, 교학사(서울), 2003.

한효석, 『너무나 쉬운 논술』, 한겨레신문사(서울), 1998.

한효석, 『이렇게 해야 바로 쓴다』, 한겨레신문사(서울), 1994.

허병두, 『허병두의 즐거운 글쓰기 교실 1』, 문학과지성사(서울), 2004.

한정주・엄윤숙, 『조선 지식인의 글쓰기 노트』, 포럼, 2007.

황병순・장만호, 『글쓰기의 방법과 실제』, 경상대학교출판부, 2013.

인용 자료

강원택, 〈세대 갈등의 골 좁히기〉, 중앙일보, 2004년 4월 12일

김명신, 〈체벌은 3류 교육에나 필요하다〉, 한겨레신문, 2010년 7월 23일

김 호, 〈늘 읽고 쓰는 미국 학생들〉, 한국일보 2010년 7월 1일

남명학연구원, 〈덕천서원의 연혁〉.

문승호, 〈사랑의 매는 없을 수 없다〉, 동아일보, 2010년 9월 1일

민속발물관 자료실, 〈민속놀이〉.

박홍규, 〈문화가 죽었다〉, 경향신문 2010년 4월 22일

배 영, 〈인터넷 실명제 왜 필요한가〉, 한겨레신문, 2005년 7월 17일

배학수, 〈'참 나'는 무엇인가〉, 부산일보, 2010년 12월 16일

성영성, 〈점에 기대지 말고 자신을 믿어라〉, 중앙일보, 2010년 2월 20일

신광영, 〈가족이 멀어져가는 세태〉, 세계일보, 2011년 1월 27일

신영전, 〈무상의료는 가능한가〉, 한겨레신문 2011년 1월 10일

신인령, 〈이영희 선생을 추도하며〉, 2010년 12월 8일

유형근, 〈원칙 지키는 교육이 우리 아이 살린다〉, 서울신문, 2010년 10월 5일

이명환, 〈긴 하루〉, 『나의 글, 나의 삶』, 동방사, 2015년,

이재경, 〈글쓰기 교육이 경쟁력이다〉, 세계일보 2010년 9월 10일

임철순, 〈그들에게 길을 내어주라〉, 한국일보, 20115년 1월 9일

조구호, 〈목민관과 공직자〉, 산청시대, 2010년 9월 17일

조구호, 〈우리 사회의 양극화〉, 경남도민일보, 2014년 3월 26일

조구호, 〈'명량'의 이면을 보자〉, 서울신문, 2014년 8월 22일

조용식, 〈사랑의 매는 없다〉, 조선일보 2010년 8월 1일

지만원, 〈대통령은 반드시 대학 이상 나와야 한다〉, 중앙일보. 2005년 6월 8일

진태하, 〈한자 소홀히 해 文解力 OECD 꼴찌〉, 동아일보, 2015년 6월 10일

존 엔디컷, 〈다문화적 시야가 창의력의 원천〉, 경향신문, 2010년 2월 17일

홍두승, 〈군복무자 가산점제 도입 찬성〉, 경향신문 14년 12월 18일